박태원과 구인회

구보학회

  1933년에 결성된 〈구인회〉는 회원 간에 별로 공통된 점도 없었을 뿐
아니라, 표방한 문학 이념도 없었다. 당시 문단을 휩쓸었던 경향문학에
대한 은근한 반발이 없었던 것은 아니지만 어디까지나 문인들의 친목
단체라는 말이 옳다. 이종명, 김유영의 발기로 이효석, 이무영, 유치진,
이태준, 조용만, 김기림, 정지용 등 9인의 멤버로 출발하였다. 발족한 지
얼마 되지 않아 이종명, 김유영, 이효석이 탈퇴하고 그 자리에 박태원,
이상, 박팔양이 들어왔다. 다시 얼마 있지 않아 유치진, 조용만 대신에
김유정, 김환태가 가입하여 회원은 언제나 9명이었다는 점이 특이하다.
이들이 모여서 발간한 회지는 단 1회로 끝난 〈시와 소설〉 뿐이다. 그러
나 〈구인회〉가 남긴 한국문학에서의 족적은 결코 과소하게 평가할 수
없다. 그것은 순전히 회원 각자의 문학적 재능과 업적 때문이다.

  특히, 박태원과 이상은 당시로서는 전혀 새로운 문학세계를 개척한
문인들이다. 어떻게 말해도 한국의 근대문학은 서구 문학의 영향을 받
아서 시작한 것이며, 그것도 서구와는 대체로 일이백년의 간격을 두고
그 문학사조를 모범으로 삼아 창작되었던 것이었다. 이에 비하여 박태
원, 이상, 김기림, 정지용 등은 서구와 겨우 일이십 년, 아니, 거의 격차
가 없이 문학적 실험을 실행하였던 것이다. 그것이 한국의 모더니즘 문
학이다. 다시 말하면 이들은 한국문학이 세계와 함께 호흡하는 데 지대
한 공헌을 한 셈이다.

박태원은 이상과 함께 〈구인회〉에 늦게 합류한 셈이지만 구인회 회원들과 문학적 교류를 하면서 〈구인회〉의 문학적 격을 한 차원 높였다고 말할 수 있다. 다만 한국동란 이후 월북해 있었던 탓으로 한국문단에서는 아주 늦게 거론되었고, 그의 공적도 드러내놓고 말할 수 없었던 것이다. 그러나 북쪽에서 한동안 고초를 겪었지만, 결국 〈갑오농민전쟁〉 같은 대작을 남김으로써 남북 문단이 함께 거론할 수 있는 유일한 문인이 되었다. 남북한의 적대적 대치로 그의 문학적 업적을 바르게 평가하기에는 아직도 어려운 면이 있지마는 1930년대의 문학적 업적만으로도 한국 문단에서 큰 족적을 남긴 문인이다. 그런 의미에서도 박태원과 〈구인회〉 간의 관계를 바르게 규명하는 것은 우리 문학사의 큰 과제라고 할 수 있다.

　　이번에 〈깊은샘〉 사에서 〈박태원과 구인회〉를 상재(上梓)하게 된 것은 지난 6월 14일 성균관대학교 퇴계인문관에서 개최한 구보학회 학술대회가 주축이 되었다. 기조발표를 해 주신 전혜자 교수를 비롯하여 복도훈, 류보선, 안숙원, 김지미, 서재길, 정준영, 임태훈, 이현주 교수들이 여러 각도에서 〈박태원과 구인회〉 관계를 조명하여 발표했지마는 논문을 좀 더 보완해서 발표해야 하겠다는 본인들의 주장을 꺾을 수 없어 그 일부만을 묶어서 여기 한 권의 책으로 발간한다.

　　구보학회에서의 발표만으로도 그 분들에게 감사하고 있으나, 본 대표의 욕심으로서는 앞으로 빠른 시일 내에 논문을 보완하여 보다 좋은 저서가 다시 태어나기를 바라는 심정이다. 아무 보상도 받지 못하면서 원고를 제출해 주신 기고자들에게 심심한 감사를 표하며, 아울러 이 저서를 기꺼이 상재하여 준 〈깊은샘〉 사에도 감사한 마음 전한다.

2008년 8월
구보학회 회장 김 상 태

──●목 차●──

박태원과
구인회

발신자시점에서의 구인회

전 혜 자*

Ⅰ. 머리말

문학의 연구가 문학사, 문학이론, 문학비평을 대상으로 한다는 것은 구태여 르네 웰렉(Rene Wellek)이란 문학 이론가의 이름을 거론하지 않아도 정전화되다시피 되어 있다. 이 세 영역의 연구는 상호공동 유대관계가 필수적이며 문학탐구의 초석이라고 볼 수 있으나 실제 학문현장에서 세 영역을 아우러 다루기는 결코 쉽지 않다.

그러나 비교문학의 경우는 그렇지 않다. 비교문학은 국민문학의 특성을 발견하는 지름길이면서 세계문학 속의 우리 문학의 정체성 및 미래지향성을 가늠하는 데 필수적이라 생각한다. 특히 1980년대 이후 다원화시대의 다문화주의가 등장함과 함께 절대성보다 상대성이 중시되

---

* 경원대학교

면서 '글로컬리즘'이란 용어까지 등장했지만 비판적 다문화주의시각에서의 자세가 요구된다고 본다. 그런 의미에서 엘리어트의 '동시적 질서'(simultaneous order)란 용어는 설득력이 있다. 과거와 현재, 내 것과 다른 것과의 가치를 비교하고 결정할 수 있는 기준을 제공할 수 있기 때문이다. 비교문학은 '문학사의 연속관과 자기세대의 특수성을 느끼는 말하자면 역사의식'[1]을 지닌 문학연구 방법으로 특히 우리 근대문학의 경우 반드시 거쳐야 할 통로라고 생각한다.

우리 문학사에서 구인회가 등장했던 1930년대는 서구문학의 이입이 최대로 전성기를 맞이했던 시기이고 비교적 전문적인 외국문학 전공자에 의해 번역작업이 활발하게 행해졌던 시대이다. 또한 1927년 외국문학연구회의 기관지인 『해외문학』지는 외국문학 전공자에 의해 외국문학이 번역, 소개된 최초의 잡지로 기존의 번역이 중역, 또는 삼중역 식의 간접역인 것을 직접 번역, 소개하며 어느 한 나라에 편중됨이 없이 여러 나라 문학을 번역 소개한 점에 중요한 의의가 있다. 그것은 구인회 회원 중 문학비평 활동을 지면을 통해서 가장 왕성하게 했던 김환태의 「내가 影響받은 外國文人」 중의 「外國文人諸像」[2]에서도 읽을 수 있다.

구인회가 1933년 8월에 창립되어 기관지 『시와 소설』을 1936년 3월 3일 창간해서 비록 1호로 종간하였으나 '새로운 문학정신'이란 표어 아래 순수예술을 표방하며 작품품평회, 문학강연을 매월 2, 3회 갖는 등의 활동을 한 것은 김민정이 지적한 것처럼[3] 구인회가 단지 문인들의 단순한 친목모임이란 소극적인 차원에서 다루어질 문제는 아니라고 본다.

구인회가 기치로 내건 '새로운 문학정신'은 영미모더니스트의 선구자인 흄(T. E. Hume)의 좌우명이라 볼 수 있는 'make it new'[4]와 동궤로

---

1) 宋彧, 『詩學評傳』, 一潮閣, 1963, 1-16쪽에서 참고.
2) 「내가 영향받은 외국문인」, 『조광』 41호, 1939. 3, 256쪽.
3) 김민정, 『한국근대문학의 유인과 미적 주체의 좌표』, 소명출판, 2004, 13-28쪽 참고.

구인회의 문학적 성격을 모더니즘이라고 단정하는 데는 이론의 여지가
없다. 단지 구인회의 문학적 성격을 발신자시점에서 탐색해서 문제를
제기해 보고자 하는 의도는 1930년대 자국문학만의 특수한 문학적 환
경을 간과할 수 없기 때문이다. 1930년대는 일본으로 문학인들의 대거
유학과 함께 외국문학수용이 직접적 수용이기보다 대부분이 일본화된
소위 방 티겜(Van Tiehem)식으로 얘기하면 제3류의 영향으로 간접적인
수용이 지배적이라고 볼 수 있다. 그래서 실상 발신자시점에서의 구인
회연구는 일본문학과의 관계 탐색이 우선이겠으나5) 발신자 ①과 수신
자와의 이입과정 결과에서 발견한 변형 또는 굴절을 발신자 ②에서 추
적하여 수신자와의 관계를 연구하는 것도 하나의 방법일 수가 있다고
생각한다. 본 기조발제는 그런 의미에 뜻을 두고 구인회문학 원천의 제
1 발신자를 다만 그 관계성에 대한 문제탐색에 초점을 두고자 한다.

II. 모더니즘과 구인회

모더니즘을 원론적으로 거의 정론화된 개념에서6) 정리하여 살펴 보

---

4) Edited by Michael Groden and Martin Kreiswirth, *The John Hopkins Guide to Literary Theory
& Criticism*, The John University Press, 1994, pp. 512-514에서 참고.

5) 강인숙은 『일본 모더니즘소설연구』(나무, 2006)에서 한국의 모더니즘은 일본의 모더
니즘의 성격을 규명하는 것이 우선이며 다음 한국모더니즘을 연구한 후 서구모더니즘
과 일본모더니즘과의 관계, 그 다음이 한국 모더니즘과 서구 모더니즘의 관계를 고찰
하는 것이 순서라고 하면서 일차로 일본 모더니즘소설연구를 출간했다.

6) *The Johns Hopkins Guide to Literary Theory & Criticism*(앞의 책), *The Oxford Companion to Eng-
lish Literature*(Margaret Drabble, Oxford Press, 1985), *Merriam Webster's Encyclopedia of Literature*
(Merriam Webster, 1995), *A Handbook Literature*(C. Hugh Holman, The Bobbs-Merrill Company,
Inc., 1980), *On Modernism-the Prospects for Literature and Freedom*(Louis Kampf, The M. I. T.
Press, 1967), *Contemporary Literary Criticism-Literary and Cultural Studies*(Robert Con Davis and
Ronald Schleifer, Longman Inc., 1989) *A Literary Terms*(Karl Beckson, Arthur Ganz, Canada,
1975) *A Dictionary of Literary Terms*(J. A. Cudon, Blackwell, 1980), *A Genealogy of Modernism,*

면 아래와 같이 요약할 수 있다.

모더니즘은 시기적으로 1차 대전 전후해서 2차 대전 사이에 발생한 국제적 운동이다. 새로운 수사학의 시작이며 과거가치의 파괴와 신념의 상실, 그리고 전통의 기피, 문학형식의 재평가와 혁신적인 예술미학 말하자면 작품자체의 자아충족에 대한 믿음, 다양성을 특징으로 한다. 그래서 모더니스트를 실험적, 전위적으로 글을 쓰는 스타일리스트라고 정의내리기도 한다.

모더니즘은 긍정적인 면에서는 기존 정전의 혁명적인 파괴이며 미래에 대한 실험적 탐구이지만 부정적으로는 전통을 기피하는 기회주의적인 이단이란 비판을 받기도 한다.

그러나 쉬플리(Jseph T. Shipley)는 모더니즘이 마치 첼리스트가 물탱크 속으로 다이빙 하듯이 해프닝으로 등장하는 것은 아니라고 주장하면서 드라마를 예로 들어 모더니즘의 발전을 세 단계에서 언급하고 있다.

1단계는 전통적인 단계로 아이스킬로스(Aischylos)에서 입센(H. Ibsen)에 이르기까지다. 1단계에서 전통은 기본적 윤리적인 규범이다. 또한 개인과 사회의 조화를 추구하며 신으로 향하는 길이 인간에게 정당함을 추구하는 단계로 현상 그대로의 상태를 따르는 것이다.

2단계는 자연주의적 단계로 입센과 그의 추종자들을 말한다. 자연주의적인 것은 사회가 신봉하는 기본적인 교의에 도전한다. 또한 현상 그대로의 상태에 대립한다.

3단계는 현대적인 단계로 개인이 자신의 가치는 물론 자신의 존재를 재음미하는 것이다. 말하자면 세계와의 새로운 관계를 추구하는 것이다. 현대적인 것은 수용자와 작품 사이, 작품과 생활 사이의 프레임을 파괴하는데 독자를 연루시킨다. 그러므로 비미학적이며 형식, 규칙, 모티브, 인물의 발전, 또는 다른 예술작품의 전통적 패턴과 경향에 관심을

A Study of English Literary Doctrine(Michael H. Levenson, University of Verginia, 1984) 등을 참고하였으므로 특별히 명시된 것만은 제외하고 본문의 각주는 생략함.

갖지 않는다. 그래서 현대적인 단계는 소위 캠프(Louis Kampf)7)가 그것을 '인간적인 무정부주의'(humane anarchism)라고 부르는 것과 같은 것이다. 즉 우리에게 우리 자신의 가치를 발견하게 요구하는 상황 설정이며 우리자신의 가치를 곰곰히 생각하게 요구하는 상황의 설정이다. 그것은 인생의 항로를 정하기 위한 생각과 행동에 의하여 그 방향을 정확히 가리키는 것이 아니라 단지 우리로 하여금 그것을 느끼게 만드는 것이다.

그런데 중요한 점은 모더니스트작가들이 주로 비평활동을 많이 했다는 점이다. 쿠돈(J. A. Cudon)은 특히 영·미 모더니스트들과 관련해서 대표적인 인물로 울프(V. Woolf), 예이츠(W. B. Yeats), 파운드(E. Pound), 흄(T. E. Hume), 엘리어트(T. S. Eliot)를 들었으며 이들에게 무엇보다 주요한 것은 글쓰기 그 자체의 혁신이라고 역설했다. 특히 언어와 관련되어 언어를 어떻게 사용해서 표현하느냐에 초점을 둔 것으로 스타일에서의 실험이라고 언급했다.

그래서 쿠돈은 모더니즘양상과 관련된 언어문제를 구조주의, 다다이즘, 데카당스, 실존주의, 표현주의, 자유운문시, 미래주의, 이미지스트, 신휴머니즘, 의식의 흐름, 상징과 상징주의, 극단주의(Ultraism), 보티시즘(Vorticism)과의 관계에서 설명했으며8) 레벤슨(M. H. Levenson)은9) 모더니즘과 관계있는 개념으로 이미지, 상징, 전통, 표현, 객관성, 인상주의, 이미지즘, 보티시즘을 들기도 했다.

확실한 것은 모더니스트의 가치와 예술형식에 대한 현대의 위기인식이 사고방식의 역사와 관련이 있다는 것이다.10) 모더니스트의 시와 문학적 형식에 대한 혁신적인 새로운 이해를 위한 강령은 대륙비평과 영미비평 다시 말해서 러시안 포말리즘과 뉴크리티시즘에 직접적인 관

---

7) Joseph T. Shipley, 앞의 책, 202쪽 재인용.
8) A. Cudon, 앞의 책, 552쪽.
9) M. H. Levenson, 앞의 책, vii.
10) Robert Con Davis and Ronald Schleifer, 앞의 책, 18-19쪽.

계를 지니고 있다고 데이비스 등은 언급하고 있다.

구인회를 기존문학사에서 모더니즘의 선구적 역할을 한 예술파단체로 규정하고 있는 것은 지배적인 것 같다. 일부 학자의 경우,[11] 구인회를 모더니즘문학 단체로 보기는 어려움이 있다고 하지만 구인회가 표방하는 문학의 자율성과 문학형식과 언어에 대한 집중적인 관심, 모더니티지향성, 미적 근대성과 순수예술 추구 등은 광의에서 모더니즘적 성격이라고 단정지어도 무리는 아닌 것 같다.

모더니즘이 20세기 초·중기에 국제적 영향을 광범위하게 끼친 문학운동이라 볼 때 1933년 8월 15일에 현대성을 추구하면서 감각적 언어사용과 형식상의 실험의식 그리고 내면의식의 표출을 동반한[12] 구인회의 등장은 언어의식을 통한 혁신성 추구와 문학의 자아충족적인 자율성이라는 포괄적 개념에서 기본적으로 러시안 포말리즘과 뉴크리티시즘의 이론과 맥을 같이 한다고 볼 수 있다.

이 경우, 러시안 포말리즘과 뉴크리티시즘은 발신자가 되며 구인회는 수신자가 된다. 원래는 구인회의 수신원천을 1930년대 수용환경을 중심으로 이입과정 및 이입경로 등의 정밀한 탐색을 전제로 해야 합목적성을 발견할 수 있으나 앞에서 언급한 바 구인회작가들과 러시안 포말리즘과 뉴크리티시즘 상호간의 관련연구의 가능성을 제시하는데 그치고자 한다.

Ⅲ. 러시안 포말리즘과 구인회

러시안 포말리즘은 영미비평에서 오랫동안 잘 알려져 있지 않았지

---

11) 유철상, 「구인회 성격과 순수문학의 의미」, 『현대문학이론연구』 제25집, 현대문학이론
학회, 2005, 247-272쪽.
12) 위의 책, 261쪽.

만 1930년대, 40년대 신비평처럼 모더니즘운동의 의미 깊은 중요 부분으로[13] 문학비평과 해석활동에 초점을 둔다. 포말리즘은 모더니스트를 미학적, 인식론적으로 유도해서 문학작품이 의미를 갖기 위해 어떻게 구성되고 또 기능을 어떻게 하는지의 분석을 시도하는 것이다. 광의에서 포말리즘을 언급한다면 문학을 형식의 복합적인 체계로 보는 것이다. 기본적으로 포말리즘의 관심의 대상이 되는 중요자산은 문학작품에 배치된 언어로 문학이 현실의 모방인 내적 의미로 구성되는 것이 아니라는 자세를 지닌다.

형식주의는 창설 시작부터 1915년의 모스크바학회와 1916년의 시언어학회연구인 오포야즈(Opoyaz) 두 그룹으로 나누어졌으며 결국 1930년에 두 그룹이 해체되었으나 1926년에 창설된 프라그언어학회에 끼친 이들의 영향은 대단히 강력했다. 바로 야콥슨(Roman Jakobson)과 프로프 (Vladimir Propp)가 대표적인 인물이다. 놀라운 점은 러시안 형식주의가 1930년 후에 서구비평과 이론에 거의 영향을 끼치지 않았는데도 불란서와 미국에서 문학구조주의로 출현한 점이다.

러시안 형식주의의 주요 특성을 정리해 보면 아래와 같다.

첫째, 러시안 형식주의는 엘리오트와 모더니스트들처럼 비평에서 19세기식 낭만적 태도를 기피한다. 말하자면 시적 영감, 천재성, 미학적 유기체설 대신 시를 기계론적 관점에서 신중하게 채택하고 다른 모든 문학예술을 기능의 산물로 본다.

둘째, 문학은 특별한 기능과 목적을 갖으며 그 특별한 목적을 성취하기 위해 작용하는데 바로 이런 점에서 사회학적이기보다 언어학적이다. 즉 언어를 언어로 배치하며 언어적 기능을 비평의 대상으로 강조하기 때문에 영감, 시적 천재성, 시적 유기체설 대신에 언어적 특징이 주

---

13) 이 부분은 R. C. Davis and S. R. Schleifer의 *Contemporary Literary Criticism*(19-20쪽)과 M. Groden and M. Kreiswirth의 *The John Hopkins Guide to Literary Theory & Criticism*(634-637쪽)을 집중적으로 참고함.

요 관심사가 된다.

셋째, 시적 기교나 서사기교 같은 형식적인 특징을 상세히 분석하는 것을 문학의 효율적인 특성으로 생각하고 이런 관점을 유지하면서 확대를 시킨다.

넷째, 문학적 포말리즘에 결정적인 충동과 자극을 준 중심인물은 쉬클로프스키(Viktor Shklovsky)로 그의 문학적 '意匠'(device)의 개념에서 명백하게 보여진다. 쉬클로프스키는 비이미지적인 문학적 의장을 논한다. 이미지에의 집중은 시가 내용을 사실적으로 갖는 것을 의미하므로 이런 가정은 형식적 분석 또는 그것과 관계되는 분석을 방해한다고 생각한다. 그는 다양한 각종 작가의 작품에서 동일한 이미지가 발견되므로 이미지 그 자체는 시인이 사용한 테크닉보다 덜 중요하며 거기에 더 덧붙인다면 이미지는 산문의 일상언어 또는 시적 언어에 다 공통되므로 이미지를 독특하게 언어예술의 본질로 생각할 수 없다고 주장하였다.[14] 쉬클로프스키의 시적 작품의 분석은 주로 '자동화'(Automatization)와 '낯설게하기'(Defamilialization)같은 시적 장치와 형식적 법칙을 설명하는 테크놀로지수사에 의존한다.

그에게 '문학성'은 '낯설게하기' 과정의 기능을 의미한다. 즉 독자들의 대상과의 관계가 자동적으로 조절되면서 고조된 감각을 제공하게 되고 그것이 미학적 목적 그 자체이다. 그래서 스토리와 플로트의 구별 강조는 쉬클로프스키에게 예술가가 지니는 자아의식을 표현하는 것 중의 하나이다.[15]

러시안 형식주의가 19세기 문학과 관련된 학문에 대해 주관주의를 거부하고 과학적이고 객관적인 방법론으로 접근해야 한다고 강조한 것

---

14) M. Groden and M. Kreiswirth, 앞의 책, 634쪽에서 참고함. 형식주의의 선구자는 문학적이면서 언어학적인 이론가인 Aleksandr Veselovskii와 Aleksander Potebnia로 특히 포테브니아가 '예술은 이미지 속에서 생각하는 것'이라고 주장한 견해에 대해 쉬클로프스키는 정확히 반대 의사를 표명했다.

15) 위의 책, 635쪽, Karen A. McCauley의 설명을 참고함.

에 대해 아래의 네 가지 점에서 고찰할 수 있다고 메콜리는 언급한다.[16]

첫째, 19세기 서구유럽이 일반적으로 인간과학에서 분류, 계보학, 진화 쪽으로 방향을 돌리고 있다는 점이다. 예를 들어 프로프의 「민담형태론」(1928)은 민담의 반복되는 특징을 분리시키는 시도에서 괴테(Johann Wolfgang Goethe)와 불란서의 박물학자 뀌비에(Georges Cuvier)의 수사학과 방법론을 사용했다는 것이다.

둘째, 러시안 포말리스트들은 그들의 작품을 상징주의자들에게 고유한 주관주의와 신비주의에 대한 직접적인 도전으로 본다. 특히 토마세프스키(Tomashevskii)는 상징주의자들은 물론 미래주의자들을 훨씬 더 비난한다. 미래주의자들은 상징주의자들이 보여주는 신비의 마스크를 과장되게 그리고 명백하게 강렬화시켰기 때문이다.

셋째, 형식주의는 19세기 대학학문의 독립이면서 직업적인 실험의 장을 마련하여 항상 창조를 추구했다는 점이다.

넷째, 포말리스트들은 과학을 향한 변화가 넓은 의미에서 사회적, 정치적, 경제적 변혁에 산업과 새로운 기술을 유입함으로써 20세기 초 러시아가 쇠락하는 것을 도울 수 있다고 생각했다는 것이다.

구인회의 문학적 성격을 기존의 현대문학사에서 공통적으로 정리해 보면 내용보다 표현 즉 언어 그 자체를 중히 여기는 말하자면 언어적 자산이 무엇보다 주요 관심사임을 알 수 있다. 정지용의 언어에 대한 관심도 그렇거니와 이태준의 소설형식에 대한 인식[17]을 수신자적 입장에서 수용환경을 탐색할 필요가 있다. 또 김기림의 '시는 과학이다'라는 명제에 대해 김기림의 '과학개론'[18]을 중심으로 좀 더 정밀하게 연구해 볼 필요가 있다.

또한 박태원이 "소설은 새로운 언어예술이란 자각에서 그의 확고한

---

16) 앞의 책, 635쪽.
17) 이태준, 「소설의 맛」, 『무서록』, 박문서관, 1941.
18) 『김기림전집』 6, 심설당, 1988.

언어의식과 소설창작에서의 언어와 표현기교"[19]에 대한 지배적인 관심을 보여 주었던 것을 그의 『소설작법』과의 관련에서 정밀한 비교연구가 요망된다. 이점은 러시안 포말리즘이 미학적, 인식론적인 시각에서 작품이 어떻게 구성되고 어떻게 나타나는지 텍스트분석을 시도하는 것과 맥을 같이 한다고 볼 수 있으며 여기에 박태원의 『소설작법』에서의 서술양식의 변화와 형식실험 등과 관련해서 그의 언어예술에 대한 자각을 중심으로 연구할 필요가 있다.

이런 문학적 양상이 1930년대 구인회를 중심으로 한 실증적인 영향연구를 해야 필요성을 느끼게 한다. 회원 각자에 대한 차용원천 및 이들에게 끼친 독서환경 등의 면밀한 연구가 선행되어야 구인회의 문학적 특성이 좀 더 구체적으로 드러날 것이다.

IV. 뉴크리티시즘과 구인회

포말리즘의 미국식 변형인 뉴크리티시즘은 모더니즘의 문학적, 예술적 발전에 중대한 보완으로서 읽기의 테크닉과 문학 이론의 위치를 상승, 발전시킨 비평으로 러시안 포말리즘과 몇 가지 일반적인 규칙을 같이 하고 있다. 그러나 앞에서 말한 바와 같이 역사적으로 웰렉이 이 학파에 관련은 되어 있으나 미국비평계에 러시안 포말리즘을 거의 소개한 적은 없어 영향관계에 대해서는 확실하게 말하기가 어렵다.[20]

뉴크리티시즘은 1920년대 후기부터 1950년대까지 광범위하게 전개된 비평활동으로서 주요 영미비평가들[21]에 의해 명료하게 표현된 주의

---

19) 유영윤, 「염상섭과 박태원 비교연구」, 건국대 박사논문, 1997, 196-197쪽 참고.
20) R. C. Davis and R. Schleifer, 앞의 책, 20쪽.
21) M. Groden and M. Kreiswirth, 앞의 책, 528쪽. 리챠아즈(I. A. Richards), 엠프슨(William Empson), 리비스(F. R. Leavis), 버어크(Kenneth Burke), 랜섬(John Crowe Ransom), 테이트

를 몇 가지로 요약해서 말할 수 있다.

첫째, 포말리즘처럼 신비평은 작품 분석에 의해 실험적인 연구와 유사한 방법으로 내용 대신 작품의 형식을 취급하려는 것으로 '자세히 읽기'(Close Reading)나 또는 전문적 분석 속에서 작품의 내적 질서에 따라 더 크고 일반적인 형식의 계통을 세우려고 한다. 그러나 형식의 기능문제와 관련해서는 신비평은 러시안 포말리즘에서 벗어나 있다. 신비평은 문학의 형식적인 특징을 특별한 효과를 성취하기 위한 도구로 생각하기보다 문학을 자족적인 예술품으로 즉 프랭크(Joseph Frank)가 의미하는 '공간'으로 생각했으며 형식이란 그것만으로 완비된 자율적인 실체라고 생각한다.[22]

둘째, 신비평은 형식을 정의내리는 개념으로 이미지에 의존한다. 브룩스의 경우, 이미지를 주요한 제재로서 형식 그 자체의 구성요소로 본다. 예를 들어 던(John Donne)의 시 〈聖典〉(Canonization)에 대한 신비평의 '정독'은 주요 핵심 이미지를 상반된 반복 패턴 속에서 확인하는 것으로 소위 브룩스가 말하는 '텐션'(Tension)을 의미한다. 이런 이미지패턴이 세워지면 형식을 해석하는 연구에 착수한다. 사실상 이것은 이미지를 내용으로 전환한 것으로 브룩스는 시란 상상력의 소산이며 상반된 패턴의 구조에서 패러독스와 아이러니가 사실상 상상력 자체의 구조를 반영한 것이라고 했다. 이점이 신비평의 본질적인 형식주의와 러시안 포말리즘의 '기능적 포말리즘' 사이에 큰 차이점이다.

셋째, 러시안 포말리즘은 작품의 해석을 거부하고 작품의 意匠의 작용을 단지 드러내는 것을 시도하는 반면 신비평은 형식의 사실적, 실제적 구조에서 객관적이면서 정확한 해석을 시도하는 것이다. 텍스트는

(Allen Tate), 윈터어스(Yvor Winters), 브룩스(Cleanth Brooks), 블랙머(R. P. Blackmur), 윔새트(W. K. Wimsatt), 웰렉(Rene Wellek) 등을 대표적인 신비평가로 지칭함.

22) 바로 브룩스(Cleanth Brooks)의 '잘 精製한 항아리'(Well-Wrought urn)에서 의미하는 것이다.

의미를 낳는 독특한 원천이며 특히 과학적인 언어와 구분된다. 따라서 시의 의미는 산문적인 설명으로 전달되는 것이 아니라 독자를 위한 경험의 원천으로서 가치가 있다. 신비평가는 작품을 철저히 읽어야 하고 항상 역설과 아이러니에 표현된 것처럼 선험적 긴장에 의해 통일성을 기하므로 작품의 전체 일관성을 당연시하는데 이런 작품의 해석은 낭만주의에서 미학적 전체성과 통일성의 개념을 부활시킨 것으로 결국 문학형식은 직접적으로 다소간 음미되어야 할 내용으로 변화하는 형식주의의 창조라 볼 수 있다.

넷째, 이런 현대 문학비평의 두 양상은 20세기 포말리스트의 발전을 대표하는 것으로 러시안 포말리스트는 문학형식을 작품활동의 주요구성 요소로 음미하기 때문에 구조주의, 포스트구조주의를 낳게 되고 신비평은 프로이트(Sigmund Freud)의 자아심리학읽기, 1950년대 후기에 프라이(Northrop Frye)의 원형비평을 또한 1960년대에는 비평의 다원주의를 불러 일으켰다.

또한 신비평에 지대한 영향을 준 주요 인물로 엘리어트(T. S. Eliot)와 리처즈(I. A. Richards)를 배제할 수 없다. 엘리어트는 〈개인의 재능과 전통〉(1917)에서 서구 유럽의 문학은 '동시적 질서'라고 주장했다. 말하자면 어떤 새로운 작품의 가치도 전통의 질서와의 관계에 의존하며 '개인적 재능'의 작품은 재능의 영향을 받은 개성이 아니라 과거문학의 영향이란 것이다.23) 또한 엘리어트는 〈하므렡과 그의 문제〉(1919)라는 에세이에서 시의 효과란 텍스트의 언어와 마음의 상태, 또는 '객관적 상관물'(objective correlative)을 제공하는 경험사이의 관계에서 생기는 것이라고 했다. 시의 언어가 교신하는 독특한 경험이 있는데 그것은 시의 지적이며 감정적인 가치를 지성으로 알 수 있는 경험 속의 '객관적 상관물'이다. 아이러니컬하게도 엘리어트는 하므렡의 경우, 충분히 객관적

---

23) M. Groden and M. Kreiswirth, 앞의 책, 528-529쪽; Leroy F. Searle의 설명임.

상관물이 발견되지 못했기 때문에 만족스럽지 못하다고 제의했다. 더욱 반어적인 것은 신비평의 발단이나 와해 둘 다 바로 이점에서였다는 것이다. 시가 요구하는 언어의 정밀성은 상관적 객관적 의미결정을 보여 줄 수 없기 때문이다.

엘리어트는 문학을 동시적 질서, 또는 체계로 다루면서 문학의 추론적, 이론적 연구의 길을 열어 놓았다. 또한 문학작품을 지적으로 이해할 수 있는 구조를 창조할 수 있는 작용에 대한 관심에 초점을 두었고 비평적으로 평가를 좋게하든 나쁘게 하든 전통적인 규약을 넘어서서 비평가들을 위해 분석적인 예를 제공했다는 데에 의의가 있다. 그러나 엘리어트는 명백한 이론이나 비평적 기교를 추구하는 것에 강하게 경주하지는 않았다.

그러나 리처즈는 이론과 기교 두 가지를 다 추구했다. 리처즈의 〈문학비평의 원리〉(1924)는 비평의 포괄적인 이론을 전개시킨 것으로 그에 의하면 비평의 이론은 가치와 소통의 이론이며 그것은 시가 시인의 경험 속에서 갈등을 일으키는 '충동'(impulses)을 조정한다는 사실에 입각하여 시가 가치를 전달한다는 가설 위에서다.

리처즈는 〈과학과 시〉(1926)에서 가치의 현대위기에 적응해서 이론을 정교화시켰다. 아놀드(Matthew Arnold)를 추종해서 리처즈는 과학시대에 시가 종교를 대체할 만큼 지적이면서 존경할 만한 것이라고 생각했다. 시란 진술이 아닌 '似而非陳述'(pseudo-statements)로 '감정을 환기시키는' 즉 신화나 전통적인 종교에서 발견되는 '신비한 세계'(magical view)와 같은 것이라고 생각했다. 그러나 신비평가들에게 가장 영향을 준 저서는 〈실제비평〉(1929)으로 학생들이 작가의 이름이나 제목없이 시텍스트를 비평적으로 읽는 실험이다. 실험에서 학생들은 주어진 텍스트에 간단한 논평을 달도록 요구 받았는데 대부분이 그 실험은 그것이 정독이든 오독이든 학생들을 유인한 것은 갈등을 조정해서 가치 있는 소통을 하는 대신 오히려 혼란과 몰이해를 초래한 점이다. 학생들의 반응은 광범위해서 당황할 만큼의 엉뚱한 관계를 보이는가 하면, 어떤 주의(doctrine)에 유착되기도 하고 느낌, 어조, 내용 등 불확실함과 혼란을 보여 주기도 하였다.

〈실제비평〉은 비평적 연구를 기피했던 문제를 개방했을 때 가르침의 중요성에 관심을 돌린 것이다. 말하자면 실제적으로 독자는 어떻게 읽어야 하는지 또 그들은 실제적으로 무엇을 이해하며 무엇을 이해하지 못하는가와 같은 문제들로 이 연구는 신비평가들을 위해 시적 언어와 형식의 문제가 무엇인지 구체화시키게 되었다. 리쳐즈의 제자 중의 한 사람인 시인 엠프슨(W. Empson)이 〈애매성의 일곱 가지 유형〉(1930)에서 놀라운 효과를 내는 문제를 연구했는데 이것이 나중에 신비평의 보증이 된 정독의 기교를 소개하는 일곱 가지 유형이다.

신비평은 후기에 가서 테이트, 랜섬, 블랙머, 브룩스, 크레인(R. S. Crane) 등 상호 이론공박이 심화되면서 1950년대 중반에는 난국에 도달하게 되었지만 시적 언어의 근본적인 특수성에 관심을 환기시키는 비평적 읽기의 개혁문제를 후원했으며 시해석의 영역을 넓힌 점에 가치를 둘 수 있다. 신비평의 역사가 철학적 시대의 종말을 고하고 용감하고 새로운 추론적 비평세계의 시작을 알렸지만 전문적인 문학연구의 형성과 그러므로 해서 정독 습관, 실험, 제 3세대까지의 독자와 비평가가 선호할 잊혀지지 않는 비평을 남겼다는 점에 의의를 둘 수 있다.

구인회는 창립의 존재이유에서부터 이데올로기를 배제하고 작품을 그 자체로 보는 문학적 태도에서 윔새트(W. K. Wimsatt)와 비어즐리(Monroe C. Beardsley)가 말하는 '영향론적 오류'(Affective Fallacy)와 '의도론적 오류'(Intentional Fallacy)라는 시각으로 작품을 읽는 신비평과 맥락을 같이 한다. 작품의 외재적 접근을 무시하고 문학작품을 그 자체로 보는 객관론적 문학적 태도를 기본으로 한다는 전제하에 구인회 회원 각 개인의 외국문학 영향관계를 탐색할 필요가 있다. 연구수용환경, 그들의 독서환경, 문학이론 탐색, 문학공개강좌, 회원작품품평회, 신문, 잡

지를 통한 구인회 회원들의 기성문단 비판 및 문학에 대한 의사표현의
정밀한 분석이 필요하다.

또한 외래문학 이입사를 통해 이입과정에 나타난 이입태도와 30년
대 수용환경을 실증적으로 조사하는 일이 선행되어야 구인회의 모더니
즘적 문학특성을 그 당시의 무성했던 비평이론과의 관계에서 실증적으
로 비교, 연구할 수 있다고 생각된다. 특히 신비평과 관련해서 엘리오
트, 리처즈, 브룩스 등의 수용관계는 30년대 수용환경과의 관계에서 관
심의 대상으로 탐색이 요구된다.

V. 맺음말

비교문학은 자국문학의 문학적 특성을 발견할 수 있는 최적의 방법
이며 과거의 전통과 새로운 전통 사이의 갈등을 비교적 정확하게 파악
할 수 있는 문학연구라고 생각한다. 1930년대 "반카프적 입장에서 순수
문학의 옹호를 취지로 발족한" 구인회의 경우, 이들이 주장하는 문학이
론과 비평활동이 모더니즘이란 포괄적 개념에서 러시안 포말리즘 및
신비평과 맥락을 같이 한다는 전제하에 1930년대 당시의 이입사에 의
한 실증적인 자료와 수용환경을 통해 구인회 각자 회원들의 외국문학
수용관계를 연구할 필요가 있다고 생각한다.

실상은 구인회의 등장이 일본의 13인 구락부, 신흥예술파, 신심리주
의파24)와의 관계에서 일본화된 모더니즘과의 영향연구가 선행되는 것
이 순서이겠지만 본인은 발신자 ①의 비평적 특성이 수신자에서 더 어
떻게 굴절됐는지를 확연히 알 수 있는 핵심적인 인자의 발견이란 점에
서 단지 문제의식 제시에 의미를 두려고 한다.

---

24) 강인숙, 앞의 책, 35-37쪽 참고.

1920년대 초반부터 1940년까지[25] 구인회회원을 대상으로 문학원론, 시론, 소설론, 평론 등을 조사해 본 결과 김환태, 김기림, 이태준이 위의 네 분야에서 비평활동이 지배적이었고 그 외 박태원, 정지용, 이효석, 이무영 등의 문학비평 활동이 두드러졌다.

김환태[26]의 경우, 「예술의 순수성」(『조선중앙일보』, 1934. 10. 21~10. 30), 「문예시평」(『조선일보』, 1934. 11. 23~12. 1), 「작가들에 대한 작품비평과 예술관 논하기」(『개벽』 신간 2호, 1934. 12), 「형식에의 通論考 페이터의 예술관」(『조선중앙일보』, 1935. 3. 30~4. 6), 「표현과 기술에 대한 문제」(『詩苑』 4호, 1935. 8), 「비평태도에 대한 辯 釋」(『조선일보』, 1936. 8. 6~8. 8), 「내가 영향받은 외국작가」(『조광』 41호, 1939. 3), 「평단전망」(『조광』 6권 1호, 1940. 1) 등 그밖에 창작계개관, 문예월평, 조선문단회고 등의 자료를 수신자적 시점에서 외국문학이론이나 비평에서 받은 영향을 탐색할 필요가 있으며 총합적 원천관계에서 러시안 포말리즘과 신비평의 차용에 대한 탐색이 필요하다.

김기림의 경우, 「포에시와 모더니티」(「현대시평론」, 『신동아』 21호, 1933. 7)를 출발로 「현대시의 발전」(『조선일보』, 1934. 7. 12~7. 22), 「신춘조선시단전망」(『조선일보』, 1935. 1. 1~1. 5), 「시에 있어서의 기교주의의 반성과 발전」(『조선일보』, 1935. 2. 10~2. 14), 「현대시의 기술」(『시원』 1호, 1935. 2), 「오전의 시론」(『조선일보』, 1935. 4. 20~5. 2, 1935. 6. 4~6. 12), 「현대시의 육체」(『시원』 2호, 1935. 4), 「비평의 재비평」(『신동아』 43호, 1935. 5), 「시대적 고민의 심각한 축도」(『조선일보』, 1935. 8. 29), 「오전의 시론-기술편」(『조선일보』, 1935. 9. 17~10. 4), 「현대비평의 딜렘마-비평·감상·제작의 한계에 대하여」(『조선일보』, 1935. 11.

25) 이선영, 『1895~1985, 한국문학논저 유형별 총목록』-연도·장르별 목록-, 한국문화사, 1990.
26) 『金煥泰全集』-문학사상자료조사연구실편, 문학사상사, 1988. 자료조사를 모아논 책으로 연구에 도움이 됨.

29~12. 6), 「〈사슴〉을 안고-백석시집독후감」(『조선문단』 속간 5호, 1936. 1), 「정지용시집을 읽고」(『조광』 2권 1호, 1936. 1), 「과학과 비판의 시-현대시의 실망과 희망」(『조선일보』, 1937. 2. 21~2. 26), 「〈心 紋〉의 생리」(『조선일보』, 1939. 6. 9), 「모더니즘의 역사적 위치」(『인문평론』 1호, 1939. 10), 「푸로이드와 현대시」(『인문평론』 2호, 1939. 11), 「문학의 諸문제」(『문장』 12호, 1940. 1), 「언어의 複雜性」(『한글』 74호, 1940. 1), 「과학으로서의 시학」(『문장』 13호, 1940. 2), 「시단월평-감각, 육체, 리듬」(『인문평론』 2권 2호, 1940. 2), 「시인의 세대적 한계」(『조선일보』, 1940. 4. 23), 「시와 과학과 회화」(『인문평론』 2권 5호, 1940. 5), 「조선문학에의 반성」(『인문평론』 2권 9호, 1940. 10) 등을 통해 포말리즘과 뉴크리티시즘이 구체적으로 김기림에게 어떤 양식으로 영향을 끼쳤는지 김기림의 발표된 글은 물론 1930년대 당시의 매개적 환경까지 접근해 볼 필요가 있다.

소설장르와 관련되어서는 구인회 회원 중 이태준의 문학활동이 가장 왕성했다. 이태준의 특집 「조선문학의 독자성-특질의 구명과 현상의 검토」(『동아일보』, 1935. 1. 1~1. 9), 「구인회에 대한 難解」(『조선중앙일보』, 1935. 8. 11~8. 13), 「문장문제에 대하야-좌담」(『조선일보』, 1937. 1. 1), 「평론태도에 대하여」(『동아일보』, 1937. 6. 27~6. 29), 「장편소설론-최재서·이태준 一問一答」(『조선일보』, 1938. 1. 1), 「소설독본」(『여성』 28호, 1938. 7), 「문장강화」(『문장』 1권 1-9호, 1939. 2~1939. 10), 「단편과 掌篇-환경에 적응하는 형태로서 散文 文學의 재검토」(『동아일보』, 1939. 3. 24~3. 25), 「詩選後·小說選後」(『문장』 1권 7호, 1939. 8~1권 10호, 1939. 11), 「소설의 어려움을 이제야 깨닫는 듯-나의 문학 十年記」(『문장』 13호, 1940. 2), 「문장의 古典·현대·言文一致」(『문장』 14호, 1940. 3), 「박태원著 소설가 구보씨의 1일에서」(『三千里』 134호, 1940. 7) 등을 들 수 있다.

이상 『한국문학논저 유형별총목록』을 참고한 결과 구인회회원 중 가장 문학비평활동이 지면을 통해 왕성했던 인물은 김환태, 김기림, 이태준 세 사람이므로 무엇보다 이들의 문학원론, 시론, 소설론, 평론 등의 자료정독과 그 내용의 성격 분석이 요망되며 두리친(D. Durisin)식의 수용하는 현상과 수용되는 현상과의 관계에서 구인회 각 개인의 연구는 영향과 원천의 선행작업이라고 볼 수 있는 이입사를 검토한 결과의 자료를 정밀하게 분석할 필요가 있다.

이런 의미에서 이미순[27]이 논한 김기림의 은유론과 신고전주의풍자론, 『문장론신강』에 대한 수사학적 연구 등은 발신자 신비평의 잠재력을 파악할 수 있는 좋은 자료로서의 의미가 있다. 또한 1930년대가 번역문학이 팽창하는 시기였다는 점과 우리 문학 속에 수용된 외국문학이론 세력이 육화되지 않은 그 당시의 특수성을 생각해 볼 때 실증적인 영향연구는 더욱 설득력을 지닌다고 생각한다.

---

27) 이미순, 『김기론의 시론과 수사학』, 푸른사상, 2007.

■ 참고문헌

강인숙, 『일본모더니즘소설연구』, 나무, 2006.
『김기림전집』 6, 심설당, 1941.
김민정, 『한국근대문학의 유인과 미적 주체의 좌표』, 소명출판, 2004.
김병철, 『한국근대번역문학사연구』, 을유문화사, 1975.
김병철 편저, 『서양문학번역논저연표』, 을유문화사, 1978.
김병철, 『한국근대서양문학이입사연구 (하)』, 을유문화사, 1982.
『김환태전집』, 문학사상사, 1988.
송 욱, 『시학평전』, 일조각, 1963.
유영윤, 「염상섭과 박태원연구」, 건국대 박사논문, 1997.
유철상, 「구인회성격과 순수문학의 의미」, 『현대문학이론연구』 제25집, 2005.
이미순, 『김기론의 시론과 수사학』, 푸른사상, 2007.
이선영, 『1895~1985, 한국문학논저 유형별 총목록』, 한국문화사, 1990.
『조광』 41호, 1939. 3.
Hugh Holman, A Handbook Literature, The Bobbs-Merrill Company, Inc., 1980.
J. A. Cudon, A Dictionary of Literary Terms, Blackwell, 1980.
Karl Beckson, Arthur Ganz, A Literary Terms, Canada, 1975.
Louis Kampf, On Modernism-The Prospects for Literature and Freedom, The M. I. T. Press, 1967.
Merriam Webster's Encyclopedia of Literature, Merriam Webster, 1995.
Michael Groden and Martin Kreiswirth, The John Hopkins Guide to Literary Theory & Criticism, The John University, 1994.
Michael H. Levenson, A Genealogy of Modernism-A Study of English Literary Doctrine, University of Verginia, 1984.
R. C. Davis and R. Schleifer, Contempoary Literary Criticism-Literary and Cultural Studies, Longman Inc., 1989.

■ 국문초록

　이 논문의 의도는 구인회의 문학적 특성을 비교문학과의 관계에서 비평이론을 연구한 것이다. 구인회는 1930년대 『시와 소설』을 통해 새로운 정신 하에 선구적 역할을 한 문학써클이다. 실상 1930년대는 일본을 통해 서구문학이 대거 수용된 시기로 구인회문학의 특성을 발신자시점에서 연구해 보는 것이 바람직하다.

　구인회문학의 특성을 광의에서 모더니즘이라고 볼 때 구인회의 언어의식을 통한 혁신성 추구와 문학의 자율성은 포괄적 개념에서 기본적으로 러시안 포말리즘과 뉴크리티시즘의 이론과 맥을 같이 한다고 볼 수 있다.

　문학을 형식의 복합적인 체계로 보는 러시안 포말리즘은 구인회 회원인 이태준, 김기림, 박태원 등의 서술양식의 변화와 언어예술에 대한 자각, 형식실험 등과의 관계에서 연구할 필요가 있다.

　신비평의 경우, 비평적 읽기의 개혁문제, 시해석의 영역을 넓힌 점과의 관계에서 1930년대 수용환경을 정밀하게 관찰할 필요가 있다. 특히 구인회 회원 중 문학비평 활동이 가장 왕성한 김환태, 김기림, 이태준을 중심으로 이입사를 통해 1930년대 모더니즘의 문학적 특성을 비평이론과의 관계에서 정밀하게 분석할 필요가 있다.

주제어: 구인회, 발신자, 모더니즘, 러시아형식주의, 신비평, 수용환경

■ Abstract

Guinhoe from the Point of Dispatcher's View

Jeon, Hae Ja

The purpose of this study is to investigate the critical theory in relation to the comparative literature. Guinhoe, as a literary association plays a pioneer role under the 'make it new' through 『poetry and novel』 in 1930s.

In fact, the period '1930s' is a great period when it is influenced by the Western literature. In this regard, it may be valuable to examine the literary characteristics of Guinhoe.

Seeing Guinhoe's literary idiosyncrasy as a Modernism from a wide point of view, the literary self-reliance and the pursuit of language reform are basically similar to the Russian Formalism and New Criticism.

Russian Formalism viewing a literature as a complex system of for-mality, it is neceassary to study the change of narrative form, form ex-periment and awarness of verbal art from Park Tae-Won, Kim Gi-Lim and Lee Tae-Jeun.

In New Criticism, it is essential to carefully investigate the reception environment in 1930s considering the reform of a critical reading and increasing area of poetry interpretation. Specifically, centering around Kim Whan-Tae, Kim Gi-Lim and Lee Tae-Jeun who were active in a literary critical activity, we should closely analyze the characteristics of 1930s' Modernism from the critical theory.

Key-words: Guinhoe, dispatcher, Russian Formalism, New Criticism, Modernism, receptional ambience

－이 논문은 2008년 6월 15일에 접수되어, 소정의 심사를 거쳐 2008년 7월 15일에 최종적으로 게재가 확정되었음.

구인회와 댄디즘의 두 양상

- 이태준의 상고주의와 박태원의 고현학

안 숙 원*

Ⅰ. 구인회와 모더니즘 댄디들의 상호텍스트성

1930년대 한국문학사의 모더니스트 구인회 멤버들이 공유한 것 가운데 하나가 댄디즘의 문체적 아우라이다.

구인회 작가들은 '새것'콤플렉스와 함께 지나치게 교만하여 상식을 일탈한 위험인물들[1]이거니와 이것은 보기에 따라선 어릿광대같은 일면이기도 했다. 쉐퍼드(Richard Sheppard)[2]도 모더니즘 텍스트와 카니발을

---

* 부경대학교
1) 이상,『소설체로 쓴 김유정론』, 어문각, 1991, 191쪽.
2) 쉐퍼드는 에라스무스의『우신예찬』에서 카니발적 바보의 본질을 발견하고 전형적 모더니스트인 채플린 등을 예로 들었다. 아울러 모더니스트들의 작품에 등장하는 바보-카니발적 인물의 특징을, ① 정상적 性 역할 전도, ② 양성적(androgynous), ③ 고전적 트릭스터 모습, ④ 사기, 환각, 특히 써커스에 매료되며, ⑤ 이교도(paganism)의 부활, ⑥ 수

결부시켜 문학 속에 나타난 카니발적 바보인 트릭스터(Trickster)와 어리
석음을 검토하였는데 필자는 이를 원용해 구인회와 '바보의 시학'으로
논의한 적이 있다.[3] 구인회 작가들의 텍스트에서 바보의 시학이 설득력
을 갖는 것은 이태준의 소설에 많이 등장하는 시대착오적 인물, 이상의
언어유희에 의한 이교도적(paganic) 시학, 박태원 소설의 카니발 트릭스
터들, 김유정 작품에서 숙맥같은 바보들이 선호되고 있기 때문이다. 작
중인물의 바보스러움은 작가들의 풍자정신에서 비롯된 것인 만큼 자칭
현명한 바보이든, 어리석은 바보이든 어릿광대들인 이들은 19세기식 문
화적 아방가르드인 댄디즘과도 일맥상통한다고 할 수 있다.

댄디(Dandy)는 유행의 궁극적 대표자, 자신을 미학적 인공물로 생산
하는데 몰두하는 사람이다. 댄디들은 현실극복보다 유희적이며 권태를
즐기고 근대도시, 군중을 무대로 모더니즘을 자신의 실존과 연결시켜
미학화하였다.[4] 그래서 댄디즘 소설가들에겐 예술가와 장인을 다룬 메
타픽션이 많다. 이들은 상업, 과학, 기술적인 것에 반감을 보이며 단지
외양가꾸기에 그치지 않고 순간순간의 삶에 충실하려는 보들레르식 자
아만들기에 열중하였던 것이다.[5] 사실 댄디즘(Dandyism)은 근대성의 전
복인 것같지만 근대적 속성이다. 왜냐하면 자본주의 부르주아사회에 대
한 혐오가 댄디의 출현을 낳았고 이것은 그들의 사회적 부적응과 예술
가로서 자부심을 나타내는 상징적 제스처[6]인 까닭이다. 구인회 결성에

용소를 '집'(home)으로 느끼고, ⑦ 거꾸로 뒤집힌 질서나 뒤죽박죽 상황을 좋아하는 것
으로 정리했다.

Richard Sheppard, "Upstairs-Downstairs—Some Reflections on German Literature in the
Light of Bakhtin's Theory of Carnival", *New ways in Germanistik*, Berg. N.Y. 1990, pp. 278-
312.

3) 안숙원, 「구인회와 바보의 시학」, 『서강어문』, 제10집, 1994, 12, 227쪽.

4) 공임순, 「도시 속 댄디들의 이중적 욕망」, 『한국문학이론과 비평』 제2집, 한국문학이
론과 비평학회, 1998. 5, 142쪽.

5) 푸코의 '자아 만들기'가 훈육을 통한 자아의 윤리학이라면 보들레르의 그것은 댄디즘
으로 나타났다.

관한 상허의 발언7)처럼 그것이 조직적인 문학그룹이 아니라 사교모임
의 성격이었다는 점을 액면 그대로 이해할 것은 아니라 하더라도 구성
원들의 튀는 언행과 외모부터는 분명 댄디적인 경쾌함이 있었다. 다음
은 이들의 편모이다.

① '링컨'과 같은 구레나룻을 가진 이상의 생각이 난다. 사내 얼굴에는
수염이 좀 거칠어서 야성미를 띠어보는 것도 좋은 화장일지 모른다. 그러
나 내 수염은 좀 빈약하다…… 아직 열 한 점, 그러나 낙랑이나 명치제과
쯤 가면, 사무적 소속을 갖지 않은 이상이나 구보 같은 이는 혹 나보다 더
무성한 수염으로 커피잔을 앞에 놓고 무료히 앉았을지도 모른다.8)

② 우리는 한동안 곧잘 낙랑에서 차를 마셨다. 그리고 세 시간씩, 네 시
간씩 잡담을 하였다. 그는 분명히 다섯 시간씩, 여섯 시간씩이라도 그 곳에
있고 싶었음에도 불구하고 문득 내게 말한다. "박형, 그만 나가실까요?" 그
래 나와서 광교에까지 이르면 "그럼, 인제 집으루 가겠습니다. 또 뵙죠."
그리고 그는 종로 쪽으로 향하는 것이었으나 대부분의 경우에 그는 얼마를
망설이다가 다시 한 바퀴 휘돌아 낙랑을 찾는 것이었다.9)

③ 이상이란 사람은 평생 빗질을 해 본 일이 없는 텁수룩한 머리와 양
인같이 창백한 얼굴에 숱한 수염이 장대같이 뻗치었고 보헤미안 넥타이에
겨울에도 흰 구두를 신고 언뜻 보아 활동사진 변사같은 어투로 말하는 것
이 곡마단의 요술쟁이 같을 것이고……10)

위 인용문 ①은 이태준의 「장마」(1936)에 제시된 상허의 장발에 관

6) 남진우, 「견딜 수 없이 가벼운 존재들」, 『숲으로 된 성벽』, 문학동네, 1999, 59쪽.
7) 이태준, 수필 「구인회에 대한 난해기타」, 『이태준문학전집』 17, 서음출판사, 1988, 241-243쪽.
8) 이태준, 「장마」, 『이태준전집』 2, 깊은샘, 1988, 19쪽.
9) 류보선 편, 박태원 수필집, 『구보가 아즉 박태원일 때』, 깊은샘, 2005, 201쪽.
10) 고은, 『이상평전』, 청하, 1992, 225-226쪽.

한 것이고 ②는 박태원이 추억하는 구인회 당시 김유정의 모습이다. 그리고 ③은 "나는 형상없는 모던보이"[11]라던 이상을 동료 조용만이 회상한 글이다. 또 박태원은 당시 유행하던 갑바머리에 굵고 검은 테 안경을 쓰고 다녔다고 한다. 그들은 이른바 벤야민의 한량(privatier)[12]들로서 공적 업무보다 사적 생활을 즐기며 서울거리를 배회하는 산책자요, 다방에서 시간 때우기에 무료한 룸펜 인텔리들이었다.

본고는 구인회 작가들의 댄디적 상호텍스트성을 이태준의 상고주의와 박태원의 고현학을 대상으로 검토하고자 한다. 두 사람은 초점대상 차원에서 전통/현대로 대비되는 바, 전자를 내적 투시로, 후자를 외적 조망으로 비교해 보려는 것이다.

Ⅱ. 내적 투시와 이태준의 상고주의

1. 전통, 모더니티의 편리한 타자

파초잎에 빗방울 떨어지는 소리가 듣고 싶어서 서재 가리개를 하지 않았던 화초벽(花草癖)의 이태준이 고완품에 매료된 상고주의자란 것은 그의 수필집 『무서록』(1941)과 여러 소설작품에 표명된 대로다. 전통을 부정하며 변화에의 욕구로 '새것' 콤플렉스에 사로잡혔던 상허가 상고주의와 어떻게 연관되는 것일까? 그것은 상허의 내면이 로컬리티와 엑조티시즘이 공존하고 있었던 것으로 설명된다. 권성우도 이태준은 옛것에 대한 동경 못지 않게 현대성과 새로운 세계에 대한 친화감이 깊숙이 자리잡고 있었다[13]고 말한 적이 있다.

11) 「동해」, 『이상문학전집』 2, 문학사상사, 1991, 264쪽.
12) 벤야민 W., 반성완 역, 『발터 벤야민의 문예이론』, 민음사, 2003, 140쪽.
13) 권성우, 「이태준의 수필 연구」, 『한국문학이론과 비평』 제22집, 한국문학이론과 비평

상허가 '살아있는 고완품'인 난초를 가꾸며 조선백자와 고서화에서 고전적 아취를 즐기다가도 엑조티시즘에 기울어지는 양가성은 그의 단편 「까마귀」(1936)에 잘 드러나 있다. 죽음을 앞둔 인간의 존재론적 고독을 다룬 이 작품의 로컬리티는 한국인의 주술적 징크스의 하나인 불길한 까마귀 이미지이고, 엑조티시즘은 포우의 단편 「까마귀」(Raven)[14]와 고흐의 『까마귀 날아오르는 밀밭』를 패러디한 것이다. 상허의 「까마귀」에는 작가인 주인공이 친구의 별장에서 마주친 폐결핵 말기의 처녀를 연모하던 중, 까마귀 울음소리에 강박된 그녀의 불안감을 해소시켜 주고자 까마귀를 해부하여 나무에 걸어놓는다든가, 그녀의 진짜 애인은 여자의 각혈한 피를 마심으로써 사랑을 표현한다는 에피소드가 있다. 그런 엽기성은[15] 현대적인 동시에 서구적 발상이다. 이것은 보들레르가 공포의 방어기제로 충격요법[16]의 시를 쓴 것을 연상시킨다.

상허의 상고주의가 소설에 표현된 것은 노인문제[17]의 형상화(「아담의 후예」, 「영월영감」, 「돌다리」, 「복덕방」, 「불우노인」……)와 등장인물들의 고완품에 대한 애착을 들 수 있다. 전자는 '월하노인'[18]류의 지혜와 당당한 과거를 지녔던 노인들로, 개인적 실수가 아닌 시대적 조건 때문에 영락해버린 탓에 연민과 동정을 자아내는 인물들이다. 그 중 「아담의 후예」(1933)와 「복덕방」(1937)은 노인이 초점주체가 되어 노인문

학회, 2004. 3, 29쪽.

14) 이 소설에서 포우의 연인 '엘레노어'를 따서 상허는 그의 여주인공더러 '레노어'라고 명명한다.

15) 상허의 엽기성은 「사냥」(1942)에서 남이 사냥한 멧돼지의 살점만 떼어 훔쳐간 도둑, 「토끼 이야기」(1941)엔 만삭의 아내가 토끼가죽을 벗기느라 손에 선혈이 낭자한 경우도 있다.

16) 벤야민은 보들레르가 공포에 내맡겨진 상태에서 스스로 공포를 불러일으키는 것을 쇼크애호증이라고 하면서 충격방어가 그의 시라고 하였다. 벤야민, 앞의 책, 128쪽.

17) 장소진, 「이태준 문학에서 노인의 문제」, 『서강어문』 제9집, 서강어문학회, 1993. 12, 289쪽.

18) 月下老人: 인연을 맺어주는 신, 붉은 밧줄로 인연을 맺어놓는다는데 지혜의 상징이라고 보기도 한다.

제를 예각화시킨 것인데, 오늘날 노인들이 사회는 물론, 가족으로부터
도 소외되는 불우한 처지를 예견한 작품이어서 주목에 값한다. 후자인
고완품 취향은 『별은 창마다』(1942), 「패강랭」(1938), 「석양(1942)」 등의
소설에서 두드러진다. 또한 이것들은 「달밤」(1933), 「까마귀」, 「장마」 따
위와 더불어 예술가와 장이를 주인공으로 하거나 작가의 자전적 작품
들이란 점도 과감하게 자기를 노출시키는 댄디다운 상허의 면모이다.

전통이란 진행 중의 재생산인데 그 연속성은 필연적인 것이 아니라
욕구되고 선택된 것이라는 점[19])에서 토착문화주의는 모더니티의 거만
한 담론에 없어서는 안 될 편리한 타자이다.[20] 근대적인 것=긍정적인
것, 전근대적인 것=부정적인 것 사이에서 기만적으로 멋지게 보이는
이러한 대립은 모든 지방적이고 다원적이고 반항적인 민족주의 변종들
을 부적절하고 종속적인 것으로 나타내게 된다.[21] 상허의 장편 『별은
창마다』(1942)에서 '동경묘지의 아름다움/ 두통거리 조선무덤'을 놓고,
후자를 '미개족속의 미신'으로 간주하는 것이 그 예다. 이 작품에서 건
축학도 어하영은 한정은네 집을 처음 방문하고선, "추녀의 아름다움, 조
선집이 이처럼 아름답던가!"[22]라고 한옥의 생동감 넘치는 건축미에 황
홀해하지만 그것은 고래등 같은 기와집에 국한될 뿐, 일반민중의 집들
이란 '돼지우리같이 비문화적'이어서 외국인한테 보여주기 부끄럽다고
생각한다. 이것은 『사상의 월야』(1941)에서 원산의 객주집 사환인 송빈
이 동경유학생인 투숙객을 보고, "아, 동경 유학생들!"[23]을 부르짖으며
근대문명의 아성인 동경을 선망하는 것과 같은 맥락이다. 송빈은 불국
사와 석굴암을 제외하고 조선에 문화가 있느냐고 목소리를 높이며 역

19) 윌리암스 W., 설준규·송승철 역, 『문화사회학』, 까치글방, 1984, 194쪽.
20) 간디 L., 이영욱 역, 『포스트식민주의란 무엇인가』, 현실문화연구, 2000, 137쪽.
21) 위의 책, 137-138쪽.
22) 이태준, 『별은 창마다』, 『이태준문학전집』 3, 서음출판사, 1988, 78쪽.
23) 이태준, 『사상의 월야』, 『이태준문학전집』 5, 서음출판사, 1988, 159-160쪽.

시 돼지우리/문명국의 대립으로 '조선은 80~90%가 돼지우리이니 세계
의 모멸감을 받아도 싸다'고 비난한다.[24] 반대로 제국의 수도 동경은
'시대를 투시하는 사상을 주는 곳'이며 송빈이 가려는 願望의 공간이다.
송빈은 현해탄에서 선각자 김옥균을 떠올리고 김옥균→아버지로 이어
지는 애국청년의 반열에서 자신이 동경유학을 떠나는 것도 일본에 협
력하기 위해서가 아니라 진멩이마을과 같은 공동체, 더 나아가 조선의
광복을 위한 것이라고 확신한다. 이렇듯 송빈은 시대변화에 떠밀려 빚
투성이로 몰락한 고향 용담에선 근대문명을 비판하고, 부산에서 현해탄
도항증을 얻으려는 식민지 백성의 비굴함을 목격할 땐 문명국이 못 되
는 조선을 탄식하는 등, 전근대와 근대 사이에 동요하는 정체성 위기의
정신분열증을 내보인다. 『별은 창마다』의 어하영도 말로는 '서양중독
증'을 경계하나 그가 조선에 건설하려는 꿈의 도시는 크리스마스 카드
에 그려진 서양주택들로부터 촉발된 것이다. 이 작품에서 상허의 상고
주의는 평소 도락이라곤 먹는 것 외에 없던 한사장이 은퇴 후 고완품
수집가로 변신하는 것에서도 부각된다. 한사장의 변화는 '골동품'이란
말에 성을 내며 품위있게 '古翫品'이라고 해야 한다거나 딸 정은의 사
업구상[25]과 혼사문제 따위에도 너무 초연해서 정은이 "고완취미란 이
처럼 사람을 바꿔놓는 것인가?"[26] 하며 놀라워 하지만 한사장의 돌변은
서사진행상 설득력이 없다. 이는 만주사변(1931)으로 그의 피혁회사가
군수품생산을 위해 국유화되는 뒤숭숭한 시국과 맞물린 그의 처세술에
지나지 않기 때문이다.

그런가 하면, 이태준의 고완품 취향은 조선백자를 문갑 위에 두고

---

24) 이태준, 위의 책, 214쪽.
25) 어하영은 봉천 신도시계획에 참여코자 만주로 떠나고 대신 피아노를 전공하던 정은
    이 건축을 공부해서 아버지 한사장의 자본으로 하영이 설계한 '꿈의 도시'를 실현하려
    한다.
26) 이태준, 「별은 창마다」, 215쪽.

노상 애무한다는 데서 물신주의적 에로티시즘과 혼효돼 있기도 하다. 그
것을 보여주는 예가 「석양」(1942)의 매헌(梅軒)27)과 타옥의 관계다. 매
헌은 경주 골동품가게에서 만난 신여성 타옥의 세련된 도회풍의 분위
기에 이끌리며 그녀와 고적답사에 나섰다가 그녀가 갑자기 오릉 앞 웅
덩이에서 나체로 물장난하는 모습을 보곤 오릉의 신비한 곡선과 그녀
의 육체가 동일시되는 환각에 빠지기도 한다. 고분의 곡선=여성의 몸
매로 등치되고 중년사내가 딸과 동갑나기 처녀의 나체를 훔쳐보는 도
착적 행위에서 상허 상고주의의 착종을 발견할 수 있다. 여기서 이태준
의 상고주의에 대한 자기합리화는 옛것이라고 무작정 좋다는 것이 아니
라 '거기에 생활의 때가 끼어야 한다'는 전제가 붙는다. 상허의 분신인
송빈의 아버지가 남겨준 연적처럼 정감이 깃들어야 고완품의 가치가
있다는 뜻이다. 또한 직업적이면 고완이 아니라고 했다.28) 그러니 댄디
적 취향에 불과한 취미 수준이 이태준 상고주의의 실체인 것이다. 그것
은 엘리어트가 시인은 개인의 재능보다 전통에 의지해야 한다고 말한
전통론과는 다른, 모더니티의 타자로서 의의를 가질 따름이다. 따지고
보면 고완품은 근대의 산물이다. 송인화도 지적하였듯이29) 옛 도자기나
서화 따위를 고완품으로 호명하는 것 자체가 실물의 제작과 수용자는
과거속의 인물이며 감상자는 현재적 시간에 처해 있기 때문이다.

2. '달밤'과 '월야'의 기호론

'달밤'과 '월야'는 기의는 같은데 기표가 다르다. 구체적으로 '달밤'
은 「달밤」에서 황수건의 달이고 '월야'는 『사상의 월야』에서 주인공 송
빈의 달로 요약할 수 있다. 두 작품을 대조해 보는 것도 흥미롭다. 이들

---

27) 매헌(梅軒)은 상허 이태준 부친의 아호다.
28) 이태준 수필집, 『무서록』, 서음출판사, 1988, 247-249쪽.
29) 송인화, 「이태준소설 연구」, 연세대 박사논문, 1999, 37쪽.

이 각각 상허의 단, 장편을 대표하며 작가의 경험적 자아가 강하게 투영되어 있어 그의 창작방법론을 파악하는데 기여하는 텍스트들이기 때문이다. 「달밤」은 감각적이고 섬세한 문체와 보통사람들의 애수를 즐겨 그린다는 이태준의 특성을 살린 서정적 단편이며 『사상의 월야』는 상허의 소설들이 '사상이 없다'고 폄하하려는 사람들에게 보란 듯이 사상을 강조하고 서두의 달밤 묘사와 같은 감각적인 문체에다 플롯의 탄탄함, 인물의 성격구성 등이 성공한 장편인 것이다. 두 작품에 전경화된 달의 기표 차이를 보자면, '달밤'은 정감적 자연의 빛이고, '월야'는 인공의 전기불빛 같은 도시 근대의 提喩로, 야심만만한 청년 송빈의 사회적 자아를 성장시킬 사상의 빛이다. 다시 말해, 전자는 초점주체인 '나'가 황수건이란 초점대상을 연민의 시선[30]으로 바라보는 예술가로서 이태준의 모습이라면, 후자는 아버지의 지사적 삶을 계승하겠노라고 강원도 시골에서 출분한 고아소년이 마침내 동경으로 유학길에 올라 현해탄을 건널 때의 감격을 토로하는 사상가 이태준이다.

「달밤」에서 황수건은 큰 입, 큰 눈에 빡빡깎은 커다란 짱구머리에다 반편이로서 그는 성북동으로 이사온 소설가 '나'에게 신문을 배달하러 왔다가 이것저것 참견하곤 시도 때도 없이 들이닥쳐 묻지도 않는 자기의 얘기를 털어놓는다. '나'는 처음엔 좀 황당했으나 점차 황수건의 천진한 만담에 관심을 갖게 된다. 황수건은 학교 급사에서 쫓겨나 신문배달 보조원을 하고 있었는데 반편이라고 그나마도 밀려나고 만다. '나'는 그에게 참외장수라도 해보라며 돈 삼원을 주고 원금만 갚으라고 했지만 그것도 실패하자 황수건은 '나'에게 원금 대신 남의 포도를 훔쳐 갖다주다 포도밭 주인에게 붙들려 간 후 소식이 없었다. 어느 날 밤 귀가 길에 '나'는 달빛 아래 걸어가는 황수건을 발견하고도 그가 무안해 할까 봐 짐짓 나무그늘로 몸을 숨긴다. 이 때, 달은 불빛없는 성북동(시

---

30) 김은정은 이들을 수평적 관계라고 했다.(김은정, 「이태준 단편소설 연구」, 서강대 석사논문, 1990, 57쪽.)

골)/전기불빛 환한 문안(도시)의 대립에서, 더욱 밝은 빛으로 자신의 존재감을 드러내되, 결코 구별하는 빛이 아닌 혼연일체로 녹아들어 황수건의 치부까지 감싸주는 '나'와 교감의 매개물로 기능하고 있다. 「달밤」은 '길 위에 집을 깐 듯' 탐미적인 달과 '나'와 황수건의 3자관계가 서사적 거리를 적절하게 유지함으로써 단편소설의 형식미를 유감없이 발휘한 작품이다. 그렇다면 『사상의 월야』에서 달은 어떤 이미지로 그려지고 있는가?

> 달은 누가 하늘에서 끌어올리는 것처럼 우쭐우쭐 솟는다. 달은 바라볼수록 두 눈 속이 그득 차 버린다. 눈을 감으면 도리어 더 이글이글한 달이 핑핑 돌아서 쓰러질 것같다. 눈을 뜨면 그 달은 쏜살같이 바다 끝 하늘가로 물러 나간다. 다시 한참 보면 달은 도루 커진다.[31]

한국문학사에서 달을 이토록 역동적이고 감각적으로 묘사한 텍스트도 별로 없을 것이다. 이 장면은 『사상의 월야』 도입부인데 여섯 살 송빈이 아버지의 임종을 피해 바닷가에서 바라본 달이다. 양진오는 달이 자아를 되비치는 거울로서 주인공 송빈과 달의 관계를 라캉적인 상상의 관계라고 했다.[32] 아버지의 죽음에 가족들은 울음을 터뜨리는데 송빈은 방관자로 오직 달구경의 환상에 젖어있었다는 것이다. 그러나 '월야'의 달은 동적인 청년의 이미지요, 지조 높은 한문서생, 아버지의 孤魂을 대리한 송빈의 미래를 밝혀줄 빛으로 이해해야 하지 않을까. 그 달을 보며 절치부심했음은 송빈의 이후 행적이 증명해 준다. 아버지에 이어 어머니마저 죽고 고아가 된 송빈이 남의 집 더부살이를 전전하며 그토록 갈망하던 동경유학길에 오르기까지, 그는 겉으로는 요절한 아버지의 지사적 삶을 계승하겠다고 하였으나 내심 세상에 대한 복수심을

---

31) 이태준, 『사상의 월야』, 15-16쪽.
32) 양진오, 「이태준의 『사상의 월야』 연구」, 서강대 석사논문, 1992, 36-37쪽.

불태우는 사람이다. 작중의 硯滴은 아버지의 대유로서 송빈의 남근적 욕망, 나아가 민족 전통의 상징이라고 볼 수 있는데 그가 '남자의 기개' 운운하며 남성성33)을 자각할 때마다 고완품 연적을 보고 의지를 다잡는 까닭이다. 아버지의 호 梅軒을 작중인물 이름에 사용하며 아버지가 남긴 유일한 유품인 연적에서 아버지의 고혼을 느끼는 실제작가 이태준의 복사판이 송빈임을 알 수 있다. 반면, 그의 첫사랑의 연인 은주는 상상계의 욕망을 비유한다고 생각된다. 아버지가 송빈의 이성이라면, 은주는 그의 감성인 셈이다. 그의 내면이 이들 사이에서 갈등하는 가운데 은주는 팔난봉 유팔진과 결혼하고 송빈도 점점 사회적 자아로 성숙해간다.

그런데 『사상의 월야』에서 송빈의 성취동기를 자극하는 인물은 아버지 외에도 조선 통감 이등박문이 있다. 텍스트에 거듭 환기되는 이등박문의 출향시(男兒立志出鄕關, 學若無成死不還)는 무척 의아스럽다. 더구나 아버지의 망명 고혼을 생각하는 순간에 식민주체 이등박문의 시를 인용한다는 것은 아이러니컬하다. 아무리 문학의 정치적 탈색을 외치는 구인회 작가라도 한국인에게 이등박문이 누구인가. 가난한 농촌에서 태어나 하급무사 집안34)에 입양되고 신산한 유년기를 보내다 영국 유학을 다녀온 입지전적 이등박문의 출세담이 어쩌면 고아로 객줏집 사환부터 시작해 이리저리 전전하던 상허에게 역할모델이 되었을지 모르나 『사상의 월야』는 사상의 빈곤이란 세간의 비판에 대응하기엔 너

---

33) 이정옥이 이태준의 여성관에 대해 신여성의 성공담을 그린 작품들조차 교화자와 지원자는 남성임을 지적했듯이(이정옥, 「성모, 끝없이 이어지는 신화의 재생산」, 『한국문학과 모성성』, 서강여성문학회, 1998, 126-133쪽), 상허는 가부장적이고 모성이데올로기에 침윤돼 있으나 생활력 강한 여성을 많이 다룬다는 점이 특색이다. 여기에는 지적으로 여성보다 우월하지만 생활에는 나약한 남성들의 의존심리가 내재돼 있다고 하겠다. 또 모성신화는 『성모』에 오면 민족의 어머니를 호명하는 제국주의 모성론으로 퇴행한다.

34) 이등박문은 어려서 가난한 농민이었던 생부의 가출로 어머니와 외가에서 살다 아버지가 최하층 무사인 아시가쥬(풍신수길이도 같은 출신)인 이토집안에 입양된 뒤 그 집에 불러들였다고 함.

무 안이한 반민족적 작품이다. 상허의 소설론인 '쓰는 소설'/'씨키는 소설' 분류에서, 전자는 예술적인 순수단편과 본격소설을, 후자는 신문연재 소설류를 가리킨다고 할 때, 『사상의 월야』는 '쓰는 소설'로 평가될 작품임에도 불구하고 이등박문의 출향시 반복인용은 오히려 사상의 혼란만 가중시킨다. 작가의의 주제의식이 해방전 친일적 원작(1941)에서 해방 후 민족주의적으로 개작(1946)[35]되었다는 기존 논의[36]도 수긍할 수 없지만 작가 스스로 '장편장이'로 자처하며 신문소설을 쓰지 않겠다고 하고서도 청탁을 받으면 '붓이 근지러워져 연재소설을 쓰고 싶은 충동을 토로한[37] 적도 있으니 '좋은 소설'[38]을 쓰지 못하는 것이 반드시 타의에 의한 것만도 아니었던 것이라 생각된다. '달밤'과 '월야'의 기호론은 상허의 댄디적 기질이 표출된 사례인 동시에 그것이 겉멋에 치우치면 자가당착에 빠질 수도 있음을 보여준다.

III. 외적 조망과 박태원의 고현학

1. 소요의 서사와 구보의 보행발화

박태원은 고현학(Modernology) 방법론으로 그의 창작 태도를 언명했듯이 서사적 인식이 당대의 규범시학에 도전한 도립의 작가[39]이다. 고

---

35) 『사상의 월야』 원작은 『매일신보』(1941. 3. 4~7. 5), 개작은 1946년 을유문화사에서 출판됨.
36) 원본과 해방 후 개작의 차이는 마지막 장 '동경의 달밤들'이 누락된 것인데 이익성은 개작이 민족주의적 성향을 과감하게 드러냈다고 했다.(이익성, 「『사상의 월야』와 자전적 소설의 의미」, 『한국근대장편소설연구』, 한국현대문학연구회편, 서울: 모음사, 1992, 99쪽) 양진오, 앞의 논문, 16쪽에서 재인용.
37) 이태준, 수필 『무서록』, 서음출판사, 1988, 135-136쪽.
38) 이명희, 「좋은 소설로서의 존재방식」, 『문학, 환멸 속에서 글쓰기』, 새미, 2002, 48쪽.
39) 안숙원, 「박태원소설 연구」, 서강대 박사논문, 1993, 4쪽.

현학이란 현대의 인정, 세태, 풍속을 조사 관찰하여 연구 분석하는 작업을 뜻하는 그의 소설 창작원리다. 이를 실천하기 위해 구보는 노트와 '단장'을 들고 도시의 거리를 배회하는 것이다.

원래 철학자는 걷는 사람들이었다. 희랍의 아리스토텔레스도 걸으면서 생각하는 습관이 있었다고 한다. 그가 세운 '리케이온'이라는 아카데미에서는 선생과 학생이 함께 산책하면서 이야기하고 사색하는 독특한 방식으로 교육이 진행되었기에 그들을 소요학파(逍遙學派)라고 하였다. 소요학파를 가리키는 그리스어 'peripatetics'는 '습관적으로 먼 길을 걷는 사람들'이란 뜻으로, 루소는 그의 『고백록』에서 "나는 걸을 때만 명상에 잠길 수 있다. 걸음을 멈추면 생각도 멈춘다."고 했다. 동양의 장자도 逍遙篇에서 소요 자체가 목적인 걷기를 논했던 것이다. 이들과 달리 산책자(flâneur, rambler)[40]가 메트로폴리탄 거리의 기표로 의미 있는 존재가 되어 도시를 배회하고 관찰하는 게으름뱅이를 지칭하게 된 것은 19C 문화현상의 하나이다.[41] 세르토(Michel de Certeau)는 걷기가 공간을 조직화한다고 하여 보행발화[42]를 주장했는데 도시의 거리는 담론 형성의 기반이라는 것이다. 말하자면, 거리는 사회가 금지/허용하는 행위를 지리적으로 보여주는 하나의 지표가 되어[43] 현대인들은 교통신호를 지켜야 하고 기계적 행동을 강요당하기도 하는 것이 단적인 예다.[44]

---

40) 강상희는 산책자를 보들레르의 산문시에서 따 온 것이라고 하였으나(강상희, 「소설가의 고독과 억압된 욕망」, 『북으로 간 작가선집』, 을유문화사, 1988, 331쪽) 희랍 소요학파, 장자의 소요편이 그들의 원조라고 해야 할 것이다.

41) 벤야민 W., 반성완 역, 『발터 벤야민의 문예이론』, 민음사, 2003, 벤야민은 포우의 런던, 보들레르의 파리, 호프만의 베를린 등을 대표적 산책자로 꼽았다.

42) 세르토 M. D., 김용호 역, 「일상생활의 실천」, 『문화, 일상, 대중』, 박명진 외 편역, 한나래, 1996, 166-168쪽.
세르토는 언어발화와 보행발화 사이에 패러다임이 성립한다고 말한다. 즉 걷기가 발화의 세 가지 기능을 수행하는데 ① 보행자의 지형학적 전용은 언어의 문법체계를, ② 보행이란 장소의 공간적 실현은 언어의 청각적 실현 ③ 걷기는 차별화된 위치들 간의 관계로 대화에서 상대방 설정 따위 각종 계약을 작동시키는 것과 같다는 것이다.

43) 공임순, 앞의 논문, 141쪽.

'소요의 서사' 계보를 잇는 박태원의 보행발화 중 하나가 근대적 시가지 산보법45)이다. 식민지 수도 경성에서 박태원이 제시한 걷기의 수사학—근대적 시가지의 이상적 산보법은 교묘하게 거짓말을 하는 데 있다. 거리에선 반갑지 않은 친구와의 우연한 만남이 있고 여학생의 댕기가 떨어져도 과도기에 처한 나라의 청춘남녀는 군중의 시선을 의식해 주위 주면 안 된다. 거리의 산책자는 구세군 전도사의 설교를 피하려면 '신자'라고 자신을 소개하고선 의사를 부르러 간다거나 하는 거짓말로 피하라는 것이다. 왜냐하면 구보와 같은 산책자에게 도시의 군중, 행인들은 성가신 존재들이기 때문이다. '러시아워도 아니건만 언제나 만원인 전차, 자리를 양보하지 않는 승객들, 인파로 북적대는 화려한 양복점의 쇼윈도우 아래서 세모의 추위에 몸을 떠는 거지형제에겐 무관심한 사람들', 그럼에도 불구하고 거지형제가 자선을 바라며 흘리는 거짓 눈물, 그렇게 도시는 진애(塵埃), 매연, 굉음, 살풍경, 몰취미의 공간이다.46) 한편, 길을 걷는 산책자 구보에게 관심을 보여줄 행인이 필요한 것도 사실이다. 도시의 군중은 서로 공범자인 동시에 격리되고 싶은 존재인 것이다. 도시 군중에 대한 구보의 호감/반감이라는 양가적 감정은 파리 시민들에 대한 보들레르의 태도와 비슷하다. 예술가를 직업으로 대접해 주는 곳이 도서관 열람증 뿐47)이라고 불평하면서도 박태원은 속무에 지나치게 게으른 주제에 '시가(詩歌) 없는 생활이야말로 피로와 적멸의 연쇄일 뿐48)'이라고 호소했다. 이 때 구보가 그의 산책의 필수품인 단장(여름 한 철엔 단장 대신 새빨간 부채)을 들고 다녀야 자신에게 어울린다고 생각하는 것도 댄디적 차별화 전략의 일종이다. 그래서 구보의

---

44) 윌리엄스 R., 앞의 책, 143쪽.
45) 위의 책, 133-137쪽.
46) 박태원 수필집, 앞의 책, 108쪽.
47) 박태원 수필집, 246쪽.
48) 위의 책, 106쪽.

단장(군이 '지팡이'가 아니고 '단장'을 고집한다.)은 철학자 홉스가 걷다가 떠오르는 생각을 기록하기 위해서 휴대용 잉크병이 장착된 지팡이를 가지고 다녔던 것이라든지, 채플린이 그의 지팡이로 여러 가지 기능을 구사한 것과 달리, 특별한 용도가 아닌 그저 멋부리기의 하나라는 느낌을 준다.

　박태원이 실천한 또 다른 보행발화가 그의 메타픽션들이다. P. 워는 '보물상자를 여는 열쇠가 바로 보물이다'라고 하듯이 "메타픽션 작가들은 자신에 대해 쓰는 것이 다른 사람에 관해 쓰는 것이라는 생각을 한다."49)고 했다. 메타픽션 작가들은 소설 자체의 창작과정이라든지, 과거 소설의 형식과 언어에 대해 언급함으로써 독자들에게 그가 쓰고 있는 것을 예술적 가공물로 인식케 하는 까닭에 메타픽션이 자기과시적 댄디들에게 부합하는 장르이기도 하다. 게다가 픽션을 하나의 만들어진 완성품으로 보지 않고 오히려 어떻게 만들어지느냐 곧 '글쓰기에 관한 것'에 집중하므로 이들은 형식주의자란 꼬리표가 붙여지기도 하는 것이다. 이들은 문학작품을 놀이의 한 형식으로 보고 언어의 유희성을 최대한 활용한다. 그들이 패러디를 선호하는 것도 패러디속에는 창조와 비평 두 가지 기능이 있기 때문이다.50) 박태원 자신이 '가히 조선문학에 새로운 경지를 개척하였다'고 자부한 『소설가 구보씨의 일일』(1934)은 신경쇠약에 걸린 구보의 '거리배회=소설쓰기'를 통해 병리적 도시생태와 지식인의 소외라는 고현학을 성취한 소설로 세인의 이목을 끌었다. 이 작품에서 현대 도시인의 일상을 연구하기 위해 거리로 나선 구보의 고현학적 현장답사의 행위항 코드는 '걷다/보다'51)이다. 사람들은 걸으면서 보는데 구보는 걸으면서 생각하고, 앉아서 본다. 걷기 자체가 목적이므로 용무가 있어 길을 가는 것이 아니다. 구보는 노트와 단장을 든 채,

---

49) 앞의 책, 99쪽.
50) 위 P., 김상구 역, 『메타픽션』, 열음사, 1989, 202-204쪽.
51) 안숙원, 『박태원 소설과 도립의 시학』, 개문사, 1996, 62쪽.

카페, 다방, 전차…… 안에서 밖을 보거나 듣는다. 그의 이런 행로 자체
가 소설제작 과정이 되는 메타픽션은 위에 언급한 것 외에도, 「적멸」
(1930), 「피로」(1933), 「애욕」(1934), 「李箱의 비련」(1939), 「염천」(1938),
「방란장 주인」(1936)등이 있다. 모두가 하나같이 '돈-섹슈얼리티-자
의식'을 삼각구도로 생활에 찌들린 예술가의 고독을 다룬 지식인소설[52]
들이다. 이들 텍스트의 초점주체는 남성이고 초점대상은 카페여급, 거
리의 여자(street woman)들이 대부분이어서 구보의 젠더의식에 관한 단
서를 제공해 준다. 구보를 비롯한 남성댄디들은 남성의 여성화, 여성적
나르시시즘으로 성도착적 행태를 보이며 남성 정체성 위기에 대응했다.
얼핏 생각하기에 그것이 여성숭배인 것 같지만 그녀들은 팜므 파탈 이
미지의 일탈적 여성이거니와 여성의 능동성, 자의식 부정을 통해 여성
은 오직 남성주체들의 타자로서 남성의 이상 추구를 자극하는 존재로
서만이 기능할 뿐이어서 결코 긍정적 여성들이 아니었다.[53] 이 여성들
과 대조적인 인물이 『소설가 구보씨의 일일』에 등장하는 어머니다. 그
녀는 고현학 행보를 계속하려는 아들에게 전통, 가족, 결혼제도를 상기
시키며 서사초입과 결말부분에 등장, 봉투(envelope)처럼 포장하는 기능
을 한다. 이 때 왜 하필 구보를 집으로 불러들이는 사람이 아버지가 아
니고 어머니인가. 홀어머니의 아들 구보, 거기에는 나무꾼을 불러들이
는 어머니의 영상이 끼쳐져 있다. 나무꾼은 선녀를 만나 결혼함으로써
남녀 2가관계(dyad)를 이루고 성숙한 남성주체로 개인화가 이루어졌음
에도 불구하고 어머니에게 돌아온 까닭에 어머니의 아들로 고착되는
것이다. 근대를 자각한 구보가 하루 여정을 마치고 귀가하며 어머니의
말에 순종하는 것에서 행복을 찾겠다고 한 것이 전근대적 전통에의 함
몰이라고 비판하지만 홀어머니에게로의 귀환도 문제적이다.

---

52) 이재선, 『한국소설사』, 민음사, 2000, 372쪽.
53) 펠스키 R., 김영찬·심진경 역, 『근대성과 페미니즘』, 거름, 1998, 129쪽.

2. 형식충동에서 유희충동으로

박태원은 '예술가는 미의 탐구자여야 한다'는 주장을 기회있을 때마다 피력하였다. 그는 내용보다 형식이 문제라며 기교파라는 사람들의 질시에도 개의치 않았다.54) 그가 구인회 동료인 이무영에게 문장의 기품, 향기가 결여되었다고 말한 것은 품격 높은 문학언어의 창조를 유념하라는 주문이었을 것이다. 심지어 구보는 語神經까지 고려하는 언어감각을 겨냥하기도 했다. 아울러 도시소설가로서 박태원은 그의 텍스트에 반복성과 동시성의 시간의식을 묘사하고자 애썼다. 반복성은 도시의 획일적 일상성을, 동시성은 먼 곳에 있는 대상을 가까이 끌어오거나 도시 생태를 세세하게 묘사하는 데 적당한 현대적 기법이다. 일상의 반복성은 구보가 작품 제목에 시간을 기표화하거나 서사 속의 스토리 시간을 사용하는 식이다. 가령, 「피로」(어느 반일의 기록ー $\frac{1}{2}$ 일), 『소설가 구보씨의 일일』(1일), 「반년간」(6개월), 『천변풍경』(1년)을 다룸으로써 박태원은 현대인의 일상성을 공리적인 시계단위로 계산하는 시간감각에 주목하였던 것이다. 즉 '반 일 + 일일 + 반 년 + 일 년'=일상생활의 시간이 된다. 그 중 「피로」(1933)의 부제인 '반 일'은 인생의 피로를 호소하는 소설가의 시간기표일지언정 독자에겐 생경하기 짝이 없는 비일상적 단어이다. 이런 장난끼도 구보의 근대적 시간강박증의 한 단면이다. 주인공 '나'는 낙랑다방에서 소설을 끄적거려 보지만 '어제부터 한 자도 쓰지 못한 것' 때문에 초조와 불안으로 한강까지 갔다가 '여우털 깃이 달린 외투를 입고도 시퍼런 코를 흘리는 순사'를 발견하고 다시 다방에 돌아와도 여전히 글이 써지지 않아 카루소의 엘레지를 들으며 미완성 원고를 걱정한다. 이 과정은 그대로 거리배회=소설쓰기의 서사적 병치가 되어 동시성으로 체험된다. 벨그송이 시간의 강박관념을 제거시키는

---

54) 박태원 수필집, 앞의 책, 389쪽.

것은 지속의 현재화를 의미한다고 하였듯이[55] 동시성은 또 당대로선 매우 실험적 기교라고 할 수 있는 작중의 광고간판과 식당의 메뉴판이 그대로 꼴라주된 '낯설게 하기'로 형상화되기도 한다. 구보의 내성소설에 우연과 충동의 부사어인 '문득, 갑자기. 순간에, ……' 따위가 많은 것도, 의식의 흐름과 같은 자유연상도 그러한 시간인식의 한 방식이다.

　구보의 고현학적 실험은 『천변풍경』(1936)에 와서 거리를 걸어다니는 작가 대신 카메라 앵글로 대치된다. 박태원이 '쌀과 나무를 얻기 위하여'[56] 쓴 작품이라는 『천변풍경』은 시네마토그래피를 실험해 본 세태소설인데 이 새로운 기법 때문에 당대 큰 반향을 불러일으킨 작품이건만 그는 이 작품에 대해 생활인으로서의 창작임을 고백하고 있다. 바로 그와 같은 태도가 댄디다운 치기의 일종이라는 것이다. 구보는 영화의 강력한 역동성[57]에 매료되어 『천변풍경』을 영화처럼 몽타주로 제작하려 한 것이었겠으나 그의 형식실험에 의해 영화적 수법이 소설중개성과 어떻게 어긋나는지도 확인했던 것이다.[58] 이 소설은 고현학의 실패[59]가 아니라 서울 청계천 하층민들의 일상(사계절, 1년)을 몽타주한 도시소설로서 카메라의 고현학이다. 그러므로 구보가 내성소설과 세태소설을 쓴 것은 고현학 방법론의 양수겸장에 다름 아니다. 구보는 사소설, 심경소설, 내성소설을 하나의 범주로 묶고 본격소설과 대비시키는데 전자는 규모가 작으나 심리해부에 유리하고 후자는 내용의 다양성, 취재의 광범위함 따위로 스케일의 크기를 장처로 꼽는다.[60] 박태원의 소설론은 작가가 각각의 장르상 개성을 살리면 되는 것이지, 사소설이나 심경소설이라고 해서 저열한 것은 아니라고 하면서도 스스로『천변

---

55) 벤야민, 앞의 책, 149쪽.
56) 박태원 수필집, 앞의 책, 202쪽.
57) 티니아노프・아이헨바움 외, 오종우 역, 『영화의 형식과 기호』, 열린책들, 2001, 72쪽.
58) 이채원, 『소설과 영화의 매체전이 양상에 대한 수사학적 연구』, 서강대학원, 2008, 18쪽.
59) 김윤식, 『한국현대문학사론』, 한샘, 1988, 342쪽.
60) 박태원 수필집, 앞의 책, 269쪽.

풍경』을 과소평가하는 위장술을 폈다. 이 점 고현학에 대한 변명[61]도
마찬가지다.

형식주의자로서 구보는 '생생한 대를 칼로 쪼개면 소위 파죽지세(破
竹之勢)로 갈라진다. 쪼개는 사람이나 옆에서 보고 있는 사람이나 다같
이 산뜻한 아지 못할 쾌감을 느낀다. 나는 이러한 마음을 가지고 한평
생을 지내고 싶다고 생각한다.'[62]고 하였지만 정작 그의 소설은 별로
산뜻하지 않다. 그의 작중인물들은 내성소설의 경우, 무기력한 룸펜 지
식인이 많고 세태소설에도 도시 서민들의 우울한 얘기로 가득차서 무
겁기만 하다. 아마도 구보가 생각한 파죽지세의 형식미는 유머감각이
아닐까 한다. 야콥슨은 "새로운 형태의 유머의 발견보다 더 어려운 임
무가 현대문학에 있을까?"[63]라고 물었다. 구보도 모더니스트답게 일찍
이 유머를 중시한 작가다. 그가 '유모어를 찬미하는 것은 그것이 유쾌
와 미소와 환한 빛을 재래(齎來)하는 이유'[64]에서다. 수필 「기호품 일람
표」에서 '과일은 파인애플과 바나나 남국의 정서를 맛볼 수 있고 특히
바나나는 어두운 골목길에 버려 뚱뚱한 신사가 얼마나 빨리 미끄러지
나를 관찰하려고 좋아한다[65]'고 하는 것은 좀 유치한 행동이지만 그만
큼 구보는 유머에 각별한 관심을 가졌던 작가이다. 이에 대해 이미 필
자가 박태원의 소설을 E. 칸의 절대코미디(Absolute comedy)로 명명했듯
이[66] 구보의 텍스트는 언어유희, 패러디, 아이러니 등이 풍부하며, 세태
소설로 갈수록 언어의 폭풍우가 수다스럽다. 이것은 그가 형식실험에서

---

61) 구보는 자신의 고현학이 소설의 소재를 구하고 소설을 창작하는데 부족한 상상력을
   보충하기 위해서라고 변명했다. 류보선 편, 박태원 수필집, 『구보가 아즉 박태원일 때』,
   깊은샘 , 2005, 278쪽.
62) 위의 책, 294쪽.
63) 위의 책, 105쪽.
64) 위의 책, 110쪽.
65) 위의 책, 98쪽.
66) 안숙원, 앞의 책 36쪽.

50

유희충동으로 변모해 간 것임을 말해주는 방증이다.

　화신백화점에서 '오직 하나뿐인 새빨간 부채를 사서 젊은 양복쟁이가 지니고 다니는 것을 보면 사람들도 덩달아 명랑해질 거라고' 상상하는 구보가 댄디 아니고 무엇이랴. 상허 역시 추사의 글씨 한 점에 한 달 생활비를 투척하길 마다 않으며 '예술가는 빵보다 장미 한송이를 꺾는다던 르느와르'를 닮고자 몸살을 앓았던 사람이었다. 댄디는 삶과의 거리를 유지하며 자아가공에 전념하는 만큼 현실극복보다 권태를 즐기는 유희적 인간이 되기 쉽다. 그 결과 댄디즘은 인공의 천국을 꿈꾸는 예술가들의 자기기만을 초래하기도 한다. 예컨대, 상허의 「토끼 이야기」에서 생계용으로 기르던 토끼를 감당할 수 없어 살처분하게 되자 소설가 남편이 피를 묻히려 하지 않으므로 결국 만삭의 아내가 토끼를 죽여 피투성이 손이 되는 장면, 구보의 「방란장주인」에서 소설가 수경선생의 드센 아내처럼 무기력한 예술가 주인공들은 생활력 강한 그녀들에게 기대어 기생적인 삶을 살면서도 그런 아내들을 경원하는 태도라든지, 구인회의 초심에서 벗어나 통속소설을 쓰게 되는 두 작가의 트리비얼리즘(Trivialism)도 지적할 수 있겠다. 지배권력은 혁명가보다 댄디를 좋아한다던 사르트르의 말이 이들에게도 해당된다고 본다.

　위에서 논의한 바와 같이 이태준과 박태원은 공통성이 많다. 상허의 메타픽션 「장마」는 「소설가 상허씨의 일일」[67]이라고도 할 만큼 구보의 『소설가 구보씨의 일일』과 유사하며, 두 사람 다 자신의 창작론을 적극적으로 개진한 점, 무엇보다 문장론에 일가견을 가진 스타일리스트라는 점 따위에서 그러하다. 이태준은 구보를 일컬어 '구보는 누구보다 선각적인 스타일리스트'[68]라 칭찬하고, 박태원은 상허더러 '절묘한 필치와 신선한 문체가 이미 문단에 정평있는 작가'[69]로 높이 평가하였으니, 구

67) 유종호, 「인간사전을 보는 재미」, 『이태준』, 이기인 편, 새미, 1996, 53쪽.
68) 이태준, 『소설가 구보씨의 일일』 발문 , 깊은샘, 1989, 19쪽.
69) 박태원 수필집, 앞의 책, 351쪽.

인회 시절 이들의 교분이 월북까지 동행하게 했다는 것도 근거없는 얘기가 아닌 것 같다. 이제 이 두 사람에겐 댄디라는 공통분모가 추가되어야 할 것이다. 차이가 있다면 상허가 취향으로서의 상고주의를, 구보가 방법론으로서 고현학을 추구했다는 점이다.

IV. 맺음말

본고는 구인회 작가들의 상호텍스트성을 댄디적 양상에서 검토하고자 이태준의 상고주의와 박태원의 고현학을 비교해 보았다. 이들은 초점대상 차원에서 전통/현대로 대비되는 바, 전자를 내적 투시로, 후자를 외적 조망으로 논의한 것이다.

상허가 수필 「설중방란기」를 쓸 때, 구보는 단편 「방란장주인」을 썼다. 둘 다 난초를 제재로 삼되, 전자가 스승의 집에 난이 피었다는 소식을 듣고 사제간에 화기애애하게 난의 아취를 관조하는 동안, 후자는 생활고에 시달리는 화가가 방란장 찻집을 개업했다가 운영난에 봉착하게 된다는 쓸쓸한 얘기여서 사뭇 대조적이다. 하지만 이들 두 작품이 댄디적 특성을 공유하고 있음도 분명하다. 두 사람에게 차이가 있다면 상허가 취향으로서의 상고주의자요, 구보는 창작방법론으로서 고현학자였다는 점을 거론할 수 있을 것 같다.

■ 참고문헌

1. 텍스트

박태원, 『소설가 구보씨의 일일』, 깊은샘, 1988.

박태원, 『천변풍경』, 깊은샘, 1988.

류보선 편, 박태원 수필집, 『구보가 아즉 박태원일 때』, 깊은샘 , 2005.

이태준, 「장마」, 『이태준 전집』 2, 깊은샘, 1988.

이태준, 수필 「구인회에 대한 난해기타」, 『이태준문학전집』 17, 서음출판사, 1988.

이태준, 『사상의 월야』, 『이태준문학전집』 5, 서음출판사, 1988.

이태준, 『별은 창마다』, 『이태준문학전집』 3, 서음출판사, 1988.

이태준, 수필집 『무서록』, 서음출판사, 1988.

2. 참고문헌

강상희, 「소설가의 고독과 억압된 욕망」, 『북으로 간 작가선집』, 을우문화사, 1988.

강운식, 『한국 모더니즘 소설 연구』, 국학자료원, 2000.

공임순, 「도시속 댄디들의 이중적 욕망」, 『한국문학이론과비평』 제2집, 한국문학이론과비평학회, 1998. 5.

권성우, 「이태준의 수필연구」, 『한국문학이론과 비평』 제22집, 한국문학이론과 비평학회, 2004. 3.

김윤식, 『한국현대문학사론』, 한샘, 1988.

김윤식 · 김현, 『한국문학사』, 민음사, 1989.

김은정, 「이태준 단편소설 연구」, 서강대 석사논문, 1990.

남진우, 「견딜 수 없이 가벼운 존재들」, 『숲으로 된 성벽』, 문학동네, 1999.

송인화, 「이태준소설 연구」, 연세대 박사논문, 1999.

안숙원, 「박태원소설 연구」, 서강대 박사논문, 1993.

안숙원, 『박태원 소설과 도립의 시학』, 개문사, 1996.

안숙원, 「구인회와 바보의 시학」, 『서강어문』, 제10집, 1994. 12.

양진오, 「이태준의 『사상의 월야』 연구」, 서강대 석사논문, 1992.

유종호, 「인간사전을 보는 재미」, 『이태준』, 이기인 편, 새미, 1996.

박명진, 『문화, 일상, 대중』, 김용호 외 편역, 한나래, 1996.

이명희, 「좋은 소설로서의 존재방식」, 『문학, 환멸 속에서 글쓰기』, 새미, 2002.

이 상, 『소설체로 쓴 김유정론』, 어문각, 1991.

이재선, 『한국소설사』, 민음사, 2000.

이정옥, 「성모, 끝없이 이어지는 신화의 재생산」, 『한국문학과 모성성』, 서강여성문
학회, 1998.

이채원, 『소설과 영화의 매체전이 양상에 대한 수사학적 연구』, 서강대 박사논문,
2008.

이태준, 『소설가 구보씨의 일일』 발문, 깊은샘, 1989.

장소진, 「이태준 문학에서 노인의 문제」, 『서강어문』 제9집, 서강어문학회, 1993. 12.

간디 L., 이영욱 역, 『포스트식민주의란 무엇인가』, 현실문화연구, 2000.

벤야민 W., 반성완 역, 『발터 벤야민의 문예이론』, 민음사, 2003.

워 P., 김상구 역, 『메타픽션』, 열음사, 1989.

윌리엄스 R., 설준규, 송승철 역, 『문화사회학』.

티니아노프 · 아이헨바움 · 야콥슨, 로트만 외, 오종우 역, 『영화의 형식과 기호』, 열
린책들, 2001.

펠스키 R., 김영찬 · 심진경 역, 『근대성과 페미니즘』, 거름, 1998.

Richard Sheppard, "Upstairs-Downstairs—Some Reflections on German Literature in the
Light of Bakhtin's Theory of Carnival", *New ways in Germanistik*, Berg. N.Y.
1990, pp. 278-312.

54

■ 국문초록

　본고는 1930년대 구인회 멤버인 상허 이태준의 상고주의와 구보 박태원의 고현학을 댄디즘의 상호텍스트성에서 검토한 것이다. 두 작가는 한국현대문학사에서 흔히 형식주의자로 일컬어지지만 그들의 미학원리 가운데 하나가 댄디즘이라는 것도 부인할 수 없다. 댄디즘은 19C 대도시의 문화적 산물로서 부르주아사회의 속물성을 비판하고자 한 아방가르드인데 이태준의 상고주의와과 박태원의 고현학에서도 그러한 댄디기질을 발견할 수 있다고 본다. 초점대상 차원에서 이태준의 상고주의는 내적 투시로, 박태원의 고현학은 외적 조망으로 일컫기로 하겠다.

　우선 상허의 상고주의는 노인문제의 빈번한 형상화와 고완품에 대한 애착으로 나타나는데, 전자는 다시 월하노인이나 과거엔 당당한 삶을 살았던 노인의 불우한 현재를 연민으로 바라본다는 점이고, 후자는 아버지의 연적처럼 정감이 깃든 고완품에 매료되는 태도이다. 그러나 상허의 상고주의는 엘리어트의 창작원리인 전통론과는 다르며 모더니티의 타자로서 그의 댄디적 취향에 불과하다. 그 점을 뒷받침하는 예로 「달밤」과 『사상의 월야』를 들 수 있다.

　다음으로, 박태원의 고현학을 외적 조망이라고 한 것은 구보가 서울 거리를 배회하며 관찰하고 듣는 도시적 삶의 양태가 초점대상인 까닭이다. 구보의 『소설가 구보씨의 일일』은 그 대표작으로 이는 거리를 걸어다니는 행위 자체가 한 편의 소설이 되는 메타픽션이기도 하다. 구보의 창작방법론 탐구는 세태소설 『천변풍경』의 영화적 기법으로 이어지는데 이 작품은 걸어다니는 작가 대신 카메라 앵글로 서울 청계천 하층민들의 1년을 몽타주한 카메라의 고현학이다. 끈질기게 고현학을 추구하던 구보는 점차 형식충동에서 유희충동으로 변모해 간다. 유희성 또한 댄디의 중요한 자질이고 보면 구보의 언어유희, 패러디, 아이러니, 유머와 세태소설에 재현된 수다스러운 언어의 폭풍우 등으로 재현되어 있다.

　이태준과 박태원 두 사람이 댄디적 풍모를 공통적으로 가졌지만 상허가 취향으로서의 상고주의라면, 구보의 고현학은 소설방법론이었다는 점이 차이라고 하겠다.

주제어: 구인회, 댄디. 댄디즘, 형식주의자, 이태준, 상고주의, 박태원, 고현학

■ Abstract

Guinhoe and Two Aspects of Dandyism
- Yi, Tae-Jun's taste in antique and Park, Tae-won's Modernology

Ahn, Sook Won

I have examined here Yi, Tae-Jun's taste in antique and Park, Tae-won's Modernology as an intertextuality of Dandyism.

Yi, Tae-Jun(1904~?) and Park, Tae-Won(1909~1986) were famous writers in the 1930s. Both of them were in Guinhoe(9 members of literary meeting persuited modernism), they tried to establish a form of the short-story in Korean modern literature history. That's why they were formalists. Their writing techniques were more excellent than others at that times. In addition, they were dandies. Dandyism was a kind of avant-garde culture of the metropolitan in 19C. Dandy cared of their appearance (fashion, hair style, taste……) to criticize snobs of the bourgeois class. Dandy presented male identity-crisis by female narcissism and sexual fixation, too. They were idle and weak persons, loved a street woman. I've tried to point out Yi and Park had a dandyism.

First, Yi focused on sensitive, delicate language style and pathos of the common people. He wrote pretty fine works, "Moonlit", "Raven", "Stone Bridge", etc. Especially he predicted gerontology as a deprived Gappy class without filial piety of descendants in the modern capitalism society. One of his well-made short stories, "Bokdeokbang"(means a house agency) showed it. Yi also was a tradition-oriented writer. However, he was different from T. S. Eliot who asked the poet to give up his individuality and subject to his national tradition. Yi's favorite things were antique-taste to appreciate old calligraphies and paintings, ceramics and to plant an orchid like a yangban scholar (ēlite) in the Joseon Dynasty. He would listen to the sound of rain drops on the leaves of a Japanese banana plant, opening the window of this house. We can call him a dandy.

Second, Park empathized the form than the content of a text like Yi Tae-Jun. Park's dandyism was expressed by Modernology which the writers had observed, analized, and wrote the urban everyday-life in the city, M. de Certeau named it 'walking discourse'. At that time those works consisted of meta-fictions. Actually, Park felt ennui and depressed through his modernology. Park's famous meta-fiction, *One day of the writer, Gubo* is a walking discourse. Gubo of the text rembled with a notebook and a stick similar to Chaplin on the street all day long in Seoul. And Park loved humor, carnival trickster as nimble as breaking a bamboo. He had started at the form experiment of his text, but he reached to the language game.

Key-words: Guinhoe, Dandy, Dandyism, formalist, Yi, Tae-Jun, taste in antique, Park, Tae-Won, Modernology

−이 논문은 2008년 6월 15일에 접수되어, 소정의 심사를 거쳐 2008년 7월 15일에 최종적으로 게재가 확정되었음.

박태원의 내면에 담긴 주체성

정 준 영*

Ⅰ. 선행연구 및 본고의 연구목적

박태원은 일반적으로 1930년대의 모더니즘 소설가이며 스타일리스트로 알려져 있다. 그에 관한 연구는 시대성과 관련해서는 1930년대의 시대적 특징과 함께 모더니즘 소설에 나타난 도시성과 근대성에 관한 연구, 1930년대의 도시소설의 공간 연구, 현실인식 변모양상 연구 등이 이루어져 있으며, 그의 소설 기법적 연구도 활발하여 박태원 소설의 변모양상, 방법적 실험 등의 창작방법과 작가의식의 측면이 이와 관련하여 연구되어 있다. 그 밖에도 『천변풍경』 등의 리얼리즘 경향의 작품과 역사소설로는 『갑오농민전쟁』 등의 연구가 있으며, 중국소설의 한국어 번역 중심으로 박태원 번역소설 연구, 삼국지 판본 연구 등이 있다.

* 고려대학교

주로 그의 초기 작품과 단편 소설의 연구와 그의 소설적 작품 경향의 변모 양상 연구와 모더니즘적 기법 연구가 다수를 이룬다. 그리고 모더니즘 소설에서 리얼리즘의 소설로 선회하고 월북 이후의 후기에는 역사소설을 쓴 작가로 그의 작품은 대략 초기-중기-후기작품으로 나누어 고찰되고 있다. 박태원의 작품이 초기 모더니즘으로 시작하여 나중에 리얼리즘으로 바뀐다는 추이가 일반적 견해이지만 처음부터 그에게서는 모더니즘의 경향과 리얼리즘의 경향이 동시에 혼재되어 있었다고 보는 시각도 있다.[1] 이 과정을 두고 박태원의 소설적 정체성과 이념적 혼란에 대해 자주 논의된 바 있다. 즉, 박태원에게 있어서 그의 작품의 전반을 하나로 이해할 수 있는 해석의 틀은 무엇이냐는 질문에 대응할만한 해답을 찾는 일은 시대와 사상의 변화에 부응하여 변화된 그의 작품 세계 전체를 놓고 봤을 때 매우 어렵다는 것이다.

『소설가 구보씨의 일일』이 '좋은 소설이란 무엇인가'의 질문을 던지는 것으로 끝난 이후 그는 『천변풍경』 등의 리얼리즘 소설로 방향을 선회하며 그의 연보 후반기로 진입하면서 모더니즘적 작품의 시도는 점점 사라져가는 것만은 확실하다. 그러나 이것도 다시 생각해보아야 하는데, 그의 역사소설 『갑오농민전쟁』의 소설 내부에는 여전히 모더니즘적 언어형식을 통한 세계인식이 이루어지고 있으므로 이 점에서 사회주의 리얼리즘의 이념과 거리를 유지한다[2]는 고찰도 있다. 그러므로 그의 생애 전반에 걸쳐 모더니즘의 작품은 1930년대에 한정된 시기에 나타나며 더 이상의 시도가 일어나지는 않는다는 것도 재차 생각해 볼 필요가 있다. 그러나 초반부에도 보여지는 리얼리즘의 경향들은 계속적으로 진행되어 역사소설까지 이어지므로 거칠게 보아 그는 모더니즘에서 리얼리즘으로 작품의 경향을 추이해 볼 수 있는 작가일 것이다.

그에 관해서 현재의 연구에서도 정체성 논란이 있는 것과 마찬가지

1) 정현숙 편, 『박태원』, 새미, 1995.
2) 염인수, 「박태원의 갑오농민전쟁 연구」, 고려대학교 대학원, 2004.

로 그가 활동할 당시 주변 문인들 역시 그에 관해서 혼란스러워 했다. 『소설가 구보씨의 일일』이 발표되자 카프 계열의 작가들은 '룸펜 인텔리'의 사상에 대해 비판했고, 당대 임화와 최재서는 그를 두고 상반된 평가를 내렸다.[3] 작품 외적인 면에 있어서도 그가 일본에서 유행하는 대모테 안경과 갑빠머리를 하고 다니는 것을 본 월탄 박종화는 "저 채림 채림으로는 물 건너 새롭고 괴팬한 불건전한 냄새나 본떠서 풍겨놨지 어떻게 정말 조선 문학을 살지게 해줄 것이냐고" 한심스러워 했으나 그의 천변풍경이 발표되자 "순수한 조선학파 문인이다. 순수한 경알이 (서울)파 문인이다"라고 칭찬했다고 한다.

이처럼 박태원의 행보는 사람들로 하여금 비판과 경탄사이를 오가게 했으며 지금까지도 그가 어떤 정체성을 가진 작가인가를 꾸준히 논의하게 만드는 것이었다. 그의 작품경향이 하나에 수렴되는 것이 아니었기 때문이다.

그것은 당대의 시대가 매우 혼란한 시대였다는 데에도 원인이 있을 것이다. 춘원 이광수는 '우리에게는 전통이 없다'는 '고아의식'을 말한 바 있고, 김기림은 현실을 직시하여 "1931년 이래 우리들의 주위가 얼마나 심하게 나날이 과거의 지배에로 물들어 가고 있는 것인지는 눈 있고 마음 있는 사람들의 한 가지로 시인하는 사실이다. 저기압은 언제 현실의 위에 폭풍우가 되어 내릴는지 알 수 없으나, 그러나 그것은 이미 기정사실에 속하였다고 사람들은 생각하고 있는 것이다. 이러한 사회적 정세내의 문학의 영역에 있어서 초현실적, 초계급적 향락주의 정신주의 회고주의 개인주의 등과 기타 공상적이고 귀족적인 것들이 발생하고 횡행하는 것은 결코 이유 없는 일이 아니다."라고 말함으로서 당시의 상황을 '과거의 지배'라는 절망적인 상황으로 해석하지만 현실로서 담담히 받아들이는 태도를 보여주고 있다.

---

3) 모더니즘 비평가인 최재서(催載瑞)는 그를 높이 평가했는가 하면, 막시즘 비평가인 임화(林和는) 그와 반대로 신랄하게 비판했다.

이러한 시대적 배경을 무대로 활동한 박태원은 사상적으로 어느 한 가지만을 선택하여 그것에 따르는 작품을 남긴 것이 아니라 변화된 시대적 가치관에 따라 그것에 부응하는 각각의 작품들을 남겼기 때문에 그의 작가적 가치관은 무엇이었다고 딱히 꼬집어서 말하기 어려운 것이 사실이다.

박태원의 행보가 이념적 혼란상에 휩쓸린 비주체적인 것인가 아니면 시대의 혼란상을 직시하고 거기서 탄력적으로 살아남아 자신의 작품을 계속적으로 이어나간 것인가는 그와 그의 작품을 해석하는 시각의 차이에 따라 달라질 수 있다.

그러나 일제강점기와 한국전쟁의 시기에 우리나라는 사회 전반적으로 자체의 발전원리를 가질 수 없었다는 점을 고려하고 급변하는 시대 속에서 그가 외부로부터 수용한 것과 문제해결로서의 모색과 실천, 개인의 내면에 지켰던 주체성과 이러한 것의 총체적인 총합의 결과물들로서 그가 남긴 작품들이 무엇을 의미하는지 살펴보는 일이 필요하다고 생각한다.4) 박태원은 현재 '한국문학사를 횡단한 작가'로 일컬어지며5) 모더니즘, 리얼리즘, 역사소설, 번역물에 이르기까지 다종의 작품을 남긴 작가로 알려져 있다.본고는 박태원의 모더니즘 소설과 리얼리즘 소설, 초기 월북 후 작품과 역사소설, 수필 등의 일면을 통해 그의 내면을 살펴보고 그의 작품경향이 변모하는 과정 중에서도 공통적으로 추출되는 본질로서의 주체적 내면, 다시 말하면 작품 전체를 관통하는 그의 인간적 내면성을 살펴보고자 한다.

지금껏 다소 간과되었던 부분-박태원 고유의 주체적 내면성은 무엇

---

4) 김학면은 그의 논문 「박태원 소설에 나타난 '시선'과 '기억'」에서 이런 시대적 상황에서 리얼리즘이다 혹은 모더니즘이다라는 이분법적인 개념은 시대와 문학을 이해하기에 충분히 못하며 정치사적 압력이 가해질 때면 한풀 꺾이다가도 다시금 자생력을 회복하여 문화적 저항을 실행하는 모든 국면이 바로 그 당시 한민족 공동체의 실상이었다고 말한다.

5) 강상희, 「한국문학사를 횡단한 작가 박태원」, 『문학사상』 통권 35권 제7호, 2006.

이었는지를 이해하는 것은 중요한 일이라 생각된다. '한 개인의 고유한 내면'은 주체적 선택이 자유로울 수 없었던 시대적 상황에서 한 개인에게 남은 주체성의 실체이고, 작가의 고유한 내면성은 외부의 세력에 완전히 침범당하지 못한 주체성의 핵심이다. 작가의 내면적 본질을 이해하는 일은 작품을 이해하는 데 있어서 선행되어야 할 부분이기도 하다.

II. 모더니즘의 방법적 모색과 주체성

그가 보여준 각각의 소설적 경향이 주체성을 드러내고 있다고 할 때 그것은 기본적으로 작가적 역량을 바탕으로 한다. 모더니즘적 방법의 모색과 실험에 있어서도 그의 작가적 역량을 거친 독창성은 두드러진다. 기존의 연구는 모더니즘의 소설기법으로서 연구가 주로 이루어졌는데 여기서는 그가 모더니즘의 방법을 시도함에 있어서 주체적인 면들은 무엇인가를 생각해보고자 한다.

그는 어려서부터 문학적 소양을 탄탄히 길러 춘향전을 비롯한 고소설을 읽느라 몸과 마음이 쇠약해질 정도였으며 조부로부터 한문을 오래 배웠고 이때 받은 한문수업은 나중에 중국소설의 번역에까지 이르게 한 바탕이 됐다. 또한 당시 동경 유학까지 다녀온 인텔리였다. 박태원은 동경 유학 시절에는 영화, 음악, 미술 등에 심취했다. 이렇듯 작가의 성장과정을 비롯한 작가의 배경을 살펴보았을 때 그는 외부의 사상을 주체적으로 받아들일 수 있을만한 자신감과 역량을 가지고 있었다고 생각할 수 있다.

박태원은 중학 때부터 글을 발표했으며 문단 데뷔 후 단편 70여 편, 장편 10여 편, 수필 44편, 평론 13편, 시 22편, 중국 고전 번역 등의 작품을 발표한다. 그는 시, 소설, 수필, 평론, 번역에 이르는 문학 장르의 전반을 섭렵할 수 있었던 능력이 있었다. 소설가로서의 박태원으로 잘 알려져 있지만 그는 어떠한 문학적 형식의 제약도 받지 않는 소설가이자 시인이자 평론가이자 수필가였으며 번역가였던 것이다. 문제는 소설가, 시인, 평론가 등의 타이틀이 아니라 그의 작가적 역량과 장르의 구분과 사상의 선택에 구애받지 않았던 수월성과 자신감을 가진 면모일 것이다.

동경 유학시절 음악, 미술, 영화, 아방가르드, 다다이즘 등에 관심을 보였던 박태원은 한 문장에 여러 개의 컴마를 찍는다든가(『소설가 구보 씨의 일일』), 소설 한편(『방란장 주인』)을 한 문장으로 끝내버리는 등의 실험을 감행한다.

그는 수필집 「작가여록－표현·묘사·기교」에 의하면 그는 '컴마'에 대하여, 여타의 문장부호에 대하여 적극적이고 섬세한 사용을 할 것을 권장한다. 작은 부호의 유무의 차이에 따른 여운이 크게 다른 것을 강조하기 위해서다. 박태원은 영어공부에도 상당히 자신감이 있었고 번역을 할 정도로 관심이 많았기 때문에 예컨대 I, went, to, the, park, 식으로 주로 문법적 영어 공부 방식에서 혹은 시간의 흐름에 따른 장면의 묘사 등의 영화기법에서 컴마 부호의 사용에 대한 새로운 발상을 얻었을지도 모른다.

> 그러나 그보다도 먼저 강아지는 진저리치게 놀라, 몸을 일으켜, 구보에게 향하여 적대적 자세를 취하고, 캥, 캐캥하고, 짖고, 그리고, 제풀에 질겁을 하여 카운터 뒤로 달음질쳐 들어갔다.
> —『소설가 구보 씨의 일일』 일부

소설 『방란장 주인』은 '그야 주인의 직업이 직업이라 결코 팔리지 않는~고독을 그는, 그의 전신에, 느꼈다.'에 이르기까지 소설 한편이 한 개의 마침표만을 필요로 하는 한 개의 문장으로 이루어진 실험적인 소설이다. 소위 '장거리 문장'이라고 일컬어지는 것인데 이과 관련해 라벨

의 볼레로는 악보의 첫 마디부터 끝 마디까지를 하나의 아티큘레이션
◁▬▬▬(cresendo)로 처리한 한줄 악보라는 것이 문득 연상되기도 한다.6)

그의 모더니즘적 기법을 두고 이렇듯 확인될 수 없는 자유로운 추측
을 할 수 있는 것은 그가 보여준 모더니즘의 기법이 누구의, 어떤 것의
모방이다라고 딱히 단정 지을 수 없는 주체적인 적용이었다는 것을 말
한다. 사상적으로는 외부로부터 유입된 것을 받아들인 것이지만 방법의
모색과 적용에 있어서는 하위주체로서 받아들인 것이 아니라 주체적이
고도 과감한 시도를 자신 있게 보여주었다는 것이다.

『소설가 구보씨의 일일』은 당대에도 획기적인 반향을 불러일으켰으
며 현대에 있어서도 재해석 할 필요가 있는 이유로 최인훈에 의해 패러
디되기도 했다.

이러한 방법적인 적용의 이면에는 작가의 내면을 가늠할 수 있는 부
분들이 있다. 다시『소설가 구보씨의 일일』로 가서 구보의 고독은 주체
적 내면에 이어진 것임을 살펴보고자 한다.

> 구보는 고독을 느끼고, 사람들 있는 곳으로, 약동하는 무리들의 있는 곳
> 으로, 가고 싶다 생각한다. 그는 눈앞에 경성역을 본다. 그곳에는 마땅히
> 인생이 있을 게다. 이 낡은 서울의 호흡과 또 감정이 있을 게다. 도회의 소
> 설가는 모름지기 이 도회의 항구와 친하여야 한다. 그러나 물론 그러한 직
> 업의식은 어떻든 좋았다. 다만 구보는 고독을 삼등 대합실 군중 속에 피할
> 수 있으면 그만이다.
> 그러나 오히려 고독은 그곳에 있었다.
> ―『소설가 구보씨의 일일』 중에서

『소설가 구보씨의 일일』의 구보는 도회의 풍경을 모더니즘적으로

---

6) 박태원은 전쟁 후의 어려운 상황에서도 빅타 Victor축음기를 사서 늘 음악을 들으며
　문학과 음악의 형식적 상관 관계에 대한 관심을 놓치지 않았다.(정태은,「나의 아버지
　박태원」,『문학사상』통권 34권 제8호)

거닐지만 실상은 황량한 도회인의 고독을 전달한다. 구보는 사람들이 모여 있는 곳 '경성역'으로 간다. 그곳에 희망이 있을 거라고 믿기 때문이다. 그러나 오히려 그는 그곳에서 고독해 한다. 왜냐하면 그는 어떤 목적의식으로 도회의 항구를 찾았다기보다는 '모름지기 소설가란' 도회의 항구와 친하여야 한다는 이유에서여서 찾았기 때문이다. 도회의 항구를 거닐어야 하는 뚜렷한 목적도 없이 소설가이기 때문에 마땅히 그러해야 한다는 막연함으로 도회의 항구를 거닐어 본다. 자유로운 의식의 흐름 기법이 보이는『소설가 구보씨의 일일』의 '구보'라는 인물상을 작가 박태원에 투영하여 본다면 박태원은 어떤 뚜렷한 사상적 목적을 가지고 그 사상을 신봉할 수 있는 사람이 아니라는 것이다. 오히려 사람들이 군집해 있는 곳일수록 그는 고독감을 느끼는 것이다.

이 고독감을 피동적 '불안'으로 혹은 약국에서 '삼B수이'의 처방을 받아오는 환자의 '신경쇠약'으로 볼 것인가, 주체적 인간의 자발적 '소외'로 볼 것인가는 해석의 큰 차이일 것이다. 그러나『소설가 구보씨의 일일』의 구보는 한 집안의 남성으로서 어머니와 형수를 굶어 생각하고 자신의 앞날을 걱정할 줄 아는 사람이며, 비록 직업은 없지만 스스로 마땅한 직업을 추구하는 자발적 실업의 상태인 소설가라는 것을 생각해볼 때, 자신의 병에 이끌려 불안증을 겪는 환자는 결코 아닐 것이고, 시대를 바꿀 수 있는 엄청난 힘을 지닌 존재가 아닌 이상 시대의 변화를 받아들여야 하는 개인이지만 도시로 전이되고 있는 거리의 풍경을 주체성을 가지고 실제로 경험하여 느껴보고 판단하는 인텔리적 자존심을 가지고 있다는 점을 생각해 볼 때 완전한 '피동적 불안' 역시 아니며, 주체적 소외를 내용으로 하는 표면상의 불안으로 해석된다. 즉, 구보씨가 느끼는 고독감의 정체는 주체를 가진 인텔리의 '자기 소외적 불안'인 것이다.

또한 박태원의 구보씨의 일일에서 우리는 그 당시 정신적으로 귀족적인 인간상을 그려볼 수 있다. 구보가 도시의 풍경을 산책하듯 음미하는 태도는 고매한 선비적 인격의 주체적 수용의 모습이다. 딱히 외부의 것을 공격적으로 비판하지 않으면서 주체적이고 귀족적인 비판적 태도를 견지하는 것이다. 진정한 귀족들은 행위로 하는 힘든 일을 하지 않는다. 즉, 행위의 노동을 하지 않는 부류이다. 나서서 비판을 하고 새로운 문물이라 하여 적극적으로 몸소 경험을 해 보는 일은 고매한 귀족의 태도는 아닌 것이다. 구보씨가 보여주는 새로운 문명을 대하는 매우 세련된 태도는 열광하여 그것을 적극적 행위로 받아들이는 것이 아니라 관심 없다는 듯이 다루며 적극적 행위의 촌스러운 태도를 멀리하는 것으로 나타난다. 적극적인 세상의 경험으로부터 한 발짝 물러난 구보씨의 태도는 나약함이나 소극적 혹은 무능력으로 오해될 수 있다. 그러한 이유로 구보씨는 종종 무기력한 사람으로 오인된다. 그러나 구보씨는 무기력한 사람이기 보다는 상황을 인정하려 들지 않는 고집, 자기 주체성이 강한 사람은 아닐까? 선비란 모름지기 세상일에 적극적으로 관여하지 않고 멀리서 조망하듯이 관조하는 태도를 가진 부류라는 인식을 상기할 필요가 있다.

이와 같은 맥락에서 구보씨의 여성관을 생각해보면, 소설속의 구보는 여성과의 만남 역시 적극적으로 행하지 않는다. 여성을 생각하는 마음은 지대하나 현재에 있어서는 행위를 보류시키며 그저 관조하거나 곱씹어 생각하다가 이제는 곁에 없는 여자에 대한 감상에 젖고 마는 모습을 보여준다. 이는 상처를 두려워하는 소심함 때문이라기보다는 여성에 관한 귀족적인 남성의 태도가 아닐까 한다. 여성을 대함에 있어서도 행동으로 선뜻 옮기지 '못하는' 것이 아니라 '않는' 것은 입장에 따라 답답하게 여겨질 수도 있으나 마음의 쉼 없는 교차의 수고스러움을 감내하며 함부로 행동을 취하지 않는 귀족적인 태도이다.

따라서 행복을 위해 아무것도 하지 않으면서 늘 행복에 대해 생각하는 것만으로도 전신의 피로는 몰려온다. 그러나 구보씨가 아무것도 하지 않는다고 생각해선 안 된다. 정신과 마음을 끊임없이 노동시키는 것

66

은 어떠한 행위보다도 힘든 일이다. 또한 그는 웬만한 행복이 아니라 관념적으로 이상적인 완전한 행복을 찾는다. '사람과 사람 사이의 교섭의 번거로움을 새삼스러이 느끼지 않'으려 하는 면모도 그렇다. 최고급의 그 어떤 것을 지향하며 귀족적인 자태를 잃지 않으면서 언제나 고귀한 고민을 하려는 것이다.

그러나 그는 모더니즘의 추구를 끝까지 감행하지 않는다. 그의 행보는 외부의 영향에서 자유로울 수 없는 당시의 처지를 상징적으로 보여준다. 여기서 생각해볼 것은 그가 모더니즘에 섰거나 리얼리즘으로 경향을 바꾸더라도 혹은 역사소설을 쓰더라도 그에게서 바뀌지 않는 꾸준한 작가적 시선은 무엇이냐는 것이다.

Ⅲ. 리얼리즘 소설과 인간애

2005년에 소개된[7] 박태원의 월북 후 첫 작품으로 「조국의 깃발」이 있다. 6·25 전쟁의 실상에 근거하여 쓰여진 이 작품은 북한에 소속된 사람으로서의 흔적을 완연히 드러내는데, 이를테면 호칭이라든가, 남한과 미군 등을 적군으로 상정해 놓은 부분이 그렇다. 그러나 박태원의 소설에서 사상과 이념은 항상 외면당하기 일쑤다. 그것에 본질적으로 접근해 들어가지 않는 한 사상과 이념은 한갓 배경의 역할이나 사건 전개의 소재가 될 뿐이다. 그의 리얼리즘 소설들도 그러한 맥락에서 이해하자면, 사회주의 사상의 핵심에 근거하여 그 뿌리로부터 작품을 한 것이 아니라는 것을 알 수 있다. 그는 모더니즘의 시대에 발맞춰, 나아가 선구적으로 그것을 탐닉하고 빠져나온다. 사회주의 하에서 작품을 하더라도 실제적으로 사회주의 사상에서 벗어난 곳에서 그의 마음과 생각

---

7) 『문학사상』 통권 34권 제5호, 2005.

들은 부유하고 있다. 그것이 혼란한 시대에서 박태원이 그 자신을 지킬 수 있는 힘이었고 다경향의 작품을 할 수 있었던 이유가 아니었던가 싶다. '취(取)하되 빠지지는 않는' 박태원의 태도는 그의 소설에 내면적 공간을 따로이 마련해 놓는다. 그런고로 그의 방황은 마지막까지 방황은 아니며 그의 분노 역시 끝간 분노는 아니다. 그는 인간의 심성(心性)에 근거한 휴머니스트일 뿐이다. 극단적인 것은 그에게 어울리지 않는다. 다음의 조국의 깃발 부분에서 나타나는 강동수와 김봉철의 인물형을 비교해보고 박태원의 내면적 본질을 생각해보고자 한다.

강동수 머리에 문뜩 한 가지 생각이 떠올랐다. 그는 군복 바지 주머니에 손을 넣으며, 「어마이. 안녕히 계슈」 그리고 「―어마이 원쑤는 내 꼭 갚아주리다. 죽지 않으면 내 다시 어마이를 찾아 오께요……」 소리는 오직 마음 속으로만 하고 다음에 샛문 턱에 서 있는 소녀를 쳐다보며, 「정순이 잘 있어」 한 마디 뒤에 역시 잠간 주저하였으나 마침내 마음을 결단하고 바지 주머니에서 손을 빼며, 「떡, 내 맛나게 먹겠어」 소리와 함께 손에 쥔 것을 부뜨막 위에 놓고는 그대로 후다닥 밖으로 뛰여 나왔다. …(중략)…

「그 애 오빠가 학살을 당했답니다.」 하고 제가 들은 이야기를 대충 추려서 들려주었다. 「사람의 새끼는 아니다」 하고 김봉철은 듣고나자 씹어뱉듯 한마디 하였다.

발길로 차고 몽둥이로 두들겨서 반주검을 만들어 놓고도, 제일이 모가지들을 얽어 개처럼 끌고, 그것을 당장 눈 앞에 보는 어마이들의 마음이 어떠했을까? 하고 생각할 때 김봉철의 주먹은 저도 모르게 불끈 쥐여지고 전신은 그대로 부르르떨렸다

(그 부락에서만 쉰 일곱명이라니, 놈들은 모두 몇백명이나 그랬단 말이냐? 달걀산이란 어딘지, 거기다 모주리 생매장을 하였다니, 아아 정말 긔축 같은 놈들)

아무러한 힘을 가지고도 누를 길 없는 이글이글 끓어오르는 적개심으로 하여 불이 철 철 흐르는 눈을 들어 먼 하늘을 우러러 볼 때, 김봉철은 자기 곁에서 걸음을 맞추어 함께 걷고 있는 강동수가 뽀두둑하고 이 가는 소리

를 들었다. 강동수는 강동수대로, (어마이. 어마이의 원쑤는 내 꼭 갚아주 겠소, 정순아 내 다시 찾아오께) 하고 마음에 다시 맹세를 새로이 하고 있 었던 것이다.

　　　　　　　　　　　　　　　　　　　　　－『조국의 깃발』일부

유년기에 집나간 어머니에 대한 원망이 가득한 강동수는 부대원들 이 각자의 어머니를 추억하며 모두의 어머니들을 위해 더욱 싸우자고 다짐할 때에도 쉽사리 닫힌 마음을 열지 못한다. 그는 부대 내에서도 외따로 낮잠을 자거나 부대원들과 화합하지 못한다. 그러나 민가에 물 을 얻어 마시려 들어갔다가 강동수는 적에게 아들을 잃고 몸져누운 정 순의 모친과 여동생 같은 정순을 우연히 만나고 그들에 대한 순정한 마 음을 금치 못한다. 그리고 그들의 원수를 꼭 갚아주겠다는 마음의 결단 을 내린다. 부뚜막 위에 놓고 나온 것은 어떻게 해서든 모녀에게 보탬 이 될까 싶은 마음에 두고 나온 三매의 一0원 지폐의 돈이었다.

박태원이 월북 후 초기에 쓴 『조국의 깃발』은 사회주의 리얼리즘 소 설로서 한국전쟁의 사실감 있는 묘사가 이루어져 있다. 박태원의 사회 주의 리얼리즘 소설은 두 개의 감정축을 가지고 있다. 하나는 잔혹한 양민학살과 양민의 억울한 희생을 묘사함으로서 얻는 적개심으로서의 감정이고 이것은 적에 대한 분연한 마음을 일으킨다. 강동수로부터 전 해들은 이야기를 듣고 분개하는 김봉철은 적에 대한 적개심에 불타 오 른다. 즉 김봉철은 강동수보다 좀 더 사회주의적 이념에 부합하는 적개 심을 고취하고 있는 모습을 보여준다. 다른 하나는 위와 같은 딱한 처 지의 내 가족 같은 양민에 대해 강동수가 보여주는 인간적인 애틋한 정 이다. 강동수는 마음속에 따르는 정에 의해 움직이는 인물로 그려진다. 즉, 강동수라는 작중 인물은 사상과 이념에 의해 행동을 결정하는 인물 이 아니다. 전장에 나가 싸우는 남자들의 목숨을 건 희생, 그것은 적어 도 박태원의 소설에 있어서는 사상과 이념의 문제는 아닌 것이다. 가족의 원수를 갚기 위해, 고향에 계신 어머니들을 위해, 전쟁터에서 함께 싸우다 죽은 동지를 위해 싸운다. 이념의 대립에 중점을 이 그러나 작품의 전반에 흐르는 내용은 인간에 대한 정이 그 핵심이라 할 수 있다. 작품으로서 고지를 함락시키기 위한 전투가 진행되면서 사상적 이념의 실현을 위해 적진에 뛰어드는 것이 아니라 전우애에서 비롯된 결의와 남겨진 가족을 떠올리며 다지는 결의가 소설을 이끄는 주된 감정을 이룬다.

박태원이 분단이라는 상황과 이념적 대립이라는 시대상황을 뛰어넘어 민족간 상잔의 참상과 전쟁의 참상을 고발하며 인류애적인 사랑을 담은 높은 차원에서 작품을 한 것은 분명 아니다. 그것이 아마 인간 박태원의 한계인지도 모른다. 그는 절친한 친구 이태준과 진즉부터 적극적으로 사회주의 이념에 동참하고 있었던 동생 박문원을 따라 월북을 했고 사회주의 이념의 사상 하에서 작품을 했다. 자신이 나고 자라 가정을 이루었던 남한을 등지고 변화된 체제에서 그 체제가 요구하는 사상에 부합되는 작품을 썼다. 그러나 박태원의 사회주의 리얼리즘의 소설은 본질적으로 사회주의적 이념의 깊이 있는 전개가 아니라 사람과 사람 사이에 대한 연민의 정에서 비롯된다는 것이 특징이라 할 수 있다.

『조국의 깃발』을 '은연 중 당과 조국보다 인간 존재의 근원인 어머니의 사랑에 무게'[8]를 읽을 수 있는 작품이라고 할 수 있는 것은 그가 한국 전쟁 이데올로기의 당위성을 북한의 입장에서 역설하고 있지만 소설 내부에서는 인간 존재의 근원적인 문제를 다루고 있다는 것을 의미한다.

역사소설 『갑오농민전쟁』도 그가 속한 문제의 시기에서 약간 비껴나 있는 과거 즉, 조선 후기의 농민 봉기를 다루었다는 점도 그가 민감한 사상적 문제에서 자유롭고 싶었다는 것을 반증한다. 이념적인 굴레

---

8) 『문학사상』 통권 34권 제5호, 2005.

에서 벗어나 작가로서 추구하고 싶은 생각들을 펼치고 싶어 했던 그의 마음은 남북분단의 실제나 과거 일제 식민지 치하의 시대에서 벗어난 1800년대 후반의 조선 후기를 택한다. 『갑오농민전쟁』에서도 상층부를 떠받들어야 하는 하층민들의 궁핍한 삶이 전개되어 간다. 권력과 힘을 가지고 량민들을 착취하는 악인들과 힘없이 착취당하는 량민이라는 선인들의 대립구조는 당시의 사회상을 표면적으로 해석한 감이 없지 않아 있다. 그것이 당시의 사료에 의한 작업임에는 분명하나 당시 농민봉기가 일어난 현상을 사회적인 상황으로 분석하고 파악하는 관점은 다소 부족하게 느껴진다는 것이다. 그러나 하층민의 삶을 세밀하게 묘사하고 훑어가는 그의 시선에서 인간에 대한 사랑을 느낄 수 있다.

박태원의 소설적 변모 양상을 관통하여 알 수 있는 것은 그의 소설 전체를 지배하고 있는 것이 인간에 대한 근원적인 애정이라는 점과 어떠한 사상적 선택도 그에게는 그 시대의 임시적 방편이었을 뿐이지 딱히 그를 사로잡을 수 없었다는 것이다. 박태원은 결코 사상적이거나 정치적일 수 없는 사람이었으며, 동시에 그에게는 인간에게 보다 본질적인 것이 중요했다.

인간에 대한 연민과 동정의 시선이 그의 작품 전반에 내재되어 작가의 동일한 내면을 비추고 있다는 점을 기억하는 일은 중요하다. '연민의 정'이란 사랑보다 좀 더 복합적인 정한인데, 힘겨운 생을 살아가는 인간들에 대한 애처로운 마음이 덧입혀진 것이 '연민의 정'이라고 할 때 이것은 '측은지심 惻隱之心'과 통하는 것이며, 박태원의 작품 전반에서 인간에 대한 측은지심과 연민의 정을 살펴보는 일은 그의 작품 전체를 아우를 수 있는 하나의 해석적 틀이 될 수 있다는 견해를 제시해 보고자 한다.

IV. 생활과 수필에 나타난 내면성

박태원이 〈구인회〉 동인이었다는 것은 그가 이념과 사상의 속박에서 자유롭고 싶어 하는 사람이라는 것을 말해준다. 박태원은 이태준, 이상과 함께 〈구인회〉를 끝까지 지킨 회원이었다. 그가 결코 사상적인 인간이 될 수 없었던 이유를 그의 소설과 수필 그리고 생활면에서 찾아보기로 한다. 수필은 실화를 바탕으로 쓰여지므로 작가의 성품을 가늠해 볼 수 있는 중요한 자료가 된다. 또한 작가의 사생활적인 면 역시 작가를 이해하기 위한 참고자료로서 검토할 필요가 있을 것이다.

그는 젊은 시절 그는 앞머리를 오늘날의 뱅스타일(앞머리를 눈썹 위에서 일자로 똑바로 자른 스타일-갑빠머리)로 자르고 동그란 아르마니식 안경(대모테 안경)을 썼다. 그는 수필 「여백의 위한 잡담」에서 자신의 헤어스타일이 도무지 말을 듣지 않는 뻣뻣한 머릿결 때문에 기인한 어쩔 수 없는 선택이라고 굳이 변명하고 있지만 실은 남다른 취향에 따른 그의 미적 감각에 의한 선택이었을 것이다. 중년에는 그저 위로 올라간 (그의 말대로 한정 없이 위로 뻗치지도 않은) 평범한 스타일, 노년에는 기름을 발라 뒤로 넘긴 올백스타일이다. 추측컨대 그는 자신의 얼굴형이 다소 긴 편이라서 그것을 커버하려고 했던 미적 시도였을지도 모른다. 아무튼 항상 매무시에 신경을 쓰고 단장이며 노트며 깔끔하고 고상한 차림을 유지했던 그가 '머리카락이 말을 듣지 않아서'라는 이유로 그런 스타일이 했을 리는 없었을 것이며 이 역시 그의 소설 『수염』에서도 알 수 있듯이 적극적인 미의식을 가지고 모더니즘의 실험을 추구했던 그의 실제 면모가 아닌가 한다. 그는 도시화 현상 속의 모더니티를 누구보다도 먼저 포착하였으며 발군의 작가적 역량으로 다양한 경향을 아우르는 주체적 시도를 보여줌으로써 그 시대의 진실에 충실하였다. 그는 당시 결혼도 빠질 것 없는 인텔리 집안의 여성과 했으며 항상 노트와 단장을 들고 외출하는 모던보이의 면모를 지니고 있었다.

박태원의 면면은 그의 심리적 자신감을 보여준다. 그의 모더니즘 소설이 성공을 거둘 수 있었던 것은 이러한 심리적 자신감을 바탕으로 과감한 시도와 절제가 조화되었기 때문이다.

수필에서 그의 '다정다한(多情多恨)한 인간'한 면모는 여지없이 드러난다. 다음은 그의 수필 일부의 인용이다.

> 한 여인이 우산을 준비하지 못한 맨머리에 그대로 나리는 비를 맞으며 서 있었다. 한 손에 하나씩 결코 적지 않은 보퉁이를 만들어 든 그는 설혹 우산이 있드래도 주체스러울 것에는 틀림없어…… 스물대여섯이나 그러한 젊은 여인이 나리는 비를 그대로 맞고 서 있지 않으면 안 되었든 것은 적지 않게 애처로운 일이다…… 나는 감히 나의 우산 아래 절반의 지대를 그에게 빌려줄 수 있는 일일까……나는 결코 오십이나 육십이나 그러한 노인이 아니었고 그렇다고 그는 또 고작 십오륙 세나 그러한 소녀가 아니었다. 그는 구차스러이 나의 호의를 용납하느니 오히려 싸늘한 빗물에 온몸을 적시는 것이 마음의 불안을 적게 할 게다. 나는 좀처럼 오지 않는 전차를 저주하며 차라리 우산을 가지고 나오지 않았드면-하고
>
> -「우산」9) 일부

그는 우산을 쓰고 안전지대에 서 있다가 우산을 받지 못한 채 짐을 들고 비를 맞고 있는 젊은 여인을 발견한다. 용기를 내어 우산을 같이 쓰자고도 못하면서 비를 맞고 서 있는 여인이 처량하여 어쩔 줄 모르다가 결국 오지 않는 전차를 저주하고 차라리 자신도 우산을 가지고 나오지 않았더라면 하고 바라는 그는 다정함이 많아 병이되는 지경이다.

수필 「화단의 가을」은 좁고 모양이 없는 뒤뜰에 관한 이야기다. 그는 작지만 아름다운 뒤뜰을 소망하나 실제적으로 무엇도 해 놓지 않는 아내 대신 나팔꽃을 사다가 심기에 이른다. 그것은 그에게 그저 꽃가게로 발걸음을 옮겨 꽃을 골라 사오는 단순한 일이 아니라 꽃가게까지 작

---

9) 류보선 편, 『구보가 아즉 박태원일 때』, 깊은샘, 2004.

심하여 가는 과정과 꽃가게 앞에서의 여러 생각들, 꽃가게 주인과 꽃값을 흥정하는 일, 꽃을 받아들고 오기까지 그가 겪는 생각의 수고를 치르는 일이다. 꽃을 사가지고 오는 행위 속에서 그는 무수히 기뻐하고 불쾌해하며 걱정하고 다행스러워하며 힘겨워 한다. '불쾌와 우울과 그러한 것들을 이제도 가련한 식물들이 얼마쯤이라고 덜어줄 수 있지 않을까 생각하였든' 이유에서였다. 서툴지만 손수 힘들여 나팔꽃을 심어 놓고 마치 어린애처럼 수시로 물을 주고 조바심으로 꽃을 재촉한다. 날마다 꽃송이를 세는 그는 그러나 가을이 되어 나팔꽃 씨를 받지는 못하자, 사올 때 에누리하여 사왔기 때문에 나팔꽃이 원한을 품어 씨를 받지 못했다고 생각한다. '문득 생각이 그것에 미쳤을 때, 내 마음은 아팠다. 밤이 깊으면 달이 있어도 없어도 나는 곧잘 뒷짐 지고 그곳을 거닐며 때로 씨도 못 받은 나의 나팔꽃을 생각하고는 혼자 마음에 운다.'는 그의 말에서 작가의 바탕이 되는 성품을 느낄 수 있다.

그가 무엇인가를 선뜻 행동으로 옮기지 않으려 하는 면모는 그의 수필에서도 매우 솔직하게 드러나 있다. 수필 「내 자란 서울서 문장도文章道를 닦다가」의 일부이다.

가 보고 싶다 생각하는 곳은 한두 군데가 아니나, 아무리 좋은 곳이라 하드라도, 그곳에서 살림을 차리고 살고 싶지는 않으며, 또 일찍이 그러한 것에 대하여 생각하여 본 일이 없습니다. 내가 한 개 가련한 문학 소년이었던 시절에, 나는 막연히 전원생활이라는 것에 가만한 동경을 가졌었으나 그것도 어느 나라, 어느 시골이라 적력的歷히 마음먹었든 것은 아니었든가 봅니다. …(중략)… 역시 서울서 나서 서울서 자란 이 몸은, 그래도 서울서 지내는 밖에는 아무 다른 도리가 없는 듯싶어, 또 그것을 별로 애타게 생각하는 일도 없이, 그대로 이 땅에서 안해를 기르고 또 장차는 자식들을 기르며 저는 저대로 힘 미치는 데까지 문장도를 닦고 싶다 생각합니다.
　　　　　　　　　　　　　　　　　　　　　　－「조광」 1936년 2월

그는 마땅히 새로운 시도를 하여야 할 필요를 느끼지 못한다. 지금 자신의 점하고 있는 위치를 전폭적으로 바꿀 '의지가 없는 사람'이 아니라 바꿀 '필요가 없는 사람'이다. 즉, 인생에 있어서 어떤 모험이 필요치 않은 사람이다. 그는 서울서 나서 서울서 자란 사람으로서 막연한 혹은 가만한 동경을 할 수는 있지만 그것 때문에 어떤 도박적인 '生의 배팅'을 하려 들지 않는 것이다. 이 점에서 박태원이 끝까지 모더니즘의 길을 모색하지 않았던 이유를 짐작할 수 있다. 박태원은 모더니즘의 사상을 우러러 보지 않았다는 것이다. 그것은 잠시 탐닉할 수 있는 것일 뿐이지 자신의 생을 모두 바칠만한 사상은 되지 못한다고 판단했을 것이다. 보수적 성향이 짙은 박태원은 처음부터 열광적으로 모더니즘에 빠질 생각이 없었을 가능성이 있다. 비단 이것은 모더니즘의 사상에 국한된 그의 태도는 아닐 것이다. 그것이 사회주의 사상이 되었든, 자유주의 사상이 되었든 간에 그는 어떤 사상에도 헌신적으로 몰입하지는 않았을 것이다. 시대가 어찌 되었건 간에, 설혹 생활이 궁핍하더라도 최고 인텔리로서의 자존심이 있었던 그는 무엇이든 적력히 마음먹어야 할 필요를 느끼지 못하는 정신적 귀족이었던 것이다.

이러한 것은 그의 유년기 성장배경과도 무관치 않을 것이다. 그는 유달리 어려서부터 몸이 약했고, 중요한 것은 '나는 유달리 몸이 약하다'는 그의 인식일 것인데 어쨌든 그는 어려서 고소설을 너무 열심히 탐독한 탓인지는 몰라도 잔병치레가 많았다. 그는 성인 이후로도 자신이 추위에 약하고 병에 약한 체질임을 알고 스스로 몸보신에 신경을 쓴다.

언제든 그렇지만 무어 김장을 담근대야 내가 바로 팔을 걷고 나서서 무한 개 배추 한 통 만져 본 것이 아니니 남이 추위에 고생을 하거나 말거나 내가 느낄 별난 쾌감이라든 그러한 것이 있을 턱이 없다. 그야 그래로 치웁지 않은 날이 계속하여 우리의 김치 맛이 좋지 않든지 그러할 것은 적이 마음에 염려도 된다. 허지만 워낙에 몸이 약하여 남보다 유달리 추위를 타는 나는 역시 언제까지든 김치맛이라든 그러한 사소한 문제를 가지고 애를 태운다는 수는 없는 일이다. 그래 집이 학생이 오랜 동안 농 속에 간수하여 두었든 활빙구를 끄내어 연해 손질을 하며

"이거 언제나 얼음이 언담. 무슨 겨울날이 이 모양이야."

하고 그러한 말을 한탄 비슷이 하였을 때 나는 가만히 쓴웃음을 웃고 내 안해와 학생에게는 전혀 비밀로 부디 이번 겨울은 이대로 여엉영 치웁지를 말어달라고 이웃집 아낙네와 마음을 한가지하여 그러한 것을 빌어 마지 않었다.

　　　　　　　　　　　　　　　　　　－「에고이스트 愛己而修道」

추운 겨울 박태원의 아내는 일찌감치 김장을 끝내고 옆집아낙은 아직 김장을 못했다. 아내는 옆집 아낙에게 추위가 곧 오겠냐며 위안을 주지만, 속내로는 어서 추워서 자기가 일찍 김장을 해 치운 보람을 더욱 느끼고 싶어 할 아내의 마음을 넌지시 짐작해보는 박태원은 실상 자신은 김장 담그는 수고를 겪지 않았으므로 옆집 아낙이 추위에 늦은 김장을 하더라도 느낄 쾌감이 별로 없을 것이라 하며 아내 모르게 이웃집 아낙네와 마음을 같이 한다. 추위가 오면 자신이 병에 걸릴 것을 우려하여 아내 몰래 옆집 아낙과 마음을 한가지하는 박태원의 솔직한 면은 있는 그대로의 그의 모습으로 자신의 목적과 외부의 환경을 어떻게 맞추는가를 보여주는 생활의 단면이다. 수필의 제목이 에고이스트이고 이것을 한자로 가차(假借)하여 愛己而修道라고 하였다. 자기 자신에 대해 스스로도 그렇게 생각하는 모양이다. 드디어 추위가 몰려와 얼음이 얼고 학생은 학교 모퉁이에 활빙장으로 나가도 좋을 때가 오자 그는 공부 안하고 놀 생각만 하는 학생을 호통하고 '우울하게 방 속에 웅크리고 있지 않으면 안 되게 되었다.'는 구절이 뒤이어 나오는데 그는 자신의 몸을 이롭게 하는 생활을 찾아 스스로 실천하는데 신경을 많이 썼던 것 같다.

V. 박태원 고유의 주체적 내면성과 주체성의 한계

작가적 내면성을 찾는 일은 작품을 보는 해석자의 믿음과도 상당한 관련이 있다. 어떤 관점에서 해당 작가의 작품을 조명할 것인가의 문제는 상대적인 문제이며 작가와 해석자 사이의 구체적 정신적 교류를 확인하는 일이기도 하다. 박태원의 작품들이 시대적 상황에 따라 경향을 달리했으나 변화된 작품들 속에서도 작가적 감성의 고유한 정체성을 찾아보는 것은 작가의 인격과 만나는 부분일 것이다.

그의 작품들에는 모더니즘, 리얼리즘의 시기 구분을 떠나 '인간에 대한 연민(憐憫)의 정'을 가졌던 작가의 시선이 일관되어 담겨 있다. 여자와 친구와 어머니와 모르는 불특정한 사람들에 대한 연민의 정을 곳곳에서 드러내고 있는『소설가 구보씨의 일일』이 그렇고 아낙과 어린아이와 소년과 그밖에 '가엾은 사람들'을 담담히 그린『천변풍경』이 그렇다.

당시의 지식인의 대부분은 외세의 압력에 굴복하여 그 뜻을 꺾거나 접을 수밖에 없었지만, 그러한 의식에 따른 고민자체가 주체성에 대한 고민이었고, 새로운 경향의 유입에 따른 수용과 함께 주체적 모색을 게을리 하지 않았다는 증거이다. 한국의 근대문학기 작가들이 전향서를 제출하고 신사참배를 했다고 해서 사상적 절개를 잃고 무능력하다고 비난하기 이전에 불가항력적인 시대적 상황과 한 개인의 무력함을 먼저 고려해보고 그럼에도 불구하고 개인이 치렀던 희생들—자책, 번민, 고뇌, 절망 등과 개인에게 있어서 변치 않는 감성들을 작품을 통해 찾아보고 그것을 '시대를 앓는' 산물로서의 받아들여야 하지 않을까 한다.

일제 치하라는 식민지, 그 혼란의 시대에서 자신만의 확신을 갖고 일관된 실천적 삶을 산다는 것은 한 개인에게 불가능한 일이라고 여겨진다. 어찌 보면 오히려 그런 급박하고 혼돈된 시대적 상황에서 사상과 이념에 물들지 않은 여린 서정의 감수성을 잃지 않은 것이야말로 개인이 실천할 수 있는 가장 주체적인 일이다. 자신의 힘으로는 어떤 해결책도 제시할 수 없는 상황에 처한 인간은 우선 감정적으로 황폐해지고 마는 것인데 박태원은 그러한 변화 속에서도 그의 서정과 인간에 대한 박애의 마음을 작품 전체에 걸쳐 보여준다. 박태원의 작품들은 모더니즘계의 작품들이나, 리얼리즘계의 작품들은 미세한 인간심리의 묘사에 충실하다. 또한 그의 사상적 선택은 외부의 영향에 따른 것이었지만 내면적으로는 주체적 '중심잡기'의 흔적들이 보인다.

박태원이 활동했던 당시 하나의 이념적 노선을 선택한다는 것은 다른 모든 것을 포기하는 양단간 혹은 극단의 선택이었을 것이다. 그러나 박태원은 현실을 위해서 이상을 포기하지도 않았고, 이상을 위해서 현실을 포기하지도 않았다. 현실은 현실대로 적응하여 그의 삶을 꾸려나갔고 이상은 이상대로 실현하고자 했다. 그는 a를 위해 b를 포기하지 않았으며 a와 b를 동시에 이룰 수 있다는 자신감이 있었다. 그는 그가 속한 당시의 사회와 사람들을 결코 실망시키지 않아야 했을지도 모른다. 단지 내면에 인간과 삶의 본질적인 관심을 둔, 그것이 곧 문학적 열정이었던 그가 속할 수 있었던 사회와 사람들이 바뀌었을 뿐이다. 인간에 대한 본질적인 것을 추구하는 작가라면 사상과 이념은 비본질적인 것이며 선택은 현실적 처치에 불과한 방편일 뿐이다.

박태원이 시대에 발맞추어 소설적 경향을 바꾸고 여러 장르를 시도했다는 것은 그에게 어떤 사상적 변화에도 현실적으로 적응할 수 있다는 자신감이 있었기 때문에 가능했을 것이다. 그가 카프의 이념에 동참하지 않고 구인회 활동을 하였던 경력과, 구인회 활동까지 한 경력이 있음에도 불구하고 월북 후 북한의 실정에 북한 내 작가보다 더욱 성공적으로 적응했다는 것도 그러한 맥락에서 이해할 수 있을 것이다.

우리는 어떤 작가의 능력을 평가함에 있어서 퍼펙트라는 평가에 인색할 수밖에 없지만 그의 노력은 보는 시각에 따라서 한국근대문학의 모더니즘 성과와 리얼리즘의 성과 모두를 이룬 보기 드문 경우라고 말해질 수 있을 것이다. 작가가 작품을 통해 거둔 성과는 그대로 인정이 되어야 한다. 박태원은 1930년대 근대문학에 있어서 특별히 주목할 만한 모더니즘의 작품을 남겼으며 월북 이후에는 북한 최고의 역사소설가라는 칭호를 얻었다. 즉, 일제 식민지 시대의 혼란기에서도, 이념적으로 다른 남과 북 각각에서도 인정받는 작가로서의 작품을 남겼다는 것은 그가 뛰어난 작가라는 것을 입증한다. 그의 작품 성향이 혼재되어 있다는 것은 그가 새로운 모색과 시도에 게으르지 않았다는 것을 뜻한다.

따라서 그의 작품의 다경향성(多傾向性)을 '정체성의 혼란'문제이기보다는 '작가의 지성'이라고 보는 것은 어떨까 한다. 다만 박태원의 행보에 있어 아쉬운 것은 그의 여러 시도들이 성과를 거두고 특히 모더니즘의 소설은 남다른 두각을 나타내었기 때문에 인정받게 되었지만, 그의 지성적 판단이 시류에 편승하는 부분을 완전히 부인할 수 없다는 것과 작가 개인이 전 생애를 통해 이루어낸 치열한 세계와의 싸움, 생의 지평과 깊이 있는 소통이라는 기대에는 못 미치는 것이 아닌가 하는 것에 있다. 그리고 작품에서 보여지는 인간에 대한 그의 연민의 마음이 단순히 선인과 악인, 착취인과 피착취인, 적군과 아군 등의 이분법적 구분에 머무는 것은 한 작가가 세상을 파악하는 인식의 한계에 대한 아쉬움을 남긴다.

그러나 사회 자체 내의 진화가 아닌 외부사상과 이념의 갈등이 예고 없이 일방적으로 유입되는 상황에서 '나'와 '나 아닌 것' 사이의 변증법은 무력한 양상을 띨 수밖에 없다. 박태원은 기존의 자신과 새로운 외부의 것을 적극적으로 결합하려고 했으며 인간에 대한 연민의 애정을 바탕으로 그에 따른 변증법적 산물들로서의 작품을 꾸준히 생산해냈다. 시대가 급변하였던 때였으므로 그의 변증의 작동과 실행 역시 급변적일 수밖에 없었다는 것과 시간적으로 누적된 인식의 깊이가 허락되지 않았다는 것이 아쉽지만 우리는 박태원이라는 재능 있는 작가를 통해

한 시대의 거울을 볼 수 있다. 사상과 이념에 따라 작품의 경향을 바꿀 수밖에 없었던 시대에 사상과 이념을 초월해 작가적 능력을 보여준 박태원은 시대의 아픔을 고스란히 보여주는 중요한 작가 중 하나임에 분명하다.

■ 참고문헌

공종구, 『한국 근·현대 작가·작품론』, 새미, 2001.
구보학회, 『박태원과 모더니즘』, 깊은샘, 2007.
구인환, 『근대작가의 삶과 문학의 향취』, 푸른사상, 2002.
류보선 편, 『구보가 아즉 박태원일 때』, 박태원 수필집, 깊은샘, 2004.
류보선, 『한국 근대문학의 정치적 (무)의식』, 소명출판, 2005.
『문학사상 통권』 34권 제5호, 2005.
『문학사상 통권』 35권 제7호, 2006.
박태원, 『새미 작가론 총서』 2, 정현숙 편, 새미, 1995.
염무웅, 『30년대 문학』, 창작과비평사, 1979.
장수익 편, 『박태원 장편소설 천변풍경』, 문학과지성사, 2005.
조영복, 『월북예술가, 오래 잊혀진 그들』, 돌베개, 2002.
최혜실 엮음, 『소설가 구보씨의 일일』, 박태원 소설선, 문학과지성사, 1998.

■ 국문초록

　1930년 한국 근대문학기의 소설가 박태원의 정체성에 대한 논의는 지금까지 계속되어져 왔다. 왜냐하면 그는 한국전쟁이 발발되기 전에는 남한에서 획기적인 모더니즘의 소설을 발표하여 주목받았고, 한국전쟁 당시 월북하여 북한에서 사회주의 리얼리즘의 소설들을 써서 그곳에서도 큰 주목을 받았기 때문이다. 그의 정체성에 관한 문제는 여전히 논의할 가치가 있다.

　그의 소설을 시대적 혼란상에 휩쓸린 비주체적인 것인가 혹은 시대의 혼란상을 직시하고 탄력적으로 살아남아 자신의 작품을 계속적으로 이어나간 것인가는 그와 그의 작품을 해석하는 시각의 차이에 따라 달라질 수 있다.

　그러나 일제강점기와 한국전쟁의 급변하는 시대에 우리나라는 사회 전반적으로 자체의 발전원리를 가질 수 없었다는 점을 고려한다면 그가 외부로부터 수용한 것이 문제해결로서의 모색과 실천이었고 작품의 경향이 바뀌더라도 개인의 내면에 지닌 고유한 성품은 변하지 않는다는 것을 생각해보는 것은 중요하다. 즉, 본고는 지금껏 다소 간과되었던 박태원 고유의 주체적 내면성은 무엇이었는지를 이해하는 입장의 글이다. 작가의 고유한 내면성은 외부의 세력에 완전히 침범당하지 못한 주체성의 핵심이다.

　그의 소설에 나타난 모더니즘의 수용적 측면은 단순 적용이나 변용이 아닌 작가의 고심으로 생산된 것이다. 예를 들어 소설가 구보씨의 일일의 컴마문장이나 방란장 주인의 한문장 소설은 전례를 찾아볼 수 없는 새로운 시도이다.

　중요한 것은 소설가 구보씨의 일일에 나타난 '불안'의 성격적 규명에 있다. 일반적으로 구보는 무능력하고 무기력한 존재로 부유하는 모습으로 읽혀질 수 있지만 구보가 느끼는 불안은 물론 병증은 아니고 피동형 인간이 느끼는 불안도 아니다. 그것은 주체를 가진 인텔리의 '자기 소외적 불안'이라는 것이다.

　또한 그의 사회주의 리얼리즘의 소설 조국의 깃발은 이념의 문제가 핵심이 아니라 그 근본은 어디까지나 인간에 대한 연민의 정에 있다. 수필은 그의 감성이 매우 섬세하고 여린 것을 보여준다.

　인간에 대한 연민과 동정의 시선이 그의 작품 전반에 내재되어 작가의 동일한 내면을 비추고 있다는 점을 기억하는 일은 중요하다. 연민의 정이란 사랑보다 좀 더 복합적인 정한인데 힘겨운 생을 살아가는 인간들에 대한 애처로운 마음이 연민의 정이라고 할 때, 이것은 측은지심과 통한다. 박태원의 작품에서 동일하게 보여지는 작가의 내면적 성품을 이해하는 것이 그의 작품의 전체를 아우를 수 있는 하나의 해석적 틀이 될 수 있다는 견해를 제시해 보고자 한다.

주제어: 주체성, 내면성, 인간에 대한 연민의 정

■ Abstract

Identity from internality of Park-tae weoun

Jeong, Jun Young

Period of 1930 korea literature a short story writer and novelist, park-tae weoun has been the subject to controversy and has been discussed about his identity. Because he was published under South Korea novel of modernism, 「One day, novelist gubo's 」etc. and he received attention. Also he crossing over into North Korea, he received attention novel of socialism. Identity of him a short stories and novels is still a matter of debate.

It is A or B; He is nothing but an opportunist or He was established his subjecthood is according to the critic's point of view.

But that was under Japanese colonial rule and the Korean War, that was a chaotic age in the history of Korea. Give your careful considera-tion for Korean society was not independence. And Park-tae weoun make a constant effort. It is important that internality is not change.

This study aims at understanding his characteristic internality and iden-tity that has been passed over. Because a internality is core of identity that is not violated the outside world in the end.

The modernistic method of His short stories and novels are producted by writer's pains, not simply trying imitation others. In example, sentence of comma 「One day, novelist gubo's」, only one sentence end 「The honor of Bangnangang」are the first trying.

Point is that lighting on the meaning of 'anxiety' in 「One day, novelist gubo's. Generally, Gubo is the person, he is an incompetence and a per-son of inertia. But he is an intellectual that experience self-alienation.

Also 「A flag of mother country」that classified short story of socialism is based on charity forward human not an idea. Essay he write, we feel his emotion is very delicate and soft.

It is important that the think of charity for human generalize his every works and have common think. Charity for human is emotion of pathetic for people of poverty same the word compassion. This study presentation that taking his works one frame by the same emotion in his internality.

Key-words: identity, internality, charity forward human

—이 논문은 2008년 6월 15일에 접수되어, 소정의 심사를 거쳐 2008년 7월 15일에 최종적으로 게재가 확정되었음.

소음화 지향과 '목소리'의 고현학

임 태 훈*

I. '음경(音景)'이란 무엇인가?

본격적인 논의에 앞서 이 논문의 핵심적인 개념인 '음경(音景)'에 대해 설명하고자 한다. '소음'과 '목소리의 고현학'이라는 키워드로 박태원에 접근할 수 있었던 기본적인 인식틀이 이 개념에 입각해 있기 때문이다.

'음경(音景)'은 'Soundscape'의 역어(譯語)에 해당한다. 번역의 다른 용례로는 '소리의 풍경', '음악의 파노라마' 등이 있다. 단순히 Sound(소리)와 Scape(풍경/경관)를 합친 조어(造語) 수준에서가 아니라 전문적인 연구 개념으로 'Soundscape'가 규정되었던 것은, 캐나다의 작곡가이자 환경운동가인 머레이 쉐퍼(R · Murray Schaffer)에 의해서였다.[1]

---

* 성균관대학교

1) 머레이 쉐퍼는 1969년에 발표한 『The New soundcape』(Univeral Edition, 1969)에서 'Soundscape'의 개념규정을 시도하기 시작했다. 1970년부터는 유네스코(UNESCO)의 지원으로

쉐퍼의 'Soundscape' 개념을 소개하기에 앞서 분명히 밝혀둬야 할 것
이 있다. 'Soundscape'와 '음경'은 별개의 차원에서 정의되는 개념이며 그
별개의 성질이 무엇인가를 드러내기 위한 설명을 하고자 한다. 쉐퍼는
'Soundscape'를 "소리의 환경. 전문적으로는 연구의 필드로써 보여진 음
환경의 일부분. 현실의 환경을 가리키는 경우도 있고, 특히 그것이 하나
의 환경으로서 생각되는 경우에는 음악작품이나 테이프 몽타쥬와 같은
추상적인 구축물을 가리키는 경우"[2]라는 의미로 사용했다. 그런데 이
개념은 서양근대음악의 틀로부터의 해방과 소음문제에 대한 관심, 비
(非) 서양근대음악의 재확인 혹은 발견이라고 하는 현대음악의 정신과
1960년대 북미를 중심으로 전개된 생태학적 환경운동의 관점 등과 맥
락을 이룬다.[3]

그의 분석에 의하면, 전원의 사운드스케이프는 도시의 사운드스케이
프보다 충만(充滿)된 소리 환경이며, 산업혁명 이후의 소리 환경은 이전
시대와는 비교할 수 없을 만큼 황폐해졌다고 말한다.[4] 이런 관점을 지

'세계 사운드스케이프 프로젝트(World Soundscape Project)'를 수행했는데, 그 연구 성과
를 한 데 종합한 것이 1977년에 발표한 『The Soundscape—The Tuning of the world』
(Alfred A. Knopf, 1977)이다. 이 책에서 그는 'Soundscape' 개념에 대한 체계적 완성을 거
두게 된다.

2) R・Murray Schaffer, 『The Soundscape—The Tuning of the world』, Destiny books, 1977
(1994), p. 274. 이하 『The Soundscape』로 표기.

3) 鳥越けい子, 한명호 옮김, 『사운드스케이프−그 사상과 실천』, 세진사, 2005, 23쪽
참고.

4) 쉐퍼는 전원의 사운드스케이프와 도시의 사운드스케이프를 분석하면서 고충실도(Hi-
Fi)와 저충실도(Lo-Fi)라는 용어를 사용한다. 그가 정의하는 고충실도 시스템이란, 신호
대 잡음비(Signal-to-Noise Ratio)가 높은 시스템을 뜻하는데, 환경소음레벨이 낮고, 개개
의 소리를 명확하게 들을 수 있는 상황이 여기에 해당한다. 예를 들어 시골은 도시보다
고충실도의 상태이고, 밤은 낮보다, 고대는 현대보다 고충실도 상태이다. 반면에 저충
실도 사운드스케이프는 산업혁명으로부터 일어났으며 전기혁명으로 확장되었다고 설
명한다. 저충실도 사운드스케이프는 음의 과잉으로 시작한다. 산업혁명은 무수히 많은
새로운 소리를 만들어냈지만, 동시에 많은 자연의 음이나 인간의 음을 불명료하게 하는
불행한 결과를 만들었다. 또한, 전기혁명 그 자체 혹은 여러 전기기구들로 소리가 증폭

지하는 이들은 환경 운동적 문제의식에 공감대를 갖고 있으며 도시화와 산업화의 폐해에 대비되는 이상적인 소리 환경에 대한 노스탤지어를 중요시 여긴다. 이런 반항은 쉐퍼의 의도에 정확히 일치하는 것이기도 했다. 하지만 바로 이 점 때문에, 이 논문에선 'Soundscape'가 아니라 '음경(音景)'이라는 새로운 개념 정의를 시도해야 했다.

'소리'에 대한 사유를 자연/도시, 오염/순수, 소음/비소음을 바탕으로 이해하는 일은, '소리 그 자체' 보다도 '소리'를 키워드로 초점화할 수 있는 주제에 복무하는 일이기 쉽다. 반면에 '소리 그 자체'의 상태란 다채로운 '듣기'의 상황 혹은 '소리'의 다양한 변용과 그에 맞닥뜨리는 지각 방식의 와동(渦動)을 뜻한다. 소리의 어떤 한 상태를 지칭하는 것이 아니라 소용돌이 같은 '운동성 그 자체'를 의미한다는 말이다. 그런데 환경 운동적 주제를 겨냥하고자 했던 쉐퍼는 이 와동을 와동인 채로 내버려두지 않았다. 그는 이전의 누구도 본격적으로 나선 바 없는 작업인, '소리'를 이해하는 심미적 기준을 제시하고 이상적 '소리'의 환경을 판단할 수 있게 하려 했지만, 이상적인 상태는 오로지 이상적인 상태라는 의미만으로 현성(現成)5)해 있을 수 없다. 굳이 '소리'의 문제에 한정할 필요도 없이 이런 식의 도식의 유용성이란 특정한 주제와 용도에 한정될 뿐, 세계의 실재와는 근본적으로 불일치한다. 왜냐하면 이상적인 상태를 규정하기 위해선 이상적이지 못한 상태가 짝패로 규정되어야 할 텐데, 이 구분이 자명하게 짜일 리 없기 때문이다. 한 예로 쉐퍼는 '소음'을 '원하지 않는 소리'로 규정한다.6) 그러나 판단의 주관성을 생각해

되어 시간과 공간을 통해 전달됨으로써 상황을 심화시켰다고 분석했다. -『The Sound-scape』, p. 43, p. 71 참고.

5) 불교 용어로 사실이 현재 이루어져 있음 또는 지금 있는 그대로임을 이르는 말이다. 불교에서 이 단어가 사용된 대표적인 용례는 중국 조종동의 승려 정각이 쓴 『慫容錄』에서 찾아볼 수 있다. 여기에 "現成公案 只據現今"이라는 구절이 나오는데, 조작이나 안배(按排)를 하지 않고, 현재 성취한 공안. 즉, 현상계의 있는 그대로의 모습을 구도의 과제로 한다고 의미로 쓰였다.

보건대, 거의 모든 종류의 소리가 '소음'이 될 가능성을 잠재적으로 지닌다. 한마디로 말해, '소리'는 이분법적으로 파악할 수 있는 세계가 아니다.

쉐퍼의 논의는 심미적 청각 주체를 기획하고자 했다는 점에서 다분히 계몽적이었고, 굳이 그 의도에서 벗어나려고 하지도 않았다.[7] 그러나 생태학적 환경운동이라는 문제틀을 넘어서, 심지어 그의 문제틀과 유리된 상태에서도 'Soundscape'는 새롭게 개념화될 수 있다.

앞서 설명한 바와 같이, '음경'은 쉐퍼의 'Soundscape'에 대칭하는 역어가 아니다. 그렇다고 '음경'이란 단어에 참고할 만한 한문학적 연원이 있는 것도 아니다. 이런 단어는 근대 이래로 외국어와의 접변을 계기로 생성된 수없이 많은 번역어 가운데 하나다. 굳이 쉐퍼의 정의를 염두에 두지 않더라도, 조어를 구성하는 의미를 견주어본다면 '음경'이란 번역이 무난한 결과임을 알 수 있다. 하지만 제일 큰 문제는 '소리'에 대한 새로운 관점을 탑재할 용어로 '음경'이 적확한가에 대해서이다. 굳이 번역할 필요 없이 'Soundscape'를 재정의 하는 방법도 고려해 보았다. 그러나 'Soundscape'가 이미 음향학과 건축학에서 학술적 시민권을 획득한 용어임을 간과할 순 없었다. 결국 그 방면의 논의 방식과는 다른 생각임을, 하지만 또 한편으론 아주 관계가 없다고도 할 수 없음을 전략적으로 드러낼 필요가 있었다.

이 논문이 벌일 격투는, 문학과 문화 연구로서 '소리'를 '소리의 성질'에 입각해 사유하는 일이다. 그렇다면 새로운 개념을 인정받기 위해 호명해야 할 싸움의 상대는 무엇인가? '음경'은 '풍경' 개념을 상대로 투쟁할 것이다. 'Soundscape'를 '소리의 풍경'이 아니라 '음경'이라고 번

---

6) 『The Soundscape』, p. 182.

7) 1992년에 그는 소리에 관한 100가지 과제를 정리한 『A Sound Education』(Arcana Education, 1992)을 발표했다. 소리 체험에 대한 교육 프로그램과 워크샵에서의 실천을 정리한 책이다.

역한 까닭 역시 여기에 있다.

'소리의 풍경'은 '시각'과 '청각' 양쪽 모두의 기준에서 이율배반적인 말이다. '풍경(Landscape)'은 원근법적으로 성립한다. 소실점에는 주체의 '내면'이 자리 잡고 있다. 크고 뚜렷하게 부각될 것들과 배제되고 은폐될 것이 소실점을 따라 배치되고 잘려나간다. 데카르트적 사유의 일단(一段)인 것이다. 데카르트에게 본다는 것의 의미는 관념적으로 '잘' 봄을 의미했다. 그는 몸의 '눈'을 믿지 않는 철학자였다.8)

데카르트적 사유 방식은 '소리'에 대해서도 마찬가지로 적용된다. 코기토는 소리를 듣지 않는다. 청취에 현전되고 있는 육화를 넘어서 그 위에 붕 떠다니는 '의미'만을 주시할 뿐이다. '풍경'에도 소리가 빠져 있다. '소리'란 새소리나 바람소리에 대한 의성어를 고안하거나 핍진한 묘사에 열중하는 것으로 성취될 수 있는 성질의 것이 아니다. 왜냐하면 소리는 시간성으로부터 분리될 수 없기 때문이다. 소리의 어떤 '순간'을 포착해낸다는 발상 또한 오류일 수밖에 없다. 소리의 시간성은 '순간'으로 대표(representation) 될 수 없다.

반면에 '음경'은 '풍경'처럼 원근법적으로 구성되지 않는다. 가타리의 표현을 빌리면, '음경'은 '카오스모제(chaosmose)'이다. '카오스모제'란 'chaos(혼돈)'과 'cosmos(질서)'의 'omose(상호침투)'를 합성한 단어이다.9) 이 말에서 짐작할 수 있듯 '음경'은 소리의 지속, 전환, 결핍, 과잉, 생성, 소멸, 침투, 은폐, 돌출, 혼합, 변용 등이 벌어지는 '차이'의 운동성이다. 객관적 물리음(物理音)10)에 대한 것일 뿐만 아니라 주관적 심리

---

8) 그런데도 그가 근대 시각주의의 정수를 제공한 것으로 평가받는 까닭은, 세계가 이해되는 방식—즉 재현되고 (구성되고 인지되는) 방식을 이론화했기 때문이었다.

9) 펠릭스 가타리, 윤수종 옮김, 『카오스모제』, 동문선, 2003, 105쪽 참고.

10) 객관적 물리음은 측정 기술의 발전과 밀접하게 연관되어 있다. 오늘날 천체들의 거대한 폭발과 곤충이나 세포의 미세한 소음을 듣게 된 것은 과학의 발달에 힘입은 '발견'이었다. 하지만 아직도 발견되지 못한 소리의 세계는 무수하다. 객관은 언제나 실재(實在)에 미달해 있다.

음(心理音)에서도 똑같이 발견할 수 있는 성질이다. 그리고 '음경'은 청각(聽覺)의 지평에만 대칭될 수 있는 것도 아니다. 우리는 소리를 촉각적(觸覺的)으로도 느낄 수 있다. 소리는 진동이며 파동이기도 하기 때문이다. '음경'은 전신감각(全身感覺)의 복권을 동기화할 수 있는 계기를 지니고 있다.

'풍경'은 문학·문자(에크리튀르) 지향적이다. '공간의 공간성'을 문제 삼는다면 언어 표현이란 '하다가 만 것'에 그친 것이겠지만, '풍경'이기 때문에 완결을 가정할 수 있게 된다. 그렇지만 '표현'을 계기로 어떤 감각적 허기를 '더' 느끼는 것, 표현이 그 무엇으로부터 끝내 빗나가고 말았음을 불편해하는, '반성'의 지속이 가능하다. 이것은 '주체(subject)'가 아니라 '신체(corps)'로부터 가능한 자기 역량이며 '언어'로 환원되기엔 너무 큰 힘이다.

그렇다면 언어 표현인 소설은 '음경'과 상관없는 것이 아닐까? '음경'은 한 상태, 한 성질에 머물러 있지 않다. '음경'은 소리로부터 가능한 모든 '차이'의 흐름이다. 언어 또한 '소리의 변용' 가운데 하나이다.11) 하지만 그 '차이들'이 직선 위의 시간적 전후(前後)나 인과 관계

---

11) 그 변용 과정에 관해선 다음의 설명을 참고할 수 있다. "소리에서 비롯되는 의미는 언어를 구체화시킨다. 그러나 소리적 의미가 언어의 유일한 육화방식은 아니다. 또한 그것은 말-로서의 언어의 유일한 구체화 방식조차 아니다. 그 이유는 언어의 다른 방식으로의 구체화라는 관점에서 말-로서의-언어의 가능한 제2의 탈중심화(몸짓, 몸닿기가 제1의 탈중심화라면)도 역시 존재하기 때문이다. 물론 역사적으로 제2의 탈중심화의 가장 중요한 형식은 발화된 말이 씌어진 말에 의해 대체되어 온 것이었다. 비록 (부호화되고 관습화된 신호 언어의 경우에서처럼) 청각적 언어를 역시 탈중심화시키는 아류의 몸짓 언어들도 존재하지만 문자와 쓰기의 출현은 말-로서의-언어의 주된 "제2의" 육화(肉化)로 자리 잡았다. 이 가능성(쓰기가 말-로서의-언어의 육화일 수 있는 가능성을 말함)은 언어의 정상적 중심으로의 발음된 언어의 역할과 중요한 이해하는 데 있어서 두 번째 문제를 구성한다. 더군다나 이 두 문제는 현상학적으로 구체화된 언어 혹은 실존적 언어를 긴급하게나마 이해하기 위하여 '데카르트적 언어학'을 잠정적으로 전복시키려 할 때 저항적 요소로 나타나게 된다. 언어의 현상학은 충족 가능한 탈육화된 의미들(소리로 육화되지 못한 몸짓, 쓰기)의 '부재' 속에서 그 정당화의 입지를 발견

로 각각 구별될 수 있는 것은 아니다. 변용된 것은 변용될 수 있는 것들의 잠재성을 '나'의 지각에 늘어뜨린 채, 세계를 향한 '나'의 기투와 함께 '한 상태'가 뛰어오른다.

그래서 '음경'의 지평 위에서 소설을 읽고자 한다면, 텍스트를 '작가의 작품'으로서 뿐만 아니라 '그 사람'의 지각이 드러난 유질동상(類質同像 · isomorphism)[12]으로 재발견해야 한다. 인간과 세계의 상관관계라는 지향적 구조 자체가, 언어적 의미 혹은 존재적 의미에 지각과 언어 둘 다를 이미 포함시키고 있기 때문이다. 더욱이 소설은 내용 · 형식적 특성 안에 '소리'의 '얽힘 관계'를 조망할 수 있는 시점(視點)을 내재한다. 서술자가 누구냐에 따라서, 사건이 어떤 상황과 인물에 얽혀있느냐에 따라 '소리'는 항상 구체적으로 노출된다. 이것은 소설 속의 한 인물을 중심으로 틀지어진 '소리'를 궁금해 하는 일이 아니다. 한 인물의 구체성과 교차해서 생각하지 않고선 탈은폐(脫隱閉)시킬 수 없는 세계의 어떤 상태에 대한 탐구이다.

소설은 유성기처럼 '음(音)'을 들리게 할 수 없다. 그러나 소리가 놓인 지평을 표현함으로써 독자로 하여금 소리에 대한 지각을 환기하게끔 한다. 소리를 지각하는 일은 실존이 놓인 차원과 관계함이다. 이것은 시간의 두께에 따라 축적된 체험의 현전을 포함하는 몸의 지향성뿐만 아니라 물리적 · 이념적 · 도덕적 상황까지 한 데 집적된 과정이기도 하다. 그러나 따지고 보면 세상 무엇인들 그렇지 않은 것이 있겠는가? 만물은 직물적(織物的)으로 존재한다. 그런데 이를 본격적으로 '소리'에 적용해 생각해보는 일은 아무래도 익숙한 사고가 아니다. 이 논문은 '소

한다. 의미들이 발견되는 곳에는 항상 그 의미들은 이미 육화된 것으로 발견된다. 비록 그 육화의 변경들은 복잡하더라도 말이다. 말은 소리나고 보이고 느껴진다. 생각 속에 서조차 말의 현전은 내적 발화로든 혹은 다른 차원의 상상적 과정 속에서의 무성(無聲)의 현전으로서든 그 고유한 '모양'을 가진다."―돈 아이디, 박종문 옮김, 『소리의 현상학』, 예전사, 2006, 338-339쪽.

12) 광물 중에서 화학성분은 다르나 같은 결정형을 갖는 물질을 말한다.

리'를 '완전하게 듣고 지각할 수 없음'의 당연함에 대해 낯설게 생각해 볼 것을 청하려 한다. 지각의 완전한 종합은 끊임없이 좌절된다. 언제 어느 때고 조금의 차이도 없이 완전히 이해할 수 있는 절대음(絶對音) 이란 실존에게 가능한 지각이 아니다. 따라서 얇은 표면에 불과한 소리의 표상보다도 '소리의 내러티브'에 주목하는 일은 필연적이기까지 하다.

　기존의 문학사는 이 점을 중요하게 다룰 수 없었다. 그 이유는 무엇보다도 문학사 자체가, 인식론적으로 거대한 '풍경'이기 때문이다. 문학사적으로 중요한 작품과 장면, 그렇지 못한 작품과 구절이 해석의 일관된 관점에 따라 배치된다. 그 폭력성의 폐해에 대해선 여기에 따로 설명하지 않겠다. 다만 이 논문의 주제에 관련해 지적하고 넘어갈 점은, 문학사의 '풍경'이 작가의 당대 지각에 일치한다고 할 수 있는가에 대해서다. 작가가 쓴 작품조차 작품의 제재가 된 생활에서의 지각을 온전히 반영하지 않는다. 이와 더불어 텍스트 분석에 있어 무의식적으로 전제하게 되는 생각—즉, 표상된 것에 대한 이해라는 시각 중심성에 대해서도 불만족스러워할 필요가 있다. 왜냐하면 그냥 생활하고 있을 뿐인 동안의 엄청나게 복잡한 상태—이를테면 보고 듣고 맛보고 촉감을 느끼는 자연스럽고도 역동적인 육체에 대해 작가가 표상할 수 있는 것은 언제나 일부에 지나지 않기 때문이다. 결국 가장 개인적인 것이 사실은 가장 복잡한 방식으로 한 시대를 반영한다. 문학사는 그 복잡성을 수용하는데 결코 유연한 체계일 수 없다. 그렇다고 '음경' 개념을 통해 소설을 읽는 일이 그 복잡성을 명쾌하게 설명해줄 대안이 될 수 있다고 주장하려는 건 아니다. 오히려 설명할 수 있는 것들이 '전부가 아님'을, 심지어 어느 단계에서 설명할 수 있었던 것도 우리 삶의 카오스모제 안에선 가설적인 지위를 벗어날 수 없음에 대해서, 문학사의 '풍경'보다 훨씬 정직하게 드러낼 수 있다는 점에서 '음경'은 유용한 개념이다.

　내가 듣는 것을 똑같이 들을 수 있는 이는 아무도 없다. 그 무수한

'차이'를 놓친다면 '음경'의 카오스모제를 놓치는 것이나 다름없다. 우리는 한 사람의 작가가, 그리고 그의 작품이 사회 구조 속에 있음과 동시에 바깥으로도 열려 있음을 발견할 수 있다. 그래서 작품을 해석할 때 기술적으로 (문학사와 같은) 어떤 도식적 규정에 접속하되, 그 도식을 성립시켰던 전제들이 해리되는 상태를 상상할 필요가 있다. 왜냐하면 그러한 전제들을 성립시킨 삶의 카오스모제는 이 전제들을 보완하거나 전복시킬 수 있는, 엄청나게 혼란스러운 동시에 질서를 생성시키는 근원적인 바탕이기 때문이다. 따라서 텍스트에 고착된 '삶'이 아니라 '삶 그 자체'의 감각에서 텍스트를 읽고자 한다. '소리'에 대한 관심이 이 일의 창조적인 계기가 될 수 있다.

다시 정리하면, '음경'이란 '소리'로부터 가능한 '차이'의 흐름을 뜻하며 '소리'와 지각의 교차점에서 발견된다. 지각된 '소리'의 어떤 상태에 대한 것이라기보다는, '소리'의 세계와 실존이 맺는 지각적 얽힘 관계에 대한 사유를 지향한다. 그래서 시각 중심적이고 재현의 인식론인 '풍경'과는 차별된 해석이 가능하다. 지각된 것에 대한 지각의 반성은 필연적이고, 수정된 지각으로 이행되는 과정에서 세계와의 얽힘 관계를 거듭 갱신해 나간다. 그렇게 '소리'와 지각의 관계는 서로 위치를 바꾸고 위장하며 양상을 달리하고 언제나 새롭게 재창조되는 강렬도(intensité)[13]를 이룬다. 다음에선 이러한 생각을 바탕으로 박태원 소설을 분석했다.[14]

---

13) 들뢰즈의 개념이다. 강렬도(intensité)는 모든 현상은 고정된 것이 아니라 자체가 지닌 힘에 의해 다양한 방향으로 나아갈 수 있으며, 따라서 지금 있는 '어떤 것'은 항상 여러 방향으로 움직일 수 있는 내재적 리듬을 가지고 있다. 이러한 리듬은 다른 것과 접속하면서 새로운 것을 만들어갈 수 있는 근거가 되는데 이 리듬을 일컫는 말이다.

14) '음경' 개념의 보다 폭넓은 적용과 분석은 졸고인 「『音景』의 發見과 小說的 對應－이효석과 박태원을 중심으로」, 성균관대 석사논문, 2007을 참조 바람.

II. '다성성(Polyphony)'의 문제와 독자의 놀이

'목소리'를 들을 때 우리는 순수하게 '목소리'만을 듣지 않는다. 크 든 작든 공기 중에는 온갖 소리가 뒤섞여 있다. 또한 장소와 시간, 벌어 지는 사태에 따라 '목소리'에 대한 인상은 무수히 달라질 수 있다. '목 소리'에 대한 지각은 '소리'의 관계성을 반영한다.

이효석은 「소복과 청자」(1940)에서 다방 여급의 아름다운 목소리에 대해 이야기했다. 다방을 찾는 손님들이 이 여인의 목소리에 감탄하는 까닭 가운데 하나는, 의외의 장소와 인물에게서 듣는 고급스런 목소리 였기 때문이었다. 만약 어학학교의 여교사에게서 듣는 목소리였다면, 충분히 그럴법한 상황이라 여겨 그만한 감흥을 불러일으킬 수 없었을 것이다. '소리'에 대한 매혹은 물리적인 어떤 상태에서 연유하지 않는 다. 그것은 '소리'로부터 가능한 '차이'에 대한 매혹이다.

부드러운 말소리를 문득 듣고 이 세상의 것이 아닌 어느 하늘나라에서 내려오는 속삭임 소리가 아닌가 하고 돌아다보면 그것이 바로 은실의 말소 리인 것이다. 이를테면 혀끝에 착 착 달라붙는 무슨 음식물처럼 짤깃짤깃 입속에서 뛰놀아 싱싱한 탄력을 지니고 있으면서도 또 한편 사르르 녹아 버리듯 야드러운 목소리이다. 흔히 세상 사람들에게 있어 말이란 다만 일 을 치르기 위한 부호에 지나지 않는 경우가 예사이다. 황겁히 의사를 소통 하기 위해서 툭툭 퉁명하게 한마디 한마디의 발음을 뱉어 버리는—그러한 말이란 마치 배가 고플 때 미친 듯이 밥을 처넣는 것과 같은 격이어서—입 이나 혀의 혹사요, 소리에 대한 모독이다. 은실의 말소리를 듣고 있자면 사람의 목소리나 말이란 단순히 일을 치르기 위해서 뿐만 아니라 다른 중 대한 이유로서 있다는 것을 깨닫게 될 것이다. 목소리는 그것이 그냥 노 래이어야 하는 것이고 말이란 가사이어야 한다. 그렇지 않다면 짐승의 울부짖음이나 기계의 잡음소리와 하등 다를 것이 없을 것이기 때문이다. 간단한 "예" 대답 소리조차 은실의 경우에선 그때그때의 악센트와 억양 에 따라서 여러 가지로 아름다운 뉘앙스와 의미를 지니는 것이다.[15)]

이효석에게 '목소리'가 음악만큼이나 심미적일 수 있는 까닭은 결코 되풀이 반복될 수 없는 '그 순간만의 것'—즉, 아우라(Aura)를 느낄 수 있기 때문이었다. 오로지 의사소통을 위해 내뱉는 목소리에 대해 '소리에 대한 모독'이라고 폄하할 수 있었던 것도 같은 까닭이다. 하지만 그가 위의 글에서 여인의 '목소리'를 글로 표현할 방법이란 매혹의 순간을 중계하는 수밖에 없었다. '목소리'와 함께 생성하는 '소리'의 다양한 차이, 즉 '음경(音景)'으로서의 '목소리'는 재현할 수 없기 때문이다.

'목소리'를 문자언어로 기록한다는 것, 이 기록을 목소리의 재현이라고 믿기 위해선 '목소리'를 극히 소박하게 들을 수 있음을 전제해야 한다. 이를테면 '목소리'를 말의 '의미'만이 비행하는 탈육화(脫肉化)된 상태로 청취하는 일에 대해 생각해 볼 수 있다. 하지만 단언컨대 그런 일은 불가능하다. 목소리에는 비언어적인 '소리'의 울림이 '말'의 현전을 조건 짓고, 에워싸며, 또한 삼투한다. 애당초 문자는 '소리'의 역동적인 와동(渦動)을 담지하기엔 역부족이었던 것이다. 그렇더라도 '소리'에 대한 미메시스적 욕망이 재현불가능성에 좌절될 거라고 단정 짓는 것은 지나치다. 왜냐하면 굳이 '재현'이 충족 목표가 되어야만 하는 것도 아니기 때문이다. 누군가의 목소리에 매혹되고 이를 표현하고자 함은 재현에의 성공과는 별개로 이미 표현에의 창조적 계기가 되었다는 점에서 결산을 마친 욕망일 수 있다. 그 계기로부터 가능한 또 다른 '소리'의 생성은 원본과의 권위를 겨룰 필요 없는 표현이기 때문이다. 이 것은 재현의 인식론에 결박당하지 않아도 되는 '차이의 놀이'16)이다.

---

15) 이효석, 「소복과 청자」, 『새로 고친 이효석 전집』 3, 창미사, 2003, 95-96쪽.(강조는 인용자)

16) '차이의 놀이'란 조금씩 달라지며 끝없이 이어지는 계열을 뜻한다. 들뢰즈의 니체 해석에서 참고한 내용이다. 그는 변증법의 '부정의 부정'과 다른 니체의 '긍정의 긍정'을 높이 평가했다. 니체는 차이 그 자체를 긍정하고, 또 차이의 생산을 긍정했다. 긍정에 바탕을 둔 니체의 '차이의 놀이'는 부정에 바탕을 둔 헤겔의 '부정의 노동'과 선명하게 대비된다.

지금부터 우리는 소설이 이런 놀이의 장(場)이 될 수 있음을 살펴보고
자 한다.

박태원이 「표현·묘사·기교─창작여록」(1934)에서 전개한 문체론은
얼핏 부질없는 재현욕망의 발로로 읽힐 수 있다. 그는 이 글에서 '목소
리'를 실감나게 표기하기 위해 문장 부호를 적극 활용할 것을 제안하지
만, 그것으로도 끝내 충분치 않음을 모를 리 없었다. 오히려 그의 문체
론은 묵독(默讀)보다 소리 내어 읽었을 때 음향적으로 풍부해지는 소설
을 지향했다. '목소리'의 재현을 위한 문장이라기보다 독자가 문장으로
부터 '목소리'를 직접 생성해내길 의도하고 있는 것이다.

이 글에서 박태원은 콤마와 된소리와 장음(長音) 표기의 다양한 예
를 보여준다. 그런데 배우들이 대사를 해석하며 대본에 가필을 하는 요
령과 무척 유사하다는 점이 흥미롭다. 연출자와 배우는 키워드가 되는
단어에 미리 색칠을 한다거나, 음고(音高)와 음량(音量), 템포, 휴지(休
止) 등이 조절되어야 할 부분에 부호를 덧붙인다.[17] 흔히 '대본을 악보
처럼 만든다'고 부르는 작업이다. 위의 글에서 이효석이 "목소리는 그
것이 그냥 노래이어야 하는 것이고 말이란 가사이어야 한다"고 했던 것
도 배우들에겐 이미 익숙한 감각이다.

박태원은 "어디 가니?" 한마디의 어조를 표현하기 위한 표기법으로
"어디 가니", "어디가니", "어디, 가니"를 구분한다. 또한 엄격하게 정서
법을 지키기 보다는, "실타니까"와 "실, 타닛까"의 경우처럼 "'불쾌',
'반항', '혐오', …… 그러한 종류의 감정이 제법 느껴"[18]지는 표기를 택
한다. 이것은 소설이 작가의 표현일 뿐만 아니라 독자의 표현일 수 있
게끔 하는 구상이다. 따라서 우리는 소설의 놀이터를 둘로 나눠 생각해
볼 수 있다. 한편은 작가의 저자성(著者性)을 유연하게 변주하는 놀이

---

17) 정진수, 『연극 연출의 이론과 실제』, 예음, 2000, 137-143쪽 참고.

18) 박태원, 「표현·묘사·기교─창작어록」, 『구보가 아즉 박태원일 때』, 깊은샘, 2004, 254
　　쪽.(『朝鮮中央日報』, 1934. 12. 17~12. 31)

이며, 다른 한편은 독자의 몫인데 '목소리의 놀이'라 불러도 좋을 독서 체험의 제안이다. 후자의 경우에 덧붙여 밝혀둬야 할 점은, 독자가 연극 배우처럼 정색을 하고 음독해야만 하는 건 아니라는 것이다. 이것은 어떤 특정한 방식으로 독서를 제한한다는 발상과는 전혀 다르다. 오히려 자신의 목소리를 일과 놀이 모두에 이용할 수 있는 것처럼 묵독이든 음독이든 한껏 유연해진 태도로 독서를 대하는 가운데, 음독했을 때 한결 재밌을 수 있음을 발견할 수만 있다면 이미 가능한 즐거움을 누리는 것이라 할 수 있다. 새로운 문체는 그 발견을 돕는 힌트인 셈이다. 다음은 박태원의 문체관이 정리된 대목이다.

> 내용을 통하여 어느 일정한 의미를 전할 뿐에 그쳐서는 안 된다. 반드시 그와 함께, 그 음향으로, 어느 막연한 암시를 독자에게 주문을 하여야만 한다.
> 내용으로는 이지지적으로,
> 음향으로는 감각적으로,
> 동시에, 언어는, 문장은, 독자의 감상 우에 충분한 효과를 갖지 않아서는 안 된다.
> 그때에 비로소 언어는, 문장은, 한 개의 문체를—즉, '스타일'을 가졌다고 할 수 있다.19)

뒤에서 자세히 설명하겠지만 「천변풍경」(1936)은 이러한 시도의 정점을 보여준 소설이라 할 수 있다. 이 작품엔 청계천을 중심으로 살아가는 사람들의 '목소리'가 다양하게 채록되어 있다. 그만큼 독자가 즐길 수 있는 '목소리의 놀이'도 다채로울 수 있다.

『朴泰遠의 小說과 倒立의 詩學』(1996)에서 안숙원은 「천변풍경」의 양식화, 패러디, 인용어법, 화자 서술의 특징을 근거로 들며, 이 작품을

---

19) 앞의 책, 258쪽.

'다성적(多聲的) 소설'로 분석한 바 있다. 특히 소설의 등장인물과 작가가 어우러져 겹 목소리를 낼 수 있는 저자성(著者性)의 유연한 변주라는 특징에서, 위에서 설명한 작가의 놀이를 '다성성(polyphony)'이라 부를 수 있을 것이다. 하지만 '독자의 놀이'에 대해서까지 '다성성'을 적용할 수는 없다. 왜냐하면 바흐친은 한번도 그런 의도로 '다성성'을 이야기한 적이 없기 때문이다.

   미국의 바흐친 연구가인 게리 솔 모슨과 캐릴 에머슨의 공저(共著)에 따르면, '다성성' 개념이 바흐친 자신조차 명쾌하게 정의를 내린 바 없음을 지적하면서, 이를 '저자성'의 문제에 한정해 제한적으로 다룰 필요가 있다고 했다. 이때 '다성성'에 대한 핵심적인 기준은 대화적 진리 감각20)과 그 진리 감각을 시각화해서 전달하는 데 필수적인 저자의 특별한 지위로 정리된다. 바흐친이 강조하는 대화적 진리 감각은 의식의 복수성을 요구하기 때문에 단일 저자는 그것을 표상하거나 전하는 데 심각한 어려움을 겪게 된다. 그래서 다성적 작품의 형식 창조적 이데올로기 자체는 저자가 독백적 통제력을 발휘하지 않을 것을 요구한다. 또한 소설을 구성하는 대화들은 계획되는 것이 아니라, 오히려 그 대화들이 창작 과정의 실제 현재에서 일어나게 해야 한다.21) 바흐친에게 이 모델에 완벽하게 부합하는 작가는 도스토예프스키였고, '다성성' 또한 도스토예프스키 분석과 함께 맥락화 되어 있다. 따라서 도스토예프스키 외의 작품에 대해 '다성성'을 적용할 때는 바흐친의 의도를 오독할 수

---

20) 바흐친은 전체 삶을, 일상생활의 매 순간마다 발생하며 끝없이 진행되는 종결 불가능한 대화라고 상상했다. 따라서 진리를 표현하는 데 있어 유일하게 적합한 형식이 있다면 그것은 끝없는 대화다. 현존하는 지식의 형식들은 끝없이 열린 대화를 그 내용만 '요약'할 뿐 종결 불가능한 정신은 제대로 재현하지 못하는 독백적 진술로 변화시킴으로써 불가피하게 세계를 독백화 한다. 삶의 대화는 그것을 재현하는 대화적 방법과 대화적 진리 개념을 요구한다.
21) 게리 솔 모슨·캐릴 에머슨, 오문석·차승기·이진형 역, 『바흐친의 산문학』, 책세상, 2006, 428-429쪽 참고.

있는 위험에 신중하지 않으면 안 된다.[22]

'다성성'이라는 음악적 은유도 혼동을 초래하기가 쉬운데, 이에 대한 게리 솔 모슨과 캐릴 에머슨의 설명을 한 번 더 살펴보자.

> 바흐친이 주의를 주었던 것처럼, 음악적 다성성의 단지 몇몇 측면만이 그 개념에 속하기 때문이다. 바흐친은 독립적인 '선율들(혹은 목소리들)'의 조화라는 생각은 보존하고 있다. 또한 그는 다수성, 불협화음 혹은 '비병합성', 그리고 역동적 운동도 보존한다. 그러나 그는 동시에 소리 내기의 필요성은 빠뜨리고 있으며, (마치 후대의 무조음 혹은 현대적 음감에서 그러하듯이) 다성성의 발전이 불협화음에서 협화음으로 진행된다고 주장하지도 않았다.[23]

바흐친이 '다성성'에 포함시키지 않은 '동시에 소리내기'란 무엇일까? 우리가 박태원 소설에서 발견하고자 하는 가능성이야말로 그 해답이다. 하나의 지배음(支配音)에 대한 다른 음의 종속관계를 부정하는 무조음악(無調音樂)처럼 작가의 놀이와 독자의 놀이는 둘의 목소리를 결합하는 의지로 묶이지 않는다. 작가는 독자와는 비교할 수 없을 만큼 이러한 비정형적 관계성에 대해 창조적인 절제를 요구 받는다. 가령 비전의 부재라고 비판받은 「천변풍경」에 대해선 그 부재로 인해 확장시킬 수 있었던 것이 무엇인지 생각해볼 수 있을 것이다. 두 놀이의 공존을 위해 요구되는 조건은 극히 자연스러운 것이면서 그렇기에 매우 까다롭다. '소리의 세계'에서 살아가는 방식. 즉, 나와 타인 그리고 세상의 온갖 소리가 세계 안에 함께하고 있다는 것을 '소설'에 구현하는 일. 실제

---

22) 바흐친은 친구이자 동료였던 코시노프에게 보낸 편지(1961. 7. 30일자)에서 다성성이 다른 어떤 것보다도 더 많은 반대와 오해를 낳았다고 토로했다. 바흐친에 따르면 다성성은 모든 소설에 적용되는 속성이 아니다. 도스토예프스키가 첫 번 째 다성성의 작가였으며, 다른 작가들이 있었을지는 몰라도 그 현상은 상대적으로 드물었다.—앞의 책, 404-406쪽 참고.

23) 위의 책, 406쪽.

그대로를 표현할 수 없더라도 창작의 태도로 지향할 수 있다. 우리는 이를 「천변풍경」의 재독(再讀)과 함께 '소설의 소음화(騷音化)'란 이름 으로 논의하고자 한다.

Ⅲ. 소음화의 창작기법

박태원을 이해하기 위해선 우선 주거소음에 관한 한 장면부터 살펴 볼 필요가 있다. 박태원은 「나의 생활보고서-소설가 구보씨의 일일」 (1936)에서 이렇게 불평한다. '뒷방'으로 이사한 뒤 옆집 여학생들의 노 랫소리에 시달리고 있다고.

> 옆집에는 분명히 두 명 이상의 '여학생'이 있어, 실로 잘 웃고, 잘 떠들 었다. 뿐만 아니라, 하로에 한 번 이상은 반드시 '대동강변 浮壁樓下'로부 터 '보꾸노하루'에 이르기까지, 그들이 나는 유행가요의 전부를 특히 연대 순으로, 때로는 독창, 때로는 병창, 또 때로는 혼성합창을 하야 젊은 사람 의 마음을 산란케 하는 것이다. 그것은 분명히 행복되며 동시에 불행한 일 일 것이다. 원고를 쓰다가 그 '玄妙'한 음률이 들리면, 나는 한숨과 함께 펜을 던지고, 어서 그 집에 경사가 있었으면 하는 것이다.[24]

하지만 상황을 뒤집어보면 박태원 쪽의 '소리' 역시 옆집에 들릴 만 큼 방음(防音)에 취약하다는 반증이기도 하다. 인구압이 한창 가중되고 있던 1930년대 경성에선 흔히 벌어졌던 상황이었다.

벽이나 담에 의한 시각적 구획과는 별개로 '소리'는 그 나름의 음역 권(音域圈)을 형성한다. 높은 인구밀도 지역일수록 구획 자체가 불가능

---

24) 박태원, 「나의 생활보고서-소설가 구보씨의 일일」, 『구보가 아즉 박태원일 때』, 깊은 샘, 2004, 89쪽.(『朝鮮文壇』, 1936. 7)

할 만큼 복잡하게 얽힌 음역권이 형성된다. '풍경(風景)'과 '음경(音景)'
이 서로 다른 물리적 범위를 갖게 되는 것이다.

'소리의 흐름' 안에서 박태원의 '뒷방'과 여학생의 방은 서로 연결된
다. 위의 글에도 드러나지만 유쾌할 리 없는 상황이다. 어떤 장소에 대
한 소유권에는 그 장소에 어울리는 감각의 기대치가 함의(含意)해 있다.
소음으로 인해 그 기대치를 충족할 수 없게 되었다는 것은 소유권을 침
해받는 일로 간주될 수 있다. 그렇지만 이런 일은 주택환경이 열악하고
인구밀도가 높은 지역일수록 만연할 수밖에 없다.

'소음'을 소음이게끔 하는 것은 물리적인 '음'의 상태가 아니라 '소
리'를 둘러싼 관계의 성질로부터 비롯된다. '소리'는 나의 것이기만 한
것도 아니고 나에게 현전(現前)하는 것이기만 한 것도 아니며, 또다른
누군가에게 현전하고 그 속에서 윤곽이 잡히기 시작하는 다른 행동에
현존(現存)한다. '소리'의 세계에서 우리는 언제나 공존재(mitsein)임을
깨달을 수 있다. 그리고 도시는 다양한 '소리'의 관계가 얽혀 있는 곳이
다. 이곳에서 소음은 생활이다. 이에 유연해질 수 있다는 것은, '나'의
생활과 직간접적으로 얽힌 다른 삶들과 함께 살아가는 한 방법의 고안
이기도 하다.

유진오의 「봄」(1940)에는 역설적인 의미의 두 장소를 잇는 '음경'이
등장한다. 이 작품의 배경이 되는 곳은 창경원 근처에 위치한 전염병동
이다. 그런데 창경원에서 울려 퍼진 '음악 소리'가 병원에까지 들린다.
밤놀이의 흥을 돋우기 위한 음악이었다. 전염병동까지 들릴 것을 염두
에 둔 '소리'가 아니었다. 하지만 병실에서 지내는 것이 갑갑하기만한
주인공에게 안정감을 느끼게 한다. 밤이 늦어 '소리'가 잠잠해지고 나면
"그 잠잠한 것이 한층 뼛속으로 스며들어"[25]온다고 느낄 만큼 이 '음
악'은 각별하다. 주인공에게 전염병동과 창경원은 '소리의 흐름' 속에

---

25) 유진오, 「봄」, 『한국문학대계』 16, 동아출판사, 1995, 250쪽.(『人文評論』, 1940. 1)

한 데 이어져 있다. 하지만 음역권 내의 누구에게나 이런 유의 '음경'이 지각될 수 있는 것은 아니다. 창경원 한 가운데 있던 누군가에겐 별다른 감흥을 주지 못한 음악일 수 있다. 물리적 음 자체는 지각의 계기에 불과하기 때문이다. '음경'도 '소리 그 자체'의 흐름만으로 성립하는 것이 아니다. 소리를 듣는 자와의 지각적 교차로부터 '음경'은 용출(湧出)한다. 그래서 '풍경'과 '음경'이 일치하지 않을 뿐 아니라, '나'와 '너'의 '음경'도 일치하지 않는다. 하지만 '소리의 흐름'이라는 계기를 함께 공유할 수는 있다.

이에 관한 또 다른 예가 있다. 박태원은 「病床雜說」(1927)에서 미쓰코시오복점(三越吳服店) 쇼윈도 앞에서 어린 거지의 울음소리를 들었던 일을 떠올린다. "길가는 사람이나 쇼윈도 앞에 서 있는 사람이나 이런 것은 조곰도 개의치" 않는 상황이었다. 그들은 고작 거지의 울음소리 때문에 '홈부라'26)을 방해받고 싶지 않았던 것이다. 좀 더 상상력을 보태면, 확성기에서 쏟아져 나오는 재즈 때문에 아이들의 울음소리가 묻혀버렸을 수 있다. 하지만 박태원은 이 울음소리에 깊은 동정심을 느낀다. 화려한 쇼윈도 역시 냉소와 허위의식에 가득한 자들의 '음경'으로 지각된다. '소리의 흐름'이라는 계기에 누가 어떻게 반응하느냐에 따라서, 같은 장소에서 서로 다른 '음경'이 튀어 오를 수 있음을 보여준다. '소리의 흐름'은 나와 타인의 지각을 넘나들며 변용을 거듭한다.

그 가운데 소설도 '음경'의 하나이다. 「소설가 구보씨의 일일」(1934)에서 주인공은 자신을 다변증(多辯症) 환자로 소개한다. 하지만 과묵하고 내성적인 성격의 구보는 다변과는 거리가 먼 인물로 보인다. 나서서 카페 여급과 말을 섞는 타입도 아니거니와, 전차에서 우연히 본 추억의

---

26) 혼마치(本町), 즉 진고개를 구경하고 다니는 사람들에게 붙여진 말이다. '긴부라(銀ぶら)'에서 따온 말이다. 원래 긴부라는 1920~30년대 일본 긴자 거리를 어슬렁거리면서 이리저리 구경을 다니는 사람을 가리킨다. '홈부라'는 1930년대 당시 문학에도 적잖이 등장하는 용어다. "언니! 홈부라 안허시려우"(박태원, 「여인성장」, 1941), "날두 이렇게 풀렸는데 우리 홈부라나 한번하고 들어가짜꾸나"(심훈, 「영원한 미소」, 1933).

그녀에게도 말 한번 못 걸고 잔뜩 긴장해 있기만 했다. 그런데도 스스로를 '다변증'이라고 여기는 까닭은, '의식의 흐름'을 쉼 없이 문자로 환원하는 작가적 기질 때문이다. 이때 그는 '주관적 심리음'[27]의 상태로 자신의 '목소리'를 듣는다. 당연히 이 '소리'는 타인에게는 들릴 리 없다. 하지만 당사자에겐 자신이 쉴 새 없이 중얼거리고 있었던 것 같은 실감을 느낀다. '듣기'는 객관적 '음'과 청각 기관의 접속과 별개로 지각적 환기만으로 성립 가능하다. 구보는 증세를 보여주겠다는 듯 대학노트를 꺼내 지금 그 상황마저 메모한다.

이른바 고현학을 표방하는 창작술이지만, 잘 보고 잘 듣기엔 구보는 신체적으로 건강한 사람이 못되었다. "부실한 것은 그의 왼쪽 귀뿐만이 아니었다. 구보는 그의 오른쪽 귀에도 자신을 갖지 못한다. …… 불원한 장래에 '듄케르 廳長管'이나 '전기보청기'의 힘을 빌리지 않으면 안 될지도 모른다."[28] "구보는, 대낮에도 조금의 자신을 가질 수 없는 자기의 시력을 저주한다. 그의 코 위에 걸려있는 24도의 안경은 그의 근시를 도와주었으나, 그의 망막에 나타나 있는 무수한 盲點을 제거하는 재주는 없었다."[29] 그가 가장 잘 관찰할 수 있는 것은 일상과 불화를 겪는 그 자신의 상태와, 이에 대한 자신의 기록이었다. 이 작품의 결말에 등장하는 "참말 좋은 소설을 쓰리라"는 다짐이 이를 반증한다. 구보의 일

---

27) '주관적 심리음'의 상태를 우리는 영화에서 흔히 접하고 있다. 미셸 시옹의 설명을 인용하면, "제리 루이스의 「멋진 교수」에서 그 유명한 만취 장면이다. 첫 번째 변화를 경험한 그 다음날 그 불행한 교수는 화학 수업 시간에 들리는 온갖 소음들로 괴로워한다. 칠판에 분필 긁는 소리, 한 학생의 껌 씹는 소리가 그에게는 엄청나고 참을 수 없게 들린다. 관객인 우리도 한도 끝도 없이 커져가는 이 소리들을 듣는다."(미셸 시옹, 지명혁 옮김, 『영화와 소리』, 민음사, 2001, 65쪽) "사실상 소리가 이중 인화를 밀어냈다.─당연히 소리를 알리기 위해서! 또한 분신과 유령들을 구체화하기 위해. 생각이 상상, 주관적인 사고를 나타내기 위해서 예를 들면 〈사이코〉에서 매리언의 '목소리들'의 신(scene)"(미셸 시옹, 박선주 옮김, 『영화의 목소리』, 동문선, 2005, 193쪽).

28) 박태원, 「소설가 구보씨의 일일」, 『소설가 구보씨의 일일』, 문학과지성사, 2005, 95-96쪽.(『朝鮮中央日報』, 1934. 8. 1~9. 10)

29) 위의 책, 97쪽.

일(一日)은 자신이 '소설가'임을 스스로에게 증명하는 하루였다. 그런데 무엇을 통해 이 증명이 성립될 수 있는 걸까? 그것은 자신의 언어를 생성해내는 일이다. 소설가에게 '언어'는 예술의 도구이자, 작가 자신의 목소리가 변용되는 한 방식이다. 경성의 거리는 그에게 다변을 이끌어내는 계기가 되었다.

소설에서 박태원이 가장 예민하게 다뤘던 '소리'는 사람들의 '목소리'였다. 특히 「천변풍경」(1936)은 '목소리'의 소설로 재독할 필요가 있다. 빨래터의 아낙들, 카페 여급 하나꼬, 한약국집 젊은 내외, 약국 사환 창수, 만돌 어멈, 이쁜이, 이쁜이를 짝사랑하는 점룡이, 민 주사, 안성집, 포목점 주인, 시골에서 올라온 재봉이, 젊은 이발사 김 서방 등등 70여 명에 이르는 사람들의 '목소리'가 이 소설에 담겨있다. 소설가가 사람들의 '목소리'에 민감한 것은 당연한 것 아니냐고 생각할 수 있다. 하지만 박태원의 경우엔 특별한 점이 있다.

특정한 주인공이 없는 「천변풍경」은 '소음화'를 지향하는 소설이다. 이 작품의 서술 화자는 정체가 불투명하다. 70여 명의 등장인물들의 '목소리'와 행동을 지켜보지만, 시선과 청취의 주체에 대해선 그저 '작가'라고만 생각할 수 있을 따름이다. 몇몇 대목에선 독자에게 직접 말을 걸기도 한다. "독자는, 그 수다스러운 점룡이 어머니가, 이미 한 달도 전에, 어디서 어떻게 들었던 것인지, 수이 신전집이 낙향을 하리라고 가장 은근하게 빨래터에서 하던 말을 기억하고 계실 것이다."[30] 하지만 또 어떤 부분에선 등장인물의 목소리와 겹쳐지기도 한다. "자기를 닮아 역시 몸이 그다지 건실하지는 못한 딸이, 그 '큰일'을 어떻게 견디어 낼까?—어머니는 당자보다도 그렇게 앞서 진통을 자기 몸에 느끼기조차 한다."[31] 「천변풍경」의 서술 화자는 아무도 아니기에 모두의 '목소리'를 낼 수 있다. '작가의 목소리'는 등장인물들의 '목소리'와 얽섞이며 함께

---

30) 박태원, 「천변풍경」, 깊은샘, 1998, 19쪽.
31) 위의 책, 67쪽.

'음경'을 이룬다. 이 얽섞임에는 목소리들에 대한 작가의 결합 의지가 절제되어 있다. 앞서 말한 바와 같이 '작가의 놀이'와 '독자의 놀이'가 비정형적 관계성 아래 공존하기 위해서다. 이것을 소설의 '소음화'라 부르고자 한다. 소음상태의 세계는 무수히 변용 가능한 '음경'을 잠재한다. 독자 역시 읽기에 따라 70여 명에 이르는 등장인물의 '목소리'로부터 다양한 '음경'의 발견을 경험할 수 있다. 빨래터에 모인 아낙들의 수다와 함께 시작하는 첫 장면에서부터 '목소리'의 소설로서의 「천변풍경」의 면모를 확인할 수 있다.

① "그래 어떡허다 그렇게 됐나유? 그래 뫼에 실팻 봤나유우?"
칠성어멈이 그 얽은 얼골에 남의 일이라도 딱해 하는 빛을 띠고, 반은 정신이 없어 제 옆에 놓인 빨래 광주리를 끌어 잡아당기며 주위에 앉은 이들에게 물은 말을, 그저 천변에가 서서 아래를 내려다보고, 되는대로 이 안악네 저 여편네 하고 이말 저말 주고 받던 점룡이 어머니가 또 나서서,
"어떡허다 그러긴…… 그것두 다아 말하자면 시절 탓이지. 그래 근 이십 년이나 잘해오든 장사가 글세그게 한십년이나, 빌서 될까? 고무신이 생겨서 내남직 헐 것 없이 모두들 싸구 편헌통애 그것만 신으니 그래 정신 마른신이 당최에 팔릴 까닭이 있우? 그걸 당시에 정신을 좀 채려 가지구서 무슨 도리든지간에 생각해 냈드라면 그래두 지금 저 지경은 안됐을 껄. 들어오는 돈이야 있거나 없거나, 그저 한창 세월 좋을 때나 한자리루, 그대루 살림은 떠벌린 살임인, 그, 온전하겠수? 집, 잡혔겠다. 점방두, 들앉겠다. 남에게 빚은 빚대루 졌겠다. 아, 그나 그뿐인 줄 아우?"32)

② "애애, 시장헐 텐데 어서 좀 먹어라."
어머니가 권하는 한 그릇의 냉면을, 남기지 않고 달게 다 먹고, 그리고 좀더 앉아 있다,
"나 좀 드러눌 테유, 어머니."
치마를 벗고 한 옆에 몸을 뉘자, 십 분이 못 다가서, 그대로 코조차 골며,

---

32) 앞의 책, 211쪽.

'대체 얼마나 잠을 못 잤기에…… 시집살이가 얼마나 힘에 겨우기에……'
정신없이 곯아떨어진 내 딸의 모양을 보았을 때, 그것이 또다시 가엾고
애달팠으나, 또한 그와 함께, 이쁜이 어머니의 이성은 차차 불안을 느끼지
않으면 안되었다.
'만약, 이대루 가난은 허나마 모녀가 단둘이 살아갈 수가 있다면, 그야
오죽이나 좋으랴만……'33)

첫 번째 에피소드 중 한 단락인 ①을 보면, 대사와 대사를 연결하는
부분조차 판소리의 '아니리'처럼 구술성을 살려 썼음을 알 수 있다. 시
각적인 이미지의 환기보다는 청각적 자극을 겨냥한 서술이다. 하지만 소
설 전체에 일관된 서술전략은 아니다. 각 에피소드별로 등장인물의 성
격과 '목소리'에 적합한 방식의 변용이 시도된다. 가령 ②에서 보는 것
처럼, 말수가 적고 속내가 깊은 인물은 '내면의 목소리'를 드러내는 방
식을 취한다. 50여 개의 에피소드와 함께 인물들의 '목소리'는 중층(重
層)을 이루고 서로 공명(共鳴)한다. '목소리'들을 관통하는 비전은 제시
되어 있지 않지만, 하나의 결과, 통일된 효과로 '목소리들'이 집약되는
것을 지양하며 의미의 잉여 생산이 가능해졌다.

「천변풍경」에 관한 오랜 혹평을 반박할 수 있는 근거도 '목소리'에
서 찾을 수 있다. 김윤식은 「천변풍경」을 "고현학 쪽에서 보면 여지없
이 수준미달의 작품이며, 생활(리얼리즘) 쪽에서 보면 모랄이 빠져 버렸
거나 세계관의 결여로 말미암은 한갓 세태풍속묘사의 소설수준에서 멈
춘 작품"34)이라고 혹평한 바 있다. 그러나 이것은 「천변풍경」을 시각적
인 작품으로 전제한 데서 비롯된 평가라고 생각한다. 작가의 눈을 카메
라의 눈에 비교한 최재서35)의 경우를 비롯해, '시정 신변의 속물과 풍

33) 앞의 책, 157쪽.
34) 김윤식, 김윤식·정호웅 엮음, 「고현학의 방법론」, 『한국문학의 리얼리즘과 모더니즘』, 민음사, 1989, 143쪽.
35) 최재서, 「리아리즘의 확대와 심화─〈천변풍경〉과 〈날개〉에 대하여」, 『朝鮮日報』, 1936.

속 세태를 파노라마식으로 묘사'하는 데 그쳤다고 폄하한 김남천[36], '세태소설'이라는 칭호를 안겨준 임화[37]에 이르기까지, 어느 누구도 이 작품의 '소리'에 온당한 관심을 갖지 않았다. 묘사의 대상으로서의 '소리'를 말하는 것이 아니다. '소리'를 소리의 성질에 기초해 사유하고, 이를 바탕으로 소설에 접근하는 새로운 방법이 가능하다. 박태원이 창작 기법으로 내세웠으며, 자기화 시킨 고현학에는 이 문제에 대한 격투가 존재한다고 생각한다.

Ⅳ. 목소리의 고현학(考現學)

박태원의 고현학은 곧 와지로(今和次郞)식의 고현학과는 달랐다. 와지로가 「考現學이란 무엇인가」(1930)에서 제시한 조사 항목을 살펴보면, 사람의 행동에 관한 것, 주거 관계의 것, 의복 관계의 것, 기타의 넷으로 나누고 있다. 그리고 이에 대한 예로 "도회의 각종 사람들의 각종 경우에 나타는 걸음 속도나 걷는 방법, 의자에 걸터앉는 방법이나 바닥에 앉는 방법, 신체의 세부적 버릇, 거리 위에서의 통행인의 구성, 그것에 따라 일어나는 노점과 상점이 늘어선 구성, 공원의 산보하는 사람, 각종의 행렬, 연설회의 광경, 의장(議場)의 광경, 짐을 든 사람의 왕래나 도로공사 노동자의 활동 모습, 들에나 길에서의 농부, 어부의 일하는 모습이나 휴양 상태, 잔치의 군중, 카페 구석이나 극장의 복도, 스포츠 관람석 등"[38]이 열거되어 있다.

---

10. 31~11. 7.

36) 김남천, 「세태, 풍속, 묘사, 기타」, 『批判』, 1938. 5.

37) 임화, 「세태소설론」, 『東亞日報』, 1938. 4. 1~4. 6.

38) 곤 와지로, 김려실 옮김, 「고현학(考現學)이란 무엇인가」, 『현대문학의 연구』 15, 한국문학연구회, 2000, 268쪽.

하지만 이 가운데 '소리'에 대한 내용은 찾아볼 수 없다. 고현학은 고고학처럼 물질적인 것, 즉 현대인이 사용하고 있는 재화물의 방면에 주로 관심을 기울인다. 우리가 사용하는 '상품'에 '지금 여기'의 시대가 집약되어 있음을 밝히는 기획인 것이다. 반면에 '소리'는 상품으로서의 성질을 초과해 생성하고 변용한다. 이 때문에 과학과 실증을 중시하는 작업보다 형이상학적 주제에 더 걸맞은 것으로 생각할 수 있다. 그러나 '소리'가 뽑혀나간 풍경이 과연 시대의 실제에 가까운 것일까? 와지로는 고현학적 관찰지(觀察誌)가 "신의 눈으로 본 것처럼 명확하게 알 수 있는 것"[39]이 되어야 한다고 했다. 그가 말하는 '신의 눈'은 객관적 관찰 행위의 원칙을 비유한다. 객관적 관찰이란 실존에게서 가능한 지각 모두를 포괄하지 않는다. 실증적으로 입증 가능한 성질들―주로 시각적인 것을 중심으로 여과를 거치기 때문이다. 이 과정에서 '소리'는 객관적이지 못한 것으로 걸러진다. 내가 들었던 '그 소리'를 '그 소리' 그대로 타인에게 들려 줄 수도 없을뿐더러, '나'의 체험이 온전히 객관적인 것으로 신뢰받기도 어렵기 때문이다.

건축학자이자 민속학자였고 고현학을 통해 '소비생활의 학문'을 기획하고자 했던 곤 와지로와 달리, 박태원에게 고현학이란 소설 창작을 위한 선행 작업이었다. 그래서 그의 고현학적 탐구엔 '작가'로서 보고 듣는다는 자의식을 억제할 필요가 없었다. 「擁盧萬語」(1938)에서 그는 이렇게 말했다. "가만히 생각하여 보면 작가로서의 나의 '상상력'이라는 것은 다른 이들에게 비하여 빈약한 것인 듯싶다. 내가 한때 '모데로노로지', '考現學'이라는 것에 열중하였던 것도 이를테면 자신의 이 '결함'을 얼마쯤이라도 보충할 수 있을까 하여서에 지나지 않는 일이다."[40] 그는 건물의 구조와 거리의 약도를 공들여 기록하지만 "결국은 그 뿐이

---

39) 앞의 책, 271쪽.

40) 박태원, 「擁盧萬語」, 『구보가 아즉 박태원일 때』, 깊은샘, 2004, 278쪽.(『朝鮮日報』, 1938. 1. 26)

다. 나는 내가 노력한 분수의 십분 일도 작품제작의 실제에 있어 활용
하지는 못하였다."[41] 작품제작의 실제란 어떤 인물을 형성화 할 것인가
의 문제에 기반해 있기 때문이다. 「소설가 구보씨의 일일」도 작가의 얼
터 에고(Alter-ego)인 '구보'를 형상화하는 과정에서 고현학적 글쓰기를 내
세울 수 있었다. 다양한 계층의 사람들에 대한 관심은 소설가의 작업에
서 뿐만 아니라, 와지로의 고현학도 일정부분 지향하고 있다. 하지만 의
미를 겨냥하는 방식 자체가 다르다. 가령 박태원에게 '청계천'에 대한
탐구는 관찰의 객관성을 쫓는 일을 궁극적인 목표로 삼지 않는다. 객관
적 대상으로서의 '청계천' 보다는 사람들의 이름을 덧붙여 불러야 할
'○○○의 청계천'을 사유하기 때문이다. 이런 관점에선 청계천뿐만 아
니라 세계 전체가 언제나 복수(複數)로 존재한다. 객관적인 '청계천'으
로 가정되는 어떤 상태도 가능한 무수한 '차이' 가운데 하나일 뿐이다.
그리고 그 '차이들'을 발견해나가는 과정이야말로 소설 창작을 위한 선
행 작업일 것이다. 그런데 언어예술인 소설의 성격상 한층 예민한 관심
을 기울이게 되는 '차이'가 있다. 그게 바로 '목소리'이다.

　① 언제든 그 장소에서 헤어질 때면 하는 말을 여자는 또 하고, 또 한
번 귀엽게 웃었다.
　"안녕히 주무세요."
　"안녕히 가세요."
　그래도 헤어지지 않고,
　"참, 내일은?"
　"내일은ㅡ"
　귀엽게 또 얄밉게 고개를 갸우뚱하고
　"내일, 내 또 전화 걸게, 꼭 걸게 ㅡ"
　감영 앞까지 왔을 때, 뒤에서 어깨를 치며,
　"하웅!"

---

41) 앞의 책.

소설가 구보다.

"애인들의 대화란 우습고 싱겁군. 그래도 참고는 됐지만."

하웅은 쓰게 웃고,

"보고 있었소? 여긴 또 왜 나왔소?"

"고현학考現學!"

손에 든 대학 노트를 흔들어 보이고, 구보는 단장을 고쳐 잡았다.42)

② "다변증多辯症이라는 거라우."

"무어요. 다변증……"

"응, 다변증, 쓸데없이 잔소리 많은 것두 다아 정신병이라우."

"그게 다변증이에요오."

다른 두 계집도 입안말로 '다변증'하고 중얼거려보았다. 구보는 속주머
니에서 만년필을 꺼내어 책 위에다 초한다. 작가에게 있어서 관찰은 무엇
에든지 필요하였고, 창작의 준비는 비록 카페 안에서라도 하여야 한다.43)

③ '우리말'에 대하여 별로 관심을 갖지 않는 이들 중에는, '여성의 말'
혹은, 여성적인 말이 '우리말'에는 전연 없는거나같이 잘못 생각하는 이가
있다. 그야 수량으로 보아 빈약한 것임에는, 틀림없으나, 결코 아주 없는
것은 아니다. 가령,

"하였세요."

"그랬세요."

하면, 그것은 양성 공통의 것이나,

"하였서요."

"그랬서요."

하면, 이것은 분명한 '여성의 말' '여성적인 말'인 것이다.

"웨?"

하고 말할 경우에,

42) 박태원, 「愛慾」, 『소설가 구보씨의 일일』, 문학과지성사, 2005, 166-167쪽.(『朝鮮日報』,
1934. 10. 16~10. 23)

43) 박태원, 「소설가 구보씨의 일일」, 『소설가 구보씨의 일일』, 문학과지성사, 2005, 153쪽.
(『朝鮮中央日報』,1934. 8. 1~9. 10)

　"왜?"

하고 발음을 적으면 역시 여성의 말티를, 우리는 그곳에서 느낀다.44)

「愛慾」(1934)의 한 장면인 ①에서 구보는 연인들의 대화를 훔쳐듣는다. ②에서도 '다변증'이라는 말을 처음 듣고 단어를 중얼거리는 여급의 반응을 메모한다. ③은 「표현·묘사·기교―창작어록」(1934) 가운데 〈3. 여인의 회화〉라는 항목의 글인데, ①, ②에서 구보가 주의 깊게 청취하고자 했던 것이 무엇인지 살펴볼 수 있다.

박태원은 이 글에서 '하였세요'와 '하였서요'의 경우 선어말어미(先語末語尾)45)의 차이로, '웨'와 '왜'는 음소(音素)의 차이를 통해 말투의 성차(性差)를 드러낼 수 있다고 설명한다. "그게 다변증이에요오"에서 보듯 표기에 음장(音長)을 드러나게 한다거나, "내일은―"의 경우처럼 하이픈을 붙여 어감(語感)을 강조한 것 등도, 소설에서 생생한 '목소리'를 느낄 수 있게 하려는 시도의 일환이다.

①과 ②에서 보듯, '소리'의 느낌이 생생한 순간을 놓치지 않고 바로 표기를 시도함으로써, '목소리'를 어떻게 '언어'로 바꿀 것인가에 대한 다양한 실험을 수행한다. 그렇지만 단순히 표기법 고안을 위한 노력인 것은 아니었다. 단지 그것뿐이라면 굳이 고현학과의 연관성을 따질 필요도 없다.

어떤 장소·상황·인물들 간에는 그 관계성에 교차하는 '소리'의 상태―즉, '음경'이 있다. 어미나 음소를 가려 쓰는 것만으론 표현할 수 없는 복잡함이다. 그래서 이 '소리'를 어떻게 표기할 것인가에 대한 고민과 함께, '음경'에 대한 이해도 병행되어야 한다. 이를 위한 여러 방법

---

44) 박태원, 「표현·묘사·기교―창작어록」, 『구보가 아즉 박태원일 때』, 깊은샘, 2004, 254쪽.(『朝鮮中央日報』, 1934. 12. 17~12. 31)

45) 선어말어미란 어말 어미 앞에 나타나는 어미를 말한다. '―시―', '―옵―'처럼 높임법에 관한 것과 '―앗―', '―는―', '―더―', '―겠―'에서와 같이 시상(時相)에 관한 것이 있다.

이 있을 수 있겠지만, 고현학은 물질적 환경과 풍속에 대한 탐구와 더불어 '음경'을 이해하는 한 인식틀을 제공한다. 특히 이 방법은 어휘의 뉘앙스에 내재한 사회적 의미망을 분간해내는 일에 유용할 수 있다. 작품제작의 실제에 있어서도 이 문제는 중요한 변수가 된다. 박태원은 「표현・묘사・기교－창작어록」에서 "음향은 이미 어느 한 개의 분위기를 빚어내일 뿐 아니다. 한 걸음 더 나아가 내용까지를 간섭하려든다."[46]고 설명했다. 예를 들어 '아이스크림'과 '아이쓰쿠리'이라는 단어는 각각 어울리는 상황과 아비투스에 접속한다.

> 원래로 말하자면, '아이쓰꾸리'란 '아이스크림'의 그릇된 발음으로, 이 두개의 말은 전혀 똑같은 한 개의 내용을 가지고 있는 것임에 틀림없다. 그러나 그 음향은, 제각기 다른 물건을 암시하고 있는 듯싶게나 들린다.
> '아이스크림'
> 하면, 우리의 연상은, 이를테면 끽다점의 탁자 위로 달리나,
> '아이쓰꾸리'
> 하면, 여름날, 한길 우에, 동전 한닢 들고 모여드는 어린이들이 눈앞에 떠오른다.
> 이리하여,
> '아이스크림'은 신사 숙녀가 취할 것, '아이쓰꾸리'는 애들이나 노동자가 먹을 것, 마치 그러한 것 같은 느낌조차 그것은 우리에게 준다.[47]

달라지는 사회적 환경, 새로운 상품, 재편되는 인간관계, 달라지는 풍속 등에 따라 '말'은 변화한다. 사람의 '목소리'는 그 변화상을 감지할 수 있는 '음경'이다. 소설은 이 '음경'을 사유하는 데 가장 유용한 예술이다. '소리 그 자체'를 만들어낼 순 없지만, '소리의 흐름'에 얽힌 관계

---

46) 박태원, 「표현・묘사・기교－창작어록」, 『구보가 아즉 박태원일 때』, 깊은샘, 2004, 259-260쪽.(『朝鮮中央日報』, 1934. 12. 17～12. 31)
47) 위의 책, 259쪽.

를 드러내는 일에 소설의 가능성은 탁월하기 때문이다. 박태원의 고현학을 '목소리의 고현학'이라 부르려는 까닭이 여기에 있다. 그의 고현학은 소설 창작에 복무하는 한 과정이었지만, 기존의 고현학이 외면했던 '소리'의 문제에 예민할 수 있었다. 그래서 김윤식의 혹평처럼 고현학의 수준에 미달해 있었던 것이 아니라, 보일 뿐 아니라 들리기도 하는 세계를 탐구할 수 있었던 것이다.

■ 참고문헌

김윤식・정호웅 엮음, 『한국문학의 리얼리즘과 모더니즘』, 민음사, 1989.

박태원, 『구보가 아즉 박태원일 때』, 류보선 편, 깊은샘, 2004.

안숙원, 『朴泰遠의 小說과 倒立의 詩學』, 개문사, 1996.

임태훈, 「'音景'의 發見과 小說的 對應―이효석과 박태원을 중심으로」, 성균관대 석사논문, 2007.

게리 솔 모슨・캐럴 에머슨, 오문석・차승기・이진형 역, 『바흐친의 산문학』, 책세 상, 2006.

곤 와지로, 김려실 옮김, 「고현학(考現學)이란 무엇인가」, 『현대문학의 연구』 15, 한국문학연구회, 2000.

돈 아이디, 박종문 옮김, 『소리의 현상학』, 예전사, 2006.

미셸 시옹, 박선주 옮김, 『영화의 목소리』, 동문선, 2005.

鳥越 けい子, 한명호 옮김, 『사운드스케이프―그 사상과 실천』, 세진사, 2005.

펠릭스 가타리, 윤수종 옮김, 『카오스모제』, 동문선, 2003.

R・Murray Schaffer, 『The Soundscape―The Tuning of the world』, Destiny books, 1977 (1994).

■ 국문초록

박태원이 소설에서 가장 예민하게 다뤘던 '소리'는 사람들의 '목소리'였다. 그가 발견할 수 있었던 것은, 어떤 장소·상황·인물들의 관계성에 교차하는 '소리'의 상태-즉, '음경(音景)'이었다. 그는 이 '소리'를 어떻게 표기할 것인가에 대한 고민과 함께, '음경'의 의미에 대한 탐구도 병행했다. 그리고 고현학은 물질적 환경과 풍속에 대한 탐구와 더불어 '음경'을 이해하는 한 인식틀이 될 수 있었다. 특히 이 방법은 어휘의 뉘앙스에 내재한 사회적 의미망을 분간해내는 일에 유용했다. 달라지는 사회적 환경, 새로운 상품, 재편되는 인간관계, 달라지는 풍속 등에 따라 '말'은 변화한다. 사람의 '목소리'는 그 변화상을 감지할 수 있는 '음경'이다. 그리고 소설은 이 '음경'을 사유하는 데 가장 유용한 예술이다. '소리 그 자체'를 만들어낼 순 없지만, '소리의 흐름'에 얽힌 관계를 드러내는 일에 소설의 가능성은 탁월하기 때문이다. 박태원의 고현학을 '목소리의 고현학'이라 부르려는 까닭이 여기에 있다.

주제어: 음경(音景), 소음, 목소리의 고현학, 다성성

■ Abstract

The Study of Park Tae Won's 'Modernology of Voice'

Lim, Tae Hun

Tae Won Park treated people's 'Voice' the most keenly as 'Sound'. He could discover a condition of 'Sound' crossing each other in relationship of places, situations and characters—Namely, 'Soundscape'. He considered carefully how he would express 'Voices' and studied on the meaning of 'Soundscape'. After that, modernology could become a frame of recognition understanding about 'Soundscape' with studies on physical environment and customs. Specially, the method was of use in distinguishing social semantic network built in a nuance of vocabularies. 'Language' is changed according to changed social environment, new goods, reorganized personal relations and changed customs. People' 'Voices' are 'Soundscape' to perceive the changes. And novels are the most useful art in thinking about the 'Soundscape'. For, the possibility of novels is enough to expose relations intertwined in 'A flow of sound' though it cannot create 'Voice itself'. It is the reason why Tae Won Park's modernology is named 'Modernology of Voice'.

Key-Words: Soundscape, Modernology, Noise, Polyphony

－이 논문은 2008년 6월 15일에 접수되어, 소정의 심사를 거쳐 2008년 7월 15일에 최종적으로 게재가 확정되었음.

이효석과 '구인회'

이 현 주*

Ⅰ. 머리말

'구인회(九人會)'는 1933년 8월 "조선 문학에 신기축을 짓고자 함"을 목적으로 창립된 "순문학 연구 단체"이다.[1] 그런데 '구인회'는 그 실체가 명료하게 잡히지 않는, 어찌 보면 그 조직적 실체가 없는 독특한 단체이다. '구인회'는 문학 단체로서 갖추어야 할 강령이나 회칙을 내세운 적이 없고, 특기할 만한 집단적 활동을 하지 않았다.[2] 서준섭은 구인회

---

* 연세대학교

1) "左記의 문인 九氏는 二十六日 오후 八時에 시내 黃金町 아서원에서 회합하야 순문학연구단체로 구인회를 조직하얏다는데 ??한 조선문학에 신기축을 짓고자 함이 그 목적이라 하며 한 달에 한번씩 회합을 한다고."(「문단인소식-구인회 조직」, 『조선중앙일보』, 1933. 8. 31)

2) 이는 당대에도 지적된 것으로, 구인회는 결성 당시 카프와 다른 조직 방식과 활동 방식을 보였다. "작년 9월에 조직된 만큼 아직 이렇다는 目標도 낱아내지 않았고 특기할 만한 활동을 보여주지도 못했으나 여기서 주목할 것은 이 회원의 거의 전부가 창작가

의 활동을 "월 1회의 회원 작품 합평회, 동인들의 저널리즘을 이용한 집단적인 의사 표명과 기성문단 비판, 두 번에 걸친 공개 문학 강연회, 적극적인 작품 발표, 『시와 소설』(1936)의 발간 등"3)으로 정리하여 논의하고 있다. 김민정은 이를 좀더 적극적으로 의미 부여하며 구인회 동인들이 "개인적으로 뿐만 아니라 집단적으로도 꽤 활발한 문학 활동을 펼"4)친 것으로 논의한다. 그런데 이러한 '구인회'의 집단적 활동은 구인회 창립을 주도했던 초기 창립 회원들이 일부 탈퇴하고, 이태준과 정지용을 중심으로 박태원과 이상 등이 주도적으로 구인회를 이끌어 갈 때 주로 이루어진 것이다.5) 이런 점을 염두에 둘 때 '고현학'의 「소설가 구보씨의 일일」(『조선중앙일보』, 1934. 8. 1~9. 1)으로 대표되는 '구인회'적 경향과 이효석의 문학 세계를 바로 연결하는 것은 무리가 있다.

하지만 '구인회'의 조직적 실체를 드러내는 데 더욱 문제적인 지점은 구성원들의 문학적 경향을 하나의 범주로 묶어내기가 쉽지 않다는 것이다. 창립 당시 구인회는 지금의 관점에서 보면 단일한 대오를 형성하고 있다기보다 일견 산만해 보이는 구성을 보인다. 이러한 모습은 조

라는 점이다."(S · K 生, 「최근 조선 문단의 동향」, 『신동아』, 1934. 9, 151쪽) 이러한 구인회의 독특한 조직 방식과 활동 방식에 대해서는 논의된 바 있다. "구인회의 이러한 존립 방식은 구인회만의 독특한 방식이라기보다는 1930년대 후반에 등장한 문학 집단들의 일반화된 양상이었다."(박헌호, 「'구인회'를 어떻게 볼 것인가」, 『근대문학과 구인회』, 깊은샘, 1996, 16-17쪽 참조)

3) 서준섭, 『한국 모더니즘 문학 연구』, 일지사, 1988, 40쪽.

4) "구인회 동인들의 집단적인 활동이 조직적 체계와 이념적 규율을 중시한 카프에 비해 상대적으로 활발하지 못했으리라는 예상에도 불구하고, 그들은 개인적으로 뿐만 아니라 집단적으로도 꽤 활발한 문학 활동을 펼쳤다."(김민정, 『구인회의 존립양상과 미적 이데올로기의 상관성 연구』, 서울대 박사논문, 2000, 33쪽)

5) 서준섭은 "'구인회' 회원들의 작품 활동은, 동시대 문인들의 처신이 그렇듯이 동인들의 출입이 그야말로 무상한 관계로 간단히 규정하기는 어려우나, 앞서 예시한 대로 이태준 · 김기림 · 정지용 · 박태원과 뒤늦게 가입한 이상의 활동이 구인회를 대표하는 것"(서준섭, 앞의 책, 45쪽)이라는 것을 전제한 후, 구인회를 "강렬한 세대의식을 바탕으로 한 도시문학 세대의 집단"으로 규정한다.

직적 의도를 지니고 있었던 것으로 보이는 구인회 최초의 구성과 우리
가 알고 있는 최종적인 '구인회'의 모습 사이에 존재하는 차이감에서
기인한 바 크다. '구인회' 내부 구성원들 사이에는 단일한 본질로 환원
되지 않는 이질성이 존재하고 있다. 그러므로 '구인회' 작가들의 경향을
한 가지 공통적 특성에 의해 동일시하는 시각은 문제가 있다. 구인회를
'순수문학단체' 또는 '예술파 문학' 경향을 띠는 '문인적 사교 그룹'으
로 치부한다든가, '강렬한 세대의식을 바탕으로 한 도시 문학 세대의
집단' 혹은 '모더니즘'으로 보는 그 동안의 연구는 그 나름대로 의미가
있다. 하지만 이 논의들은 구인회의 다양한 의미망을 제대로 포착하지
못한 면이 있다. 구인회가 "단일한 의미를 전체가 공유하지 않는, 단지
다양한 유사성들이 서로 겹치는 교차하는 '가족'과 같은 집단"[6]이라는
논의는 이효석과 구인회의 관계를 해명하는 데 시사하는 바가 있다.

　　이 글은 구인회가 창립된 1933년 당시 맥락에 주목하여 이효석 문학
과 '구인회(九人會)'의 관련 양상을 탐색보고자 한다. 이효석의 문학 연
구에 있어서 1933년은 하나의 기점으로 작용해 왔다.[7] 이러한 논의에는
작품 「豚」(『삼천리』, 1933. 10)이 1933년에 발표되었다는 것과, 이효석
이 1933년 창립한 구인회의 창립 회원이었다는 사실이 중요한 근거로
작용하고 있다. 이는 구인회를 '순수문학단체' 또는 '예술파 문학' 경향
을 띠는 '문인적 사교그룹'이라 보는 예단과 궤를 같이 한다. 하지만 이
글은 구인회 결성을 주도했던 이종명, 김유영 등이 추축이 된 창립 당
시의 구성과 우리가 흔히 알고 있는 최종적인 '구인회'의 모습 사이에
는 차이가 있다는 전제에서 출발하고 있다. 이효석 문학 연구나 구인회

---

6) 김민정은 구인회를 하나의 조직적 실체로서보다는 "미적 이데올로기의 중첩된 특징
　들의 그물망"으로 보고자 하는 문제의식에서 출발하여, 구인회라는 한 문학 집단의 이
　데올로기적 특징을 논구하고 있다.(김민정, 앞의 글, 95쪽)
7) 이효석 문학에 대한 연구는 「돈」(1933)을 기점으로 전기와 후기로 나뉘어져, 흔히 두
　가지 경향으로 대별되어 이루어져 왔다. 백철, 「작가 이효석론—최근 경향과 성의 문
　학」, 『동아일보』, 1938. 2. 25; 유진오, 「작가 이효석」, 『국민문학』, 1942, 7. 등 참조.

에 관한 연구들은 이효석이 구인회(九人會)에 회원으로 이름만 올렸을
뿐 별다른 활동을 하지 않은 것으로 논의한다. 사실 이효석은 '구인회'
창립 회원으로 이름만 올렸을 뿐 이렇다 할 활동을 거의 하지 않았고[8],
구인회에 대해 별다른 발언을 남겨 놓지 않고 있다. 그렇지만 구인회는
이효석이 몸담았던 몇 안 되는 단체의 하나 중 하나이기 때문에 주목할
필요가 있다고 판단된다.[9]

그에 앞서 이효석이 1930년대 초반에 동인으로 활동했던 단체들인
"조선 씨나리오・라이터 협회"와 "이동식 소형극장(移動式小型劇場)"과
'구인회(九人會)'의 관련 양상에 대해 살펴 보고자 한다. 김유영은 단일
한 본질로 환원되지 않는 집단으로 여겨지는 구인회 창립 회원 중에서
도 가장 이질적으로 보이는 존재이다. 이 글은 김유영과 이효석의 관계
에 주목하여 이효석과 '구인회'의 관련 양상을 살펴보고자 한다. 나아가
이효석의 鏡成 선택과 鏡成 체험이 지닌 의미를 살펴보고, 이를 이효석
의 1933년도 작품을 해명하는 하나의 참조점으로 활용하고자 한다. 이
글은 1920년대부터 1940년대 초반까지 식민지 조선에서 신문, 잡지 등
의 근대 매체 장을 토대로 작품 활동을 한 이효석 문학의 의미를 구명
하기 위한 예비 작업의 하나이다.

---

8) 이효석은 1933년 8월 구인회 창립 총회에서 월 1회의 정기 모임을 갖기로 결의한 후,
첫 모임인 '작품 합평회'에 참석하지 않고 있다. 이는 이효석이 경성에 있었기 때문인
듯하다. 이 모임은 1933년 9월 15일 오후 6시 '아서원'에서 있었고, 김인용이 방청객으
로 참석하여 『조선문학』에 방청기를 쓰고 있다. 회원 중 유치진과 이효석 두 사람만 참
석하지 않았다.(김인용, 「구인회 월평방청기」, 『조선문학』, 1933. 10, 84-88쪽 참조) '구
인회'의 첫 집단적 활동인 이 모임에서는 그 달 잡지에 발표된 회원들의 작품(이무영,
이종명, 이태준, 정지용, 김기림의 작품)에 대한 비평을 주로 하고 있다.
9) 이효석은 구인회 이후 어떤 단체에도 회원으로 이름을 올리지 않고 있다. 이효석은
1939년 10월 29일 결성된『조선문인협회』발족인에도 이름을 올리지 않고 있다. "조선
문인협회"에는 당대 내노라하는 문인들이 거의 발족인으로 이름을 올리고 있다. 하지
만 '조선문인협회발족인씨명'에 이효석의 이름은 보이지 않는다.(「조선문인협회 창립」,
『조광』, 1939. 12, 225-6쪽 참조)

II. 이효석과 '구인회'

1. 1933년, '구인회' 창립 당시의 풍경

'구인회(九人會)'는 1933년 8월 15일 "순연한 연구적 입장에서 상호의 작품을 비판하며 다독 다작을 목적으로" 창립된 문학 단체로 알려져 있다.10) 이는 창립 당시 구인회가 직접 밝힌 것으로, 이후 논의는 기본

---

10) 「소식-구인회 창립」,『조선일보』, 1933. 8. 30, 학예면. "순연한 연구적 입장에서 상호의 작품을 비판하며 다독다작을 목적으로 하고 아래의 九名은 금번 九人會라는 사교적『클럽』을 맨들럿다."
　구인회의 8월 15일 창립은『조선중앙일보』에 실린 '시와 소설의 밤' 광고 기사로 인해 기정사실화 되어 왔다. "구인회는 작년 8월 15일에 창립된 김기림, 박태원, 정지용, 이무영, 유치진, 조용만, 이효석, 조벽암, 이종명, 이태준 11氏의 작가 단체로서 조선 문단 우에 거대한 존재임은 물론이다."(「문단의 일성사!『시와 소설의 밤』구인회 주최와 본사 학예부 후원」,『조선중앙일보』, 1934. 6. 25, 3쪽) 그런데 구인회 창립 회원이었던 조용만은 구인회 창립 총회 날짜를 칠월 스무날로 회고하고 있다. 하지만 이는 20년도 지난 이후의 회고이기에 착오가 개입되었을 가능성이 있다고 보인다. "7월 그믐께이던가 팔월 초생에 종각 뒤에 있던 명치？菓 지점의 위층에서 처음 회원들이 모두 모였었다고 기억된다."(조용만, 「구인회의 기억」,『현대문학』, 1957. 1, 127쪽), "칠월 스무날께, 이효석도 서울 올라오고 아홉 사람 전회원이 모여서 저녁 여섯 시, 광교 큰길에 있는 조그만 양식집에서 발회식을 가졌다."(조용만,『구인회를 만들 무렵』, 정음사, 1984, 81쪽)
　하지만 구인회의 창립 시기는 1933년 8월 15일보다 열흘 정도 뒤인 1933년 8월 26일이었다는 기사가 있다. 이는 구인회 창립 며칠 뒤에 실린『조선중앙일보』의 기사를 통해 알 수 있다. "左記의 문인 九氏는 二十六日 오후 八時에 시내 黃金町 아서원에서 회합하야 순문학연구단체로 구인회를 조직하얏다는데 ??한 조선문학에 신기축을 짓고자 함이 그 목적이라 하며 한 달에 한번씩 회합을 한다고"(「문단인소식-구인회 조직」,『조선중앙일보』, 1933. 8. 31)『동아일보』에도「문단풍문」란에 "구인회 창립. 순연한 연구적 입장에서 상호의 작품을 비판하며 다독다작을 목적으로 한 사교적『클럽』."(『동아일보』, 1933. 9. 1, 3면)이란 소개 기사를 실고 있다.
　보름 이상이 지난 일을 각 신문사에서 기사화하는 이례적인 상황이 지닌 어색한 정황에 비추어 보아도, 구인회 창립 시기는 1933년 8월 31일자『조선중앙일보』에 나온 1933년 8월 26일일 가능성이 농후하다. 잡지『삼천리』1933년 9월호에도 구인회 창립에 관한 소식이 실려 있다. "蕭芘한 秋風이 불자, 최근에 문단에 희소식이 들린다. 李種鳴, 金幽影, 李泰俊, 李孝石, 金起林, 李無影, 趙容万 外 諸氏의 發起로, 신흥문예단체가

적으로 이를 기반으로 하고 있다. 이로 인해 당시 카프 진영이었던 백철은 구인회를 "무의지파"로 규정하고 카프 중심의 조선 문단의 "에덴의 행복한 분위기를 혼란시키"는 "에덴의 惡蛇徒"로 몰아세운다.

> 『구인회』 같은 산만한 性質을 가진 회합에서 천하를 攻取하기보다 어렵은 문학의 專業이 연구되리라고는 본래부터 믿을 수 없거니와 가사로 이 회합에서 일정한 독서와 연구가 된다고 가정해도 그것은 이 구인회는 결국에 잇어 무의미하고 방향을 잃은 존재에 불원한 것이다. 이러한 의미에서 나는 이 구인회를 가르쳐서 『무의지파』 내지 『자유주의 前衛』라고 부르려고 한다.11)

백철의 이러한 불길한 예감은 적중하여 1934년 중반에 이르면, 구인회는 "오늘날 문단에 발표되는 창작은 거의 구인회원의 작품이라는 데 同會의 특색이 있는 것"이라고 언급될 정도로 문단 내에 입지를 굳히게 된다.12) 1935년에 이르면 카프 진영 평자 박승극은 구인회를 " 조선 문단의 크고도 두터운 회색 장막과 같은 존재"13)로 "조선문학계에 있

결성되야 크게 활약하리라는데, 結社의 主旨는, 문인상호간의 친목과 자유스러운 입장에 서서 예술운동을 이르킴에 잇다 하는데, 아무튼 今後의 활약이 기대된다."(「文人의 新團體」, 『삼천리』, 1933. 9, 53쪽) 『삼천리』 1933년 9월호 인쇄 날짜는 소화 8년(1933년) 8월 30일이고 발행 날짜는 9월 1일이다.
　　구인회 창립 총회는 1933년 8월 26일에 있었지만, 구인회 조직을 위한 노력은 1933년 봄부터 진행되었던 것으로 보인다. "그 해 봄에 이 두 사람(이종명, 김유영 — 필자)이 자주 모여서 『카프』에 대항한다는 것이 아니라 어쨌든 『카프』는 너무 정치성을 띠었으니, 그런 정치성을 띠지 말고 순수예술을 지켜나가는 사람들이 모여서 구락부 형식의 무슨 단체를 가져보자는 의논이 생겼다."(조용만, 「구인회의 기억」, 125-126쪽) "1939년 봄이었다. 이종명이라는 젊은 작가와 김유영이라는 영화 연극의 감독이 내가 관계하는 신문사의 단골 기고가였던 관계로 세 사람이 자주 만났었다."(조용만, 「구인회 이야기」, 『청빈의 서』, 교문사, 1969, 19쪽)
11) 백철, 「사악한 藝苑의 분위기(下)」, 『동아일보』, 1933. 10. 1, 3면.
12) S·K 生, 위의 글, 151쪽.
13) 박승극, 『조선 문단의 경향과 비판』, 『신인문학』, 1935. 3,

어서 「카프」에 버금가는 문제의 문학 단체"14)로 인정한다. 1935년 초반
이 되면 구인회는 "블럭을 형성하고 있는 듯한 감"을 줄 정도로, 지면이
국한되어 있는 조선 문단에 있어 "다작을 하는 집단"으로 그 존재감을
확실히 하고 있다.15) 뿐만 아니라 카프 해산 이후 구인회는 조선에서
유일한 문학 단체로까지 언급된다.16) 이처럼 구인회는 여전히 카프 주
도의 흔적이 지배적이었던 당시 조선 문단에 화려한 주목을 받으며 등
장하여 그 위치를 굳히고 있다. 이러한 구인회의 화려한 등장은 1933년
을 전후한 신문, 잡지 등 당시 매체의 재편 분위기와도 연결되어 있다.

　1935년 홍효민은 "구인회는 민족주의 문학, 푸로레타리아 동반자 층
이 모여서 민족주의 문학에 追隨하는 문학단체로 볼 수 있"고 평가하
고 있는데, 이는 백철의 "산만한 성질을 가진 회합"이라는 인상평과 궤
를 같이 한다. 이러한 평가는 당시 구인회 창립 회원들의 1932년까지의
작품 활동이나 경향을 고려했을 때 설득력 있다. 1933년 8월 창립 당시
'구인회' 회원은 김유영, 이종명, 정지용, 이태준, 김기림, 이무영, 이효
석, 유치진이다. 김유영을 제외하고,17) 이들 구인회 창립 회원은 1934년

---

14) 박승극, 「조선 문학의 재건설」, 『신동아』, 1935. 6, 136쪽.

15) 「문예좌담회」, 『조선문단』 제4권 제4호(1935. 7/8), 144쪽-147쪽. 이 좌담회에서 이석
　훈, 김환태 등은 "문필가협회" 창립에 대해 언급하면서 "신문사에서 집필식히는 범위
　가 너무 국한된 것 갓"(148)다는 불만을 토로한다.

16) "조선문학 건설을 위한 문예좌담회"에서 이무영은 "현재 조선에는 문학단체라고 구인
　회 하나밖에 없는데 이것은 어떻게들 보십니까"라며 새로운 문학 단체 건설에 대한 의
　견을 묻는다. 「(조선문학 건설을 위한) 문예좌담회」, 『신동아』, 1935. 9, 112쪽.

17) 서준섭은 김유영의 탈퇴 원인을 "그가 카프 맹원 검거 사건에 연루되었기 때문일 것"
　이라고 추측한다. 이 글도 김유영이 '신건설 사건'이라 불리는 카프 2차 검거 사건으로
　피검되었기에 구인회 활동을 할 수 없었을 것이라 본다. 하지만 서준섭이 근거로 들고
　있는 이형우의 연보는 연도 등에 오류가 있다. 이형우는 「김유영의 생활 연보」(백기만
　편, 『씨 뿌린 사람들』, 사조사, 1959)에서, 김유영은 "1933년 11월 「비밀결사 사건」으로
　전주 형무소 수감"(234쪽)되었다가 1935년 "1년 6개월만에 전주 형무소에서 출옥(3년
　집유), 10월 대구 본가에서 정양"(236쪽) 중이라고 적고 있다.
　　김유영이 '신건설사 사건'이라 불리는 카프 2차 검거 사건으로 피검된 것은 사실이
　지만, 김유영이 검찰에 검거된 것은 1933년 11월이 아니라 1934년 8월 26일이다. "작 二

6월에 개최된 1차 문학 강연회 때까지는 구인회 일원으로 남아 있다.[18] 김유영을 제외한 구인회 창립 회원들은 『신동아』 1934년 9월호에서도 여전히 구인회 멤버로 호명되고 있다.[19] 김유영은 구인회원 중 너무나 이질적인 존재이기 때문인지, 아니면 구인회에 관여한 시간이 길지 않았기 때문인지 당대 논의에서도 거의 언급되지 않고 있다. 이 글은 김유영이 구인회 창립을 주도한 인물이었고, 이효석이 김유영으로 인해 구인회에 참여하게 되었다는 사실에 주목하고 있다. 그리고 그 시점이 1933년이었다는 것에도 주목하고 있다.

十六일 밤 부내 종로서 고등게에서는 전북 공산당 사건의 관게자 김유영, 석진우 이하 四명을 부내 각 처에서 검거하엿다. 이는 전북경찰부의 촉탁에 의한 검거로서 검거한 四명은 동일발 남행차로 전북에 호송하엿다 한다.” (「전북사건의 관게자 昨夜 또 七名 검거」, 『동아일보』, 1934. 8. 28, 2면)

이 피검 소식은 『삼천리』지 1934년 11월호에도 소개되어 있다. “피검말이 낫스니 말이지 푸로 문인으로 백철, 이갑기, 김유영, 이기영, 윤기정, 송영 등 방금 전북 각서에 피검 중”(「문단잡사」, 『삼천리』, 1934. 11, 244-245쪽) 『삼천리』지 1934년 11월호 발매 일자는 1934년 10월 15일이다.(『삼천리』, 1934. 11, 68쪽)

일명 ‘신건설사 사건’은 1934년 5월 중순경 전북 銀山에서, 카프 연극 부문 단체인 〈신건설〉의 용산 지부에서 배포한 삐라를 가진 학생이 전주에서 피검된 것이 발단이 된 사건이다. 〈신건설〉 단원이 먼저 피검되고 다시 카프의 검거에 이른 1934년의 제2차 카프 검거 사건이다. 1934년 11월 치안특별법 제1조 2항에 의해 기소된 자는 총 23명이었으며 1935년 6월에 豫審 終結되어, 그 해 10월 28일에 예심 공판이 있었다. 복심 공판은 1936년 2월 19일 오후 2시 20분 대구 복심 법원 1호에서 진행되었다.(신건설사 사건은 『매일신보』, 1935. 10. 29, 2면, 당시 신문 기사 참조) 김유영은 ‘신건설사 사건’으로 ‘치안유지법 위반’으로 기소되어 1935년 12월 집행된 공판에서 집행유예 2년(구형 2년)을 언도 받고 예심 종결로 풀려났다. 부인 최정희도 함께 기소되었는데, 그녀는 기소된 23명 중 유일하게 무죄 처리되었다.(『조선중앙일보』, 1935. 12. 10,(화) 2면 참조)

18) “구인회는 작년 8월 15일에 창립된 김기림, 박태원, 정지용, 이무영, 유치진, 조용만, 이효석, 조벽암, 이종명, 이태준 11氏의 작가단체로서 조선 문단 우에 거대한 존재임은 물론이다.”(「문단의 일성사! 『시와 소설의 밤』 구인회 주체와 본사 학예부 후원」, 『조선중앙일보』, 1934. 6. 25, 3면)

19) “이태준, 김기림, 박태원, 이종명, 이효석, 정지용, 유치진, 이무영, 조벽암, 박팔양 회원 전부가 현문단에 뿌리박고 있는 작가요, 오늘날 문단에 발표되는 창작은 거의 구인회원의 작품이라는 데 동회의 특색이 잇는 것이다.”(S・K 生, 위의 글, 151쪽)

박태원, 이상, 김기림으로 대표되는 '구인회'적 성향을 지닌 작가들
이 1차 문학 강연회를 전후로 구체적인 활동을 남겨 놓았기에, 우리 문
학사는 이들을 중심으로 '구인회'의 문학사적 의미를 탐구해 왔다. 구인
회에 대한 문학사적 평가는 연구 당대의 관점에서 이루어진 것이 대부
분이며, 구인회가 결성된 당시의 당대적 맥락에는 거의 별다른 관심을
기울이지 않고 있다.[20] '구인회' 연구에서 거의 제외되다시피 하고 있
는 이종명과 이무영이 구인회 창립 당시 간사였다는 점은 주의할 필요
가 있다.[21] 이 두 사람이 1933년도에 가장 많은 단편 작품을 발표한 작
가의 하나였다는 사실도 1933년 결성 당시 '구인회'의 지향점을 어느
정도 시사한다. 구인회가 결성된 1933년은 그 이전 5년 이상 동안 조선
문학의 주도권을 잡고 있던 카프 문학의 부진이 감지되는 시기이다.[22]
김기진이 1933년 12월『신동아』에 쓴 글은 이러한 카프 진영의 위기감

---

[20] 구인회 결성 당시 상황에 대한 연구로는 안미영의 논의를 들 수 있다. 안미영은 기존
의 구인회에 대한 논의가 창립을 도모했던 이들을 논외로 하고 있음을 문제 제기하면
서, 구인회 창립 멤버인 이종명과 김유영을 통해 구인회를 만들게 된 동기와 성격을 고
찰하고 있다. 안미영은 이 논의에서 "이종명과 김유영은 비록 구인회라는 순수 문학 단
체를 발족코자 선두에 선 작가들임에 비해, 그들의 의식과 작품 경향은 현실 세계와 밀
접히 관계되어 있으며, 오히려 프로 문학 세계와 더욱 유사한 양상을 띠고 있음을 알
수 있다"(안미영,「〈구인회〉형성기 연구」,『개신어문학회』, 1998, 682쪽)고 결론짓는다.
이 논의는 부분적으로 오류가 있으나, 초기 '구인회'의 성격에 관심을 기울인 연구로
의의가 있다.

[21]『조선중앙일보』 1933년 8월 31일자 기사인「문단인소식-구인회 조직」은 구인회 회
원뿐만 아니라 간사(이종명, 이무영)를 명기하고 있다. 앞서 살펴본 구인회 창립 총회
이후 첫 모임인 합평회의 사회자가 이종명이었다는 사실에서도 이종명이 구인회 결성
당시 어떤 위치에 있었는지를 알 수 있다.

[22] "캅프의 조직의 영향이 이가티 소위 문단에 잇서서 작용함이 적엇든 일이란 과거에
잇서서 1928년 이후로 五, 六년 동안의 기간중에서 처음 보는 일이다."(김팔봉,「1933
년도 단편 창작 70여 편」,『신동아』, 1933. 12, 24쪽) "그러나 기실은 최근의 소식이라
던가 동향에 관하여 필자는 독자에게 전할 만한 재료를 갖고 있지 못하다. 그것은 요즈
음 수년간은 카프의 동면시대였기 때문이다. 카프는-한 當局의-그 熱烈하던 투지를
잃었고 前衛隊를 지하운동 혹은 X중으로 보내어 歎息 숨소리를 이어갈지음……"(S‧K
生, 위의 글, 150쪽)

의 한 단면을 보여준다.

　　이상 總計 76편, 작가 수로는 46이오 이것을 발표된 작품의 각 작가별
기록으로 보면 최고로 다량 생산을 한 사람이 이무영씨로서 합계 8편이며,
차위가 이태준씨의 6편, 3위가 이종명씨의 5편이며, 4위가 박태원씨의 4편
이오, 그 다음으로 안필승씨가 3편, 이효석, 차일로, 홍구, 한인택, 손승만,
김안서, 파인 등 제씨가 각 2편식이니 이상의 작품은 거의 그 전부가 소뿌
르주아 문학, 반동문학의 범주에 속하는 것들이오.23)

　　1차 문학 강연회 전후 시기까지 구인회는 하나의 공통된 특성으로
모아지지 않는 다양한 특성을 중첩적으로 지닌 집단이었다. 특히 이 시
기까지의 그들의 작품 활동을 염두에 두면, 그들의 다양한 특성은 더
두드러져 보인다. 1934년에 김기진이 구분한 '조선문단'의 계보는 당시
구인회 회원의 문학적 경향을 어느 정도 시사해 주고 있다. 동반자 개
념에 대한 스펙트럼이 다양하기에 김기진의 계보를 전적으로 받아들이
긴 어렵지만,24) 이 계보는 구인회 창립 성원들의 1933년도 이전의 지향
점을 어느 정도 보여준다. 이 계보에는 포함되어 있지 않지만 구인회의
창립 발의자로 알려진 김유영은 당시 카프 회원이었다.25) 김유영은 '이

---

23) 김팔봉, 「1933년도 단편 창작 70여 편」, 23-4쪽.
24) 김기진은 「조선 문단의 현재와 수준」에서 조선 문학을 크게 '○○주의'와 '민족주의'
　　로 나눈 다음 '○○주의'는 '갚프파'와 '동반자적 경향파'로, '민족주의'는 '折衷的 계급
　　협조주의', '소시민적 자유주의', '봉건적 인도주의', '國粹주의'로 세분화하고 있다. 김
　　기진은 이 외에 '민족주의' 항목 밑에 별도로 '교회문학'(정지용, 모윤숙, 장정심, 한용
　　운, 김일엽) 항목을 두고 있다. 이 계보에 의하면 '이효석, 이무영, 조벽암, 유치진, 조용
　　만'은 1934년 초반까지 '○○'주의의 하위 범주인 '동반자적 경향파' 작가이다. '김기림,
　　박태원, 이태준, 정지용, 이종명'은 '민족주의'의 하부 항목인 '소시민적 자유주의' 작가
　　로 묶여 있다. 김기진은 '소시민적 자유주의'를 다섯 항목으로 세분화하고, '김기림, 박
　　태원, 이태준'은 '기교주의', '정지용'은 '이상주의', '이종명'은 '자연주의' 항목에 넣어
　　분류하고 있다.(김팔봉, 「조선문단의 현재의 수준」, 『신동아』, 1934. 1, 46쪽)
25) 유현목에 따르면, 김유영은 "조선영화예술가협회"에서 임화, 윤기정, 서광제 등과 활
　　동했고, 뒤에 서울 키노에서 감독으로 활동했던 대표적인 카프파 영화 감독이다.(유현

동식 소형극장' 문제로 잠시 카프를 떠나 1932년 동경으로 떠났다[26]가 돌아와 구인회를 창립하게 된다. 하지만 그는 그 후 다시 카프 영화부에서 활동한다. 이러한 인적 구성을 고려해 볼 때 1933년 결성 때 '구인회'의 지향점을 지금의 시각에서 예단하는 것은 무리가 있다.

구인회 창립 당시 간사였던 이무영과 이종명에 대한 간략하게 짚고 넘어가고자 한다. 김기진은 1933년 문학을 결산하는 글에서 이무영을 "사상적 경향으로 말하면 자유주의자"이고 "작가적 분야로 보면 동반자적 경향 작가"라 분류하며 카프에 견인될 작가로 평가하고 있다.[27] 이무영은 1935년 7월 이전에 조벽암과 함께 구인회를 탈퇴한 것으로 보인다.[28] 탈퇴 이유를 묻는 김광섭의 질문에 이무영은 "글노는 발표할 수 있는 성격이지만 여기선 말할 수 없"다고 하며 대답을 피한다. 구인회 작가들이 탈퇴를 할 때는 탈퇴 절차를 밟았다는 사실은 구인회가 단지 "친목 모임" 내지 "사교적 클럽"만은 아니었음을 시사한다. 1935년 당시 카프계 평자인 박승극은 "동반자 또는 경향 작가라고 일컫는 사회적인 진보적 작가들의 창작에서는 宛然이 다른 有望한 色彩를 看取할 수 있다"고 전제한 후, 이무영을 "금년에 들어서도 산출한 작품이 依然이 양으로 首位를 점했고 질로도 손색이 없"는 작가라고 평한다[29].

목, 「카프계계열작품 대두」, 『한국영화발달사』, 한진출판사, 1980, 102-106쪽 참조)

26) "영화게의 김유영, 서광제 량씨는 『경도 동활(京都 東活) 키네마』에 가서 三년쯤 독실히 공부할 작정으로 금 14일 오전 十시 차로 써낫는데 김씨는 감독부, 서씨는 각본부에 들어갈 예정이라 한다."(「영화인 서, 김 양씨 京都 東活 키네마에」, 『동아일보』, 1932. 5. 15, 5면)

27) "운동에 대한 충분한 지식과 그 실천의 객관적 구체화의 방법을 습득하는 때 이 작가는 지금보다 갓가히 프로레타리아 진영으로 올 사람이다. 그리고 그것은 한 발자욱쯤 박게 남지 아니하는 거리에 잇다."(김팔봉, 「1933년도 단편 창작 70여 편」, 26쪽)

28) 이석훈의 "구인회원은 몇 명이나 됩니까"라는 질문에 정지용은 "13명입니다"라고 답하고, 김남천이 "그 동안 회원 변동이 잇지 않았습니까 이무영, 조벽암 양군이 탈퇴했지요."라고 첨언한다.(「조선문학 건설을 위한문예좌담회」, 앞의 글, 143쪽)

29) 박승극, 「조선 문학의 재건설」, 129쪽. 하지만 이태준, 박태원의 작품에 대해서는 "민족 뿌르죠아 문학의 정통을 계승하"는 것으로 치부하며, 박태원의 「길은 어둡고」에 드

이종명의 경우도 김기진의 계보에서는 '자연주의' 작가로 불리고 있지만, 그는 초기 '조선영화예술가협회' 간사 중 한 명이었다.[30] 또한 그는 '조선영화예술가협회' 하부 조직인 '영화인 동회회' 회원이었고,[31] '조선영화예술협회' 제1회 작품인 「유랑(流浪)」(1928)의 원작자이기도 하다. 「유랑(流浪)」은 1928년 4월 1일 개봉된 영화로, 영화화를 전제로 쓴 영화 소설(『중외일보』, 1928. 1. 5~1. 25)을 영화화한 작품이다.[32] 「유랑」은 영진과 순이의 사랑 이야기와 주인공인 영진의 민중 계도를 위한 계몽 운동을 두 줄기로 하여 스토리가 전개된 영화이다.[33] 이종명은 『삼천리』지 1933년 10월호 '내 작품의 연극 영화화 소감'이란 기획 기사에서 제작된 이 영화에 상당한 불만을 토로하고 있다.[34]

이종명은 1920년대 후반에서 1930년대 중반까지 당대에 지속적으로 꾸준히 작품 활동을 한 작가이다. 이종명은 1925년 『조선일보』에 「노름

러난 "작자의 安價의 소뿌르적 心理가 얄밉기도 하"(128쪽)다고 지적하고 있다.

30) "조선영화예술협회에서는 본월 20일 동 회관 내에서 긴급대회를 개최하고 촬영 감독 안종화의 부정 사건이 폭로됨에 따라 불신임안이 만장일치로 통과되어 동 협회에서는 대회 즉석에서 제명처분을 만장일치로 가결하고 부득이 '이리떼(狼群)'는 촬영을 중지하게 되었다는데 금후 진행 방침에 대하여서는 신임 간사회에 일임하였더라. 간사 이우, 김영팔, 이종명, 윤호봉, 서광제, 김철, 차곤, 임화"("'낭군' 촬영 중지 안종화 군을 제명」, 『중외일보』, 1927. 12. 24)

31) '영화인 동호회'는 "변변한 각본가가 없다는 것은 너무도 한심한 일인즉 예술협회(조선영화예술협회-필자) 안에 영화인 동호회를 두어 영화 각본에 대한 검토와 연구를 기하자는" 목적으로 "고한승, 김팔봉, 안석영, 김영팔, 이종명 등"이 동조하여 만든 조직이다. 안종화, 『한국영화측면비사』, 춘원각, 1962, 132쪽.

32) "「유랑」은 문예작품의 영화화된 것이라는 것보다 영화화하기 위하여 쓴 작품이니까"(이종명, 「내 작품의 연극 영화화 소감-「유랑」의 원작자로서」, 『삼천리』, 1933. 10, 74쪽)

33) 김수남, 「영화소설 〈유랑〉의 시나리오 작법 고찰」, 『청예논집』 제18집, 2001, 등 참조.

34) "나는 「流浪」을 보고 당분 조선영화는 절망이라고 생각했습니다. 그 뒤 이 사람 저 사람의 손으로 十여편의 작품이 나오고 또 時日로 보아도 당근 七八年이나 수난시대를 격거왔거만 조선영화는 조금도 발전된 흔적이 보이지 안습니다. 더욱이 이 최근에 와서 「토-키」가 아니면 행세를 못하는 정세를 생각하면 조선영화에 대한 흥미는 완전히 말살되어 버린 것 갓습니다."(이종명, 「유랑」의 원작자로서」, 『삼천리』, 1933. 10, 75쪽)

군」(1925. 7. 1~3)과 「주림을 헤메이는 사람들」(1925. 7. 18~29)을 발표
한 것을 시작으로 1934년에 이르기까지 근 10년 동안 『조선일보』, 『동
아일보』, 『매일신보』, 『조선지광』, 『동광』, 『삼천리』, 『문예평론』, 『조선
문학』 등에 작품을 지속적으로 발표하고 있다. 또한 그는 신문, 잡지에
평문 형태의 글과 수필도 활발히 기고한 작가이다.[35] 당대에는 이무영
의 작가론 형태의 글을 비롯하여 이무영의 작품에 대한 평이 더러 있
다.[36] 하지만 이종명에 대한 연구는 안미영의 논의[37]를 제외하고 거의
전무하다. 안미영은 이종명이 "당대의 순수문학과도 계급문학과도 변별
되는 인간중심주의 문학관"을 지니고 있다고 전제한 후, 작품을 통해
그러한 작가 의식이 "인간의 생존 문제와 인간 관계의 제양상이라는 두
가지 측면에서 드러남"을 보여주고 있다[38]. 1934년 「우울한 그들」(『동
광』, 1934. 4), 「義眼綺譚」(『월간매신』, 1934. 7), 「소설가의 안해」(『중앙
매신』, 1934. 9) 이후 이종명은 작품을 발표하지 않고 있다.[39] 1933년
창립 당시 '구인회'의 지향점을 탐색하려면 이무영, 이종명 등의 작품
세계에 대한 면밀한 고찰이 필요하지만 이 부분은 차후에 과제로 남겨
둔다.

---

35) 이종명, 「졸고 「두남매」에 대한 요한씨의 평을 보고」, 『동아일보』, 1926. 6. 22; 이종
    명, 「인생과 결함」, 『동아일보』, 1926. 9. 25; 이종명, 「작품평에 대하야」, 『조선일보』,
    1932. 12. 23; 이종명, 「문단에 보내는 말-새로운 성격의 창조와 새로운 개념에 대하
    야」, 『조선일보』, 1933. 8. 8; 「흉금을 열어 선배에게 일탄을 날림-빙허 현진건씨에게」,
    『조선중앙일보』, 1934. 6. 23; 이종명, 「문학본래의 전통」, 『조선일보』, 1934. 1. 13; 이
    종명, 「가을의 유혹, 가을이면 내가 가는 숨은 명소는 어디어디」, 『동광』, 1932. 10, 등.
36) 이무영, 「이종명 소론-그의 작가적 생활에 대하야」, 『조선일보』, 1933. 6. 20~21.
37) 안미영, 「이종명의 인간중심주의 문학 연구」, 『어문론총』, 1998. 12.
38) 안미영, 위의 글, 참조.
39) 다만 '조선문단 집필문사 주소록'에 "이외에 백신애, 손진태, 박재서, 김영수, 김진섭,
    이종명, 권환, …… 등 외 여러분이 있으나 주소를 몰라서 적지 못한다."라는 기사가 있
    을 뿐이다.(「조선문단 집필문사 주소록」, 『조선문단』 제4권 제2호, 1935. 2, 186쪽)

2. 김유영과 이효석: 영화『화륜』, 씨나리오『출범시대』, '이동식 소형극장'

김유영은 구인회 창립 회원 중 가장 이질적인 이력의 소유자로 이효석과 구인회를 잇는 매개 고리였다. 조용만의 기억에 의하면, 이효석이 구인회의 멤머가 된 것은 "이효석이 앞서 도서과 취직 일 때문에 기분이 별로 좋지 않으므로, 또 좌익측에서 욕을 먹는다고 사양하는 것을 김유영이 극력 무마해 입회시"[40]킨 때문이다. 1933년 당시 김유영과 이효석은 남다른 친분을 과시하고 있었다. 이는 회고 당시의 맥락이 반영되어 있어 액면 그대로 믿기 곤란한 조용만의 기억만이 아니라, 당대의 신문 기사를 통해서도 확인할 수 있다. 1933년 8월 2일자『조선일보』학예면 '소식란'란은, "이효석氏 鏡成農校에 재직하더니 夏休로 부인 동반 귀향 도중에 상경하야 長沙洞 一九三 김유영氏方에 逗留"라며 이효석의 근황을 소개하고 있다. 당시 이 두 사람의 친분은 단지 개인적인 친밀감의 차원만은 아니었던 것으로 보인다. 이효석과 김유영은 사적 친분뿐만 아니라 작품 경향에 있어서도 서로 동질감 같은 것을 가지고 있었던 것으로 판단된다.

이효석은 김유영이 주도적인 역할을 하여 1930년 5월 26일 창립한 '조선 씨나리오·라이터 협회' 회원이었다. '조선 씨나리오·라이터 협회'[41]는 "우리들은 전대중의 이익을 위하야 영화 각본과 창작과 연구에 종사함"이라는 선언을 표방한 카프 산하 계열 단체이다.[42] '조선 씨나

---

40) 조용만, 「구인회 이야기」, 앞의 책, 133쪽.
41) "조선 씨나리오·라이터 협회"는 "창작의 힘을 쓰고 잇는 안석영, 서광제, 리효석, 안종화, 김유영 등 제씨의 알선으로 조선의 씨나리오의 대중화와 그의 창작과 연구를 위하야" 조직된 단체이다.『중외일보』, 1930. 5. 28(수), 3면.
42) "一. 우리들은 전대중의 이익을 위하야 영화 각본과 창작과 연구에 종사함/ 一. 본 회는 씨나리오·라잇터 협회라 칭함/ 一. 동인의 씨나리오의 발표는 동인회를 경유하고 발표함/ 一. 동인은 일주 일회 式 회합함/ 一. 회비는 매월 五十전으로 함/ 一. 동회입회

리오·라이터 협회'는 신흥영화예술가동맹 세력이 주축으로 만든 단체
로, "카프의 기술단체로서 존재"했다.43) 이 협회의 활동과 관련해 영화
『화륜』(1931)이 주목된다. 김유영의 세 번째 감독작44)인『화륜』은 '조선
씨나리오·라이터 협회'의 회원인 이효석, 안석영, 서광제, 김유영 4명
이『중외일보』(1930. 7. 5~9. 2) 연작으로 연재했던 시나리오『화륜』을
원작으로 하고 있다.45) 카프계 프로덕션 '서울 키노'46)에서 제작한 『화

의 찬?은 씨나리오의 창작 급 연구에 종사하는 자로써 동인 삼인 이상의 추천으로써
입회함을 ?함/ 一. 본회는 간사 이인을 ?함/ 一. 동인의 씨나리오의 발표는 본회 규정의
런?어?를 사용함(런어략)"(『중외일보』, 1930. 5. 28(수), 3면)
43) 김유영, 「『서군』의 영화비평 재비평-『화륜의 원작자로써』를 읽고」, 『조선일보』, 1931.
4. 18~22.
44) 김유영은 카프 영화인들에 의해 제작된 6편의 영화(「유랑」, 「혼가」, 「암로」(1929, 강
호), 「약혼」(1929, 김영환), 「화륜」, 「지하촌」(1931, 강호)) 중, 카프의 제1작 「流浪」(1928)
와 카프의 제2작 「혼가」(1929)와 「화륜」(1931) 등 3편의 영화에 감독으로 참여하였다.
(유현목, 앞의 책, 102-106쪽; 김종헌·정중헌, 『우리 영화 100년』, 현암사, 2001, 148-57
쪽; 김미현 편, 『한국영화사: 開化期에서 開花期까지』, 커뮤니케이션북스, 2006, 59-62
쪽 참조)
45) "카프파 작가들은 『화륜』을 만들어 그동안 침체되어 있던 프롤레타리아 예술운동을
다시 한번 재건시키려고 안간힘을 썼다. 그래서 그들은 문학가 이효석, 안석영, 서광제,
김유영 등이 합작으로 원안을 짜놓고 공동 각색한 다음, 이 의욕적인 작품을 김유영 감
독에게 다시 의뢰했다."(유현목, 앞의 책, 106쪽)
46) '서울 키노'에 대해 유현목은 영화 「유랑」에서 "기업적으로 실패한 카프파 영화작가
들이 조선영화예술협회란 명칭이 낡고 또 시대에 뒤떨어졌다고 하여 서울키노(혹은 서
울영화공장)라고 이름 바꾼 다음 제2회 작품으로『혼가』서둘러 준비하였다"고 논의하
고 있다. 하지만 이순진은 서울키노를 둘로 갈라진 좌파 영화운동 조직 중 하나인 신흥
계(신흥영화예술가동맹)의 것으로 본다. "1930년 4월 이후 좌파 영화운동 조직은 둘로
갈라진다. 1929년 12월 14일 결성된 신흥영화예술가동맹의 일부 맹원들은 1930년 카프
의 방향 전환에 따른 조직의 해산과 카프 영화부로의 가입 권고에도 불구하고 신흥영
화예술가동맹을 고수했다. 신흥계의 서울키노는 1931년 〈화륜〉(김유영)을 제작하였는
데, 이 작품을 둘러싼 카프 영화부와 신흥 고수파 간의 논쟁은 곧 조직투쟁이기도 했
다. 카프 영화부는 청복키노를 설립하고 같은 해에 〈지하촌〉(강호)을 내놓았다. 신흥영
화예술가동맹은 조선시나리오협회로 이어졌다가 1930년에 해산되고 제작사 서울키노
만으로 명맥을 유지했다."(이순진, 「카프 영화운동과 경향파 영화」, 『한국영화사:開化期
에서 開花期까지』, 60쪽)
이는 영화 개봉 직후 『조선일보』 지면을 통해 임화가 이 영화에 가한 격렬한 비판을

륜』은 1931년 3월 11일 '조선 극장'에서 개봉되었다.[47] 이효석이 『화륜』
의 각색자로 되어 있어 이채롭다.[48]

이 영화는 작품이 남아 있지 않기에 확인할 수는 없지만, 임화의 「(서
울키노) 영화 『화륜』에 대한 비판」(1~5)[49]을 염두에 둘 때, 원작 시나
리오 「화륜」과 다소 차이가 있는 듯하다. 임화는 김유영과 서광제를
'반동화한 소부루조아',[50] '프로레타리아를 가장하는 반프로레타리아',
'개량주의, 사회민주주의'라 매도하고, "발달한 형태의 쑤루주아 영화인
것이 『화륜』의 특색이고 작자의 지혜"[51]라고 결론짓는다. 『화륜』은 관

통해 어느 정도 짐작할 수 있다. "원작의 문제인데 『화륜』은 일즉 『조선 씨나리오 작가
협회』의 합작으로 발표되었엇다는 것이 또 한 가지 첨부할 조건이다. 그것은 『조선 씨
나리오 협회』라는 것이 前記 김(김유영-인용자), 서(서광제-인용자) 兩君이 『칼쯔』에
서 방출당하고 『신흥연맹』(구신흥영화예술가동맹-인용자)을 해체하고 『칼쯔』영화부
와 새롭은 대립 세력을 형성키 위하여 맨드른 것이라는 것은 그들의 反계급적 역사에
잇서서 최상의 添花이다."(임화, 「(서울키노영화) 『화륜』에 대한 비판」(1)-(5), 『조선일보
』, 1931. 3. 25~4. 3. 5면 참조)
  하지만 정작 김유영은 임화와 서광제(「영화화된 『화륜』과 『화륜』의 원작자로서」, 『조
선일보』, 1931. 4. 11~13)의 비판에 반론을 제기하는 글에서 카프 영화부와 해체된 신
흥예술가 동맹과 문제가 생긴 것은 서광제가 중간에 서서 망언을 전하고 불미한 행동
을 했기 때문이라고 주장하고 있다.(김유영, 「『서군』의 영화비평 재비평-『화륜의 원작
자로써』를 읽고」, 『조선일보』, 1931. 4. 18~22)
47) "시내 『서울 키노』에서 리효석 氏외 사氏의 원작이며 서광제 씨 각색 김유영 씨 감독
  민우양 씨의 촬영 백하로, 김정숙, 김련실 기타 제씨의 출연인 화륜의 드듸여 완성되여
  시내 조선극장에서 상연하게 되었다는데 새로운 경향의 내용과 기술로 된 이 영화는
  일반 민중의 기대하는 영화로서의 그 하나가 되리라 한다."(「조선 영화 화륜 상영-十
  日日 조선에서」, 『조선일보』, 1931. 3. 11, 5면)
48) 이효석은 원작자의 한 명일 뿐 아니라, 각색자이고 편집자이다. "이채로운 것은 작가
  인 이효석이 편집을 맡았다는 점이다."(김종헌, 「카프 영화 운동의 도전과 몰락」, 『우리
  영화 100년』, 154쪽)
49) 임화, 『조선일보』, 1931. 3. 25~4. 3, 참조.
50) "소위 사회극 『화륜』의 작자의 『이데오로기』의 불확실과 小쑤르적 반동성의 표현으
  로서 관중의 저속한 취미에 영합하려는 상업주의의 노골적인 발로인 것이다."(『조선일
  보』, 1931. 4. 2, 5면)
51) 임화, 『조선일보』, 1931. 4. 3, 5면, 임화는 김유영에 대해 "『화륜』의 작자는 노동자의
  공장 생활에 관한 一 片의 지식도 갓지 못하엿스며, 파업이란 무뢰한의 편싸홈의 별명

객의 외면으로 흥행에 실패하였고, 이 작품을 끝으로 식민지 시대 카프 영화는 막을 내린다. 하지만 임화의 비판을 전적으로 신뢰할 수만은 없다. 왜냐하면 김유영이 「『서군』의 영화비평 재비평－『화륜의 원작자로써』를 읽고」에서 "카프 영화부와 해체된 신흥예술가 동맹과 문제가 생긴 것은 서광제가 중간에 서서 망언을 전하고 불미한 행동을 했기 때문"이라며 서광제와 임화에 비평에 반박하고 있기 때문이다.

김유영은 임화와 서광제의 비난에도 자신은 "프롤레타리아트를 위한 계급적 기술자로서 돌진하려고 하고 있고, 프롤레타리아 영화운동의 전선에서 약하고도 굳센 생명을 아끼지 않고 에너지가 있는 기술자가 되겠다는 생각과 행동은 영구불변"이라고 선언한다. 덧붙여 자신은 서광제와는 다른 管見으로서 카프를 지지하고 있음을 밝히고 있다. 김유영 등의 서울키노는 카프 영화부와는 약간 다른 管見에 서 있는 정도였던 것으로 보인다. 당시 동반자 작가로 분류되던 이효석이 서 있는 자리 역시 이와 유사한 것으로 판단된다. 이효석이 『출범시대』를 연재하기 전 연재 예고에 실린 '작자의 말'은 이런 판단에 힘을 실어준다. 이 '작자의 말'은 이효석이 1931년 초에는 행동주의 문학의 입장에 서 있었음을 보여준다.

심리주의에서 점차 행동주의로 옮겨가고 잇는 오늘의 문학에 잇서서 그 한 양식으로서의 씨나리오의 위치는 모름직이 노파야 할 것이며 따라서 씨나리오의 대중화의 필요성과 중요성에도 스스로 큰 것이 잇서야 할 것이다. 이러한 의미에서 이 적은 작품이나마 행동주의의 한 문학양식으로서의, 씨나리오의 진의를 대중에게 알리고 아울너, 대중의 씨나리오의 친밀을 도모하는 한 긔측이 된다면 만족한 터이다. …(중략)…[52]

으로 이해한 모양이다."(『조선일보』, 1931. 4. 3, 5면)라는 조롱조의 비난을 퍼붓고 있다.
52) 『동아일보』, 1931. 2. 19, 4면 참조.

김유영은 이효석이 『동아일보』에 연재한 시나리오 『출범시대』(1931)
에도 스틸 구성으로 참여하고 있다. 이 작품은 "이효석 作, 스틸 김유영
구성"으로 되어 있다.53) 『동아일보』는 1931년 2월 19일자 '씨나리오 연
재 예고' 기사는 이효석이 『출범시대』를 연재할 것임을 알리고 있다.54)
하지만 이 시나리오는 2월 20일에 연재되지 않고, 1931년 2월 24일에
'25일부터 연재'될 것이라는 예고 기사를 다시 한번 낸 다음, 31년 2월
29일부터 연재를 시작하여 1931년 4월 1일에 끝내고 있다. 『화륜』, 『출
범시대』에서 이효석과 같이 작업을 하고 있는 김유영은 1931년 하반기
에는 무산대중을 대변하는 종합지 『시대공론』의 발행을 주도한다. 『시
대공론』은 1931년 9월 제1권 제1호를 낸 잡지55)로, 이 잡지의 발행인은
김유영의 작은 아버지 김현묵이다. 그러므로 권두언에 가까운 서언과
편집후기를 쓰고 있는 김유영이 실무를 담당한 실질적인 발행인이라
볼 수 있다.56) 이효석은 이 잡지에도 필진으로 참여하고 있다. 이 잡지
는 신건설사 사건과 관련된 김유영 피검의 원인이 되는 '이동식 소형극
장(移動式小型劇場)'과도 관련되어 있다.57)

---

53) 이 작품은 연재 말미에 스틸 설명과 촬영자 명(김용태)을 따로 적고 있다.(『동아일보』,
　　1931. 2. 28, 4면 참조)
54) "오는 20일부터 신진 리효석씨의 씨나리오 『출범시대』를 본지 본면에 실겟습니다. 씨
　　는 이미 『화륜』에서 『씨나리오 라이터』로서의 솜씨를 충분히 보여주엇거니와 이번의
　　출범시대에서는 더욱 세련된 붓을 휘둘을 것으로 기대됩니다. 김유영씨가 제공할 스틸
　　과 아울러 독자의 아페 나타날 날 여러분을 열광케 하지 안코는 마지 안흘 것입니다."
　　라는 편집자의 말과 함께 작자의 말을 싣고 있다.(『동아일보』, 1931. 2. 28, 4면 참조)
55) "우리들은 몃달전부터, 쌈을 흘니면서 階級的으로 보아 좀더 훌늉한 滋味잇는 充實한
　　내용을 만들녀고 努力하얏든 것이다, 그런대 七月下旬에는 八月創刊號를 勞動者農民
　　學生압헤 내여노흐려고 하엿으나 多量의 追加原稿가 當局에서 나오지 못하야 畢竟은
　　이제 九月號로 나오게 도엿다."(「편집후기」, 『시대공론』, 1931. 9)
56) 김유영의 작품 세계에 대해서는 김수남, 「(조선카프영화의 개척자) 김유영의 영화예술
　　세계」, 『청예논총』, 1998; 김종원, 「유실된 카프 영화의 상징－김유영론」, 『예술논문집』,
　　2006. 등 참조.
57) "1931년 8월 경에 경성부 와룡동 시대공론사에 회합하야 「프로레타리아」 연극을 통하
　　야 「말쿠스」주의 선전을 행하야 사유재산제도를 부인하고 공산주의 사회의 실현을 목

'이동식 소형극장(移動式小型劇場)'은 1931년 11월 즈음에 조직된
단체로, "프롤레타리아를 위한 참된 연극을 일반 대중에게 보여주"고자
하는 목적에서 만들어진 조직이다. 이동식 소형극장의 중심 인물이었던
김유영에 의하면, 이 단체는 "진정한 푸로레타리아 연극 연구소"로 "계
급 분화가 선명한-한 계급을 위하여 투쟁하는 이동식 극장"이다.[58] "그
조직형태는 극히 소규모"이며 "지방으로 내려가서 주로 공장, 농촌에
잇는 노동자, 농민(勞動者 農民)을 상대하야 이동식으로 공연을 할 예
정"으로 만들어진 이동식 극단이다.[59] 이효석은 '이동식소형극장' 각본
부 동인으로 이름을 올리고 있을[60] 뿐 아니라, 신혼의 단꿈을 잠시 미
루어 둘 정도로 열심히 활동하고 있다.

> 이효석씨 결혼
> 신진소설가 이효석氏는 十日月十一日에 이경원孃의 결혼식을 함북 鏡
> 成에서 거행하엿다하며 즉시 동반 上京하야 새살림을 차리섯다고하며 소
> 형이동극장 각본부에 끌녀드러 극작에 몰두하시는 모양인데 이동극장상
> 연용의 각본을 본지 신년호에 실기 위하야 집필에 奔忙 신혼의 달콤한 꿈
> 도 더러는 미루어 두는 것이 荮何오.[61]

'이동식 소형극장'은 1931년 가을에 조직되어, 1931년 11월 제1회

적으로 하는 이동식소형극장인 결사를 조직…… 1931년 11월부터 1932년 5월까지 사
이에 원산, 함흥, 洪原, 京城 방면에 극히 좌익적으로 연극을 공연하여 대중에게 계급
의식을 주칭한 후……"(『매일신보』, 1935. 10. 28)

58) 김유영, 「이동식 소형극장 공연을 앞두고」, 『시대공론』, 1932. 1, 60쪽.
59) 「移動式小型劇場창립=금월 하순경에 제일회 공연=」, 『동아일보』, 1931. 11. 14, 4면.
60) "고문 강천희, 각본부 유진오·이효석, 연출부 김유영·하북향, 장치부 추적양·김미
남, 도구부 장철병·박창혁, 효과부 김용태, 선교부 김혁, 출판부 최정희, 음악부 김영
린, 연기부 석일량·이엽·윤봉춘·황제석·한상묵·박일해·장철민·박영식·장복
만·허세충·백여천·정완추·김연실·김선초·김선영·최노초·김혜숙·김호리아·
강해란 등"(『동아일보』, 1931. 11. 14)
61) 「문예월간抄」, 『문예월간』, 1931. 12, 72쪽.

공연을 계획하지만 당국의 각본 불허가로 공연이 연기되고, 1932년 2월 초순경에 서북조선 순회공연을 하게 된다.[62] 이효석의 희곡 「다난기의 기록」(1931, 「다난기」로도 기록됨)이 이 순회공연에서 공연된 것으로 되어 있다.[63] 이 「이동식소형극장」은 당시 카프 지도 하에 있었다[64]. 이런 점으로 미루어 볼 때 이 시기까지 이효석은 카프의 질서 주변에 있었던 것으로 보인다. 이효석의 '이동식소형극장' 각본부 활동이 사상적인 연유에 기인한 것인지, 극에 대한 관심에 연원하는 것인지는 좀더 면밀한 검토가 필요하다. 다만 이효석은 당대 다양한 문화·예술에 관심을 보인 작가로 널리 알려져 있다. 이효석의 음악에 대한 관심은 너무나 유명하고, 그는 음악뿐만 아니라 영화, 연극에 대해서도 상당한 조예가 있었다. 이효석은 숨을 거두는 그 순간까지도 영화관에서 무엇을 하는지 궁금해 했을 뿐 아니라 작품에도 당대 개봉된 영화는 물론, 연극·영화 관련 일을 하는 인물을 자주 등장시키고 있다.[65]

---

62) 「移動式小型劇場창립 =금월 하순경에 제일회 공연=」, 『동아일보』, 1931. 11. 14; 「移動式小型劇場 제1회 공연 연기−脚本不許可로」, 1931. 2. 22, 4면 등 참조. "제1회 중앙공연을 전반 분비하얏스나 여러 가지 사정으로 공연치 못하고 2월초순 경 서북조선 이동공연을 써나섯다. 쯋으로 순회할 쌔에 만흥 便宜와 養助하야준 각 지방 연극동지의 不絶한 活躍을 바란다."(추적양, 「移動式小型劇場運動 = 지방순회공연을 마치고」, 『조선일보』, 1932. 5. 6, 4면)

63) 선풍아, 「조선프로레타리아 연극의 전조」, 『신흥』, 1932. 1, 82쪽; 추적양, 위의 글 등 참조.

64) "카프도 기구 중에 연극부를 두어 김기진을 책임자로 앉히는 한편 산하에 이동식 소형극장과 메가폰, 신건설을 두었던 것이다."(유민영, 『한국 현대희곡사』, 새미, 1997, 270쪽) 이동식소형극장에 대한 논의는 현재원, 「카프 연극대중화론에서 이동식 극장의 역할과 의미」, 『수선론집』, 1994; 김재석, 「1930년대 「카프」 연극대중화론의 전개」, 『어문론총』, 1992; 박영정, 『카프 연극부의 조직 변천에 관한 연구−극단 이동식소형극장과의 관계를 중심으로』, 『한국연극연구』, 1998, 등 참조.

65) 이재현, 「이효석 선생 간호기」, 『이효석전집』 8, 52-58쪽 참조. 눈에 띄는 당시 상연된 영화가 등장한 작품들만 보더라도, 『주리야』(『신여성』, 1933. 3~1934. 3)에 '모로코', 「장미 병들다」(『삼천리문학』, 1938. 1)에 '목격자', 「여수」(『동아일보』, 1939. 11. 29~12. 28)에 '망향'이, 『화분』(인문사, 1939)에 '실락원', 『벽공문학』(매일신보, 1940. 1. 12~7. 28)에 '남방비행' 등이 있다. 그리고 그의 작품에는 극단 생활이나 영화 제작 일을 하는

앞에서 언급했듯이 이효석은 1932년 당시 시나리오 작가로도 소개
되고 있다. 그는 2편의 시나리오-『화륜』(『중외일보』, 1929), 『출범시대』
(『동아일보』, 1931. 2. 28~4. 1)-와 1편의 희곡-『역사』(『문장』, 1939.
12)-을 발표했고, 『화륜』(1931)의 각색 작업을 했고 『애련송』(1939)을
각색하기도 했다. 이경원이란 이름으로 「가을의 感情, 新婦의 明朗性」
(『삼천리』, 1931. 11)이란 시나리오를 발표하기도 했다. 뿐만 아니라 이
동식소형극장 순회공연의 대본으로 쓰였던 희곡 「多難期의 記錄」(1932.
1)도 창작한 것으로 보인다.66) 이효석은 이 중 영화화된 두 작품을 모두
김유영과 함께 작업하고 있다. 김유영과 이효석의 관계는 1930년대 후
반까지 지속적으로 이어진다. 김유영과 이효석의 관계는 김유영이 『수
선화』(1940)67)를 유작으로 남기고 1940년 1월 4일, 이효석보다 2년 앞
서 영면할 때까지 이어진 것으로 보인다. 김유영이 제2차 카프 검거 사
건으로 피검되어 옥살이 하고 나온 후, 『화륜』 이후 거의 십 년만에 만
든 영화 『애련송』(1939)68)은 이러한 추측에 실감을 더해준다. 김유영은
『화륜』 이후 만는 첫 영화 『애련송』의 각색자로 이효석을 선택하고 있

인물들이 심심찮게 등장한다.
66) 이 희곡은 현재 확인할 수는 없다. 앞에서 살펴본 「문예월간초」에 의하면 이효석은
『문예월간』에 싣기로 한 희곡을 집필 중이었지만, 발표되지 못한다. 1932년 1월 『문예
월간』지 목차("희곡 다난기의 기록(이효석)은 부득이한 사정으로 揭載치 못하고 …… 편
집실 백")와 편집후기(…… 유감으로 한가지 생각하는 것은 이효석氏의 희곡 『多難期
의 記錄』을 부득이한 사정으로 揭載할 수 업시되고 만 것이외다. 105쪽)에 이러한 사실
이 드러나 있다.
67) 『수선화』는 '조선영화제작소' 제3회 작품으로, 첫 제목은 『처녀호』(시나리오)였는데,
영화로 제작할 당시 제목이 바뀌었다. 이 영화는 성보 극장에서 1940년 8월 25일에서
31일까지 개봉된 작품으로 "수선화의 신화를 한국적 현실에 맞게 그린 영화"(유현목,
237쪽)로, 문예봉, 김신재 등이 배우로 참여했다.(김종욱 편저, 『실록 한국영화총서(하)-
제1집(1903~1945. 8)』, 국학자료원, 2002, 487-528; 유현목, 앞의 책, 236-237쪽 참조)
68) 영화 『애련송』은 1937년 10월에 착수하여 1939년 6월 25일 이전에 완성되어 1939년
6월 27일 명치좌에서 개봉된 발성 영화이다.(『동아일보』, 1939. 6. 25) 극연좌 영화부와
동보영화사 합작 제1회 작품이고, 서항석, 류치진이 기획하고 김유영이 감독하고, 최금
동 원작을 이효석이 각색하여 만든 영화이다.(김종욱 편저, 앞의 책, 610-652쪽 참조)

다.69) 당시 영화 평론가인 金兒鎭은 애련송을 두고 '얘기의 건더기가 어른스러움에서 오는 향훈은 있었70)'던 영화라고 평하는데, 비록 영화 평이긴 하지만 이는 이효석과 김유영의 취향의 친연성을 짐작케 한다. 이는 이효석의 문학 세계를 이해하는 데도 시사하는 바가 있다.

III. 이효석의 鏡成 선택과 구인회: 이효석의 1933년 작품을 중심으로

1. 이효석의 鏡成 선택과 '구인회'

이효석의 구인회 가입은 '구인회'가 변화의 징후를 강하게 보여주는 1933년 "당시 신문 저널리즘의 시대적 성격"을 배경으로 창립되었다는 사실을 염두에 두면서 논의할 필요가 있다. '구인회'는 문인 기자 집단이라고 불릴 정도로, 창립 당시부터 신문 저널리즘과 밀접하게 연관되어 있었다.71) 구인회의 이러한 성격은 이효석의 문학 세계를 이해하는

---

69) 이 영화는 1937년 동아일보 1만 원 현상 영화 소술 부문 당선작 「환무곡」(최금동)을 원작으로 하고 있는데, 이효석이 시나리오로 각색하면서 이름이 『애련송』으로 바뀐 것으로 되어 있다. "극연좌는 기관지 '극예술' 제6집 속간호를 내면서 최금동의 동아일보 제1회 영화소설 당선작 '환무곡'을 영화로 만들기 위해 이효석으로 하여금 시나리오로 각색하게 하였는데, 이때 제목을 '애련송'으로 바꾸어 버렸다."(『극연좌』 제6집(속간호) 1938년 12월호; 김종욱 편저, 앞의 책, 614쪽 재인용)

70) 『연극』 1호, 1940. 1; 김종욱 편저, 앞의 책, 650쪽 재인용. "부녀간의 갈등이 대중문화적 가치의 태도에 불과한 것이나마 교양적인 모럴이 향기를 물고 노현되어 작품의 품위를 돋구었다. 통속적인 한도에 불과한 것이나마 그만한 품위조차 전에 조선 영화에서 구경한 기억이 없다. 이것은 유감될 일이지만 부득이한 사정이다. 감성의 세련, 감성의 초 지방적인 것이어서 나는 이 작품을 임씨처럼 무조건하고 멸시할 수 없다고 생각한다."(김태진, 「'애련송' 영화평과 작품가치를 검토하면서」, 『동아일보』, 1939. 7. 11~14)

71) "구인회의 맨 처음 동인들이 4대 신문사 학예부의 관계자들이거나, 당시의 군소 잡지들과 밀접히 연관된 문인들이었던 것은, 구인회 발의자들이 당시 문학의 현실적 여건

데 있어 유의미한 시사점을 준다. 우리 근대 문학에 있어 신문과 잡지 매체는 식민지 근대 문화의 터전이자 재생산 구조의 핵심 요인이다.[72] 모든 문화가 그러하듯이, 문학은 문화 생산의 물질적 환경에 민감하게 반응한 결과이기도 하다. 전작장편이 1930년대 중후반에 가서야 본격적으로 출판되기 시작한 당대의 출판 관행을 고려할 때, 당대 작가들이 작가(지식인)으로서의 존재 기반을 확보할 수 있는 통로는 신문과 잡지 매체뿐이었다고 해도 과언이 아니다.[73] 이효석은 1930년대 초반부터 이러한 상황을 무의식중에 감지하고 있었던 것으로 판단된다. 이효석이 이러한 저널리즘의 속성을 체득하는 데 결정적 영향을 끼친 것은 총독부 도서과 검열계 취직과 관련된 '이갑기 사건'이다.

이효석은 1931년 초에 총독부 경무국 도서과 검열계에 취직하여 한 달쯤 다닌 것으로 알려져 있다.[74] 여기서 주목되는 바는 『비판』지를 통해 진행된 이갑기와 이효석의 논전과 더불어 『비판』지 편집자의 관점이다. 이갑기와 이효석의 『비판』지를 통한 논전은, 이갑기의 「문단촌침」(현인, 『비판』, 1932. 1)에 실린 이효석 관련 글에 대해, 이효석이 「첩첩

을 감안한 결과였다."(김민정, 앞의 글, 69쪽) 구인회 회원들의 저널리즘과의 관련 양상은 김민정, 조영복(「1930년대 신문 학예면과 문인 기자 집단」) 등의 논의 참조.

72) 이 글은 박헌호, 한기형 등의 '매체' 연구의 연구 성과에 문제의식을 같이 하고 있다. 이들은 한국 문학사에서 '매체'와 문학이 맺고 있던 관계에 주목하여 많은 연구 성과를 낳았다. 최근 한기형은 "20세기 전 기간 동안 근대문학이 근대매체의 '하위언어'로 생존해 왔다는 것은 의심할 여지가 없는 사실"이라고까지 주장하고 있다.(한기형, 「매체의 언어분할과 근대문학」, 『대동문화연구』, 2007, 10쪽)

73) 뿐만 아니라 당대 식민지 조선의 지식인들이 자기 존재를 확보할 수 있는 몇 안 되는 공간도 언론 매체였다. "식민지 조선에서 미디어는 근대문학을 탄생시킨 장이자 그 양식과, 재생산 방식에 결정적인 영향을 미친 사회적 제도였다."(박헌호, 「식민지 조선에서 작가가 된다는 것」, 『상허학보』, 2006. 6, 108쪽)

74) 이효석의 총독부 취직과 관련된 이갑기 관련 사건은 유진오의 「이효석과 나-학생시대 신진작가시대의 일들」(『조광』, 1942. 7) 참조. "검열계에 한달쯤 다녔을까 효석은 마침 경성농업학교에 영어교원 자리가 난 것을 기회로 경무국을 사직하고 경성으로 나려갔다."(86쪽)

자를 질타함」(『비판』, 1932. 2)이라는 글을 써 반론을 제시하면서 시작된다. 이에 이갑기가 「이효석의 愚辯을 誅함」(『비판』, 1932. 3)으로 이효석의 반박에 재반박 글을 쓰지만, 이효석은 이에 아무런 대응을 하지 않는다.[75] 여기서 주목되는 바는 1932년 2월호 『비판』지가 이 글을 게재하면서 다음과 같은 편집자 주를 달고 있다는 것이다.

> 李氏의 이갑기氏에 대한 이 反駁文은 본래 실지 아니하랴 하얏다. 웨그러냐 하면 李氏는 크다른 잘못을 가젓다. 요컨대 李氏는 과거의 「잘못」이 비록 일시적이라 할망정 그 「잘못」을 일반적으로 쌔긋이 청산하지 아니하얏고 쏘한 일반은 그의 과거의 「잘못」에 대한 엇더한 態度를 가지지 아니하얏든 것이다. 그러나 李氏의 「잘못」은 이미 지나간 일일쑨더러 쏘한 비판사로서 公正을 일치 아니하기 위하야 이 反駁文을 실기로 하얏다.(編者)

『비판』지 편집진의 이와 같은 표명에 비추어 보아도, 이효석은 총독부 검열계 취직건으로 이후 사회주의 관련 잡지로부터 지면을 얻기가 쉽지 않았던 것으로 보인다. 『비판』지에 실린 이효석의 심경 고백은 이러한 추측이 억측만이 아님을 보여준다.

> 일시적 犯誤로 인하야 내가 과거 일년간 「자미롭지 못한 사회적 환경」 속에 잇섯든 것은 사실이다. 그럼으로 군이 말한 바와 가치 종전대로의 일홈으로 작품을 발표하기가 「조꼼」-이 아니라 대단히 거북하얏든 관계상 나는 작품 발표에 군이 지적한 그 일홈을 쓰기로 하얏든 것이다. 이것은 당시 원고를 청하얏든 잡지의 편집자도 알고 잇는 사실이다. …(중략)… 행인지 불행인지 「삼천리」(客年 11월호)에 실녓든 한 篇만이 세상에 나오게 되엿스나 그것은 그 한 편으로서 「作家」의 새 일홈을 부치기에는 너무도 가벼운 小篇에 지나지 안엇다.[76]

---

75) 유진오에 의하면, 이효석은 『비판』지에 실린 「문단촌침」(현인, 1932. 1)을 읽고 이에 반박하고자 쓴 원고를 들고 유진오를 찾아와 이를 『비판』지에 전달해 달라고 부탁했다고 한다.(유진오, 앞의 글, 86쪽)

여기서 이효석이 부인 이름인 이경원이란 필명으로 쓴 작품은 「가을의 感情, 新婦의 明朗性」(『삼천리』, 1931. 11)이란 짧은 분량의 시나리오이다. 이외에도 1931년과 32년 사이에 이경원은 수필 형태의 잡문을 여러 편 발표한다. 이경원은 1931년 12월 『삼천리』지 "그리운 내 고향"이란 섹션에 「秀麗한 山川을 가진 경성포펌」이란 글을 발표하고 있고, 『동광』 1932년 1월호 "신여성의 신년 신신호"란에도 「혁명은 부엌으로부터」란 제목의 글을 싣고 있다. 이 외에 이경원은 『신여성』 1932년 2월호에 「「여성전선」에 「평자 玄人의 소론을 박함」」을 게재하고 있는데, 이 글은 이갑기의 『비판』지의 비난에 대한 반박문이다. 이효석이 「가을의 感情, 新婦의 明朗性」만을 본인의 작품이라고 하고 있기에, 나머지 3편의 작자가 누구인지는 좀더 면밀하게 살펴볼 필요가 있다.[77] 이효석은 이 사건 이후 자의든 타의든 10개월 여 작품 활동을 중단하고 있다. 이는 이효석의 함북 경성행과 첫 딸 나미의 출생 등으로 인한 것으로 보인다. 하지만 『조선일보』에 실린 기사는 이효석의 10개월여 동안의 작품 활동 중단 이유가 함북 경성행으로 인한 것만은 아니었음을 보여준다.[78] 이런 저간의 사정을 고려해 봤을 때 이효석의 구인회 가입은 이러한 상황을 돌파해 보려는 그의 시대감각이 무의식중에 발휘된 것으로 보인다.

---

76) 이효석, 「喋喋子를 叱咤 -「비판」 신년호 所載 「문단촌침」 일부에 나타난 이갑기군의 過敏을 摘告함」, 『비판』, 1932. 2, 109-110쪽.

77) 이효석은 필명을 거의 사용하지 않은 작가인데, 이 시기에는 필명으로 발표한 작품이 더러 있다. 「오후의 해조」(亞細亞, 『신흥』, 1931. 7), 「기원 후 비너스」(曉晳, 『신흥』, 1930. 4), 「과거 1년간의 문예」(亞細亞, 『동광』, 1931. 12) 등이 이효석이 필명으로 발표한 것으로 알려져 있다.

78) "某某 아름답지 못한 일로서 한 동안 物議거리가 되든 이효석군은 그동안 소식이 업드니 仄聞한 바에 의하면 함남경성농업학교에서 교편을 잡고 잇다는데 …(중략)… 『황량한 문단』에서나마 거츠른 붓대조차 움즉일 자유가 업서진 씨의 심정도 동정할 여지가 잇다」고 某氏의 憐情."(「(문단餘聞) 향수병 걸닌 이효석씨」, 『조선일보』, 1933. 5. 25, 3면)

2. 鏡成 체험79) 의미: 이효석의 1933년도 작품을 중심으로

이효석은 『비판』지에서 이갑기와 논전을 벌인 1932년 2월 이후, 『삼천리』에 「오리온과 능금」(1932. 3)을 발표한 것을 끝으로 근 1년 가까이 잡지나 신문 매체에 글을 발표하지 않고 있다. 이효석은 1933년 1월, 소설 「十月에 피는 林檎꽃」(『삼천리』, 1933. 1)과 「'소포크레스'로부터 '고리키'까지」(『조선일보』, 1933. 1. 26~27)를 발표하면서 작품 활동을 서서히 재개하고 있다. 앞에서 본 「향수병 걸린 이효석씨」(『조선일보』, 1935. 5. 25)는 1935년 5월에 쓰인 기사인데, 여기에는 이효석이 문단과 거리를 두고 있었던 정황이 어느 정도 드러나 있다. 이효석은 『삼천지』에 연재한 것을 끝으로 10개월 여 작품 발표를 중단하고 있다가, 다시 『삼천리』에 작품을 연재함으로써 활동을 시작하고 있다. 당시 『삼천리』지 부인 기자로 있던 최정희는 김유영의 첫 부인으로, 이효석은 죽을 때까지 최정희와 특별한 친분을 유지하고 있다. 이효석은 『삼천리』 주간 김동환의 도움으로 문단에 데뷔했음을 술회한 적이 있다. 『삼천리』는 1933년 내내 이효석에게 지면을 할애할80) 뿐만 아니라 이후에도 지속적으로 이효석에게 지면을 제공하고 있다.

이효석이 1933년도에 발표한 작품은 「十月에 피는 林檎꽃」(『삼천리』, 1933. 1), 「豚」(『조선문학』, 1933. 10) 「약령기」(文星, 『조선일보』, 1933.

---

79) 여기에 체험은 일상적인, 범박한 의미로 쓰고 있다. 다만, 마틴제이의 「주체 없는 경험: 발터 벤야민과 소설」(Laua Marcus and Lynda Nead(ed.) The Actuality of Walter Benjamin, Lawrence & Wishart: London, 1998)에 나오는 'Erfahrung'과 'Erlebnis' 개념을 다소 참조했다. "벤야민이 주장하는 바에 따르면, 직접적이고 수동적이며 파편적이고 고립되어 있고 분산되어 있는 체험의 내적 경험은 축척과 총체화에 의해서 달성가능한 지혜, 즉 서사적 진실, 말하자면 경험이 증가하는 것과는 전혀 다르다. 여기에서 우리는 여행-지금까지 알려져 있는 부분들에 대한 서사가능한 탐색-을 나타내는 독일어(fahren)이 메아리를 들을 수 있다."(196-197쪽)

80) 「무풍대」(『삼천리』, 1933. 3), 「삼일간」(『삼천리』, 1933. 4), 「이효석에게로부터 최정희씨에게로」(『삼천리』, 1933. 3) 등.

8. 3~8. 19) 외에 이효석 최초의 '장편소설'인 『주리야』81)(『신여성』, 1933. 3~1934. 3)와 수필에 가까운 「가을에 서정」(『삼천리』, 1933. 12) 등이 있다. 「十月에 피는 林檎꽃」은 이효석 작품 세계의 변화를 어느 정도 암시하고 있다. 그러나 1933년 구인회 가입과 「돈」(1933)을 기점으로 이효석이 발빠르게 전향하고 있다고 예단하는 관점82)은 재고할 필요가 있다. 더불어 「돈」(1933)이 이효석 소설의 전기와 후기를 나누는 분기점이라 인정한다 하더라도, 그의 소설의 전기와 후기를 잇는 적합한 연결 고리가 무엇이냐에 대한 해명은 다각도로 조명될 필요가 있다.

1933년을 기점으로 이효석의 문학 세계가 변화의 조짐을 보이고 있는 것은 부인하기 힘들다. 하지만 『전집』 발표 연도의 오류로 인해 1932년 3월에 발표된 작품으로 알려진 초기 소설 「북국점경」(『삼천리』, 1929. 12)에도 후기 소설의 서정적 경향은 강하게 나타나 있다. "불조와는 어데를 가든지 간에 생활을 윤잇게 할 줄 알고 향락할 줄 안다. 엇더튼 온천의 「마우자」는 탐나는 정경이요 아니꼬운 풍경이다."83)에서 엿보이는 "한 가지 사물을 보면서도 그것이 갖는 두 속에 대해 매양 다른 입장과 의식의 분열"84)은 그의 초기 소설에서부터 나타나 있다. 뿐만 아니라 발표 연도의 오류로 초기 소설로 분류되어 동반자 경향의 작품으로 해석되어 왔던, 「약령기」(文星, 『조선일보』, 1933. 8. 3~8. 19)85)도

---

81) 지금까지 『주리야』는 미완의 장편 소설로 알려져 왔다. 하지만 필자가 확인한 바에 의하면 『주리야』는 『신여성』 1934년 3월에 끝을 맺고 있다. 이에 대해서는 졸고, 「이효석의 『주리야』 연구-원본 확정 문제를 중심으로」, 『여성문학연구』, 2006. 12, 참조.
82) "「돈」이 『조선문학』(1933. 10)에 발표되기 직전에 이효석이 구인회라는 순수문학 단체에 창립 회원으로 가입한 것은 결코 우연이라 할 수 없다."(이상옥, 『이효석-문학과 생애』, 민음사, 1992, 260쪽) "동반자적 경향을 보였던 이효석도 예외가 아니어서, 구인회 가입 이후로, 구체적으로 1933년 작 「돈」을 발표한 이후로 도시적 모더니즘으로 분류되는 작품을 생산해 내었고……"(김민정, 앞의 책, 38쪽)
83) 이효석, 「북국점경」, 『삼천리』, 1929. 12, 148-149쪽.
84) 위르겐 하버마스, 이진경, 『현대성의 철학적 담론』, 문예출판사, 1994, 171-172쪽 참조.
85) 이 작품은 그 동안 1930년 9월 『삼천리』에 연재된 것으로 알려져 왔다. 하지만 『삼천리』 1930년 9월호('初秋호')에는 「약령기」가 존재하지 않는다. 「약령기」는 『조선일보』

1933년도 작품이지만 이전 시기의 동반자적 경향성을 어느 정도 내포하고 있다. 「약령기」은 '학수'의 농업학교 동맹파업 선동을 그리고 있다.

이 작품은 학수가 금옥이의 죽음을 계기로 "용걸이의 걸을 길을 밟도록 먼 곳에 가서 길을 닦겠소이다"라는 새로운 결심으로 고향을 등지는 결말로 되어 있다. 동반자적 경향의 소설로 불리는 초기 작품들도 '경향성에 대한 막연한 동경의 심취'로 해석되던 것에 비추어 보면 「약령기」는 『노령근해』(동지사, 1931)와 친연성이 상당히 있는 작품이다. 이렇게 볼 때 이효석의 작품 세계를 시기를 기준으로 선명하게 대별해 가르는 것은 문제가 있다. 이효석의 1933년의 작품들은 그의 작품 세계 변화의 기점이라기보다는 사회주의 세례를 받고 성장한 청년(지식인)의 혁명(운동)에 대한 미련의 결과로 볼 수도 있다.[86]

「豚」(『조선문학』, 1933, 10)은 이효석의 작품에 자연물이 등장하게 되는 시초의 작품이다. 이 작품은 흔히 언급되는 이효석의 '자연에의 귀의', 다른 관점으로 보면 '향토적 서정'이 예고되는 작품이라 할 수 있다. 뿐 아니라 1933년도 작품에는 이효석 소설의 주제의 하나로 불리는 '성' 혹은 '자연적인 것, 본능적인 것-성적인 것'에 관심이 본격적으로 드러나기 시작한다. 이 시기 이후 작품에는 '약령기'의 어린 학생들이 자주 주인공으로 등장하는데, 여기에는 이효석의 경성 농업학교 교사 체험이 크게 작용한 것으로 보인다. 「삼일간」, 「북위42도」(『매일신보』, 1933. 6. 3), 「단상의 가을」(『동아일보』, 1933. 9. 20) 등도 경성에서

(1933. 8. 3~19)에 발표되어 있는데, "文星"이란 필명으로 연재되고 있다. "文星"이 이효석인지, 아닌지는 좀더 자료 확인이 필요하지만, "최근 「약령기」와 「돈」에서 리얼리즘을 시험하여 보았으나 이역 성공리라고 할 수 없을 것"(낭만 리알 중간의 길」, 『조선일보』, 1934. 1. 13, 2면)이라는 이효석의 언명으로 보아 그의 작품이 확실해 보인다.
86) 사상적 신념의 밀도까지 헤아리기 어렵지만, 카프가 해산된 이후 1935년 10월 『삼천리』지에서 행한 설문(조선문학이 가지기를 바라는 요건)에 "主流가 계급적으로 흘러야 할 것은 맛당한 일"(이효석, 「즉실주의의 길」, 『삼천리』, 1935. 10, 469쪽)이라고 답하고 있다.

의 체험을 기반으로 하고 있다. 이효석은 1932년 2월 이후 함북 경성으로 내려갔다. 총독부 경무국 도서과 검열계 취직 및 그와 관련된 이갑기 일화 등의 영향으로 보이는 이효석의 경성행은 그의 후기 소설의 향방을 결정한 방향타 중 하나라고 볼 수 있다.

　그의 소설에 끊임없이 보이는 '다른 공간에 대한 동경'이라는 의미망'은 '京城'을 떠나 '鏡成'으로 향할 수밖에 없었던, '鏡成'에 있으면서 '京城'을 떠올리지 않을 수 없었던 그의 鏡成 체험과 관련이 있다. "여인 풍경의 빈궁—그것도 이곳에서는 얻을 수 없으니 이 역 활자와 화집으로 꿈꿀 수밖에 없는 노릇이다."(「단상의 가을」), "서울서 진한 다갈색의 향기 높은 '모카'를 마시는 동무는 얼마나 다행한가"(「삼일간」), "시골서는 좋은 커피 구하기가 얼마나 어려운가"(「삼일간」) 등에 이러한 편린이 녹아있다. 현존재는 언제나 '그것의 내던져 있음 속에 처해 있는 방식으로 그것의 거기에 존재'한다.[87] 이효석은 '지금—거기의' 로서의 鏡成에 '처해 있음 속에서 현존재'로서의 자신을 발견해야 했을 것이다. 인간은 특수한 물질적인 현실과 단단히 결합되어 있다. 초월에 대한 비전까지도 구체적인 시간과 장소에 근거를 두고 있다.[88] 경성을 떠나 산다는 것은 상상도 할 수 없었던, 박태원의 「소설가 구보씨의 일일」이나 이상 소설 등과 이효석 소설은 서로 상충되는 면이 있을 수밖

---

87) "현존재라는 성격의 존재자는 그것이—두드러지게건 또는 그렇지 않게건—그것의 내던져져 있음 속에 처해 있는 방식으로 그것의 '거기에'로서 존재한다. 처해 있음 속에서 현존재는 언제나 이미 그 자신 앞으로 데려와져 있으며, 그는 언제나 이미 자신을 발견했다. 지각하면서 자신 앞에 발견함으로서가 아니라 오히려 기분잡힌 처해 있음으로서 발견했다."(하이데거, 『존재와 시간』, 까치, 2007, 188-189쪽)

88) "그의 시적 재능과 성취는 그 이전이나 그 이후의 모든 시인과 마찬가지로 특수한 물질적인 현실, 즉 파리의 거리, 카페, 지하실 및 다락방에서의 일상생활(밤의 생활을 포함)과 단단히 결합되어 있기 때문이다. 초월에 대한 그의 비전까지도 구체적인 시간과 장소에 근거를 두고 있다. 보들레르의 낭만주의 선배들과 상징주의 후배들 및 20세기의 후배들과 그 자신을 철저하게 구별하는 단 한 가지 사실은, 그가 꿈꾸는 것은 그가 보는 것에 의해서 영감을 받는다는 바로 그 방법이다."(마샬 버만, 윤호병 · 이만식, 『현대성의 경험』, 현대미학사, 1995, 172쪽)

에 없다. 이효석 작품 세계에 드러나는 '방외자 의식'이나 '이방인의 시선'은 경성 체험과의 관련시켜 논의해 볼 여지가 있다. 이효석의 '지금 −여기'가 아닌 다른 공간에 대한 동경은 30년 중후반의 식민지 조선을 살아야 했던, "'망향자'로서의 '실향민'"[89] 의식을 떠안고 살아야 했던 식민지 지식인의 의식과도 맥 닿아 있다.

IV. 맺음말

이 글은 이효석 문학과 구인회(九人會)의 관련 양상을 논의하고자 하였다. 그 동안 이효석 문학 연구가 1933년을 기점으로 두 가지 경향으로 대별되어 이루어진 것에 문제 제기하면서 논의를 시작하였다. 이 글은 구인회(九人會)가 조직적 의도를 지니고 있었던 것으로 보이는 창립 당시의 구성과 우리가 흔히 알고 있는 최종적인 구인회의 모습 사이에는 차이가 있다는 전제에서 논의를 시작하고 있다. 구인회를 '순수문학단체' 내지 '예술파 문학' 경향을 띠는 '문인적 사교 그룹', '강렬한 세대의식을 바탕으로 한 도시 문학 세대의 집단' 혹은 '모더니즘' 문학단체로 보는 연구들은 나름대로 의미가 있다. 하지만 이러한 논의는 구인회의 다양한 의미망을 제대로 포착하지 못한 측면이 있다. 이 글은 이러한 견지에서 1933년에 주목하며 이효석과 구인회의 관계를 논의해 보고자 하였다.

이 글은 우선 구인회 창립 회원들에 주목하여 이효석과 구인회의 관

---

89) "'망향자'로서 '실향민'(homeless)이라는 것은 부정적인 입장에 서 있는 것만을 의미하지는 않는다. 끊임없이 경계를 넘나드는 행위는 '고향', 즉 문화적 기반이 부재하다는 것을 싫든 좋든 스스로 깨닫게 해준다. 그 행위는 자기 자신이 어느 편 '고향'에도 속하지 않기 때문에 경계에 의해 분단된 자를 거울처럼 비출 수 있는 경계 자체임을 자각하게 해준다."(강상중 지음, 이경덕·임성모 옮김, 『오리엔탈리즘을 넘어서』, 이산, 1997, 197쪽)

계를 살펴보고자 하였다. 그에 앞서 이효석이 1930년대 초반에 몸담았던 단체들인 '조선 씨나리오·라이터 협회'와 '이동식 소형극장(移動式 小型劇場)'과 구인회(九人會)의 관련 양상에 대해 살펴보았다. 이효석은 이 두 단체에서 함께 활동했던 카프 계열 영화 감독 김유영과 1930년대 초반에는 물론 「애련송(愛戀頌)」(1939)에서도 작업을 함께 하고 있다. 이에 이효석과 김유영의 관계에 주목하여 이효석과 구인회의 관계를 탐구하여 보았다. 나아가 이효석의 鏡成 선택과 鏡成 경험의 의미를 살펴보고, 이를 이효석의 1933년도 작품 세계 해명에 있어 참조점으로 활용하고자 하였다. 이 글은 1920~40년대 초반 식민지 조선에서 신문, 잡지 등의 근대 매체 장에서 작품 활동을 한 이효석 문학의 내적 원리를 구명하기 위한 예비 작업의 하나이며, 여기서 해명하지 못한 논의는 차후의 과제로 남겨둔다.

148

■ 참고문헌

1. 자 료
『중외일보』, 『매일신문』, 『조선일보』, 『동아일보』, 『조선중앙일보』, 『시대공론』, 『신
흥』, 『동광』, 『신여성』, 『삼천리』, 『신동아』, 『문예월간』, 『조선문단』, 『조선문학』,
『현대문학』 등
이효석, 『(새롭게 완성한) 이효석 전집』 1~8, 창미사, 2003.

2. 논문 및 단행본
김미현 편, 『한국영화사:開化期에서 開花期까지』, 커뮤니케이션북스, 2006.
김민정, 『구인회의 존립양상과 미적 이데올로기의 상관성 연구』, 서울대 박사논문,
      2000.
김수남, 「영화소설 〈유랑〉의 시나리오 작법 고찰」, 『청예논집』 제18집, 2001.
김수남, 「(조선카프영화의 개척자) 김유영의 영화예술 세계」, 『청예논총』, 1998.
김종원, 「유실된 카프 영화의 상징 – 김유영론」, 『예술논문집』, 2006.
김종욱 편저, 『실록 한국영화총서(하) – 제1집(1903~1945. 8)』, 국학자료원, 2002.
김종헌 · 정중헌, 『우리 영화 100년』, 현암사, 2001.
김재석, 「1930년대 「카프」 연극대중화론의 전개」, 『어문론총』, 1992.
박영정, 『카프 연극부의 조직 변천에 관한 연구 – 극단 이동식소형극장과의 관계를
      중심으로』, 『한국연극연구』, 1998.
서준섭, 『한국 모더니즘 문학 연구』, 일지사, 1988, 40쪽.
상허문학회, 『근대문학과 구인회』, 깊은샘, 1996
안미영, 「〈구인회〉 형성기 연구」, 『개신어문학회』, 1998.
안미영, 「이종명의 인간중심주의 문학 연구」, 『어문론총』, 1998.
유민영, 『한국 현대희곡사』, 새미, 1997.
유현목, 『한국영화발달사』, 한진출판사, 1980.
조용만, 「구인회의 기억」, 『현대문학』, 1957. 1.
조용만, 『구인회를 만들 무렵』, 정음사, 1984.
현재원, 「카프 연극대중화론에서 이동식 극장의 역할과 의미」, 『수선론집』, 1994.
강상중 지음, 이경덕 · 임성모 옮김, 『오리엔탈리즘을 넘어서』, 이산, 1997.
마샬 버만, 윤호병 · 이만식, 『현대성의 경험』, 현대미학사, 1995
하이데거, 『존재와 시간』, 까치, 2007.

■ 국문초록

이 글은 이효석 문학과 구인회(九人會)의 관련 양상을 논의하고자 하였다. 그동안 이효석 문학 연구는 1933년을 기점으로 전기와 후기로 나뉘어져, 흔히 두 가지 경향으로 대별되어 이루어져 왔다. 이러한 논의에는 작품 「돈(豚)」(『삼천리』, 1933. 10)이 1933년에 발표되었다는 것과 이효석이 1933년 8월 창립한 구인회의 창립 회원이었다는 사실이 중요한 근거로 작용하고 있다. 하지만 이 글은 구인회(九人會)가 조직적 의도를 지니고 있었던 것으로 보이는 창립 당시의 구성과 우리가 흔히 알고 있는 최종적인 구인회의 모습 사이에는 차이가 있다는 전제에서 논의를 시작하고 있다. 구인회를 '순수문학단체' 내지 '예술과 문학' 경향을 띠는 '문인적 사교 그룹', '강렬한 세대의식을 바탕으로 한 도시 문학 세대의 집단' 혹은 '모더니즘' 문학 단체로 보는 연구들은 나름대로 의미가 있다. 하지만 이러한 논의는 구인회의 다양한 의미망을 제대로 포착하지 못한 측면이 있다. 이 글은 이러한 견지에서 이효석과 구인회의 관계를 논의해 보고자 하였다.

이 글은 우선 구인회 창립 회원들에 주목하여 이효석과 구인회의 관계를 살펴보고자 하였다. 그에 앞서 이효석이 1930년대 초반에 몸담았던 단체들인 "조선 씨나리오·라이터 협회"와 "이동식 소형극장(移動式小型劇場)"과 구인회(九人會)의 관련 양상에 대해 살펴보았다. 이효석은 이 두 단체에서 함께 활동했던 카프 계열 영화 감독 김유영과 1930년대 초반에는 물론 「애련송(愛戀頌)」(1939)에서도 작업을 함께 하고 있다. 김유영은 카프계 영화로 불리는 「유랑(流浪)」(1928), 「혼가(昏街)」(1929), 「화륜(火輪)」(1931)의 감독이었을 뿐 아니라, 「유랑(流浪)」(1928)의 원작자인 이종명과 더불어 구인회 창립 주도 인물이기도 하다. 이 글은 이효석과 김유영의 관계에 주목하여 이효석과 구인회의 관계를 탐구하여 보았다. 나아가 이효석의 鏡成 선택과 鏡成 경험의 의미를 살펴본 후, 이를 이효석의 1933년도 작품 세계 해명에 있어 참조점으로 활용하고자 하였다. 이 글은 1920~40년대 초반 식민지 조선에서 신문, 잡지 등의 근대 매체 장에서 작품 활동을 한 이효석 문학의 내적 원리를 구명하기 위한 예비 작업의 하나이며, 여기서 해명하지 못한 논의는 차후의 과제로 남겨두기로 한다.

주제어: 구인회, 이동식 소형극장(移動式小型劇場), 조선시나리오 작가협회, 1933년, 이효석, 김유영, 鏡成

■ Abstract

HyoSuk Lee's Staying at KYUNGSEUNG and GUINHOI

Lee, Hyeon Ju

This paper is a study on the relationship between HyoSuk Lee's Literature and "GUINHOI"(nine members' literary society). Final GUINHOI's character was unlike what is generally known. Most of researchers regard GUINHOI as a pure literature organization or a social group of art for art's sake which represented contemporary generation's consciousness strongly. Additionally they defines it as a modern city generation or modernism literature group. However, this perspective fails to notice diverse meanings which were immanent in GUINHOI. Thus this study will make inquires in to the way HyoSuk Lee was related to GUINHOI noting it's founder members. Especially focusing the relation between HyoSuk Lee and YouYoung Kim the former's activities in GUINHOI will be inquired into. Furthermore, by understanding why He stayed at "KYUNGSEUNG" (a city in HAMKYUNGBOOKDO) and what his such experience means this study will apply those facts to explaining HyoSuk Lee's works in 1933. Finally, this study is a spade · work for bringing light on the fundamentals of HyoSuk Lee's works.

Key-words: GUINHOI, YouYoung Kim, KYUNGSEUNG, HyoSuk Lee's works in 1933

-이 논문은 2008년 6월 15일에 접수되어, 소정의 심사를 거쳐 2008년 7월 15일에 최종적으로 게재가 확정되었음.

자유주제
논문

시대적 강박증과 나르시시즘의 변형적 접선

— 채만식의 「소망(少妄)」을 통해서

고 영 진*

I. 난세와 식자

혁명과 평등, 이념과 실제, 공통되기와 가로지르기, 다중과 빈자에 대한 도전적 시각을 제안하는 그 어떤 이론가들도 지식과 권력의 관계 그리고 언어와 권력의 관계를 부정하거나 그 안에서 자유로울 수 없었다. 그리고 그 관계의 미래에 대해서도 점치지 못했다. 다만, 각도를 달리하는 자세만을 유지했을 뿐이다. 하지만 덕분에 지식과 권력은 '야합'과 같은 기존의 부정적인 뉘앙스를 떠나 얼마든지 긍정적인 함의를 가질 수 있는 생성의 근원으로 인식되기도 한다. 이 삼각관계가 병든 체제와 질서를 변화시키거나 깨부수는 데 기여하는 쪽으로 변형될 수 있

* 충남대학교

었던 것도 이러한 시도 덕분이다. 낡은 것을 무너뜨리고 새로운 것을 창조하는 지식의 힘은 세상을 읽을 수 있는 식자라면 누구나 '소망'하는 힘일 것이다.

사회, 정치, 변화, 시선, 그리고 책임감에 누구보다도 민감한 것이 식자들이다. 하지만, 현실은 식자들이 배운 대로 창조하려는 새로운 세상과는 언제나 거리가 있다. 그 거리가 멀어질수록 세상과 지식, 둘 중 하나는 병들기 마련이다. 당시 우리의 식자들은 명분론적 소명 의식의 전통적 선비 사상과 근대 교육의 특혜로 누린 신문물 수용자로서의 간극은 우로보로스(Ouroboros)처럼 돌고 돌아 자체를 구성하게 된다. 근대소설에 투사된 식자들은 그러한 사회의 변모를 그대로 형상화한다. 이러한 여러 악재들은 지식인들의 자생한 공간을 허용하지 않았고, 이는 허명(虛名)에 사로잡힌[1] 기형적 지식인들의 생성 원인이 되었다. 물론 이것은 주체적 수용력을 상실한 근대로의 이행이 급작스러운 식민체제와 맞물려 혼란스럽고 불구적으로 전개된 한국적 근대가 낳은 병리 현상이다. 때문에 우리 근대의 식자들은 근대를 향유하기도 전에 비판하고 절망한다. 정신의 청결함을 중요시 여기던 유교가 가장 강하게 유전된 것은 아이러니하게도 새로운 것을 전면적으로 받아들이던 근대의 식자들이었다. 근대가 들여오는 물질의 경외감을 느끼는 한편 왜곡되어지는 속물화에 진저리를 치는 것이 이것 때문이다. 본고에서 이야기하려는 것이 바로 이 '진저리'에 있다. '난세의 지성'이라는 소명을 이식한 피부처럼 입고 사는 근대의 식자들이 현실과 이상 사이에서 진저리 치는 끝에 분열되는 양상은 시대를 뛰어넘는 담론이기 때문[2]이다.

---

1) 송기섭, 「정명에서 허명으로-일제하지식인 소설의 한 양상」, 『한국문학이론과 비평』 제7집, 한국문학이론과 비평학회, 2000, 159쪽.
2) 근대 지식인 소설에 대한 연구는 주로 식민지 사회와 연결된 고뇌와 좌절, 경제적 궁핍들로 성격화 된 지식인들의 "현실 적응"에 초점을 두어 왔다. 하지만, 이는 근대 소설 작가들의 글쓰기 양상만큼 다양하거니와, 비슷하지만 결정적으로는 다른 무엇인가 때문에 유형화하기 어렵다는 난점을 가지고 있다. 때문에 텍스트 선정에 따라 매우 다

이 '진저리'를 제대로 이해할 수만 있다면, 우리 식민지 시대의 식자들을 이해할 때 생기는 일반론에서 조금 벗어날 수 있다. 획득한 지식은 언어를 빌어 구체화되고 형상화되면서 독자의 사정에 맞게 권력화된다. 잘 다듬어진 언어는 발화자의 의도를 뛰어넘는 권력이 되기도 한다. 하지만 지식이 언어화될 수 없고, 언어가 권력이 될 수 없던 시대를 살던 식민지 식자들의 언어는 뒤틀어지고, 지식은 물컹해지고, 흐름을 읽을 수 있는 눈과 귀는 열 수 없는 입 탓에 병든다. 때문에 이들은 시대를 더불어 살 수 없는 독특한 인물군을 형성하게 된다.

우리는 흔히 이 캐릭터—로까지 자리잡은—를 설명할 때 '식민지 지식인 남편'이라고 명명한다. 하지만 이 세 상용 어구를 일반적으로 사용하면서도 얼마나 다양한 의미의 층위를 형성하는지에 대해서는 잊을 때가 있다. 일반론이란 안전하기는 하지만 모든 것을 단순화하는 단점이 있다. 우선 '식민지'는 당시 우리가 처해 있던 현실을 단적으로 드러내는 시대이자 공간을 지칭하면서 지배, 피지배관계 형성을 전제한다. 당시 '지식인'은 단순하게 학식의 정도를 의미하는 것 이상이다. 왜냐하면 이들은 '식민지 지식인'이기 때문이다. 우선 이들은 일차적으로 식민지임에도 불구하고 일본이 제공하는 유학을 통해 어느 정도 이상의 학식을 쌓을 수 있던 유복한 조건의 사람들이라는 것을 알 수 있다. 이 소박한 유복은 후에 경제관념에서 '자유'로운 그들을 형성하는 데 적지 않은 영향을 미친다. 세상을 읽는 눈과 내면의 구축하는 힘을 갖추는 방법에는 여러 가지 있지만 기본적으로 제도적 교육의 힘을 무시할 수는 없다. 당시 일본이 조선인에게 제공하는 제도적 교육이란 매우 한정적이기는 했을 테지만, 이들이 대부분 일본 유학을 기본 코스로 경험했던 인재들이었던 점을 동시에 고려해 볼 때, 이들이 초년에 일본의 교육을 전면적으로 부정할 수는 없었을 것으로 보인다. 전근대적인 상태

른 이야기가 될 수도 있는 것이다.

에서 남의 속국이 된 조국을 벗어나, 개화한 일본을 경험한 지식들의 내면은 빠르게 복잡해져 갔을 것이다. 이러한 내면에 대한 세밀한 시선은 사실 "왜 그들은 조국을 위해 목숨을 던지지 않았는가"라는 일차적이고 단편적인 질문의 다음 단계를 가능하게 한다.

사실 이 단어가 결정적으로 불행해지기 시작한 것은 뒤에 '남편'이라는 단서가 붙기 시작하면서부터이다. 이것은 대부분 그들이 원해서 얻은 지위가 아니다. 식민지 지식인이 공적인 위치라면, 남편이란 아내와의 관계를 전제로 형성되는 사적인 위치이다. 하지만 우리는 늘 사적인 위치에서 역사를 읽어내는 버릇이 있다. 전통과 근대, 세상과 권력, 안과 바깥, 권력의 흐름 그 가운데 아니, 어느 곳에도 안착하거나 위치 지워질 수 없는 그들에게 유일하게 명명된 위치가 바로 남편이라는 자리였다. 이 위치를 통해 이들은 빠르게 좌절해갔으며, 솔직해질 수 있었다. 외부를 향했던 힘은 기형적으로 굴절되어 내부로 들어와 분산된다. 가장 큰 희생자들은 아내들이었다. 이 시대 소설에서 전통적으로 훈육된 아내들이 '이해할 수 없는 남편들'은 대부분 이런 유형인 것이다. 그들에게 아내는 아둔하고 무식한 조선 민중의 대표자인 동시에 현실 생활 능력이 부족한 자신들의 울타리였다. 남편들은 세상의 흐름과 자신의 고뇌와 민족의 앞날을 고민하지 않는 아내를 한심스러워 하다가도 바느질을 하고, 밥을 하고, 아이들을 키우며 자신의 눈치를 보는 착한 아내의 내면을 한 없이 부러워하기도 한다. 처음부터 보이지 않는 눈과 고개를 돌려 외면하는 눈은 다르다. 이 거리를 극복하지 못하는 남편들은 거리를 떠돌고, 술을 마시고, 신여성과 사랑의 도피를 떠나거나, 아내를 핍박한다.

당시 소설가들이 내면으로 침잠해가는 이들의 면모를 놓칠 리가 없다. 부정할 수 없는 자화상을 덧대어 그려진 지식인들의 허명의식과 생활과의 거리는 늘 소소한 갈등에 부딪치게 되고, 때마다 보여주는 그들의 나약한 내면은 식민지 조선의 무력감 그 자체였다. 하지만, 그렇게

반복되어 생산된 이야기들은 늘 왜 지식인이 그렇게 살 수 밖에 없는가
를 설명하는 데 급급했다. 현진건이나 채만식의 작품들을 읽는 가장 일
반적이 방법이 여기로 통한다. 시대적 소명을 외면할 수밖에 없는 무능
력함을 드러내는 기행들이 타당한 내적 논리성을 갖기 위해서는 적대
적인 자기 풍자가 가장 설득력이 강했기 때문이다. 하지만, 채만식이 「레
디메이드 인생」을 뒤로 얼마간의 문학적 침묵을 깨고 1936년 「명일(明
日)」을 시작으로 발표한 일련의 단편 소설은 급변하는 외부 세계의 성
격을 끊임없이 탐구하고 그 성격에 적합한 대응 자세를 모색하거나, 자
기 자신을 집중적으로 조사하는 자기 몰입의 형식을 갖추고 있는 지식
인 소설에 대한 관심의 새로운 변화를 보여주게 된다. 논자들은 이 때
채만식의 변화에 대해 "작품을 통한 태도 변화"라 실천적으로 평가하며
이 시기의 자기 논리 수정을 일련의 단편 소설에서 쉽게 찾을 수 있다
고 지적했다. 채만식에게 있어서는 「레디메이드 인생」에서 「패배자의
무덤」까지 이어지는 연작식 단편소설들이 이에 해당하는데, 이 소설들
은 각각 앞 작품과의 유사성 연속성을 전면에 내세우는 동시에 변화의
양상 또한 은밀히 내보이고 있다. 채만식의 이 시기 단편 소설 가운데
하나인 「소망少妄」은 이 일련의 소설들 중 거의 끝 무렵에 속하는 소설
이면서, 그간의 독법 이상을 요구하는 지식인 소설이다. 이 소설에서는
이 시기 채만식이 진정 욕망하는 것이 무엇인지 명확히 드러나 있을
것3)으로 보인다.

　본고는 채만식의 「소망」에 드러난 목소리를 분석함으로써 근대 지
식인의 소명의식과 우월의식의 교차점에서 드러나는 병리학적 양태와
당시 지식인들이 가질 수밖에 없었던 강박증적 환상의 기능을 고찰하
고자 한다. 더불어 그들을 최측근에서 바라보는 아내의 시선과 목소리

---

3) 때문에 「少妄」을 살펴보는 작업은, 이 한 작품만을 연구하는 것이 아니라 채만식이
　「레디메이드 인생」과 「明日」을 거쳐 「少妄」에 도달하는 궤적을 확인하는 작업이기도
　하다.

를 통해 좀 더 세밀한 내면을 들여다보는 데 목적이 있다. 기존의 지식인 소설에서 엄연하게 드러나는 환상성과 정신 병리학적 측면에 대한 연구가 미진한 점과 리얼리즘과 풍자라는 이질적인 경계를 잘 유지하는 채만식의 소설이라는 점에 기대어 보고자 한다.

II. 생활자의 목소리

이야기는 삼복더위, 해가 진 뒤에도 더위가 가시지 않는 말복 근처 어디 쯤, 저녁 어스름할 무렵 여자가 언니라 부르는 다른 여자를 찾아와 자신의 남편에 대한 하소연을 늘어놓기 위해 걸터앉으면서 시작한다. 언니의 의사 남편에게 자신의 남편의 "기괴스러운 일"을 상의하기 위해 들린 것이다. 그렇게 늘어놓기 시작한 넋두리는 언니의 남편이 들어올 때까지 이어지고, 작품이 끝날 때까지 아무런 행동도, 사건도 없으며, 여인의 인식, 태도, 상황에도 아무런 변화가 없다. 다만 여인의 수다스럽고 긴 이야기 속에 남편의 기괴함의 정도가 더 심해지는 과정이 포함되어 있을 뿐이다.

「소망」에서 우선 눈에 띄는 것은 이 소설이 아내의 목소리로만 이루어져 있는 설화체 형식을 가지고 있다는 점이다. 아내는 표면적으로 언니에게 이야기하고 있는 것으로 되어 있지만, 언니의 목소리나 의사는 아내의 대꾸나 반응으로 짐작하게 된다. 게다가 이 언니의 반응이라는 것이 실상 여인의 발화 내용에 대한 단순한 대답이나 추임새 정도여서 실제 언니 역할은 독자가 수행해야 하는 독특한 구조를 취하고 있다. 때문에 독자들도 "함께 들어보라"는 방식의 여인의 이야기에 휘둘리지 않으려면 독자는 이 역할을 제대로 수행하기 위해, 아내가 전달하고자 하는 내용이 무엇이며, 아울러 아내의 시선·목소리를 어느 정도 신뢰할 수 있는가를 비판적으로 받아들일 필요4)가 있다. 사실 그러한 의심은 이 소설의 독법을 기존 지식인 소설로 유형화하는 역할을 할 뿐이다. 이것이 공론화된 장소의 연설이 아닌 다음에야, 특히 남편 걱정에 잠 못 이루는 순진한 여인네의 하소연이라는 점을 고려해 볼 때 그 신뢰성에 대한 의구심은 재고되어야 한다. 특히, 첫째 이야기의 대상이 자신의 친언니라는 점, 둘째 의사인 형부에게 남편의 병을 상담하러 왔다는 점, 마지막으로 남편과의 대화는 직접인용으로 처리되었다는 점을 고려할 때, 두서가 없고 감정적인 부분이 더러 눈에 띄기는 하지만 아내의 목소리는 신뢰를 가지고 받아들일 필요가 있다. 게다가 남편이 자신과 언니의 의사남편까지 "개인적인 생존과 안락만 추구하는 하등동물이며 속물"로 칭한다는 이야기까지 스스럼없이 쏟아내는 부분을 보았을 때도 그러하다. 때문에 우리는 그녀가 준 힌트를 믿고 남편의 병증을 추리하는 것이 옳다 하겠다.

이러한 아내의 말을 통해 추리해 볼 수 있는 것은 아내는 7년 전 동경에서 대학에 다니던 남편과 결혼했다. 그리고 3년 동안 남편이 대학을 졸업할 때까지 "남편 없는" 시댁에서 살았으며,[5] 3년 후 남편이 대학을 졸업하고 서울에서 신문사에 취직하고 시댁에서 나와 함께 살았다. 하지만 작년 초 가을 남편이 신문사에 사직원을 내고, 현재 발화 시점이 삼복더위 중 말복인 것을 생각해보면 남편이 집에서 무위도식한지 딱 일 년이 지난 셈이다. 그 동안 남편은 재취업하라는 신문사의 권유도 거절하고, 정서향이기 때문에 "사람이 견딜 수 없이" 더운 건너방에 누워서 책과 신문과 잡지 읽기에 전념한다. 그리고 남편은 봄부터

---

4) 조명기, 「1930년대 말 지식인의 현실 적응 양상 연구」, 『한국문학논총』 35집, 2003, 189쪽.

5) 지식인 소설에 드러나는 남편과 아내와의 간극이 이 시점에 미리 형성된다는 것은 놀라운 일이 아니다. 천편일률적으로 조혼으로 맺어진 아내들은 남편들이 자신에게 멀어져 지식인의 인격을 형성하는 동안 가까이 살 날을 지난하게 기다리게 된다. 하지만 오히려 남편이 부재하는 이 신혼기에 아내는 남편의 무능력한 경제력에 대해 익숙해지거나, 남편에 대한 기대치와 위상은 높아지는 기현상을 보이게 된다.

밀린 싸전가게의 외상값 때문에는 싸전 가게 앞을 갚겠다고 "거짓말을
하고는 그 앞을 지나다니지 못하고 멀리 돌아다니는" 소심함을 보인다.
아내가 말을 걸면 무시하거나 몰아세우지만 사회적으로나 경제적으로
는 무능력한 근대 지식인 소설 속 "전형적인 남편"에서 벗어나지 않는
다. 그렇게 때문에 한여름 "등어리에서 나온 땀이 방바닥이 홍그은"해
지도록 출입을 하지 않는 남편에게 아내가 어린 아들과 "피서"를 가자
는 말에 남편은 "재미라……? 게 임자네 재미보자구 나는 고통을 받아
야 하나?"라고 응수한다. 그리고 이는 "천하를 도모하는 노릇"아니라 흥
미가 없다는 것이다.

이처럼 근대 지식인 남편들의 이중성을 살펴보는 데 가장 쉬운 방법
은 그들이 각자의 아내를 대하는 태도에 있다. 이는 대표적인 지식인
남편들이 등장하는 현진건의 「빈처」나 「술권하는 사회」에서도 확인되
는 바이다. 「소망」의 남편에게 아내는 다른 '근대 지식인의 아내들'과
다를 것이 없이 세상이 돌아가는 사정에 대해 아무 관심도 없는 "하등
동물", "속물"이다.

"천민! 속물! 세상이 곤두서는 데는 태평이면서, 옷 좀 거꾸루 입은 건
저대지 야단이야."(339쪽)[6]
신경이 둔한 속물이 돼서, 자꾸만 보기 싫은 인간들허구 섭쓸려, 돼지처
럼 엄벙덤벙 지내란다구 독설이나 뱉구. 341면
"얄망거리지 않는 여편네는 넉넉 만금 값이 있어. 아닌게 아니라, 아씨
의 다변은 좀 성가셔!"(345쪽)
"그만 입 다물지 못해? 이 하등동물 같으니라고."(345쪽)
"이 동물아! 내가 이렇게 꼼짝두 않구서 처박혀 있으니깐, 아무 내력이
없이 그러는 줄 알아? 나는 이게 싸움이야. 이래 뵈두. 더위가 나를 볶으니
까, 누가 못견디나 보자구 맞겨누는 싸움이야 싸움!"(346쪽)

---

6) 채만식, 「少望」(1938. 8. 9), 『채만식 전집』, 창작과비평사, 1987.(이후로는 페이지만
표기)

사회적인 우월성을 생물학적 우월성으로 이해하는 태도는 당시 남편들에게 유행과도 같은 것이었다. 현진건의 근대 지식인 남편들은 아내가 시집올 때 가져온 패물을 팔아서 물질적인 생계를 유지하면서도 그러한 아내들을 "속물"이라 무시하고 경멸했고, 김유정의 평민 남편들은 아내를 들병이로 내몰아 먹고 살면서도 아내들을 귀이 여길 줄 몰랐다. 문제는 아내가 그 당시 대중을 상징하는 걸로 장치해 두었다 믿는데 있다. 하지만, 아내로 대표되는 대중들의 무식함에 대해 가지고 있는 지식인 남편들의 우월의식은 지식과 권력의 메커니즘 밖에서 맴돌 수밖에 없는 식민지 현실에 대한 애매한 화풀이다. 아내도 알고 있다.

> 그러니 말이지, 사내 대장부가 어찌 그대지 못났수? 이건 과천서 뺨맞구, 서울 와서 눈 흘기가 아니우? 제엔장맞을, 차라리 뛰쳐나서서 냅다 한바탕…… 응? 그럴 것이지, 그렇잖우?(349쪽)

또 하나 주목할 만한 것은 앞에서도 강조한 바와 같이 그들이 이런 정신적 고뇌에만 집중할 수 있었던 것이 아내가 생계를 이어가거나, 부모의 원조가 있어 사회 경제적으로 혜택 받는 계층 덕분이었다는 데 있다. 때문에 그들은 그들만의 사업에 골몰할 수 있었던 것이다. 「소망」의 아내 역시 남편이 경제적으로 무능력하다하여, 이들의 살림살이가 고된 것은 아니다. 시댁에서의 도움과 처가가 넉넉한 살림살이라는 점이 중간 중간 은연히 드러나기 때문이다. 처가로 피서를 가자거나, 삼청동 풀에 나들이를 제안할 때 보면 어느 정도 여유까지 느껴진다. 때문에 아내는 물질적 욕망이 충족되지 않는 것 때문에 고민하지 않을 뿐만 아니라, 언니가 사준다는 나비장을 거절하는 것처럼 부에 대한 욕망을 하찮은 것으로 간주한다. 술 권하는 사회를 이해할 수 없었던 근대인들의 빈처들은 식민지 조국에 휘둘리지 않고 변함없이 남편과 아이들의 정신적, 육체적 건강에 전력을 다하는 건강한 생활자의 임무를 성실히 수

행하는 존재들이다. 그러니, 그저 남편이 "활달"하게 돌아다닌 것이 소원인 아내가 신경 쇠약을 앓던 남편이 삼복더위 한 가운데 겨울옷을 챙겨 입고 말복의 종로를 돌고, 그 동안 피하던 싸전 앞까지 당당히 걸어 들어와 기분이 좋아졌다며 "해방"을 외치며 닭국수를 한 그릇 반이나 먹어 치우니 걱정을 하는 것이 당연하다.

> 아, 그랬는데, 글쎄 오늘은, 아까 즘심나절이야. 사람이 사뭇 십 년 감수를 했구려. 시방두 가끔 이렇게 가슴이 울렁거리군 하는걸. 내 온 참 어떻게 생각하면 어처구니가 없기두 허구.
> 아까 그게 그리니가 두시가 조꼼 못 돼서야. 부엌에서 무얼 좀 허구 있는 참인데, 뚜벅뚜벅 구두 소리가 나요. 무심결에 돌려다봤지. 봤더니, 웬 시꺼면 양복쟁이야, 첨에는 몰라봤어. 그래 웬 사람인가 허구 자세 보니깐, 그이겠지! 그이가 쇠통 글쎄 겨울 양복을 끄내 입었어요. 이 삼복중에 경울 양복을.
> 저를 어쩌니, 가 아니라, 머 정신이 아찔하더라니깐.
> 그게 제정신 지닌 사람이 할 짓이우? 하얀 아사양복을 싹 빨아 대려서 양복장에다가 걸어준 걸 두어두구는 이 삼복 염천에 생판 겨울 양복이 어디 당한 거유. 겨울 양복허구두 그나마 머, 홈스팡이라든지, 그 손꾸락같이 올 굵고 시꺼무레한 거, 게다가 맥고모자며 흰구두까지 멀쩡한 걸 놓아 두구서 겨울 모자에 검정 구두에 넥타이, 와이셔츠꺼정 언뜻 봐두 죄다 겨울 거구려.(338-339쪽)

언제나 천하를 도모하는 일 반대편에 있는 '생활'[7]을 이야기하는 아내를 남편은 또는 기존의 논자들은 세계에 대한 비판의식이 없다거나,

---

7) 특히 이 작품에서는 여느 작품에서 보이는 상징적인 생활로서의 "가난"보다 더 밀접한 형태의 생활 즉 여름의 더위가 그 소재라는 점에서 신선함을 준다. 이 숨막히는 더위는 남편은 자학적 자기기만의 증거이자, 극한의 신경쇠약을 몰고 가는 데 일조를 하는 분위기를 조성하는 데도 도움이 된다. 동시에 "피서"라는 소재를 제공하면서 남편과 아내의 갈등을 유발하기도 한다.

바르게 인식하고 판단할 능력이 없는 인물이라고 하지만, 사실 전통적 교육을 받은 아내에게 세계란 남편이다. 남편이 외부세계이고 내부세계인 것이다. 그는 세계와 생활을 잇는 소통의 장이며, 그 자체로 이중적이며 다중적이다. 게다가 지식인 남편은 신문사를 다니다 그만둔 지식인 남편은 더욱 그러하다. 그리고 남편에게 아내의 역할도 마찬가지다. 그러니, 아내만큼 남편의 상태를 명확하고 솔직하게 인정할 수 있는 사람은 없다. 남편의 상태를 정확하게 인식하고자 하는 '병증'과 '정기가 도는 맑은 눈'을 읽어낸 아내의 진단이 아둔한 대중의 것이라서 지식인의 고뇌는 희화화된다는 안이한 독서야말로 비판의식의 부재에서 비롯된다. 특히 채만식이 풍자에 능한 작가라는 점을 다시 한번 강조하면, 아내의 목소리로만 이루어진 이 소설이 그저 아둔한 머리로는 절대 이해하기 어려운 지식인 남편의 고뇌와 기행 이상의 것을 이야기 하고자 했다는 것은 쉽게 알아차릴 수 있는 문제인 것이다.

다못 그이가 정말루 못쓰게 신경 고쟁이 생겼느냐, 요행 일시적이냐. 만약에 중한 고장이라면은 어떻게 해야만 그걸 나수어주겠느냐, 이것뿐이지 그 밖에는 아무것두 내가 참견할 게 아니야. 날더러 그이를 이해(理解)를 못한다구? 딴전을 보구 있네! 그게 어디 이해(理解)를 못허는 거유?(349쪽)

III. 무능한 나르시시즘의 긍정적 자기 확인

"아아니 여보, 말쑥한 여름 양복은 두어두구서 무슨 내력으로 이걸 끄내 입구, 종로는 또 무엇하러 가신단 말이요?"

"속 모르는 소리 말아. 이걸 떠억 입구 이걸 푸욱 눌러 쓰구, 저 이글이글한 불볕에! 어때? 온갖 인간들이 더위에 항복하는 백기(白旗) 대신 최저한도루다가 엷구 시언헌 옷을 입구서 그리구서두 허어덕허덕 쩔매구 다니는 종로 한복판에 당당하게 겨울옷을 입구서 처억 버티구 섰는 맛이라니!

그게 어떻게 통쾌했는데!"(343쪽)

지난 해 초가을 신문사8)를 그만두고 그날부터 "일 년 동안을 굴속 같은 방안에서만 웃는 일도 없이 보내던" 남편이 삼복더위에 겨울옷을 죄다 꺼내 입고 마당에서 서서 처연하게 웃는 모습을 본 것은 지난 오후의 일이다. 아내의 큰 걱정거리이자, 이 작품의 가장 핵심적인 사건인 이 일은 두 가지 층위에서 논의되어야 한다. 첫 번째는 종로거리를 활보하고 돌아온 일과 다음은 평소 외상 빚 때문에 돌아서 다니던 싸전 앞을 '당당히' 걸어왔다는 점이다. 우선 남편의 행동을 이해하기 위해 아내가 준 힌트들을 살펴보며 그 이유를 되짚을 필요가 있다.

우선 그는 "눈동자가 옳게 백힌 놈은 할 짓이 못 된다"며 신문사를 사직하고 다시 돌아오라는 간곡한 권유를 뿌리치고 있는 중이다. 그는 국제적 전쟁이 어떻게 진행되고 확대될 것인지 그 결과가 어떻게 될 것인지를 알기 위해서 "책 디리 파기 신문 잡지 뒤치기"를 통해 "천하사를 도모"하기 위한 지식을 입수하는데, 이것이 그가 하는 유일한 일이다. 그러므로 이러한 세계적 상황을 모르고 하루하루의 개인적 만족이나 가족의 즐거움을 추구하는 개인들을 동물, 벌레, 속물이라고 경멸하는 것이다. 이러한 의사소통 차단의 행동들은 대부분 그들의 비판정신의 은폐나 상실로 읽히는 것이 일반적이다.

지식인의 허세와 위악상을 단적으로 잘 드러내고 있는 현진건의 「술 권하는 사회」 등에서도 자괴감에 젖어 세상을 배회하는 지식인 남편은 무력과 무위도식을 세상의 탓으로 돌리고 타인에게 기생하는 삶을 자조적으로 유희한다. 채만식의 또 다른 소설 「레디 메이드 인생」의 지식인 역시 생명에 대한 혈기의 상실, 생계에 대한 능력의 박탈, 미래에 대

---

8) 남편의 전직이 신문사라는 점은 다시 한번 언어와 권력의 관계를 환기한다. 지식인 남편들이 대부분 소설가나 신문사 등 언론에 관여했다는 점은 실제적인 당시의 상황이면서 동시에 권력과 지식 그리고 언어의 관계를 증명한다.

한 근절할 수 없는 불안, 세상을 향한 근거 없는 반항9) 등으로 일관한다. 이 당시 룸펜은 추락한 식민지 지식인을 표찰하는 가장 유행하는 말이 된다. 아내의 설명으로 추리한 전반 부분의 남편의 삶은 이러한 당시 지식인 남편들과 다를 것이 없다. 그리고 그러한 지식인 남편들을 끊임없이 잡고 늘어지는 것이 바로 강박증적인 시대적 소명의식이다.

두 번째는 그가 집에서 굳이 더운 자리를 찾아 누워 삼복더위를 온몸으로 받아내는 지리한 싸움 중이라는 것이다. 게다가 그는 '서울에서 물러날 수 없다'며 처가로의 피서도 마다하고 개인의 행복을 찾을 때가 아니라며 삼청동 풀에 가자는 아내의 권유도 거절한다. 서쪽에 앞문이 있고, 처마 끝에 함석 채양이 붙어 있어 바람이 통하지 않고, 정오가 지나면 불볕이 쪼이고, 함석 채양이 더운 기운을 내뿜는 건너 방은 신체적으로도 견딜 수 없는 곳이고, 심리적으로도 답답한 곳이다. 이곳에 누워있는 남편을 견디게 하는 것은 바로 선비적 나르시시즘이다. 당시 지식인들은 유학을 통해 선진 개화 지식을 배워왔으나, 그것은 식민지 조국에서 하등 쓸모가 없었다. 오히려 그 상태에서 자존감을 잃지 않도록 도와 준 것은 그동안 외면해왔지만 그들 내면에 면면히 흐르고 있는 유전된 선비정신이다. 아무리 더워도 품새를 어지럽히지 않고, 아무리 추워도 곁불을 쪼이지 않는다는 꼿꼿한 선비정신, 그것이야말로 더 이상 잃을 것이 없는 당시 식자들의 허무함을 채워주던 허명 가운데 하나였다. 선비는 불볕이 뜨겁다고 자리를 옮겨 앉지 않는다. 세계정세를 비판하고 걱정하고, 한탄할 장소는 서울, 더운 건너 방이기에 남편은 물러날 수 없다. 그를 견디게 하는 이 나르시시즘이 그를 신경쇠약으로 좀먹는지도 모르고 그는 자리를 옮겨 앉지 않는 것이다.

그리고 마지막으로 그리 크지 않은 빚을 진 싸전을 굳이 거짓말까지 해가면서 돌아서 피해 다닌다는 점이다. 이 역시 가난한 식자의 마지막

---

9) 송기섭, 앞의 글, 170쪽.

자존심이다. 선비는 빚을 지지 않는다. 또는 빚을 지더라도 부끄러워하지 않는다. 선비에게 부끄러운 것은 선비로서의 자존심을 잃은 것뿐이다. 즉 자기 설득만 가능하다면 선비야말로 어떤 상황에서도 당당할 수 있는 존재이다. 하지만 안타깝게도 남편은 두 가지 모두가 불가능했다. 빚을 지지 않을 수도 없었고, 빚을 지고도 또는 당분간 갚을 계획이 없는 싸전 앞을 당당히 지날 수도 없었다. 빚이 있는 싸전 앞의 거리는 자신도 엄연히 생활의 논리 안에서 공회전 하고 있음을 인정할 수밖에 없다는 것을 절실히 깨닫게 하는 공간이기 때문이다. 단순히 빚이 있기 때문이 아니라, 빚을 질 수밖에 없는 현실과 그 현실 가운데 무능한 식자인 자신이 있다는 것은 더운 여름날 방안에서 땀을 흥건히 흘리면서 세계정세를 "진심으로" 걱정하는 자신의 나르시시즘과 충돌한다. 고결한 소명의식과 전통적인 선비의식, 아둔한 대중에 대한 우월의식으로 구성되어 있던 무능한 지식인이 책방도 아닌, 싸전에 빚이 있다는 사실은 아내를 비롯한 생활자들의 논리를 조소했던 자신을 흔들어 놓기에 충분했을 것이다. 때문에 그 앞을 지나다니지 못하는 자신에 대한 다중적 감정은 남편을 신경쇠약으로 몰고 갔음은 가히 짐작하고도 남음이 있다.

이와 같은 남편의 일련의 행동들을 미루어 볼 때, 남편이 "비정상적인 행동을 함으로써 보통 사람들이 자기를 비정상적인 사람으로 인식하도록 위장한 것"[10]으로 보거나 "싸전 앞의 행위 때문에 파시즘에 맞서고자 했던 종로거리의 활보의 의미가 더럽혀졌다"[11]는 기존의 논의는 다시 생각해 볼 필요가 있다. 전자는 이 작품을 구조적 아이러니로 분석하면서 일련의 기행을 '위장'의 일부로 판단하며 뜨거움을 견디거나, 쌀가게 주인에게 거짓을 고하는 것, 겨울 옷을 입고 여러 사람 앞에

---

10) 이대규, 「채만식의 단편 소설 "소망"의 분석과 해석」, 『한국문학 논총』 제13집, 1992년, 351쪽.
11) 조명기, 앞의 글.

서는 등의 행동은 비정상인으로 보이기 위한 일종의 위장이라 해석한
다. 거대한 사명을 감춘 자들이 보이는 일반적 전술 중 하나로 판단하
는 것이다. 후자는 공적 사명이 생활의 일부와 결합되면서 고결성의
농도가 엷어졌다 보는 것이다. 그것은 지식으로서의 자의식, 의무감, 체
면을 포기하는 상징적 행위이며 지식의 종말을 선언하는 자기고백이라
는 것이다.

　이러한 기존의 논의가 재고되어야 하는 이유는 뜨거운 방에서 꼼짝
하지 않는 것, 쌀가게 주인에게 거짓말을 하는 것, 무더운 한낮에 겨울
옷을 입고 여러 사람 앞에 나서는 모든 행동이 마지막 남편의 통쾌한
해방감이라는 심리적 변화와 연결되어야 한다는 데 있다. 게다가 자의
식, 의무감, 체면을 포기하기 위한 상징적 행위로서 겨울옷을 제대로 챙
겨 입은 행위는 설명이 부족하다. 이는 신경 쇠약에서 오는 정신 착란
의 병리학적 통과의례의 측면에서 읽혀져야 한다. 이 "살짝 미쳐" 있는
상태의 준비와 의식 바로 「소망」의 결정적 차별성이 있다. 무능력과 허
위의식으로 일관하다가 서사를 끝내는 다른 지식인 남편들과는 달리,
「소망」의 남편은 비정상적인 행동이기는 하지만 의식을 치른 뒤 기력
을 회복한다. 기력을 회복한 것 이상으로 "해방"감을 느낀다. 남편은 외
상빚 때문에 슬슬 피해왔던 쌀전가게 앞을 당당하게 지나온다. 그 길을
"피해서 돌지두 말구, 맘을 터억 놓구서, 고개를 들구서 팔을 커다랗게
치면서 그 앞을 어엿하게 지내왔단"것을 자랑스럽게 이야기 한다. "아
주 당당히 그래! 그게 해방이란 거야! 해방이란 유쾌한 거야!"며 그는
아이처럼 명랑해진다.

　남편의 행동을 설명하기 위해 다시 그가 관찰의 방법을 통해서 설명
되어지는 존재라는 점을 되새길 필요가 있다. 이 작품의 제목처럼 그가
망령되어 미쳤다면 이 다양한 의미의 층위를 가진 단어는 누가 판단한
것일까? 한마디로 그를 누가 미쳤다고 했던 것일까? 누가 봤을 때 미쳐
보였던 것일까? 작가는 어디에서 이러한 결론이 나오도록 장치하고 숨

어있는가 말이다. 이러한 '지식 포기 양상'을 폐기라는 용어[12]로 설명한 예도 있으나, 이는 사실 전형화된 기존의 지식인 모델을 버리는 조금 과격한 방식의 폐기 의식이라 할 수 있다. 싸전을 다녀와서 아내가 내준 닭을 "큰 바리루 하나를 다 먹구, 또 주발루 반이나" 더 먹는 행위도 '말복'을 이기는 속물적인 방법을 택했다는 논리로 읽는 것도 무리다. 생활(더위)을 인정하고 먹는 행위에 적극적이라는 것은 삶의 의욕을 생생히 보여주는 단면이다. 이 부분에 와서야 비로소 남편은 살아있는 사람, 즉 생명이 있는 개체로 활동하기 시작했기 때문이다. 겨울옷을 차려입고 싸전 앞을 함께 돌고 오는 것은 그동안 머리를 잡고 골몰하던 지식을 생활과 일치시키는 전투적인 의식이다. 그러므로 남편의 행동은 결론이라 보기보다는, 어떤 행위를 시작하는 단계라 해석할 수 있다. 지식이 있다고 믿었던 곳에 채워진 식욕은 지식인의 무의미한 의무감, 책임감에서 해방되었기에 더욱 즐겁다. 그가 고작 의무감과 책임감을 가지고 행했던 것이란 결국, 더위를 피하지 않고 땀 위에 누워 피서를 가지 않는 수동적 자학행위뿐이었다. 그것은 파시즘에 대항하는 것도 무엇도 아니다.

문제는 기존 근대의 '남편'들을 서술하는 태도가 사유의 확산을 방해했다는 점에 있다. 기존의 근대 지식인들의 이러한 고뇌와 비정상적인 신경 쇠약에 있어 과대평가가 내려졌던 것이 사실이다. 때문에 근대소설에 드러나는 근대의 남편들은 모두 세상의 짐을 혼자 떠안고 힘겹게 살아가는 식자우환(識字憂患)의 지식인을 표상했고, 주변 인물들 특히 근대의 '아내'들은 대비적인 상을 이뤄 세상 물정 모르고 그저 남편을 이해할 수 없는 답답한 여성들로 그려진 것이다. 이는 과도한 소명의식에 둘러싸인 근대 지식인들의 삶에 한 겹 덧 씌어진 '오해'일 수 있다.

---

12) 조명기, 앞의 글, 195쪽.

한 번 미쳐보는 것, 그래서 과격하게나마 현실과 자신을 가로막고 있던 벽을 단번에 무너뜨리는 것, 그 환상의 관을 통과하는 것 그 자체가 주는 심리적 통쾌감은 육체적 더위를 이기는 상태를 만들어 주는 것이다. 바야흐로 진정한 지식의 이상적 초월 단계, 이성이 육체를 지배하는 환상적인 상태를 이룩하게 된다. 남편은 실질적, 경제적, 생활적으로 아내가 자신을 돌보고 있다는 것을 외면하거나 부정하거나 하고 싶어한다는 것이 기존 지식인 남편들에게 씌운 이미지였다. 하지만 소망의 남편은 스스로 한 단계를 넘어가고자 한다. 이는 감정과 지식의 성장통이며, 식자가 평생 안고 가야 하는 환상통이다. 능동적인 부분의 시초를 보여주는 유일한 캐릭터이다. 남편의 행동은 현재진행형이다.

Ⅳ. 소망(少妄)이 소망(所望)하는 것

> 남아거든 모름지기 말복날 동복을 떨쳐입고서 종로 네거리 한복판에 가 버티고 서서 볼지니 …… 외상진 싸전가게 앞을 활보해 볼지니……(336쪽)

「소망」이 당시 채만식 소설의 궤적을 어느 정도 한 눈에 볼 수 있는 연장선상에 있다는 것이 일반적인 기존 논자들의 평이다. 물론 작가가 뒤로 물러나 있다거나, 지식인의 자의식, 비판정신과 파시즘의 외부세계의 대립이 아내와 남편의 대립으로 표면화되어 지식인의 피폐해진 자의식을 대변하고 있다는 특징들에 대한 지적도 마찬가지이다. 그리고 「소망」이 보여주는 지식인이 은폐-노출 전략의 포기, 지식의 폐기는 파시즘의 강화라는 외부 세계의 변화에 적응하기 위한 전략적 선택이라는 결론으로 읽혀져 왔다.

하지만 본고는 파시즘의 외부세계나, 아둔한 쁘띠부르주아지들의 속물적 목소리에서 아내의 목소리를 분리하고자 했다. 아내는 남편의 직장 문제나, 무능한 경제력을 걱정하는 것이다. 자신을 무시하는 남편에 대한 서운함에 대한 이야기도 아니다. 아내는 그저 남편이 조금 시원한 곳에 눕기를, 활달하게 돌아다니기를 바랄 뿐이다. 그것은 생활자의 목소리이다. 남편이라는 세계가 병들지 않기를 바라고 적극적으로 그 해결방안을 찾는 아내의 행동을 '빈처'가 내쉬는 한숨과 같은 것으로 보면 이 작품의 독특한 들숨은 사라지고 만다. 또한 「레디메이드 인생」에서 보여준 지식인의 외부 세계의 은폐 노출 전략을 모방하고 학습하는 과정이 발전적으로 이 소설에 나타난다고 믿는 평가 역시 본고는 조금 뒤틀어 보기를 권한다. 「소망」의 남편이 만약 정신병자를 위장하고 있다면 그것은 훗날을 도모하는 또 다른 큰 뜻이 있어서가 아니라, 지식인 폐기에 있다고 볼 수 있다. 하지만 이 지식은 '책 위의 지식'이다. 뜨거운 정서향 방위에 흥건했던 땀 위에 있던 '축 늘어진 죽은 지식'이다. 온전한 정신으로는 지식인을 폐기할 수 없었던 소명 의식이 그를 미치게 만들었을 수도 있으며, 잠시나마 미친 상태를 유지할 때야만 죄책감이나 망설임 없이 지식인의 허위의식을 벗어 버릴 수 있었을 것이다. 하지만 이 역시 당시 지식인들을 누르고 있던—그것이 타의이거나 자의이거나 상관없이—소명의식이 얼마나 무거웠는가를 보여주는 해석으로 통하기 마련이다. 그래서 그는 싸전 앞을 지남으로써 지식인의 무의미한 책임감과 의무감에서 "해방"되는 "유쾌"함을 경험하게 된다. 비판적 지식인으로 살아간다는 것이 불가능해지면서 생활인으로서의 개인만이 더욱 절박한 모습을 한 채 남게 된다. 하지만 이 또한 나름 긍정적 의미를 가지고 있다. 이 소설은 지식이 있다고 믿었던 곳에는 정작 욕망만이 존재하고 있었다는 사실을 솔직하게 드러내 보이고 있다.

물론 채만식이 지식인의 소명에서 완전히 고개를 돌렸을 것이라 볼 수는 없다. 때문에 「소망」은 제목 그대로 "살짝 미쳐"있을 수밖에 없는 당시 지식인들에 대해서 그리고 그것을 바라보는 시선들에 대한 소설이다. 폭력적인 것은 외부세계가 아니라 오히려 내면이고, 더위이다. 그

냥 견디기만 했던 더위에 적극적으로 맞설 수 있었던 "겨울 양복"이라
는 무기는 때문에 긍정적이며 지극히 현대적인 것으로 읽힌다. 하지만
그 간극은 쉽게 채워지는 것이 아니다. 신경증으로 보이던 당시 지식인
들의 히스테리에서 한 걸음 나아가기 위해서는 이러한 적극적인 정신
병이 동원되어야 했던 이유가 여기에 있다. 정신병은 심하게 앓고 나야
털어지는 법이다.

그리고 그로부터 70여 년이 지난 지금도 상황은 크게 달라지지 않았
다. 수입된 문자교양의 과잉상태인 이 땅의 지식인들, 그 대다수는 관념
의 조직과 운용에 익숙해지면서 어차피 채울 수 없는 실질을 포기한 채
명분의 주가를 높이고 허위의식의 신음을 희석시켜 버린다. 삶은 삶대
로 따로 살고, 앎은 앎대로 따로 운용하는 이중성 속에서 그리고 그 이
중성을 교묘하게 외면하면서 근근이 학식의 체면을 유지하고 있다. 때
문에 하위의식의 요체는 이중성에 있다. 지식인의 경우, 이중성은 그 자
체가 매우 중첩적이지만, 우선 앎의 네트워크와 그 생산물을 자신의 자
의식과 동일시하려는 욕망에서 시작한다. 즉 삶의 일상적 바탕에서 자
생하지 못한다는 사실에 기생[13]하게 된다. 그리고 이러한 자기기만적
허위의식은 일종의 자기방어기제로 둔갑한다. 여기에서 불화와 모순은
시작한다. 지식인은 언제나 대중에 반대하며, 우울하고, 고뇌하며, 그들
이 내리는 결론은 언제나 애매하고, 당혹스럽고, 상반되고 결국에는 불
쾌하기까지 하다. '다르게 생각하기' 또는 '거리 두기'를 내면으로부터
훈련받은 지식인들은 청중을, 독자를, 대중을 불편하게 하는 데 익숙해
지고 불화는 점점 더 커져간다. 때로는 이 불화와 모순이 지식인의 변
태적 쾌락의 일부로 인식되기도 했다. 지식인은 '아웃사이더'의 운명을
두려워해서는 안 된다고 훈육 받는다. 지식인을 추방자로 보는 시각은
이렇게 생긴다. 추방자로서의 지식인은 "사물을 단순히 있는 그대로가

---

13) 김영민, 「지식인: 이중성의 변증법, 혹은 접선의 존재론」, 『철학연구』, 한국철학회,
    1998.

아니라 그러한 것들이 그러한 식으로 되어 온 방식으로서 보려는 경향"14)을 드러낸다.

경험의 질서화 방식인 서사는 인간이 실재 혹은 현실을 어떻게 인식하고 재현하는가의 문제와 밀접한 관련을 갖고 있다. 경험을 선택하고 선택한 경험을 질서화하는 활동에 전제되어 있는 것은 해당 공동체가 지닌 보편적인 인지 방식이다. 당대 사회·문화적인 영향 관계에서 나온 이러한 인지 방식이 현실을 인식하고 설명하는 능력의 기반을 제공한다고 하겠다. 그런데 최근 사실이라고 규정해 왔던 것이 '사실 효과'에 불과하다는 생각과 함께 사실에 관한 기존의 인식틀이 동요되고 있다. 문학의 영역에서 그려지는 지식인과 환상이 비슷한 성장을 통해 확장해 가는 경향을 보이는 것도 이러한 현상과 연관된다.

환상은 현실적으로 존재할 수 없으며, 이성적으로 설명할 수 없는 상황과 관련한다는 점에서 합리성의 경계를 성찰할 수 있는 계기15)가 된다. 그러나 어떤 현상 앞에서 그것이 실제 가능한 일인지 아닌지를 의심하고 머뭇거리는 것으로부터 환상을 규정하는 것은 환상을 인식 주체가 가진 정서의 핍진성으로 대체함으로써 환상소설의 범주를 모호하게 만들 수 있으며, 환상의 기원을 억압된 욕망의 귀환으로 보는 태도 역시 징후의 원인을 개인의 욕망에서 찾기 때문에 소설이 '지금 여기'의 현실적 맥락을 조정하기 위한 장르라는 점이 간과될 수 있다.

환상의 문제를 다루는 이러한 연구가 소설, 특히, 근대소설이라는 장르 안에서 환상이 갖는 의미에 대해서 충분히 논의되지 못한 것이 사실이다. 우리 근대의 소설들에 보이는 환상은, 서양의 해리포터류나, 반지

---

14) 에드워드 사이드, 전신욱·서봉섭 역, 『권력과 지성인』, 도서출판 창, 1996, 111쪽.

15) 황국명은 환상을 논리적으로 양립불가능한 것, 경험적으로 존재할 수 없거나 다른 것, 이성적으로 이해할 수 없거나 설명할 수 없는 것, 심리적으로 낯설고 불안한 것, 도덕적으로 수용할 수 없는 것, 사회정치적으로 전복적인 것, 예술적으로 표현할 수 없는 것으로 정의한다. 황국명, 「80년대 소설의 환상성, 그 상상력의 모험」, 『외국문학』 52호, 1997. 가을, 36쪽.

의 제왕과는 엄연한 차이가 있다. 허무맹랑한 환타지도 스케일 큰 서사 시도 아니고, 실제와 그다지 거리를 두지 않는 즉, "새로운 리얼리티 발견의 가능성을 심화 확장시키는 매개"로 기능하는 것이다. 환상성이 그저 비현실적인 황당무계한 상황이 아니라 "작가가 발견한 새로운 현실의 존재를 풍부하게 암시하고 드러내는 유력한 방법" 혹은 "아직 인간적 현실로 분명하게 인준되지 못한 미지의 영역을 향해 내미는 인간의 예지적인 촉수"라고 규정될 수 있다.

우리 소설에서도 환상의 문제는 미학적 분석의 대상이거나 근대 소설로의 이행을 설명해 줄 수 있는 준거, 작품 분석의 도구 등으로 논의의 영역을 확장해 왔다. 그런데 근대소설 안에서 환상이 갖는 의미를 밝히려면, 무엇보다도 환상의 효과가 만들어지는 과정과 그러한 효과의 서사 내적 기능을 해명해야 한다고 본다. 이러한 작업의 배후에는 왜 우리의 근대소설에서 환상의 문제가 서사의 해체나 서사의 위기를 초래하기 보다는 근대소설의 형식적 기능을 공고히 하는 데 기여했는가에 대한 문제의식이 포함되어 있다. 근대소설에서 환상의 문제를 다루는 데 있어서 전제되는 가설은 다음 세 가지[16]이다. 첫째 근대소설이 기대와 경험의 결렬을 야기하는 원인으로 작용하며, 둘째 이 경우 환상 효과로 제기되는 주저함이나 망설임이란 근대소설의 구성적 자질이기도 한 결정 불가능한 상태와 관련된다는 것, 마지막으로 결렬을 야기하는 환상적인 요소가 가진 전근대적인 속성으로 인해 환상이 근대적인 것의 타자로 작용한다는 점이다. 사실성의 추구에서 출발한 근대소설이 환상적인 요소를 소재로 함에도 불구하고 환상적인 소재가 오히려 근대 소설의 형식을 고하게 다지는 결과는 낳게 된 이유가 무엇인가 하는 것도 이러한 가설을 입증하는 과정에서 밝혀낼 수 있을 것으로 보인다.

「소망」은 당대 지식인의 '비정상'을 다루고 있다. 비록 아주 짧은

---

16) 김혜영, 「근대소설에 나타난 환상의 존재방식 연구」, 『한국언어문학』 48호, 2002.

단편이지만, 그 의미를 제대로 해석해내기가 녹녹하지 않다. 그것은 환상이 서사를 지체시키는 요소인 동시에 작품 안에서 새로운 의미를 구성하고 있기 때문이다. 현실에서는 욕망하는 것조차 금지되어 있던 것들에 대한 실현과 난세의 식자라는 무게가 동시에 이루어지면서 보이는 비정상성, 이는 엄연하게 실재하는 것이 아니라, 정신세계 너머의 것이다. 근대소설 안에서 환상의 이러한 존재 방식이 가능한 이유는 우리 근대소설의 기반을 형성하고 있는 전근대 지향성에 있다고 보았다. 급속하게 이루어진 근대화 과정에서 존재와 의식의 괴리가 빚어지게 되는데 이 때 억압된 존재에 대한 지향이 전근대성으로 남게 된다. 이 때문에 현실의 합리성을 비판해야 할 환상 형식까지 합리성과 비합리성의 경계를 허물고 비합리성의 승인으로 나아가는 구조를 취하게 되는 것이다. 그럼에도 불구하고 그 결과 역설에 의해 만들어진 환상은 경계에 대한 성찰과 정체성 회복이라는 긍정적인 서사 내적 기능을 수행하고 있는 것으로 밝혀졌다. 경계에 대한 성찰은 근대적 분할 경계를 탐색함으로써 인식의 불확정성을 문제 삼고 있다. 이 때문에 환상은 인식과 존재, 기대와 경험의 불일치에서 출발하는 근대소설의 구성적 조건으로 작용하게 된다.

■ 참고문헌

권영민, 「개화기 지식인의 환상」, 문학과지성, 1978.

김성곤, 「두 세계사이의 지식인」, 외국문학, 1992년 가을호.

김영민, 「한국 근대 서사문학에 나타난 환상성과 사실성」, 한국현대소설학회, 2001.

명형대, 「리얼리즘 소설의 환상성」, 한국현대소설학회, 2001.

송기섭, 「정명(正名)에서 허명(虛名)으로 - 일제하 지식인소설의 한 양상」, 『한국문학이론과 비평』 7집, 2000.

이대규, 「채만식의 단편 소설 "소망"의 분석과 해석」, 『한국문학논총』 제13집, 1992.

에드워드 사이드, 전신욱 · 서봉섭 역, 『권력과 지성인』, 도서출판 창, 1996.

정 민, 「미쳐야 미친다: 조선 지식인의 내면 읽기」, 푸른역사, 2004.

조명기, 「1930년대 말 지식인의 현실 적응 양상 연구」, 『한국문학논총』 35집, 2003.

176

■ 국문초록

　본고는 채만식의 「소망」에 드러난 목소리를 구조적으로 분석함으로써 근대 지식인의 소명의식과 우월의식의 교차점에서 드러나는 병리학적 양태와 당시 지식인들이 가질 수밖에 없었던 강박증적 환상을 고찰하고자 한다. 더불어 그들을 최측근에서 바라보는 아내의 시선과 목소리를 통해 좀 더 세밀한 내면을 들여다보는데 목적이 있다. 기존의 지식인 소설에서 엄연하게 드러나는 환상성과 정신 병리학적 측면에 대한 연구가 미진한 점과 리얼리즘과 풍자라는 이질적인 경계를 잘 유지하는 채만식의 소설이라는 점에 기대어 보고자 한다.

　본고는 파시즘의 외부세계나, 아둔한 쁘띠부르주아지들의 속물적 목소리에서 아내의 발화를 분리하고자 했다. 남편이라는 세계가 병들지 않기를 바라고 적극적으로 그 해결방안을 찾는 아내의 행동을 '빈처'가 내쉬는 한숨과 같은 것으로 보면 이 작품의 독특한 들숨은 사라지고 만다. 또한 「레디메이드 인생」에서 보여준 지식인의 외부 세계의 은폐 노출 전략을 모방하고 학습하는 과정이 발전적으로 이 소설에 나타난다고 믿는 평가 역시 본고는 조금 뒤틀어 보기를 권한다. 「소망」의 남편이 만약 정신병자를 위장하고 있다면 그것은 훗날을 도모하는 또 다른 큰 뜻이 있어서가 아니라, 지식인 폐기에 있다고 볼 수 있다. 하지만 이 지식은 "책 위의 지식"이다. 뜨거운 정서향 방위에 흥건했던 땀 위에 있던 "축 늘어진 죽은 지식"이다. 온전한 정신으로는 지식인을 폐기할 수 없었던 소명 의식이 그를 미치게 만들었을 수도 있으며, 잠시나마 미친 상태를 유지할 때야만 죄책감이나 망설임 없이 지식인의 허위의식을 벗어 버릴 수 있었을 것이다. 하지만 이 역시 당시 지식인들을 누르고 있던―그것이 타의이거나 자의이거나 상관없이―소명의식이 얼마나 무거웠는가를 보여주는 해석으로 통하기 마련이다. 그래서 그는 싸전 앞을 지남으로써 지식인의 무의미한 책임감과 의무감에서 "해방"되는 "유쾌"함을 경험하게 된다. 비판적 지식인으로 살아간다는 것이 불가능해지면서 생활인으로서의 개인만이 더욱 절박한 모습을 한 채 남게 된다. 이 소설은 지식이 있다고 믿었던 곳에는 정작 욕망만이 존재하고 있었다는 사실을 솔직하게 드러내 보이고 있다.

주제어: 채만식, 「소망」, 강박증, 나르시시즘, 식민지 지식인

■ Abstract

Obessesion with the Times &
Narcissism in the Modification of Tangent Line
- Centering around Chae, Man-Sik's A Little Madness

Go, Young Jin

Most of the studies on Man-Sik, Chae in this thesis had realism point of views. I took a serious view of these trends of studies. It was difficult to say that the tendency seemed to be has developed. It looks like a repetition of the same theme with the same work. This paper is aim to analysis the A Little Madness 少妄. To the most important A Little Madness is stand of the basis of the antagonism between the husband and the wife, and the wife's unilateral statement This antagonism is a intellect · critical will mental · physical health, public discourse, private discourse. And Several episodes mean the impossibility of the mutual understanding because of the concealment transformation of a conflict, and ostentation of critical will. Third, It is the intellectual's confession of "liberation" out of the intellectual's self consciousness, sense of duty, to bind the public discourse and the private discourse into a "thrill, pleasure."

This novel is aim to declare abolition of the intellectual's critical will, have a expectation a sympathize recognition about the declaration. But as a writer who were living in colony, the problems that Man-Sik, Chae had were far more complex than Swift, so the character of Chae's satiric works became more unique. Man-Sik, Chae's most literary works, more or less, have the satiric characteristics, and they can be appraised differently one another according to the degree of successful figuration of the satiric characteristics.

Key-words: Chae, Man-Sik, 「A little madness」, Obessesion, Narcis-
　　　　　sism

-이 논문은 2008년 6월 15일에 접수되어, 소정의 심사를 거쳐 2008년 7월 15일에
최종적으로 게재가 확정되었음.

이청준 소설에 나타난 환상성 연구

- '모성' 추구 양상을 중심으로

김 소 륜*

I. 들어가며

이청준은 1965년 월간 『사상계』의 신인 문학상 공모에서 단편소설 「퇴원」으로 등단한 이후, 지금까지 약 40년 가까이 꾸준하게 작품 활동을 지속해온 한국의 대표적인 소설가이다. 그 결과 현재까지 무려 140여 편의 중단편과 15편에 달하는 장편소설을 발표했으며, 이 외에도 7편의 산문집과 17편의 동화집에 이르기까지 폭넓은 작품 활동을 진행해왔다. 때문에 이청준 소설에 관한 연구 역시 활발하게 이루어지고 있으며, 2000년대 이후로는 매해 10편 이상의 학위논문이 발표되고 있을 만큼 열의가 고조되고 있다. 그러나 대부분의 연구가 초기작품 혹은 몇

* 이화여자대학교

몇 수상작품 분석에 치우쳐있기에, 이청준 소설 전반의 총체적인 연구
로 확대되지 못하고 있음이 아쉬움으로 지적된다. 뿐만 아니라 이청준
소설에 나타난 비정상적인 인물들과 그들의 비논리적인 행위, 그리고
경계가 모호한 시공간이 갖는 '환상적' 의미에 대해서는 본격적인 논의
가 거의 이루어지지 않고 있는 실정이다. 이는 리얼리즘만을 고수하는
기존의 한국문단에 의해 문학작품 내에서의 환상성이 지나치게 도외시
되어온 결과라고 볼 수 있다. 때문에 이청준의 소설은 작품 내에 존재
하는 다양한 환상적인 측면에도 불구하고, 지나치게 논리적이고 현실적
인 관점에서만 분석이 이루어져왔다고 할 것이다.

그나마 이청준 소설에 나타난 환상성을 주목하는 논의를 살펴보자
면, 우선 이청준 소설의 논리적 사실성이 갖는 파격에 대해 언급한 김
병익[1]을 들 수 있다. 김병익은 작가가 사용하는 재료들이 비현실적이자
비논리적이며, 의도적인 뒤틀림을 통해 자신이 전달하고자 하는 주제를
강조하고 있다고 분석한다. 또한 정과리[2]는 이청준 소설의 인물들이 관
계를 맺고 있는 작품의 무대가 반일상성의 공간이라는 점을 지적하며,
그러한 독특한 분위기가 환상성을 자아내고 있음을 이야기한다. 김승
희[3] 역시 이청준의 작품에는 비일상적이고 비정상적인, 다시 말하자면
독특한 직업과 독특한 인물들이 많이 등장하고 있다고 언급한다. 그리
고 그들의 의식구조가 시민적이거나 일상적 세계에 안주하지 못하고,
주로 광기나 꿈 혹은 몽환과 같은 것으로 뒤범벅이 된 상황에 빠져 있
음을 통해 작품 내의 환상성이 형성되고 있다고 보고 있다. 뿐만 아니
라 양선규[4]는 이청준의 환상주의를 이광수 이래의 한국 근대소설이 성

---

1) 김병익, 「말의 탐구, 화해에의 변증」, 『이청준 깊이읽기』, 문학과지성사, 1993, 239쪽.
2) 정과리, 「용서, 그 타인됨의 세계」, 『이청준 깊이읽기』, 문학과지성사, 1993, 257쪽.
3) 김승희, 「南道唱이 흐르는 아파트의 空間－詩人 김승희와의 대담」, 『문학사상』, 1976.
  1(76호).
4) 양선규, 「환상, 또는 불패의 진서」, 『세계의 문학』, 1992년 여름.

취한 커다란 업적이라고 평가하고 있으며, 이승준5)은 정신분석학적 관점을 통해 '환상'을 작가가 현실적 삶에 대한 위안과 화해의 가능성으로 보고 있다고 분석하였다. 그러나 환상을 억압된 본능충동을 해소하는 심리적 현실 대응방식, 즉 억압된 무의식의 소망이라는 보상심리로 한정하고 있다는 점에서 기존의 '환상성' 연구는 그 한계를 지닌다고 할 것이다.

이 가운데 김혜영은 우리가 '사실(reality)'이라고 규정해왔던 것이 '사실 효과'에 불과하다는 생각과 함께, 사실에 관한 기존의 인식틀이 동요되고 있음을 지적한다. 이에 이청준의 소설 '이어도'를 역설을 통해서만 존재할 수 있는 환상의 공간으로 바라보며, 존재/부재, 죽음/구원, 사랑/증오, 합리/경험과 같이 대립되는 두 영역이 교차하는 지점에서 환상이 발생한다고 분석한다. 이러한 역설에 의해 존재와 부재의 구별이 무화됨을 지적하며, 소재로서의 환상이 담론으로 구성되는 방식을 통해 환상의 서사 내적 기능을 밝히고, 이를 통해 근대소설에서 환상이 차지하는 작용에 대해 추론하고 있음이 주목할 만하다. 그러나 이러한 논의가 「이어도」라는 작품에 한정되어 있음이 아쉬움으로 남는다. 이처럼 이청준 소설에 나타난 환상성에 관한 논의는 대부분이 「이어도」를 중심으로 한 '섬' 모티프에 한정되어 있으며, 소설 전반에 관한 정치한 분석으로 이어지지 못하고 있다. 따라서 본고는 현실과의 갈등을 극복하고자 하는 작가의 주제의식이 '환상성'을 통해 일관되게 형상화되고 있음을 밝혀내보고자 한다.

이청준 작품에 있어 환상은 눈에 보이진 않지만 분명히 존재하는 현실의 폭력을 가시화하는 역할을 맡는다. 때문에 환상은 세계를 정확하게 직시함으로써, 세계와의 진정한 화해를 추구하는 작가의 주제의식을 드러내는데 가장 효과적이 수단이 된다. 우리가 '허구'를 원하는 까닭은

---

5) 이승준, 『이청준 소설 연구』, 한국학술정보, 2005.

위안을 얻기 위해서만이 아니라 '지금' 여기에서 냉엄한 진실을 발견하기 위함이며, 환상은 그러한 현실과 허구를 사색할 수 있는 유용한 도구이기 때문이다. 이러한 환상을 통한 세계와의 화해는 주체인 아들이 추구하는 모성 이미지를 통해 보다 극명하게 제시된다.[6] 어머니는 아들과 한 몸을 이루었으나 분리됨으로써, 아들에게 영원히 추구되어야 할 타자로 위치한다. 또한 폭력과 대립이 난무하는 세계를 회복시키고자 하는 환상은 새 생명을 출산하는 어머니의 이미지를 통해 이루어진다. 이를 통해 타자로서의 어머니는 현실의 타자로 규정된 환상과의 공통항을 형성해낸다. 뿐만 아니라 이청준 소설에서의 어머니는 40여 년 가까운 그의 문학 인생에 있어 가장 중심적인 '문학 모티브'가 되어 왔음에도 불구하고, 본격적인 연구대상으로 주목받지 못해왔다는 점에서 환상과 또 하나의 공통항을 이룬다고 할 것이다.

지금까지 이청준 소설에 관한 연구는 전짓불로 상징화된 아버지와 그 힘 아래 억눌린 아들의 서사가 주를 이루어왔다. 이는 '어머니'가 전면으로 드러나는 「눈길」류의 작품만이 아니라, 어머니가 직접적으로 가시화되지 않는 작품들 속에서도 꾸준하게 모성이 추구되어 왔다는 사실을 통해 한계점으로 지적된다. 이에 '환상성'을 중심으로 이청준 소설 전반에 걸쳐 추구되는 모성의 양상을 조명함으로써, 지금까지 '아버지와 아들'을 중심으로 읽혀온 이청준의 작품세계를 '어머니와 아들'이라는 새로운 관계 속에서 재조명하는 기회를 마련해보고자 한다.

---

6) 박혜경은 용서와 화해라는 소설적 테마를 반복해서 다루어온 이청준이, 그 용서와 화해의 길을 모색하는 방법의 하나로 여성 내지는 여성성의 이미지에 중요한 의미를 두고 있다고 주장한다. 박혜경, 「'그녀들'의 초상」, 『문학의 신비와 우울』, 문학동네, 2002, 68쪽.

II. 유보적 환상과 실종된 모성: 「배꼽을 주제로 한 변주곡」을 중심으로

이청준 소설의 전반기(1965~1974)에는 각기 주어진 삶에 순응하고자 애쓰는, 주로 평범한 삶을 살아가는 인물들이 주인공으로 등장한다. 그러나 겉으로 드러난 모습과는 달리, 인물들의 내면은 주어진 현실을 벗어나고자 하는 욕망으로 팽만해있다. 하지만 그들은 현실을 벗어나기 위한 어떠한 적극적인 행동도 취하지 않는다. 심지어 자신의 내면에서 울려나오는 욕망의 목소리조차 자신의 목소리라는 사실을 인식하지 못한 채, 주어진 삶을 있는 그대로 견뎌나갈 뿐이다. 전반기 작품에서는 주로 이러한 인물들의 일상 속으로, 어느 날 갑자기 논리적으로 설명되지 않는 '환상적인 상황들'이 끼어든다. 즉 주체는 일상에 침입한 비일상적인 상황과 인물들을 통해 '어느 날 갑자기' 낯설게 변해버린 현실을 목도하게 되는 것이다. 그런데 주체는 자신에게 닥친 초현실적인 사건, 즉 환상을 적극적으로 저항하지도 수용하지도 못한다. 흩어진 퍼즐 조각들 앞에서 무엇을 먼저 집어 들어야 할지 몰라 망설이듯이, 현실 속에 침입한 환상을 불안한 시선으로 응시할 뿐이다. 이러한 주체의 수동적 태도는 타인과의 소통뿐만 아니라, 자기 자신과의 소통마저 억압당해야했던 당시의 시대적 분위기를 반영한다.

이러한 주체의 수동성은 현실 속에서 상실되어 존재하지 않는 어머니를 통해 가시화된다. 발견되지 않는 어머니로 인해, 주체의 망설임이 배가되기 때문이다. 다시 말해 주체는 일상에 침입한 환상 앞에서 망설임을 극복하고자 생명력 넘치는 어머니를 찾는다. 하지만 어머니는 사라지거나 훼손됨으로써 아들의 현실을 혼란에 빠뜨린다. 이러한 어머니의 실종과 훼손은 그 자체로 환상적인 분위기를 자아내고, 인물의 망설임에 의해 발생하는 일상의 균열은 작품 내의 '환상성'을 강화하는 역할을 수행한다. 이를 가장 극명하게 드러내는 작품으로는 1972년도에 발표된 「배꼽을 주제로 한 변주곡」[7]을 들 수 있다.

  "어느 날 아침 허원(許元)은 문득 그의 배꼽을 잃어버렸다."[8]로 시작하는 작품의 서두는 대표적인 환상문학으로 일컬어지는 카프카의 『변신』[9]을 떠올리게 한다. 유난히 아침잠이 많은 주인공 허원은 월급날짜 하나 똑똑히 정해져 있지 않은, 그야말로 변변찮은 직장에 출근하기 위해 힘겹게 잠에서 깨어난다. 남들처럼 출퇴근 시각이 정확하게 정해져 있는 것이 아님에도 불구하고, 허원은 하숙집 아주머니나 이웃 방 동료들에 대한 자격지심 때문에 기를 쓰고 출근준비를 하는 것이다. 이처럼 지극히 평범하고 소심한 삶을 살아가는 일상적 인물인 허원에게 어느 날 갑자기 배꼽이 사라지는 믿을 수 없는 사건이 발생한다.

  "이상한 일이었다. 허옇게 살이 찐 그의 배통이 한복판에 들어앉아 있어야 할 배꼽이 보이지 않는 것이다. …(중략)… 가슴패기서부터 수양버들숲께까지가 개구리의 그것처럼 온통 밋밋한 벌판이었다. 그의 배꼽은 감쪽같이 자취를 감춰버리고 없었다. 그날 아침 허원은 그런 식으로 홀연히 잠결 속에 배꼽을 잃어버리고 만 것이다."(297쪽)

  배꼽은 인간이 이 세상에 태어나는 순간, 모태로부터 분리됨으로써 형성된다. 때문에 배꼽은 어머니와 내가 하나였음을 증명할 뿐만 아니라, 자신의 존재 근원을 드러내는 흔적이 된다. 따라서 배꼽의 상실은 존재의 근원이 부정되었음은 물론, 어머니와의 관계 역시 부정됨을 이야기한다. 그런데 주인공은 자신의 배꼽이 사라진 이유에 대해 그 어떤 적극적인 원인 규명을 시도하지 않는다. 그러면서도 애당초 아무런 기

---

7) 이청준, 「배꼽을 주제로 한 변주곡」, 『가면의 꿈』, 열림원, 2002.

8) 이청준, 「배꼽을 주제로 한 변주곡」, 『가면의 꿈』, 열림원, 2002, 295쪽.

9) "어느 날 아침 그레고르 잠자가 불안한 꿈에서 깨어났을 때, 그는 자신이 침대 속에 한 마리의 거대한 해충으로 변해 있는 것을 발견했다."―프란츠 카프카, 이동주 옮김, 「변신」, 『카프카 전집』 1, 1915.

능도 갖고 있지 않던 기관이라고 치부하거나 무시하지도 못한다. 심지어 주변 사람들 역시 자신처럼 배꼽이 사라져버린 것이 아닐까 의심하면서도, 그것을 확인하기 위한 어떤 행동도 취하지 않는다. 그는 다만 갑작스럽게 다가온 비일상적인, 환상적인 상황에 대해 어떠한 선택도 내리지 못한 채 유보적인 자세를 취할 뿐이다.

지극히 일상적 주체인 아들이 경험하는 환상은 늘 존재하던 것의 사라짐으로, 낯익은 것이 갑자기 낯설고 이질적인 것으로 변모함을 통해 부각된다. 그리고 배꼽이 사라졌다는 황당한 사건은 범국민적으로 일어난 '배꼽'에 관한 논쟁이라는 비일상적인 상황으로 발전하면서 묘한 환상성을 자아낸다. 즉 소설 속에 나타난 환상적 상황은 단순히 개인에게 닥친 문제로 한정되지 않는다. 환상은 인물을 둘러싼 공동체의 문제로 확대되고, 개인은 그동안 유지되어온 사회의 질서가 흔들림으로써 혼란을 경험하게 된다. 사라진 배꼽에 관한 문제가 《주간 배꼽》이라는 타블로이트판 잡지를 통해 범국민적인 문제로 공론화되었기 때문이다. 이는 사라진 배꼽이라는 도저히 논리적으로는 이해될 수 없는 환상적 상황이 잡지라는 공공매체를 통해 논리화되고 있는 것이다. 이에 작품 내에서 그려지는 배꼽에 대한 관심은 과거 르네상스 시대 화가들이 그린 성화(聖畵)로부터 에덴동산의 아담과 이브에 이르기까지 거슬러 올라가고, 세계는 허원의 눈을 통해 거대한 타자이자 의심의 대상으로 확대된다.

여기서 배꼽은 존재의 근원을 드러내는 표상이자 '어머니'를 상징한다. 이에 작가는 작품 속에서 "어머니로부터 탯줄이 끊어지는 순간 이 우주의 단자(單子)로서 고독하게 존재하게 되었다. 그러나 우리는 영원히 그 탯줄의 기억을 잊지 않는다는 것이다. 우리 영혼은 언제까지나 그 어머니의 탯줄과 이어져 나가면서 우리 존재를 설명하고 근원을 밝혀 나가며, 마침내는 어머니의 탯줄이 이어지는 우리들의 우주와 만나게 된다."(300쪽)라고 언급한다. 때문에 배꼽의 상실은 주체의 존재 근원을 위협할 뿐만 아니라, 주체가 속한 질서를 위협하며 치유와 회복이 불가능한 사회를 만들어낸다. 존재의 근원을 증명하는 흔적으로서의 배꼽의 상실이 주체에게 있어 존재를 증명할 수 있는 유일한 통로를 차단하기 때문이다. 자신의 존재를 증명받을 수 없는 상황 속에서, 주체는 의심의 대상이 됨과 동시에 의심하는 존재가 될 수밖에 없다. 이에 배꼽의 상실은 궁극적으로 인간관계의 단절을 불러오기에, 주체에게 상실감을 부여한다. 이는 작품 속에 등장하는 인물들의 진술을 가정법 일색[10]으로 채워나감을 통해 증명된다. 가정법이 일색을 이루는 공간은 무엇 하나 확실한 것이 없는 세계이다. 이처럼 말 속에 잔뜩 끼어있는 추측의 진술은 ≪주간 배꼽≫에서 실시된 공개설문을 통해 배가된다. '만일 배꼽이 사라진다면 어떤 이유에서 어떤 식으로 사라질 것인가, 그리고 그것을 어떻게 극복할 것인가, 그리고 배꼽을 되찾을 수 있는 방법으로는 무엇이 있을까'라는 다소 비현실적으로 보이는 설문 내용과 이에 대한 지나칠 정도로 진지하게 답변을 제공하는 인물들 사이의 비현실적인 상황은 그 자체로 '환상성'을 부여한다. 이는 환상문학을 '화자가 작품 안에 등장하는 어떤 불가시적 현상에 대해 사실적으로든, 또는 초자연적으로든 설명을 유보시킨 채 독자에게 그 결정을 맡겨 놓고 있는 작품 양식'이라고 규정한 토도로프[11]의 논리를 통해 더 분명해진다.

배꼽의 실종은 단순히 신체기관의 훼손을 넘어, 존재의 근원으로서 보다 관념적인 의미에서의 환상성을 자아내는 이중의 효과를 자아낸다.

---

10) "만약 우리들에게 이런 추론이 가능하다면……, 가령 이런 가설을 상정해볼 수 있다면……, 이것도 물론 가정이어야 하지만……, 어차피 우리 논의는 하나의 가정에서 출발하고 있지만……, 모두가 그런 식이었다. 그런 식으로 사람들은 자신의 비밀을 별로 위태롭게 드러냄이 없이, 그리고 같은 어법으로 응대해오는 남의 말을 별 저항감 없이 자연스럽게 토론을 잘 진전시켜 나가고 있었다. 직설법을 쓰는 사람은 아무도 없었다." —이청준, 「배꼽을 주제로 한 변주곡」, 『가면의 꿈』, 2002, 307쪽.

11) 츠베탕 토도로프, 이기우 옮김, 『덧없는 행복: 환상문학 서설: 루소론』, 한국문학사, 1996.

이는 "우리의 배꼽은 그 마지막 우주의 만나고자 하는 향수의 표상이며 가능성의 상징이며 존재의 비밀로 나아가는 형이상학이다. 그 비밀의 문이다."(300쪽)라는 말을 통해서 확실하게 뒷받침된다. 이처럼 배꼽은 존재의 비밀을 밝히는 문으로써, 나를 세상에 태어나게 한 어머니를 증명한다. 또한 분명히 존재하지만 뚜렷하게 인식하지 않은 채 살아온 배꼽은 언제나 존재했지만 특별하게 의식되지 않았던 어머니와 묘하게 일치감을 조성해낸다. 이에 배꼽의 상실은 어머니의 상실로써, 주체에게 끝없는 좌절감을 부여한다. 주체는 끊임없이 현실 속에서 부재하는 어머니를 찾고, 그 가운데 어머니를 인정하지도 거부하지도 못한 환상을, 나아가 환상이 자리한 현실까지도 모조리 상실하기에 이른다. 이러한 인물의 상실감은 현실에 대한 불안으로 이어지며, 이러한 불안은 또다시 세계를 의심하게 만듦으로써 작품내의 환상성을 배가한다.

이처럼 「배꼽을 주제로 한 변주곡」을 통해 살펴본 이청준의 초반기 작품에서 나타나는 환상은 일상에 균열을 가하지만, 인물들은 갑작스레 유입된 환상 앞에서 수동적인 자세를 취할 뿐이다. 현실의 틈새로 잠입한 환상에 대해 가치판단을 유보하고 망설이며, 무방비 상태에서 환상이 야기하는 기존 질서의 상실을 경험하는 것이다.

III. 도피적 환상과 분열된 모성: 「흐르지 않는 강」을 중심으로

이청준 소설의 중반기(1975~1984)에는 1960년대 이후 한국 소설의 중요한 현상 가운데 하나로 지적되는 병리학적 흐름, 즉 광기나 정신분열 현상 및 의식의 심층적인 증후군을 나타내는 인물들이 주로 등장한다. 작가는 현대인의 소외와 그로 인한 이상심리(異常心理)와 같은 개인에게 가해진 갈등의 양상을 살펴봄으로써, 사회의 전체적인 구조를 드러내고 있다. 무엇보다 이 시기에 발표된 작품들 속에서 발견되는 특징으로는 인물들이 가진 '광기'를 외부를 향해 적극적으로 분출하고 있다는 점을 들 수 있다. 이때 광기를 드러내기 위해 선택된 것이 바로 '환상'이다. 인물들은 이러한 환상을 통한 위장 속에서 현실을 살아가는 방법을 획득해나간다. 개인의 자유로운 의지가 방해를 입었을 때, 그 의지는 환상 속에서 끈질기게 재생되거나 다른 형태를 통해서 변형되기 때문이다. 그러나 현실은 이를 부정하고, 주체에게 환상으로서의 가면을 벗을 것만을 강요한다.

　프로이트는 현실에서 좌절을 경험한 성인들이 환상을 통해 자신의 상처를 보상받고자 한다고 보았다. 이 시기에 주로 등장하는 이청준 작품 속의 인물들은 현실을 만족하지 못하는 좌절된 인물들로, 그들은 프로이트의 주장대로 환상을 통해 현실에서 받은 상처를 극복하고자 노력한다. 그러나 "식민지 사회나 독재국가, 아니면 병든 사회에서는 사회에 잘 적응한다는 의미에서의 건강한 인간이 그 사회에 잘 적응하지 못하는 비정상인보다 훨씬 더 병들어 있을 수 있다는 가설이 가능하다."[12] 라는 푸코의 주장처럼, 이청준의 주인공들을 비정상이라고 지적하는 인물들 역시 정상적이라고 보기 어려워진다. 폭력이 난무하는 사회 속에서 정상적으로 자기 자신을 유지하는 일보다는, 환상이라는 가면을 통해 자신을 위장함으로써 현실을 극복하고자 하는 인물들이 훨씬 정상적일 수 있기 때문이다.

　이러한 맥락에서 중반기 소설에 나타난 인물들의 광기는 삶에 대한 수동적인 자세와 차별된다. 이때 일탈적 주체는 자신을 온전하게 이해하고 보듬어줄 대상으로서 어머니를 추구한다. 하지만 어머니는 현실 속에서 무조건적인 애정을 베푸는 모성과 개인의 욕망을 우선시하는 모성으로 분열되어 존재한다. 이러한 분열은 폭력적인 현실과 그러한 현

---

12) 오생근, 「푸코의 ≪광기의 역사≫ 혹은 침묵의 고고학」, 『광기의 역사』, 나남, 2003, 20쪽.

실의 싸움에서 패배한 아들의 좌절을 강조하는 역할을 맡는다. 이러한
특징을 가장 잘 드러내는 작품으로는 1979년도에 발표된 중편 「흐르
지 않는 강」을 살펴볼 수 있다.

「흐르지 않는 강」에는 흐르는 강을 틀어막겠다고 몸부림치는 지독
한 광인(狂人) '두목'이 등장한다. 그는 종종 벌거숭이가 되어 정신없이
도끼를 휘둘러대고 날생선을 머리채 씹어 먹는다. 그리고 마음 내키면
당장에 강물에 뛰어들 뿐만 아니라, 왕성한 식욕과 성욕을 나타내는 폭
력적인 인물로 그려진다. 이에 대해 양진오[13]는 '두목이 술과 물의 신
으로서의 이미지 혹은 육체적 에로스의 이미지'를 지니고 있음을 지적
하며, 두목이야말로 신화 세계의 주인공이라고 분석하고 있다. 이처럼
두목은 현실 세계에서 쉽게 마주칠 수 없는 기괴한 인물로 그려진다.
이러한 두목의 특징은 돌배라는 어린 화자의 시선을 통해 조명됨으로
써 보다 강화된다.

두목은 정상적인 성인식을 치르지 못한 미성숙한 성인으로서, 아직
성인이 되지 않은 돌배와 동일한 위치에 존재한다. 두목은 술집에 새로
여자가 올 때마다 지나칠 정도로 집착하는데, 이는 자신을 온전히 포용
해줄 어머니를 찾고자 하는 몸부림으로 해석될 수 있다. 그러나 이미
육체적으로 어른이 된 두목의 욕망은 채워질 수 없기에 좌절로 이어진
다. 반면 어린 돌배는 아직 성장과정에 놓여있기에, 두목과 달리 자신을
둘러싼 여성들 속에서 자신을 성장시켜줄 어머니를 모색할 기회를 부
여받는다.

소설 속에는 크게 세 명의 여성이 등장한다. 우선 첫 번째 여성은 돌
배의 어머니로, 그녀는 '마마상'으로 불리며 두목과 남다른 관계를 맺어
온 인물로 그려진다. 그녀는 두목에 대한 육체적인 욕망이 팽배한 인물
로, 두목의 눈 먼 색시가 제풀에 자살하기를 종용하는 등 돌배에게 부

---

13) 양진오, 「섬, 바다, 강 그리고 인간의 운명」, 『이어도』, 열림원, 1998, 363쪽.

정적인 이미지로 그려진다. 그러나 그녀는 아내를 잃고 방황하는 두목에게 자신의 젖을 물려줌으로써, 상처를 위로하는 따스한 어머니의 이미지를 획득한다. 두 번째로는 사춘기 돌배로 하여금 성적인 욕망을 불러일으키는 강남옥을 들 수 있다. 묘하게 사람을 홀리는 듯한 강남옥의 모습에 넋을 빼앗긴 돌배는 자신도 모르게 두목에게 질투를 느낀다. 더구나 강남옥은 두목에 의해 내팽겨져 정신을 잃은 돌배를 늘 술자리에서 보이던 실없는 웃음이 아닌, 아득한 눈길로 걱정스럽게 바라본다. 이는 헤프기 만한 요부의 이미지 뒤에 숨겨진 따뜻한 어머니의 이미지가 드러나는 순간이다. 이처럼 마마상과 강남옥은 돌배에게 있어 부정적인 거부의 대상이면서도, 동시에 상처를 위로해주는 따뜻한 어머니의 이미지를 지닌 존재로 그려진다. 그런데 이들의 두 가지 모습은 절대로 공존할 수 없다는 점에서, 하나가 나타나면 다른 하나는 자취조차 남기지 않고 사라져야 한다는 조건이 지어진다. 즉 서로가 부정되어야만 하기에 어머니는 진정한 모습을 갖출 수 없고 분열된 상태로만 존재한다.

한편 마지막으로 등장하는 여성은 두목의 눈먼 색시이다. 돌배는 자신의 친어머니인 '마마상'을 불결하다고 여기며, 두목의 눈먼 색시에게서 진정한 어머니의 모습을 발견한다. 이는 눈먼 색시가 돌배에게 젖을 물리는 장면을 통해 극대화된다.

> "다짜고짜 그 눈부시게 허연 젖더미를 내게로 디밀어내고는 자기 어린 아기에게 그러듯 젖을 빨라는 시늉을 했다. …(중략)… 언젠가는 그 강남옥 색시마저 은근히 내게 젖을 먹이고 싶어하던 일이 불현듯 생각났다. 하지만 이번에는 이상하게도 내가 그녀의 젖을 먹는 일이 강남옥의 경우를 두고 그걸 상상했을 때처럼 불결스럽게 부끄럽게는 느껴지지가 않았다. …(중략)… 나는 마침내 그녀의 가슴께로 얼굴을 파묻으며 그녀의 작은 아기가 되어버렸다."14)

---

14) 이청준, 「흐르지 않는 강」, 『이어도』, 열림원, 1998, 276-278쪽.

　자신의 아기에게 배불리 젖을 먹이고 난 어머니처럼 지극히 깊고 잔잔한 웃음을 짓는 두목의 눈먼 아내. 그러나 그녀는 아이가 없을뿐더러, 그녀의 "커다란 젖더미에선 젖이 한 방울도 나오지 않았"기에 어머니가 될 수 없다. 바슐라르는 정신분석학적인 의미로 '모든 액체는 물이며, 모든 물은 젖'[15]이라고 말한 바 있다. 이에 본 작품의 제목인 「흐르지 않는 강」은 비어있는 젖이 된다. 어머니의 젖을 통해 아기는 양육되고 온전한 성인으로 자라난다. 하지만 '흐르지 않는 젖'으로 인해 아기는 양육되지 못하고 온전한 성인으로도 자라지 못한다. 그러므로 소설 속에서 돌배의 시선으로 조명된 '마마상, 강남옥, 눈먼 색시'는 실은 어머니로부터 온전히 양육되지 못한, 젖을 먹지 못한 '두목'이 추구하는 '어머니들'이라고 볼 수 있다.

　의붓아버지로 인해 어머니가 죽고, 기지촌의 두더지로 자라 약물에 길들여진 두목에겐 어머니가 부재한다. 주사약에 길들여진 두더지는 자신에게 약을 주는 아버지의 말에 무조건 복종하게 된다. 이에 '젖'은 어머니의 충분한 사랑을 받지 못한, 덜 자란 두목을 온전하게 성장시켜줄 유일한 통로가 된다. 이에 두목은 끊임없이 현실 속에서 자신을 보호하고 위로해줄, 무조건적인 사랑을 베풀어줄 어머니를 찾아냄으로써 유기되었던 성인식을 치러내고자 한다. 하지만 눈먼 색시의 죽음을 통해 그는 끝내 진정한 의미의 어른이 되지 못하고 강물에 뛰어들어 죽음을 맞이한다. 그런 의미에서 두목은 어머니에 의해 양육되지 못한 자신의 진짜 모습을 감추기 위해, 현실에 섞이지 않는 묘한 이미지를 풍기며 폭력적인 광기를 발산함으로써 작품 내에 환상성을 부여했다고 할 수 있다. 따라서 끝내 자신을 성장시켜줄 어머니를 발견하지 못함으로써, 강이라는 거대한 어머니의 젖으로 뛰어들고 만 것이다.

　이때 두목의 광기는 '강'이라는 공간을 통해 효과적으로 드러난다.

---

15) 가스통 바슐라르, 이가림 옮김, 『물과 꿈』, 문예출판사, 2004, 237쪽.

늘 강의 흐름을 막아보겠다고 발악하던 두목이 막상 죽음의 순간에 이르자, 오히려 멈춰버린 강을 흐르게 만들겠다고 하는 이중성을 띄기 때문이다. 이는 그동안 두목이 추구하던 것은 강의 흐름을 멈추게 하는 것이 아니라, 강이 되어 영원한 생명을 얻고자 했음을 드러낸다. 그러므로 강은 두목의 욕망과 좌절이 함축된 공간이자, 젖이 흐르는 어머니의 공간이 된다.

이처럼 작품은 어머니의 이미지가 분열된 상태로 존재하는 현실 내에서 분열을 일으킨다. 이는 근본적으로 그 사회를 떠날 수 없다는 이유 때문에 사회에 순응하는 척하는 '외면적 자아'와 사라지지 않는 개인의 욕망과 진실을 옹호함으로써 사회를 거부하는 '내면적 자아' 사이의 대립에 의해 발생한다. 이 같은 이중적 자아는 그들이 몸담고 있는 현실을 구성하며, 환상과의 대립을 부추기는데 성공한다.

이와 같이 이청준 소설의 중반기에 해당하는 작품들을 살펴보면, 대부분 현실을 벗어나고자 도피를 욕망하고 있음을 알 수 있다. 이러한 욕망이 작중인물의 광기를 통해 표출되고, 이분화된 어머니는 현실과 환상의 분열을 강조하는 역할을 맡는다.

Ⅳ. 초월적 환상과 성화된 모성: 『신화를 삼킨 섬』을 중심으로

이청준 소설의 후반기(1985년 이후)에 해당하는 작품들에는 일제 강점기로부터 8·15 해방, 제주 4·3항쟁, 6·25동란, 4·19혁명, 5·18광주민주화운동에 이르기까지, 주로 역사적 격변기를 살아간 인물들이 주인공으로 등장한다. 이들은 개인의 의사와는 관계없이 그들을 둘러싼 외부 세계의 변화에 의해 희생된 인물들로, 자신에게 주어진 상황을 인식하지 못한다거나 현실로부터 무조건적인 도피를 행하지 않는다. 그들

은 자신에게 상처를 가한 외부 세계를 주체적으로 인식하고 반성하고
자 노력한다. 현실에서의 상처를 극복하고 나아가 또 하나의 새로운 세
계를 구축하기 위한 환상을 추구하는 것이다. 이때 새로운 세계의 구축
은 새 생명을 출산하고 양육하는 어머니의 신성한 이미지를 통해 접근
된다. 어머니는 피폐한 현실 속에서 주체의 상처를 치유하고 온전한 성
인으로 성장하도록 인도하며, 주체가 몸담고 있는 세계 역시 그 한계를
극복할 수 있도록 유도하기 때문이다. 또한 주체는 새로운 생명을 잉태
하고 고통 끝에 아이를 출산하는 어머니를 통해, 새로운 세계를 꿈꾸고
힘겨운 반성을 시도하며 마침내 또 하나의 현실을 구축하는데 성공한
다. 이로써 아들은 타자와 나를 구분짓는 이분법적인 세계에서 벗어나,
자신뿐만 아니라 자신을 구원한 어머니마저 구원하며 현실 속에서 환
상을 이루어낸다. 이를 가장 극명하게 보여주는 작품으로는 2004년도에
발표된 장편소설『신화를 삼킨 섬』16)을 들 수 있다.

　『신화를 삼킨 섬』은 4·3항쟁을 비롯한 수많은 역사의 질곡을 품고
있는 제주도를 배경으로 이루어진다. 작가는 역사의 뒤안길에서 잊혀져
오던 원귀들을 작품의 중심부로 불러 모은다. 그리고 이들의 한(恨)을
굿이라는 공동 '제의(祭儀)'를 통해 공동체의 구원으로 풀어내고자 한
다. 작품 속에서 그려지는 새로운 군부정권은 '역사 씻기기'라는 국가적
행사를 통해, 정국의 불안을 잠재우고 위태로운 권력을 지켜나가고자
꾀하기 때문이다. 즉 역사의 폭력 속에서 희생당한 영혼들을 씻어냄으
로써 나라의 안정을 기원하겠다는 것이다. 이는 논리적으로나 과학적으
로나 납득할 수 없는 황당한 발상이지만, 작품 속에 등장하는 인물들은
진지하게 주어진 영혼들의 넋을 씻어나간다. 이때 작품 속에 드러난 환
상은 지난날의 상처를 직시하고, 다시는 그러한 상처를 반복하지 않겠
다는 의지를 통해 유지된다. 때문에 전제되어야 할 조건은 과거의 상처

---

16) 이청준,『신화를 삼킨 섬』, 열림원, 2003.

를 아파하는 것이 아니라, 다시는 상처를 반복하지 않겠다는 반성적 태도이다. 그리고 이러한 반성적 태도는 직접적인 피해자인 부모 세대를 넘어, 그들의 자식 세대를 통해 이루어진다.

무속인 정요선과 재일동포 2세인 고종민에게는 모두 역사의 굴레로 인해 상처 입은 아버지가 존재한다. 정요선의 아버지는 투철한 사회주의 사상을 갖고 사회변혁을 꾀했으나 그것을 용인하지 않는 사회로 인해 좌절을 겪고, 급기야 한센병이라는 불가항력적인 병으로 소록도에 유폐된 채 생을 마감한다. 그리고 고종민의 아버지는 어떤 사상과 이념도 지니지 않았으며 지배 세력에게 순종했음에도 불구하고, 살아있으나 죽은 자로 명명(命名)된다. 정요선과 고종민은 부모 세대가 겪은 아픔을 또다시 반복하지 않기 위해 각각 망자(亡者)의 넋을 위로하고, 제3자의 위치에 서서 객관적으로 역사를 관망하고자 노력한다. 이때 정요선은 무속인으로서 본인의 의지와 상관없이 외부 세계의 신(神)에 의해 운명이 좌지우지되는 인물로 비춰진다. 따라서 그에겐 스스로에 대한 주체적인 반성이 이루어지지 않는다. 하지만 요선은 누구보다 무속인으로서의 주어진 삶을 부정하고자 몸부림치는 인물이다. 이는 변심방의 딸 금옥과 추심방의 아들 만우를 통해서도 드러난다. 이들은 자신들에게 부여받은 운명의 굴레를 거부하고자 투쟁한다. 그러나 이는 좌절되고, 좀처럼 벗어날 수 없는 운명의 굴레 속에서 고민하는 인물들은 그들을 고스란히 닮은 제주도와 그 속에서 살아가는 주민들의 모습을 형상화한다. 작가는 이처럼 제주도로 환유된 한반도의 역사를 주체적으로 바라보고 반성해 나간다. 이에 재일동포 2세인 고종민은 제주도라는 공간에서 그동안 침묵했던 아버지의 상처를 마주하게 된다. 고종민이 발견한 상처는 단순한 개인의 것이 아닌, 한반도 안에서 힘없는 민중에게 가해진 공동체의 상처가 된다. 고종민은 이러한 사실을 인식함으로써 적극적으로 반성하는 태도를 취한다. 지식인으로서, 재일동포라는 신분이 갖는 제3자적인 관점에서 보다 객관적이고도 반성적으로 사건을 주목하는 것이다.

현실에서의 초월이 가능하기 위해서 '나'는 '나'로 남아 있으면서, 동시에 내게 귀속된 세계를 벗어나야만 한다. 즉 초월은 '나'이며 동시에 '나'가 아닐 수 있으며, 여전히 '나'이되 '또다른 나'로 변화함을 조건으로 삼는다. 이 무리한 초월의 요구를 충족시켜주는 대상은 바로 나의 '아이'이다. 왜냐하면 나의 '아이'는 '나'이며 동시에 '타인'이기 때문이다.[17] 나와 내 아이의 관계는 '동일성 안에서의 구별'을 통해 성립된다. 나의 '아이'는 내가 죽은 후에 이 세상을 살아갈 또 다른 나이기에, 정요선과 고종민은 각자 아버지의 '아이'로서 아버지가 살아간 역사적 질곡을 마주하게 된 것이다. 하지만 이들은 아버지 세대처럼 무조건적인 희생을 강요당하는 대신, 어머니와의 합일을 통해 상처와 위기를 극복할 힘을 제공받는다. 아들이 스스로 또 하나의 어머니가 됨으로써 상처를 극복해내고 있는 것이다. 이는 소설의 결말이 금옥의 신내림 굿으로 마무리됨을 통해서 뒷받침된다. 작품 내에서의 신내림 굿은 단순히 새로운 암무당의 탄생을 알리는 것만이 아니라, 또 하나의 부부가 탄생됨을 알리는 것이다. 부부의 탄생은 생명의 탄생으로 이어지고, 이것은 아버지의 혼을 씻어내고자 소록도를 향하는 요선이 스스로의 선택으로 무속인의 삶을 선택하게 되었음을 암시한다. 이는 망자(亡者)의 세계를 열어 지난 상처를 벗어던지고, 새로운 오늘과 미래를 출산하길 소망하는 현실의 욕망을 실현한다.

　무속에 있어 죽은 자는 부정한 존재로, 그들의 영혼은 굿을 통해 씻김을 받음으로써 신성한 존재가 된다. 이와 같은 맥락에서 씻김굿은 역사적 상황 하에서 억울하게 죽어간 민중의 영혼을 신적인 위치로 격상시키고자 하는 작가의 의도를 드러내는 효과적인 장치가 된다. 씻김굿은 죽은 이의 부정을 깨끗이 씻어 극락으로 보내는 행위로서, 단순히 죽은 자의 혼을 달래는 것이 아니라, 죽은 자와 산 자 모두가 하나 되는

---

17) 서동욱, 『차이와 타자』, 문학과지성사, 2000, 323쪽.

축제의 장으로서 건강한 생(生)을 소망하는 민중의식의 발현이다. 따라서 소설 속에 그려진 '굿'이 민중공동체의 회복을 향한 작가의 주제의식에 의해 효과적으로 수용됨을 알 수 있다. 그리고 이는 자기 자신의 삶을 씻기고 사회를 씻기는 것에서 그치지 않고, 우리 삶의 비애와 본질에 대한 성찰로 확대된다. 작가는 살아남은 자들이 누리는 '오늘'이 소외되고 억눌린, 살았어도 죽은 것과 다름없는 이들의 신음 속에 지탱되고 있다는 사실을 드러내고자 그들을 불러낸 것이다. 굿을 통해 현실을 극복하겠다는 작가의 환상은 죽은 자만이 아니라 살아있는 자를 아우르며, 새로운 역사의 장을 제공한다. 시간이란 되돌릴 수 없기에, 그 속에서 벌어진 사건 역시 절대로 되돌릴 수 없다. 하지만 소설은 '굿'이라는 상징적 행위를 통해 시간을 거스르고, 이승과 저승의 경계를 해체시킴으로써 과거의 상처를 치유해낸다. 때문에 환상은 새로운 미래를 지향해나가려는 인간이 갖는 '의지의 소산'이라는 점에서 긍정성을 획득한다.

즉 이청준 소설의 후반기 작품에서 주로 나타난 환상은 개인의 문제가 아닌 공동체의 문제로 확대된다. 이들은 자신에게 상처를 가한 외부 세계를 주체적으로 인식하고자 노력하며, 적극적인 반성을 통해 보다 나은 미래를 구축해 나간다. 다시 말해 현실을 극복하기 위한 환상을 스스로 추구함으로써 문제를 극복해냈다고 볼 수 있다. 이는 현실에서의 상처를 극복하고, 또 하나의 새로운 세계를 구축하기 위한 초월적 환상의 추구가 된다. 이때 새로운 세계의 구축은 새 생명을 출산하고 양육하는 어머니의 신성한 이미지를 통해 이루어진다. 어머니는 피폐한 현실 속에서 주체의 상처를 치유하고 온전한 성인으로 성장하도록 인도하기 때문이다. 따라서 주체는 어머니를 통해 자신이 몸담고 있는 세계의 한계를 극복할 힘을 제공받는다. 즉 타자와 나를 구분짓는 이분법적인 세계를 벗어나, 자신뿐만 아니라 자신을 구원한 어머니마저 구원하며 현실 속에서 환상을 완성한다. 이에 주체는 환상을 통해 유기되었던 성인식을 치르고 성숙한 자아로 성장하는 원동력을 제공받는다. 이때의 초월은 주체의 내면 성장을 통해 이루어지며, 독자들로 하여금 자신들이 몸담고 있는 세계를 반성하도록 자극한다.

그런 의미에서 이청준 소설의 후반기 작품이 갖는 특징은 환상을 수용한 현실·환상과 현실 사이의 화합을 통한 새로운 생성의 공간으로써 '초월적인 환상'을 향해 나아가고 있음을 들 수 있다. 이때의 초월은 삶에 대한 새로운 시각으로, 세계를 보는 전망이자 인식의 새로움을 의미한다.

V. 나가며

이청준은 40여 년 가까운 기간 동안 뚜렷한 기복없이 꾸준하게 작품활동을 지속해왔으며, 그 가운데 좀처럼 태작을 찾아볼 수 없는 작가로알려져 있다. 이러한 이청준의 문학적 과업에 관한 연구는 전후 본격적으로 전개된 한국 현대문학사를 조명하는데 있어 중요한 틀을 제공할것으로 기대된다. 본고에서는 이러한 이청준 소설에 관한 연구를 '환상성'이란 방법론을 통해 접근해보았다.

이청준은 세계를 눈에 보이는 그대로 담는 대신, 환상이라는 뒤틀린시각을 통해 보다 극명하게 재현해내고 있다. 따라서 이청준이 추구하는환상은 단순한 현실도피 혹은 현실파괴를 위한 수단이 아닌, 이 땅에서살아남기 위한 화해의 몸짓으로서 구체성을 띤다. 즉 환상은 대체적으로 괴로운 현실을 견디는 힘을 제공한다. 환상이란 좌절된 소망 충동의성취과정이며, 만족스럽지 못한 현실에 대한 보상이기 때문이다.[18] 또한 지젝은 우리가 살아가는 상징적 현실이 환상을 통해서 구성·유지된

---

18) 이승준, 앞의 책, 171쪽.

다고 보았다. 따라서 환상은 주체의 욕망을 실현시키는 시나리오가 되기에, 주체가 욕망하는 주체로 구성되는 것 역시 오직 환상을 통해서라고 할 수 있다. 이때 환상은 눈에 보이진 않지만 분명히 존재하는 현실의 폭력성을 가시화하는 성격을 지닌다. 때문에 환상은 세계를 정확하게 직시함으로써, 세계와의 진정한 화해를 추구하는 효과적인 수단이 될 것이다.

이에 본고에서는 이청준 소설의 통시적 변화에 초점을 맞추고, 그 변화의 원동력을 '환상성'을 통해 살펴보고자 하였다. 이는 '환상성'이야말로 '현실의 세계는 언제나 추하고 부도덕하며 허망한 것으로 도외시하고 싶었다'는 이청준의 고백과 표면적인 현실을 초월하면서도 결코 인간 존재의 본질과 유리되지 않는 그의 소설적 특징을 드러내는 가장 효과적인 방법론이 되기 때문이다. 실제로 이청준의 소설은 작중 인물과 공간, 나아가 주제의식에 이르기까지 다양한 측면에서 환상적인 특징을 드러낸다. 그러나 지금까지 이루어진 이청준 소설에 나타난 환상성 연구는 리얼리즘을 고수하는 한국 문단의 성격상 상대적으로 도외시되어왔기에 극복되어야 할 문제로 남아있다. 또한 이러한 환상성은 작품 속에서 모든 것을 포용하는 '어머니의 이미지'를 통해서 접근된다. 어머니는 남성인 아들이 긍정적인 정체성을 형성하도록 도와주는 타자의 역할을 성실하게 수행하기 때문이다. 이로 인해 아들이 갖는 어머니에 대한 환상은 확대될 수밖에 없다. 이에 본고에서는 이청준 소설 속에 드러난 환상성을 작품 전반의 변모양상을 드러내는 효과적인 수단으로 삼고, 이를 아들이 추구하는 어머니의 이미지를 통해서 조명하고자 노력하였다.

이상에서와 같이 이청준의 작품 세계에서 '환상성'을 통해 규명하고자 했던 목적은 크게 두 가지로 정리될 수 있다. 첫 번째는 '환상성'을 통한 이청준 작품 분석의 틀을 확장하는 것으로, 이는 환상을 리얼리즘의 영향권 아래 종속시키고자 애써왔던 기존의 한국문학이 갖는 한계를 극복하기 위함이었다. 이청준이 추구하고자 하는 궁극적인 세계는 눈에 보이는 현실 이면에 있는 감추어진 세계이다. 따라서 '환상성'이라는 방법론은 리얼리즘적 관점 하에서 부정적인 측면으로 분석되거나, 분석 자체가 도외시되어온 이청준의 작품 세계를 재조명하는 기회를 마련했다고 판단된다. 이어지는 두 번째 목적은 '환상성'을 통해 이청준 작품분석에 있어서 상대적으로 배제되어 왔던 어머니의 의미를 드러내는데 있었다. 환상을 통한 세계와의 화해는 주체인 아들이 어머니를 추구함으로써 제시된다. 폭력과 대립이 난무하는 세계를 회복시키고자하는 환상이 작품 내에 드러난 어머니를 통해서 추구되기 때문이다. 어머니는 아들과 한 몸을 이루었으나 분리됨으로써, 아들로 하여금 영원히 추구되어야할 타자의 위치에 선다. 이러한 타자로서의 어머니는 역시 타자로 규정된 환상과의 공통항을 형성해낸다. 뿐만 아니라 이청준에게 있어 '어머니'는 40여년 가까운 그의 문학 인생에 있어 가장 중심적인 문학적 모티브가 되어왔음에도 불구하고, 본격적인 연구가 거의 이루어지지 않고 있다는 점에서 또 하나의 공통항으로 묶여진다. 실제로 지금까지 이루어진 이청준 소설에 관한 연구는 전짓불로 상징되는 아버지와 그 힘 아래 억눌린 아들의 서사가 주를 이루어왔다고 해도 과언이 아니다.

따라서 본고는 이청준 문학에 있어 '어머니'에 대한 주제의식이 후반기 작품에만 한정되는 것이 아닌, 이청준 문학 전반에 걸쳐 추구되는 일관된 주제의식임을 드러내는 중요한 역할을 담당했다고 판단된다. 나아가 '환상성'을 통한 '모성 추구 양상' 연구는 지금까지 '아버지와 아들'을 중심으로 읽혀온 이청준의 작품 세계를 '어머니와 아들'이라는 관계 속에서 재조명하는 기회를 마련했다고 할 것이다.

■ 참고문헌

1. 분석작품
이청준, 「배꼽을 주제로 한 변주곡」, 『가면의 꿈』, 열림원, 2002.
이청준, 「흐르지 않는 강」, 『이어도』, 열림원, 1998.
이청준, 『신화를 삼킨 섬』 1·2권, 열림원, 2003.

2. 국내 논저
김병익, 「말의 탐구, 화해에의 변증」, 『이청준 깊이읽기』, 문학과지성사, 1993.
김승희, 「南道唱이 흐르는 아파트의 空間」, 『문학사상』, 1976. 1(76호).
서동욱, 『차이와 타자』, 문학과 지성사, 2000.
양선규, 「환상, 또는 불패의 진서」, 『세계의 문학』, 1992년 여름.
양진오, 「섬, 바다, 강 그리고 인간의 운명」, 『이어도』, 열림원, 1998.
오생근, 「푸코의 ≪광기의 역사≫ 혹은 침묵의 고고학」, 『광기의 역사』, 나남, 2003.
이승준, 『이청준 소설 연구』, 한국학술정보, 2005.
정과리, 「용서, 그 타인됨의 세계」, 『이청준 깊이읽기』, 문학과지성사, 1993.

3. 국외 논저
가스통 바슐라르, 이가림 옮김, 『물과 꿈』, 문예출판사, 2004.
츠베탕 토도로프, 이기우 옮김, 『덧없는 행복: 환상문학 서설: 루소론』, 한국문학사,
        1996.

■ **국문초록**

지금까지의 한국 문학은 환상을 리얼리즘의 영향권 아래 종속시키고자 노력해왔다. 때문에 이청준 소설에 있어서의 환상성은 작품 내에 나타난 다양한 인물과 공간, 그리고 소재적인 특징에도 불구하고 본격적인 논의가 거의 이루어지지 않아왔다. 이청준이 추구하는 궁극적인 세계는 눈에 보이지 않는, 현실 이면의 감추어진 세계이다. 환상은 이러한 현실 이면을 비춰주는 효과적인 통로로서 기능한다. 따라서 이청준 소설에 나타난 환상성은 단순한 현실도피 혹은 현실을 위협하는 수단이 아닌, 현실을 유지하기 위한 화해의 몸짓으로서 구체성을 갖는다. 그런데 이때의 화해는 모든 것을 포용하는 어머니의 이미지를 통해서 접근된다. 어머니는 남성인 아들이 긍정적인 정체성을 형성하도록 이끌어주는 타자의 역할을 담당하기 때문이다. 이에 본고는 이청준의 소설 전체를 관통하는 서사원리를 '환상성'으로 삼고, 작품 내에서 추구되는 모성 이미지에 따라 크게 세 시기로 구분해 보았다.

우선 Ⅱ장 '유보적 환상과 상실된 모성'에서는 이청준 소설 전반기(1965~1974)에 해당하는 작품 가운데 「배꼽을 주제로 한 변주곡」을 중심으로 분석을 시도하였다. 이 시기에는 주로 외부로부터 갑작스레 유입된 환상 앞에서 어떠한 결정도 내리지 못한 채 망설이는 주체가 등장한다. 이는 환상의 효과로 제기되는 주저함이나 망설임을 통해 '결정불가능의 상태'에 몰릴 수밖에 없던 당시 사회 분위기를 반영한다. 따라서 그 속에서 개인은 본인이 의도하지 않은 거대한 사회의 소용돌이에 휘말려 어느 것도 선택할 수 없는 유보적 자세를 취하게 된다. 그리고 이러한 주체의 수동성은 상실되어 찾을 수 없는 어머니를 통해 강조된다.

Ⅲ장 '도피적 환상과 분열된 모성'에서는 이청준 소설의 중반기(1975~1984)에 해당하는 작품 가운데 「흐르지 않는 강」을 중심으로 분석이 이루어진다. 이 시기에 드러난 환상은 광기나 정신분열을 겪는 인물들이 추구하는 '도피적 환상'이 주를 이룬다. 이는 정치·사회적인 메커니즘과 그 횡포에 대한 인간 정신의 대결 관계가 심화되던 당시의 사회상을 반영한다. 이에 주체는 자신의 모든 것을 이해하고 보듬어줄 어머니를 강력하게 추구하게 된다. 그러나 조건 없는 사랑을 베푸는 모성과 개인의 욕망을 우선시하는 모성의 이미지가 분열된 상태로 존재하기에 주체는 현실로부터 일탈할 수밖에 없다.

Ⅳ장 '초월적 환상과 성화된 모성'에서는 이청준 소설의 후반기(1985년 이후)에 속하는 『신화를 삼킨 섬』을 중심으로 분석이 이루어진다. 이 시기의 작품에는 외

부 세계의 변화로 인해 어쩔 수 없이 희생을 강요받은 인물들이 등장한다. 그러나 그들은 주어진 현실에 굴복하지 않고 능동적으로 삶을 반성하며, 보다 나은 미래를 구축해나간다. 이때 새로운 세계의 구축은 새 생명을 출산하고 양육하는 어머니의 신성한 이미지를 통해 이루어진다. 어머니는 피폐한 현실 속에서 주체의 상처를 치유하고 온전한 성인으로 성장하도록 인도한다. 또한 주체가 몸담고 있는 세계 역시 그 한계를 극복할 수 있도록 유도한다. 이로써 아들은 타자와 나를 구분짓는 이분법적인 세계를 벗어나, 자신뿐만 아니라 자신을 구원한 어머니마저 구원하며 현실 속에서 환상을 이루어낸다.

이처럼 본고에서 '환상성'을 통해 리얼리즘의 영향권 아래 폄하되어온 이청준 소설의 환상적 요소들을 현실 이면에 가려진 세계를 주목하는 작가의 고유한 특징으로 재조명하고 있다. 더불어 '환상성'은 이청준의 작품분석에 있어서 상대적으로 배제되어 왔던 어머니의 의미를 드러내는 효과적인 역할을 감당한다. 어머니는 아들과 한 몸을 이루었으나 분리됨으로써, 아들로 하여금 영원히 추구되어야할 타자의 위치에 선다. 이러한 타자로서의 어머니는 역시 타자로 규정된 환상과의 공통항을 형성해낸다. 뿐만 아니라 이청준에게 있어 '어머니'는 40여 년 가까운 그의 문학 인생에 있어 가장 중심적인 문학적 모티브가 되어왔음에도 불구하고, 본격적인 연구가 거의 이루어지지 않고 있다는 점에서 또 하나의 공통항으로 묶여진다. 따라서 본 연구는 지금까지 전짓불로 상징되는 아버지와 그 힘 아래 억눌린 아들의 서사가 주를 이루어온 이청준의 작품 세계를 '어머니와 아들'이라는 새로운 관계 속에서 재조명하는 기회를 마련했다고 판단된다.

이청준은 40여 년 가까운 기간 동안 뚜렷한 기복없이 꾸준하게 작품 활동을 지속해왔으며, 그 가운데 좀처럼 태작을 찾아볼 수 없는 작가로 알려져 있다. 이러한 이청준 문학에 관한 연구는 전후 본격적으로 전개된 한국 현대문학사를 조명하는 데 있어 중요한 틀을 제공할 것이다.

주제어: 이청준, 환상성, 모성, 타자성

■ Abstract

A Study on the fantastics of Lee Chung-joon's novels

- Emphasis on the aspect of pursuing 'maternity'

Kim, So Ryun

Lee's work hardly shows any serious and specific debates in spite of various characters , space and uniqueness of the fantastics factors which can be found in his work. Lee's ultimate concept of the world is hiding under what we call it reality. Thus the fantastics in Lee's work can be an important passage to reveal Lee's works which are mainly describing the world beyond reality. The fantastics that Lee pursues, is not means of escapism or destroying reality, but the gesture of making peace in order to survive. This peace is made through the image of an accepting and forgiving mother. Because the mother is accomplished by helping his son forms positive identity. Therefore the whole concept of Lee's work is fantasy and can be categorized with three time periods.

In chapter II, In The subject's reserved fantastic and the loss of the maternity, The study focused on Lee's early period's (1965~1974) work called "The variations on the subject of belly button". This work can reflects in those days of hesitation and vacillation leading the status of impossible decision making by the fantastic effects. In those status, the individuals can deduce the reserved attitude due to the social situation. Characters lost their directions and sucked into the swirl of confusion. The world filled with confusion can control the conscience of the char- acter which can lead the character in his work. The subject's passivism is objectified and brought out by his lost mother.

In chapter III, the escape fantastics through the disrupted maternity is examined on Lee's middle period's (1975~1984) work called "A river that stands still". This period shows humanity against the oppression of political and social mechanism. Characters from Lee's try to escape from reality by revealing their madness. The fantastics in this period has antagonistic relationship with reality and the subject's deviation is emphasized on seeking for understanding and comforting mother. The maternity with unconditional love and the maternity with prioritize individual desire force reality separate from the fantastics.

In chapter IV, the transcendental fantastics through consecrated maternity is studied on Lee's late period's (after 1984) work called "A mythological island". The characters are forced to be sacrificed by the changes from the outside world, they are not submissive and keep trying to make better future for themselves. Constructing new world is accomplished by the image of giving birth and bringing up their children. Mother can guide the subject to be a complete grown-up from the cruel world.

Therefore, son can be free from dichotomy and achieve the fantastics in reality by rescuing not only himself but the mother who saved him. The fantastics can be the most effective method to face up to reality and expressing the writer's awareness who pursuits to reconcile with the world. The reconciliation with the world through the fantastics can be more evidently suggested by son pursues his mother. As mother and son forever. The fantastics redeeming the world filled with violence and confrontation is accomplished by mother giving a birth to a baby. However, Lee's work has been mostly dominated by father and his repressed son. Therefore, this thesis provides the opportunity to retrace his work with priority given to father and son to mother and son through the concept of the fantastics. Futhermore, it would be certain to remark that nearly 40years of Lee's works traced by the subject awareness and methodology with diachrony would achieve the literal significance.

Lee chung-joon has been leading a stirring life towards his work nearly 40years and not published a single inferior work. Hence, studying Lee chung-joon's works and his literal tasks would provide an important formality for illuminating Korean modern history of literature.

Key-words: Lee chung-joon, fantastics, maternity, Otherness

－이 논문은 2008년 6월 15일에 접수되어, 소정의 심사를 거쳐 2008년 7월 15일에 최종적으로 게재가 확정되었음.

'공공적' 글쓰기와 소설의 통속화

— 박태원의 「명랑한 전망」, 『여인성장』에 대한 연구

류 수 연*

Ⅰ. 문제제기

1930년대 후반 문학의 경향을 평가하는 중요한 키워드의 하나는 '통속화'이다. 이 시기 신문이나 잡지 등의 출판매체는 급속하게 그 수가 증가했고, 이에 따라 이전보다 작품을 발표할 수 있는 지면도 훨씬 넓어지게 되었다. 이러한 양적인 증가는 자연스럽게 매체의 상업적 경향을 강화시키게 된다. 이로 인해 이 시기 문학작품(특히 장편소설)에서는 통속화의 성격이 두드러지게 나타난다. 1930년대 후반부터 1940년대 초까지 발표된 박태원의 소설 역시 이러한 시대적 경향 속에 놓여 있다. 그래서 이 시기 그의 소설은 1930년대 중반까지의 작품들과 일정한

* 인하대학교

차이를 보이는 것으로 평가된다. 특히 남녀의 애정을 핵심 소재로 삼은 일련의 애정소설은 그 '통속적 경향'이 문제시되면서 박태원 소설에 있어서 하나의 '타락'으로 평가되거나, 비본질적인 요소로 평가되기도 했다. 그로 인해 1930년대 후반 발표된 통속적 경향의 소설은 박태원론을 구성함에 있어서 하나의 공백처럼, 혹은 하나의 분절처럼 남겨져 왔다.

본고는 이러한 박태원의 1930년대 후반 소설이 가진 의미를 다시 파악하고자 한다. 그것은 단순히 하나의 공백이나 분절이 아니라, 박태원의 전 생애에 걸친 작품 활동 안에서 한 전환점으로 파악될 수 있기 때문이다. 이를 위해서 본고는 1930년대 후반 장편소설을 중심으로 나타난 통속화 과정을 단순히 대중에 대한 영합으로만 평가하는 기존의 관점으로부터 자유로워질 필요가 있다. 박태원 소설의 통속화는 '공공성의 상실'[1]이라는 후기 식민지 시대의 현실적 조건과 그 맥을 같이하고 있다는 점에서 매우 중요한 의미를 지닌다. 한반도가 대륙 침략을 위한 병참기지로 변모하고, 일제의 전쟁 야욕이 중일전쟁에서 태평양전쟁으로 확대되어 가는 과정 속에서 식민지 조선의 지식인들은 자율적인 '공공적 공간'을 상실해버렸다. 그러나 또 다른 한편에서는 일제의 주도로 이루어진 대동아공영권 등의 강요된 '공공적 공간'의 영역은 오히려 더 넓어진 시기이기도 했다. 그러한 절망적 현실 감각이야말로 박태원이 소설이라는 '공공적 글쓰기'에 대해 재고할 여지를 주었다고 할 수 있다. 그의 소설에 나타난 통속적 경향이 이러한 이중적인 현실에서 비롯된 것임을 주목할 때, 그것이 가지고 있는 의미망은 그리 단순하지 않다. 그것은 그가 고현학적 관찰자를 통해 추구했던 또 다른 의미의 공공적 소통은 아니었을까?

---

1) 이에 대한 개념은 한나 아렌트가 제시한 '공공성'의 개념을 적극적으로 해석한 사이토 준이치의 『公共性(岩波書店, 2000)』를 중심으로 살펴보았고, 더불어 한나 아렌트의 저술『인간의 조건』, 『과거와 미래 사이』 등) 및 칸트의 저술(『역사철학』 등)을 참조하였다.

따라서 본고는 단순히 그동안 크게 주목받지 못했던 박태원의 작품을 조명해 보자는 차원에 그치고자 하지 않는다. 박태원이 쓴 통속적 경향의 소설을 연구하는 것은 작가 박태원에 대한 이해를 재고하는 것뿐만 아니라, 1930년대 후반 소설에서 나타나는 '통속성'에 대한 부정적인 의의를 재고하고자 하는 노력의 발판이 될 것이기 때문이다. 이에 본고는 공공성이 상실된 시대가 그의 소설에 어떻게 반영되었는지, 그리고 그 속에 드러난 '고현학적 관찰자'의 좌절과 전망 찾기 과정에 주목하고자 한다. 이를 위해 그의 여러 작품 중에서도 가장 통속적인 경향을 드러내는 것으로 평가되는 두 편의 애정소설 「명랑한 전망」, 『여인성장』을 그 대상 텍스트로 한다. 두 작품은 유사한 시기에 연달아 창작되었다는 특징과 더불어 소설의 내용적 측면에서도 서로 연관점이 뚜렷하게 나타나는 작품이다. 이를 통해 우리 근대사의 가장 예민한 시기를 관통하는 작가 박태원의 고민이 어떤 방식으로 소설에 반영되었는가를 살펴보고자 한다.

II. 공공성을 상실한 도시의 난민

박태원의 창작방법론인 고현학은 민속학자인 곤 와지로와 요시다 겐키치가 처음 제기한 서사기법이다.[2] 지진으로 인해 폐허가 된 도시, 그로부터 새롭게 건설되는 그 도시를 탐구하는 고현학은 도시라는 거대한 근대적 육체에 대한 경이의 표현이자 근대적 일본에 대한 가능성과 기대를 담은 것이었다. 그러나 식민지 조선의 도시를 탐구하는 박태원의 고현학은 이와는 조금 다른 층위에서 시작되었다. 곤 와지로의 고현학이 도시에 대한 매혹에 가까운 서사였다면, 박태원의 고현학은 근

---

2) 졸고, 「고현학과 관찰자의 시선」, 『민족문학사연구』 23호, 2003, 333쪽.

본적으로 소외의 서사이다. 노트를 들고 도시의 구석구석을 떠도는 그의 분신 '구보'는 소외자에 다름 아니고 무엇인가? 따라서 우리의 논의는 무엇이 그를 '유민' 혹은 '난민'으로 전락시켰는가 하는 물음에서부터 시작되어야 한다.

1910년대로부터 1920년대까지 카프를 중심으로 발달한 리얼리즘 문학은 여전히 '계몽'에 대한 기대와 가능성에 기반하고 있었다. "계몽의 프로젝트. 그것은 '공공성'의 프로젝트를 그 핵심에 포함하고 있다."[3] 아직까지 근대는 실현가능한 전망으로 존재했고, 그 기대는 그들의 현실을 바꿀 수 있다는 기대로 믿어졌다. 비록 식민지로 전락했지만, 오히려 그것을 기회로 지식인들은 조선의 새로운 미래를 전망하고 토론할 수 있었다. 식민지 현실이 그들이 목소리를 낼 '공론'의 영역을 닫아버리지는 않았기 때문이다. 그렇다면 공론의 영역이란 무엇인가? 한나 아렌트의 정의에 따르면 다음과 같다.

> 첫째, 공중 앞에 나타나는 모든 것은 누구나 볼 수 있고 들을 수 있으며 그러므로 가능한 가장 폭넓은 공공성을 가진다는 것을 의미한다. …(중략)…
> 두 번째로, '공적'이라는 용어는 세계가 우리 모두에게 공동의 것이고, 우리의 사적인 소유지와 구별되는 세계 그 자체를 의미한다. …(중략)…
> 세계에서 함께 산다는 것은 본질적으로, 탁자가 그 둘레에 앉는 사람들 사이에 자리잡고 있듯이 사물의 세계도 공동으로 그것을 취하는 사람들 사이에 존재한다는 것을 의미한다. 모든 사이(in-between)가 그러하듯이 세계는 사람들을 맺어주기도 하고 동시에 분리시키기도 한다.[4]

그러나 박태원의 서사가 본격적으로 시작된 1930년대는 다르다. 본래 박태원의 고현학은 계몽의 전망이 상실되어가던 현실을 관찰하는

---

3) 사이토 준이치, 『公共性』, 岩波書店, 2000, 24쪽. "…… 〈啓蒙〉のプロジェクト。このプロジェクトは〈公共性〉のプロジェクトをその核心に含んでいる。"
4) 한나 아렌트, 『인간의 조건』, 한길사, 1996, 102-106쪽.

것으로 시작되었다. 이미 근대는, 비록 불구의 모습을 띠고 있을망정 거기에 있었다. 그러나 식민지라는 현실이 고착화되면서 전망은 서서히 상실되기 시작했다. 그것은 달라진 카페의 풍경을 통해 확인할 수 있다. 1920년대까지 수많은 문인들이 모여서 토론하던 '공론의 장소'로서의 카페는 사라지고, 연인들이 달콤한 밀어를 나누거나 몇몇 룸펜들이 유언비어나 음담패설을 나누는 장소로 카페가 새롭게 자리매김한다. 박태원의 대표작인 『소설가 구보씨의 일일』5)에는 이처럼 공공적 성격을 상실해 가기 시작한 카페의 모습이 담겨져 있다. 그리고 작가 박태원은 구보의 관찰을 통해 그 공공성이 상실된 자리를 무엇이 메우고 있는가를 세밀하게 살펴본다.

물질주의에 사로잡힌 식민지 경성에서 구보는 스스로 도시의 '난민'이 되었다. 사실 어쩌면 그것은 구보 스스로의 선택이 아니었는지도 모른다. 그러나 중요한 것은 그가 스스로 '난민'임을 인식하고 있었다는 사실이다. 왜 그는 난민이 되었는가? 그 이유는 그 도시의 어디에도 그가 목소리를 높여 자신의 의견을 내세우고 존재를 드러낼 수 있는 토론의 자리가 마련되어 있지 않기 때문이다. 그에게 허락된 토론의 공간은 그의 손에 들린 '노트'뿐이다. 목소리를 낼 수 있는 공간이 노트라는 좁은 공간(일종의 사적 영역)에 머물러 있는 시대, 『소설가 구보씨의 일일』에 반영된 경성의 풍경은 그러하다.

그러나 구보가 아직 도시를 '관찰'하고 '탐구'할 수 있다고 여겼던 그 순간까지는 아직은 박태원에게 전망에 대한 기대는 남겨져 있었다. 탐구한다는 것은 대상이 가진 진실을 드러내고자 함이고, 그것은 아직 거기에 진실이 있다는 것을 믿고 싶다는 것을 의미한다. 그러나 30년대 후반, 박태원이 발표한 일련의 애정소설에는 이 마지막 남은 전망에 대한 기대마저 사라졌다. 바로 구보형 인물이 사라지는 것이다. 이전 소설

---

5) 이 작품은 1934년 8월 1일부터 9월 11일까지 『조선중앙일보』에 연재되었다.

에서라면 당연히 구보형 인물이어야만 할 주인공들은 더 이상 '구보'가 아니다. 오히려 그들은 구보가 그토록 꿈꾸었던 '한 개의 생활'을 가진 자, 그러나 타락한 양태로 그것을 소유한 그런 인물들로 나타난다.

무엇이 '관찰자'로 하여금 '관찰'할 수 없게 만들었는가? 그것은 더 이상 관찰을 통해 전망을 발견하려는 시도 자체가 무의미해질 만큼 시대현실이 척박해졌음을 의미한다. "공공적 공간이란 자신의 '행위'와 '의견'에 대하여 응답을 받는 공간이다."[6] 그것은 결국 타자가 존재해야만 가능한 공간임을 의미한다. 박태원이 인식했든 인식하지 않았든 카프는 그와 '차이'를 가진 또 다른 존재, 타자로서 존재해 왔다. 사실상 박태원의 모더니즘이 가능했던 이유도, 그의 분신 '구보'가 관찰을 핑계로 도시를 떠돌 수 있었던 것도, 모두 카프라는 '타자'가 있었기에 가능했던 것이다. 카프의 해체는 그러한 타자가 더 이상 존재하지 않는다는 것을 의미한다. 그의 일련의 애정소설은 그러한 카프의 상실로 인해 공공성이 상실되어버린 현실적 조건의 변화를 담아낸 것이다. 동시에 그것은 일제에 의해 기획되고 강요된 '공공권'으로서의 대동아공영권이라는 허구적 공공성 속에는 진실한 공공적 자리가 마련될 수 없음을 그가 예민하게 자각하고 있음을 엿볼 수 있는 것이기도 하다.

카프라는 타자의 존재가 사라진 후, 이제 관찰을 통해 공론의 공간을 발견한다는 것 자체가 불가능한 것이 되어버렸다. 대동아공영권을 강요하는 일제는 진정한 의미의 타자가 될 수 없기 때문이다. 따라서 관찰을 통해 무엇인가를 발견하고자 했던 박태원의 시도는 공론의 장이 완전히 막혀버렸다는 현실 앞에서 좌절되고 만다. 이제 박태원 소설의 주인공들은 진정한 난민으로 추락하고 만다. 바로 이 지점에서 서서히 박태원의 소설은 변질되기 시작한다. 그는 작품을 통해 고현학을 다양한 방식으로 추구해보지만, 결국 그가 그토록 바랐던 전망은 그것으

---

6) 사이토 준이치, 「はじめに」, 앞의 책. "公共的空間とは、自らの「行爲」と「意見」に對して應答が反される空間である。"

로 찾아지지 않았다. 『금은탑』을 끝으로 우리는 박태원의 작품에서 더 이상 구보형 인물을 찾을 수 없게 되었고, 고현학은 사실상 폐기되었다.

　　본래 '박탈된'이라는 의미를 가지는 '사적인'이라는 용어는 공론 영역의 이러한 다양한 의미와 관련되어 있다. 완전히 사적인 생활을 한다는 것은 우선 진정한 인간에게 필수적인 것이 박탈되었음을 의미한다. …(중략)… 타인에게 관심을 갖는 한 사적 인간은 나타나지 않으며, 따라서 마치 그는 존재하지 않았던 것처럼 된다. 사적인 인간이 행하는 것은 무엇이나 타인에겐 아무런 의미도 중요성도 없으며, 그에게 문제가 되는 것도 다른 사람에게는 아무런 관심거리가 되지 못한다.[7]

　이제 그의 소설 속 주인공은 더 이상 관찰하지 않는다. 그들은 스스로를 관찰자로 혹은 난민으로 인정하지도 않는다. 구보가 자조적으로 자신을 도시의 소외자라고 인식하고 인정할 수 있었던 이유는 그가 완벽히 소외되지는 않았기 때문이다. 그러나 이제 달라졌다. 박태원 소설의 주인공들은 구보처럼 자신의 소외를 인정하지 않는다. 그러나 그들이 소외를 인정하지 않는다고 해서 그들이 소외되지 않았다는 것을 의미하지는 않는다. 오히려 그들은 자신의 소외를 인정할 수 없을 만큼 완벽하게 소외되어 있을 뿐이다.

　그렇다면 이 소외로부터 벗어날 수 있는 방법은 없는 것인가? 박태원의 사라진 공론의 장을 대신해 인물들을 어디에 배치하는가? 그것은 바로 구보가 꿈꾸었던 그것, '한 개의 생활'이다. 그러나 공론의 장이 막힌 현실에서 사적 영역으로의 안주는 결국 '소유'의 문제로 환언되며, 그것은 필연적으로 물질만능의 함정으로 빠져들 수밖에 없는 한계를 내재하게 된다. 결국 한 개의 생활을 인물들에게 주려는 박태원의 노력이 사적 소유에 얽매이면서 그의 소설은 통속화의 길을 걷게 된 것이

---

7) 한나 아렌트, 앞의 책, 112쪽.

다. 「명랑한 전망」과 『여인성장』은 바로 이러한 소유와 사적 영역으로 전망을 대체한다. 그러나 이를 단순히 대중에 영합한 통속으로만 본다면, 그것은 작가 박태원의 고민을 지나치게 평가 절하하는 것이다. 오히려 거기엔 '생활'에 안주하고 싶어도 안주할 수 없었던 작가 박태원의 고뇌가 담겨져 있기 때문이다. 이제 이 두 작품을 통해 소설이라는 '공공적 글쓰기'를 통해 그가 1930년대 후반이라는 시대를 향해 던진 외침의 진실을 찾아가 보도록 하자.

III. '소유'를 향한 갈망: 「명랑한 전망」

「명랑한 전망」[8]은 다분히 역설적인 제목이다. 전망이 상실된 시대의 서사가 어떻게 '명랑'할 수 있는가? 그래서 소설 「명랑한 전망」은 그 출발부터 진정성이 부재한다. 그렇다면 그 부재를 대신하는 것은 무엇인가? 공론의 자리를 상실한 지식인들에게 남겨진 유일한 전망이란 하루빨리 '생활'에 편입되는 것이다. 이 생활을 가능하게 하는 공간은 '가정'이며, 그것을 유지시키는 것은 다름 아닌 '소유'이다. 「명랑한 전망」에서 등장인물들을 이끄는 가장 큰 동력은 바로 이 '소유'에 대한 갈망이다.

> 혜경이에게는 반지가 한둘이 아니다 석달전에 자기가 보낸 약혼반지도 잇다 그러나 혜경이와 가티 아름다운 여인에게는 그 여여분 손을 장식하기 의하여 갑나가는 반지가 암만이라도 필요한것이다[9]

---

8) 이 작품은 1939년 4월 9일부터 5월 16일까지 『매일신보』에 연재되었다. 본고에서는 『한국근대단편소설대계 9』를 인용하였다. 이하 인용문은 면수만 표기하겠다.
9) 「명랑한 전망」, 202쪽.

소설 「명랑한 전망」은 애인 혜경의 선물을 사기 위해 백화점으로 향하는 주인공 히재의 경쾌한 발걸음으로부터 시작된다. 그가 사랑하는 여인은 부잣집 영양이고 대단히 아름다운 여성이다. 그는 '반지가 한둘이 아닌' 혜경의 사치를 아름다운 여인에게는 당연한 것이라고 치부한다. 더구나 그는 그 아름다움의 가치를 보석의 가치와 연결시키는 속물적 시선을 보인다. 이는 처음부터 그가 혜경을 소유로 인식하고 있음을 반영한다. 안정된 직업과 사랑하는 여인을 가진 히재는, 어쩌면 구보가 가장 꿈꾸던 모든 것을 가진 사람이다. 그런데 이러한 히재의 생활에 균열이 나기 시작한다. 이 즐거운 하루는 뜻밖에 맞닥뜨린 배신이라는 현실로 인해 망가지고 말기 때문이다. 그것은 곧 그의 '소유'가 위협받기 시작했음을 의미한다.

이러한 히재는 이전까지 박태원 소설에 나타났던 주인공과 전혀 다르다. 그것은 카페에서 혜경을 기다리는 장면에서 분명하게 드러난다. 카페에서 그는 오직 혜경과 자신에 대한 생각에만 골몰해 있다. 그곳은 커피 한 잔 만큼의 돈을 내고 한시적으로 소유할 수 있는 사적 공간이며, 그곳에서 필요한 것은 누군가를 기다리거나 자신의 상념에 젖어있는 것뿐이다. 그래서 히재는 아무것도 관찰하지 않으며, 또한 몇 시간 동안 누군가를 기다리고 있는 그에게 그 누구도 관심을 두지 않는다. 누군가를 열심히 관찰하면서도 누군가에게 관찰 받는 것을 두려워했던 구보의 모습은 그 어디에서도 찾을 수 없다.

사실 관찰자라는 것은 공적 영역에서 소외된 자임을 반영하는 것이다. 타인을 관찰하는 자는 타인과 애초에 관계 맺기를 스스로 거부한 자이며, 또 거부당하는 자이다. 그런데 그러한 관찰자를 사적 공간으로 추락하지 않게 만든 것은 역설적으로 바로 그가 관찰하고 있기 때문이다. 그렇기 때문에 전망을 발견하지도 못한 채 한 개의 생활을 꿈꾸던 관찰자였음에도 불구하고 소유의 노예가 되지 않을 수 있었던 것이다. 그러나 「명랑한 전망」에서 주인공 히재의 입장은 전혀 다르다. 소외의 근원이 다르기 때문이다. 관찰자로서 구보의 소외가 공적 영역에서의 소외로부터 시작되었다면, 히재의 소외는 다름 아닌 그의 소유로부터 시작되었다. 그의 소유였던 애인이 배신하면서, 그는 또 다른 '사적 영역(소유)'를 찾는데, 그 대상은 바로 술집 여급이었던 애자이다.

> 데리고 산다는 여급의 뱃속에 히재의 아이가 이미 들어잇나 보다는 말 애도 별 감정을 가저보지못한 혜경으로서 그가 회사애서 나오는길에 저녁 반찬거리라도 사가지고 가는듯시푼 모양에 그처럼 볼쾌한감을 느낀것은 어인연고냐?[10]

애자와의 동거, 그리고 아이의 출산은 히재가 또 다른 새로운 사적 영역에 안전하게 뿌리내렸음을 의미하는 것만 같았다. 애자와 딸에 대한 그의 애정은 충만했고, 그것은 가정을 유지하기에 충분한 것처럼 보였다. 히재의 동거에 별 감정을 못 느꼈던 혜경이 질투하는 것도 사실은 그 '생활'이다. 그러나 그것은 히재의 실직과 함께 붕괴되기 시작한다. 무엇이 문제인가? 그 이유는 그들의 사적 영역을 유지시키는 본질이 애정이 아니기 때문이다. 이 공간을 확정하여 주는 것은 '소유'라는 아주 현실적이고 물질적인 가치이다. 직업을 잃고 더 이상 능동적인 소비자가 되지 못하면서 히재는 사적 영역조차 가질 수 없는 현실에 절망한다. 그가 인정하든 인정하지 못하든 그는 관찰자보다도 더 심각한 상태, 공적 영역과 사적 영역으로부터 완전히 배제된 진정한 의미의 '난민'으로 전락한 것이다.

공공성은 "사람들 사이에 존재하는 세계가 사람들을 결집시키고 관계를 맺어주며 서로 분리시키는 힘"[11]이다. 그것이 상실되었다는 것은 익숙했던 사람들 사이의 관계 맺기가 낯설어져 버렸음을 의미한다. 따

---

10) 「명랑한 전망」, 220쪽.
11) 한나 아렌트, 앞의 책, 106쪽.

라서 무엇인가 그것을 대체하여 새롭게 관계 맺기를 가능하게 해야 한
다. 그것이 바로 사적 영역인데, 문제는 이러한 사적 영역을 확보하는
유일한 힘은 '소유'라는 점이다. 소설의 서사가 이러한 소유의 문제에
매달리면서, 소설의 서사는 히재의 개인사적 고통 외에 다른 것들에는
관심을 갖지 않는다. 그를 실직하도록 만든 사회 현실의 문제라든지, 그
가 직업을 구할 수 없었던 이유 등에 대해서는 모든 것이 괄호 속에 넣
어져 버린다. 왜냐하면 이미 그 물음에 답할 수 있었던 공론의 장은 닫
혀버렸고, 그것을 되돌릴 수 있을 것이라고 믿었던 관찰자의 발랄한 산
책도 이미 끝나버렸기 때문이다. 그의 관찰이 포기된 순간, 이미 소설가
박태원의 '전망 찾기'도 포기되었던 것이다. 따라서 히재가 할 수 있는
것은 그에게 유일하게 허락된 공간, 가정을 되찾는 것뿐이다.

　이 지점에서 그가 추구하는 '가정'의 본질은 오직 물질의 '소유'를
통해서만 유지될 수 있는 것임이 다시금 확인된다. 구보가 그토록 바랐
던 '생활'은 그토록 속물적인 것임이 명백히 드러난 것이다. 공론의 부
재를 대체하고자 했던 '생활'의 추구는 '소유'라는 현실적인 벽 앞에서
이처럼 왜곡되고 만다. 그들이 절대적으로 변하지 않을 것이라고 생각
하는 사랑 역시 일단 가정을 이루면 '돈'이 없이는 유지될 수 없기 때문
이다. 박태원의 주인공들은 '생활에 뛰어들어 가족을 갖고 돈을 벌어야
했을 때 걷잡을 수 없이 훼손'[12]되어 버리는 것이다.

　어디서부터 잘못된 것일까? 잃어버린 공적 영역을 사적 영역으로 대
체하고자 하는 그들의 지향은 처음부터 왜곡되어 있었다. 공적인 영역
이 사라진 한, 진정한 의미의 사적 영역도 결코 존재할 수 없다. 그 둘
은 항상 동시에 공존해야 하는 것이다. 따라서 사적 영역을 확보하는
것만으로는 상실된 공공의 자리는 채워질 수 없다. '공론 영역은 가족
구성원 사이에는 결코 존재한 적이 없었'[13]기 때문에 그들의 지향은 언

---

12) 최혜실, 「'산책자'의 타락과 통속성」, 『박태원 소설연구』, 1995, 195쪽.
13) 한나 아렌트, 앞의 책, 107쪽.

제나 불구의 것일 수밖에 없다. 더구나 사적인 영역을 확보하기 위한 그들의 노력은 무엇이 그들에게서 공적 영역을 빼앗아갔는지를 제대로 인식하지 못하게 한다. 따라서 히재가 혜경에게 돌아가 안전한 소유를 획득하는 것은 어쩌면 당연한 결말이다. 소유를 통해서만 확보할 수 있는 '가정'이라는 사적 공간에서는 사실상 그 가정의 구성원이 누구인가는 중요하지 않다.

이처럼 「명랑한 전망」의 이러한 결말은 본래 작가의 기대가 완전히 포기되었음을 의미한다. 그것은 공공성이 상실된 시대를 살아남기 위한 작가 박태원의 고군분투가 실패했음을 의미하는 것처럼 보인다. 「명랑한 전망」에서 공공성이 사라진 빈자리를 메운 것은 물질이었으며, 주인공들이 모두 하나씩 사적 영역(물질로 구성된)을 확보하는 통속적 결말로 전망을 마감하고 말기 때문이다.

> 그로서 사흘 뒤 애자는 경자를 데리고 시골로 나려가고히재는 지금 잇는 본점××아파—트로 갓다 그리하여 취직과 함께 다시히재는 혜경이와 교섭을 가지게된것이다[14]

그러나 박태원 소설의 통속화를 단순히 상업적 논리에 휘둘린 결과물로 볼 수 없는 이유가 역설적으로 바로 여기에 있다. 전망이 부재한 현실을 '전망'이라고 진단하는 인물 유형 또한 당대 현실의 한 축인 것이다. 더구나 소설은 독자 누구도 히재와 혜경, 그리고 애자의 결말을 '명랑한 전망'이라고 평가할 수 없게 만든다. 이처럼 제목이 의미가 완전히 추락하는 바로 이 지점에서, 역설적으로 '명랑한 전망'이라는 제목은 그 본래의 의미를 되찾는다. 그것은 제목과 결말의 불협화음 속에서 독자가 스스로 그 '전망'을 다시금 생각하게 만드는 효과를 나타나게 되는 것이다. 이는 아직까지 박태원 자신이 속물적 전망에 함몰되지 않

---

14) 「명랑한 전망」, 235쪽.

았기 때문에 가능한 것이었다. 오히려 이를 통해 그는 독자에게 그가 아직 발견하지 못한 전망에 대해 다시 문제제기하고 있다. '소유'가 결코 '명랑한 전망'이 될 수 없다면 무엇이 전망을 가능하게 하는가? 이에 대한 박태원의 고민은 『여인성장』으로 이어진다.

Ⅳ. 타락한 '사랑', 사적 공간으로의 퇴보: 『여인성장』

이미 '소유'만으로 '명랑한 전망'을 확보할 수 없음은 명백해졌다. 박태원에 『여인성장』에서 내세우는 또 다른 가치는 '사랑'이다. 소유만으로 진정한 가정을 이룰 수 없다면, 다시 문제는 사랑으로 돌아와야 한다. 『여인성장』에서 등장인물들은 모두 사랑을 얻기 위해 동분서주한다. 공공의 자리를 상실한 사람들에게 가정은 그들이 돌아갈 수 있는 유일한 휴식처이다. 따라서 그 가정을 이루는 가장 중요한 가치인 '사랑'을 갈구하는 등장인물들의 노력은 그만큼 간절하다.

「명랑한 전망」과 마찬가지로 『여인성장』[15] 역시 여주인공의 배신으로부터 시작된다. 그러나 그 과정은 사뭇 다르다. 「명랑한 전망」에서 혜경의 배신은 사실상 히재의 오해였으나, 히재와 헤어진 혜경이 그 오해대로 행동하면서 배신은 기정사실이 되어버렸다. 그러나 결국 모든 우여곡절을 거쳐 혜경과 히재는 다시 결합해서 다시 원점으로 돌아가게 된다. 물론 모두가 자신의 자리를 차지하면 그만이라는 이러한 결말은 『여인성장』에서도 되풀이 된다는 점에서 동일하다. 그런데 『여인성장』은 한편에는 남녀의 연애담이 있고, 다른 한편에는 철수와 숙자의 이별을 둘러싼 비밀이 자리하고 있다. 여기서 독자의 흥미를 끄는 것은 사

---

15) 『여인성장』은 1941년 8월 1일부터 1942년 2월 9일까지 『매일신보』에 연재되었다. 본 고에서는 『한국근대장편소설대계 4』에 실린 1949년 영창서관의 단행본을 참조하였다. 이하 인용문은 면수만 표기하겠다.

실상 연애담보다 그 뒤에 은폐된 진실이다.

먼저 소설은 의문으로부터 시작된다. 그것은 왜 숙자가 사랑하는 철수가 아닌 은행 두취의 아들 상호와 결혼했는가에 대한 것이다. 숙자는 끊임없이 서술을 통해 철수에 대한 사랑을 드러내고, 철수는 숙자의 매몰찬 편지에도 불구하고 그녀를 끝까지 신뢰한다. 그렇기 때문에 독자는 이들 관계가 깨질 수밖에 없었던 이유에 호기심을 가지게 된다. 그러나 그 비밀을 소설의 결말 부분까지 지속되며 긴장을 유지한다. 이 비밀은 또 다른 비밀을 야기한다. 숙자의 시누이 숙경이 철수를 사랑하면서, 철수와 숙자가 연인이었음이 또 다른 비밀을 형성한다. 비밀을 알게 된 숙경이 질투에 사로잡혀 그 사실을 폭로하면서 인물들 사이의 갈등은 걷잡을 수 없이 커지게 된다.

그뒷모양을 잠깐 얼빠진 사람처럼 바라보다가, 상호는 기쁨을 참지 못하고 중얼거렸다.

『숙자허구 철수하곤 아무관계가 업섯다! 숙자는 순결허다!』

그는 철수를 좃차 나려가서 몃번이고 절이라도 하고싶게 그가 고마웟다.[16]

그러나 사실 이 모든 것은 표면적인 소동에 불과하다. 그토록 비밀을 감추려고 노력했지만 그것은 막상 밝혀졌을 때도 잘못된 현실을 뒤바꿀 만한 힘을 가진 것은 아니었다. 그 이유는 "애정갈등에서 파생되는 연쇄적인 삽화들 사이의 착종 관계가 미로와도 같이 복잡하면서도 쉽게 풀리는 구조로 되어있기 때문이다."[17] 인물 관계는 복잡하게 얽혀 있으나, 그에 비해 문제의 해결은 단순하고 쉽다. 그래서 비밀을 지키려고 했던 인물들의 노력이 컸던 만큼 그것이 드러난 이후, 너무나도 빠른 사건 해결은 허탈감마저 갖게 한다.

---

16) 『여인성장』, 502쪽.

17) 공종구, 「통속적인 연애담의 의미」, 『박태원 소설연구』, 1995, 395쪽.

무엇이 이런 문제를 발생시키는가? 그것은 이 비밀이 무엇에 의존한 것이었는가를 분석함으로써 파악할 수 있다. 이 소설의 모든 비극의 근원은 정신적 순결보다 육체적 순결을 우선시하는 작가의 태도에서 기인된다. 그런데 이는 상당히 모순적이다.『여인성장』이라는 제목에서 주는 느낌은 봉건적이고 전근대적인 삶으로부터 여성이 스스로를 일으켜 세워 새 삶으로 나아갈 것이라는 것이었다. 그런데 소설을 둘러싼 결말은 '여인성장'이라기보다는 '현재 삶의 인정'과 '또 다른 짝 찾기'로 귀결되어 있다. 철수와 숙자의 사랑은 오직 정신적인 것에 국한된 것이었으며, 숙자의 육체적 순결을 훼손한 것은 현재의 남편인 상호이기 때문에 아무런 문제가 되지 않는다는 태도는 이전 시대의 가치관으로부터 조금도 나아진 면이 없다. 결국 '여인성장'이라는 제목과 달리 소설은 여성에게 육체적 순결을 강요하는 남성 이데올로기를 강조하는 것으로 끝나고 만다. 더구나 그러한 남성 이데올로기를 강화하는 것은 물질적 소유이다.

이처럼『여인성장』역시「명랑한 전망」과 마찬가지로 제목과 내용이 서로 충돌되는 구성을 가지고 있다. '여인성장'을 내세웠으나, 이 소설 속에 나오는 어떤 여인도 성장된 모습을 보이지 않는다는 점에서 그러하다. 그것은 아마도 작가 박태원이 처음 의도했던 생각들이 소설이 연재되는 과정에 변화를 겪었음을 의미하는 것이다. 무엇 때문에 이러한 문제가 생긴 것일까? 그 이유는 아무래도 또 다른 여주인공 강순영을 통해 살펴보아야 할 것이다. 소설의 초반에는 철수에 대한 서사만큼 순영에 대한 서사가 많은 비중을 차지했다. 작가는 순영 집안의 비극에 대해 너무나도 자세하게 묘사했고, 독자는 '여인성장'이라는 소설의 제목이 이 여인에 관련된 것이라고 짐작할 수 있었다. 그러나 소설의 중반 이후 숙경에 대한 서술이 증가하면서, 순영에 대한 서술은 대폭 감소된다. 순영은 간간히 철수가 외로울 때 찾는 여인의 역할로 전락하게 된 것이다.

이러한 순영의 모습에는 「명랑한 전망」에서 애자의 모습이 겹쳐진
다. 두 작품에서 순영과 애자는 모두 가난한 집안 때문에 몸을 파는 여
성으로 나온다. 그녀들은 남자 주인공을 사랑하고, 다른 여인에게 상처
받는 그들을 위로하고 힘을 준다. 그러나 결국 그녀들에게 남겨지는 것
은 또 다른 상처뿐이다. 애자에게는 어린 경자를 혼자 키워야 하는 삶
이, 순영에게는 고백도 해보지 못한 아픈 사랑의 상처와 생활이 남겨진
다. 그녀들에게 허용된 운명은 너무나도 가혹하다. 사치스럽고 철이 없
는 여학생들의 치기어린 질투는 용서되지만, 가난을 위해 몸을 팔아야
했던 그녀들의 운명은 용서받지 못한다. 그것은 그 어떤 가치보다도 육
체적 순결을 중시하는 작가의 왜곡된 시선 때문이다.

> 그러나 순영은 슬펏다. 이미 저는 처녀가 아니오 처녀가아닐뿐 아니라
> 이미 한어린것의 어머니이엇던것이다. 저는 아무리 가슴을 태워 철수를 그
> 리워하여도 도저히 철수의 사랑을 구할수는업는것만 갓흔것이 그에게는
> 슬펏다. 그러면서도 막연한 히망과 갓흔것을 가슴 한구석에 지니고 잇섯던
> 그는 철수가 숙경이와 약혼 하여 버렷다는 한마디 소식에 그막연한 히망마
> 저 영구히 버리지안흐면 안되엇던것이다.18)

그러나 우리는 「명랑한 전망」에서 혜경은 이혼을 한 뒤 히재와 다시
이루어질 수 있었다는 것을 기억한다. 혜경과 순영은 다른 점은 바로
'물질'에 대한 소유 여부이다. 혜경은 부유했고, 그녀는 비록 결혼을 한
번 했지만 히재 역시 다른 여인과의 사이에서 아이를 가졌다는 문제가
있었기에 결합이 가능했다. 그러나 순영이 상실된 육체적 순결을 보상
할 수 있는 '물질'조차 가지고 있지 못하다. 더구나 아이는 그녀의 파괴
된 육체적 순결을 의미하는 증거이기도 하다. 숙자가 강간으로 인해 맺
어진 자신의 현실을 임신으로 인해 그대로 인정하고 안주한 것처럼, 작

---

18) 『여인성장』, 572쪽.

가는 순영에게도 사랑을 포기하고 현실에 안주할 것을 강요하고 있다. 『여인성장』이 '여인성장'일 수 없었던 이유는 바로 이러한 순영을 포기했기 때문이다. 그녀를 대했던 철수의 온정이 그녀에게 큰 상처를 남긴 이유는 그것이 사실 자기만족에 기인한 가식이었기 때문이다. 『여인성장』이 '여인성장'일 수 없었던 이유는 소설의 마지막에서도 드러난다.

> 비록 처녀는 아니라하더라도 그처럼 젊고 어엽부고 또 마음씨 고흔 여인이다. 압흐로 어데서 뜻하지안흔 인연이 행복을 담북 지니고 그를 차즐지 모르는 일이 아니겟느냐?[19]

모두가 행복하면 그만이라는 근거 없는 낙관적인 전망만이 결말을 채운다. 그리고 그것은 행복은 물질적 안정에서 온다는 속물적 시각에 기반하고 있다. 아이 아버지인 윤기진으로부터 돈을 받아 가게를 차리고, 기생으로 살지 않아도 되니 이제 행복할 일만 남았다는 결말은 공허하기 짝이 없다. 이처럼 『여인성장』은 그 어떤 반문도 없이 '명랑한 전망'을 그대로 인정하고 있다. 주인공이 쓴 소설을 통해서이지만, 사실은 주인공의 결말이야말로 진정한 '명랑한 전망'이라고 우기고 있는 작가를 보고 있는 듯하다. "더구나 김철수의 애인을 빼앗은 최상호의 누이동생에게 사랑을 느낀다는 상황 설정은 일종의 안이한 짝바꾸기, 제자리찾기에 불과할 뿐이다."[20]

결국 『여인성장』의 전망 찾기는 진정한 의미의 전망을 찾지 못한 채 끝나고 만다. 등장인물들은 모두 '사랑'을 추구했지만, 그들의 사랑은 어느 것도 진정한 의미의 사랑이 아니었다. 육체적 욕망을 철저하게 부정하고 단죄하는 사랑이란 오히려 그것이 육체에 굴복할 수밖에 없는 나약한 것에 불과함을 드러내는 것이다. 그래서 순결한 그들의 사랑은

---

19) 『여인성장』, 574쪽.
20) 최혜실, 앞의 책, 201쪽.

자신과 사랑하는 대상을 구원하지 못하는 허위의 것이 되고 만다. 가정이라는 사적 공간이 가진 '소유'라는 속물적 근성을 떨쳐내기 위해 선택한 사랑이라는 지향 역시 '소유'의 문제를 떠나서는 존재할 수 없다는 사실은 오히려 분명해진다. 이는 결국 박태원의 전망 찾기가 또 다시 실패했음을 의미하는 것처럼 보인다.

그러나 「명랑한 전망」과 마찬가지로 『여인성장』의 의의는 역설적으로 바로 이 실패에 있다. 박태원은 바로 이 작품을 통해 그의 1930년대와 이별한다. 그의 소설 속에서 늘 분신처럼 등장했던 '고현학적 관찰자'와 이별하는 것이다. 이는 작가 박태원의 소설세계가 새로운 길로 들어섰음을 의미한다. 공공의 자리가 부재한 곳에서 관찰은 더 이상 힘을 쓰지 못한다. 구보형 인물인 김철수가 구보가 될 수 없는 이유는 바로 이 때문이다. 구보가 구보일 수 없는 세계, 구보가 추구했던 '한 개의 생활'이 결코 소박할 수 없는 세계가 바로 작가 박태원이 마주한 1930년대 후반이었던 것이다. 김철수가 숙경과의 결혼을 통해 상류사회에 안착하는 그 비현실적인 속물적 낭만성을 확인하면서, 박태원은 자신의 1930년대와 이별을 고한다.

V. 마치며

본고는 '공공성의 상실'이라는 시대적 조건 속에서 박태원 소설의 '고현학적 관찰자'가 어떻게 실종되었는가를 그의 애정소설, 「명랑한 전망」, 『여인성장』을 통해 살펴보았다. 이를 통해 그의 소설 서사가 통속화되는 과정을 파악하고자 했다. 그러나 이러한 박태원 소설의 통속화를 부정적으로만 매도하는 것은 정당하지 않다. 어떤 방식으로든 그는 공공성 상실이 기정사실화된 식민지 현실 속에서 새로운 전망을 찾기 위해 노력하였기 때문이다. 오히려 문제가 되는 것은 통속화 자체가 아

니다. 문제는 박태원 자신이 이러한 통속화에 대해 큰 고민을 하지 않
았다는 사실이다. 그래서 그는 그토록 전망을 추구하면서도, '통속성'
속에 감추어진 소설의 또 다른 진정성, 흔히 '대중성'으로 지칭되는 긍
정적 동력을 발견하는 것으로 나아가지는 못했던 것이다. 결국 그의 두
편의 애정소설은 모두 '전망'을 찾았으나 어느 쪽도 진실한 전망을 찾
지 못한 채 종결되고 만다.

　비록 그의 추구는 전망 찾기에 실패하면서 통속화되었지만, 공공성
이 밀려난 자리에 '사적 영역'과 '소유'가 채워진 식민지 말기의 시대현
실은 그의 작품에 반영되어 있다. 이를 통해 우리는 박태원 소설의 통
속화가 단순히 대중에 영합된 결과물이 아니라는 사실을 알 수 있었다.
이는 더 나아가 이 시기 장편소설이 통속화의 경향을 가질 수밖에 없었
던 시대적 조건을 확인하는 또 다른 시각을 제공하는 것이기도 하다. 이
점이야말로 박태원의 두 편의 애정소설, 「명랑한 전망」과 『여인성장』의
의의라 할 수 있다.

■ 참고문헌

1. 1차 자료

박태원, 『한국근대단편소설대계』 9, 권영민 · 이주형 · 정호웅 공편, 태학사, 1988.
박태원, 『한국근대장편소설대계』 4, 권영민 · 이주형 · 정호웅 공편, 태학사, 1988.

2. 단행본

강진호 외, 『박태원의 소설 연구』, 깊은샘, 1995.
구보학회, 『박태원과 모더니즘』, 깊은샘, 2007.
김윤식 · 정호웅 편, 『한국문학의 리얼리즘과 모더니즘』, 민음사, 1989.
사이토 준이치, 『公共性』, 岩波書店, 2000.
이토 세이 외, 유은경 역, 『일본 사소설의 이해』, 소화, 1997.
정현숙, 『박태원문학연구』, 국학자료원, 1993.
조나단 크래리, 임동근 · 오성훈 외 역, 『관찰자의 기술』, 문화과학사, 2001.
최원식, 『문학의 귀환』, 창작과비평사, 2001.
칸트, 이한구 편역, 『칸트의 역사철학』, 서광사, 1992.
한나 아렌트, 서유경 역, 『과거와 미래사이』, 푸른숲, 2005.
한나 아렌트, 이진우 · 태정호 역, 『인간의 조건』, 한길사, 1996.

3. 논 문

곤 와지로, 「고현학이란 무엇인가?」, 『한국 근대문학과 일본문학』, 한국문학연구학
　　　　회, 국학자료원, 2001.
류수연, 「고현학과 관찰자의 시선」, 『민족문학사연구』 23호, 2003.

■ 국문초록

1930년대 후반 문학의 경향을 평가하는 중요한 키워드의 하나는 '통속화'이다. 이는 출판매체의 양적 성장과 상업화에 기반하고 있다. 1930년대 후반 발표된 박태원의 소설 역시 이러한 시대적 경향 속에 놓여 있다. 박태원 소설의 통속화는 '공공성의 상실'이라는 후기 식민지 시대의 현실적 조건과 그 맥을 같이하고 있다는 점에서 매우 중요한 의미를 지닌다. 본고는 「명랑한 전망」과 『여인성장』을 텍스트로 하여, 이러한 시대에 대한 작가의 예민한 반응이 소설이라는 '공공적 글쓰기'에 어떻게 반영되었는가를 살펴보고자 한다.

주제어: 박태원, 통속화, 공공성, 공공적 글쓰기, 고현학, 「명랑한 전망」, 『여인 성장』

226

■ Abstract

The 'Pubic' Writing and Popularization of Novels

Ryu, Su Yun

The 'popularization' is the main keyword to estimate the literature in the latter half of 1930's. It is based on an increase in quantity and commercialization of publishing media. Bak Tae-won's novels, which were published in the latter half of 1930's, also laid on these tendency. The popularization of his novels is very important because it reveals 'loss of publicity' in the later colonial period. This thesis intends to reveal how Bak Tae-won's thought was reflected in his novels as 'public writing' with 「The Cheerful View」 and 『The Growth of Women』.

Key-words: Bak Tae-won, Popularization, Publicity, Pubic Writing, Modernology, 「The Cheerful View」 and 『The Growth of Women』

－이 논문은 2008년 6월 15일에 접수되어, 소정의 심사를 거쳐 2008년 7월 15일에 최종적으로 게재가 확정되었음.

주체의 불안과 성장 연구

– 한승원의 연작 소설 「석유등잔불」, 「안개바다」, 「꽃과 어둠」을 중심으로

우 현 주*

I. 들어가며

한승원 소설 중 특히 초기 중·단편 소설의 연구에는 그의 자전적 요소가 많이 반영되어 있다. 남도 바닷가 출신이라는 작가의 이력으로 인한 영향으로 대부분의 텍스트는 '바다'에 대한 공간 연구에 집중되어 있다. 원초적 공간으로서, 신화적 공간성이나 생명과 죽음에 이르는 양가적 의미를 내포하는 바다에 대한 연구[1]는 최근 생태학적인 논의[2]에

* 이화여자대학교

1) 황도경, 「욕망의 바다, 바다의 신화」, 『아리랑 별곡』, 『한승원 중단편선집』 해설, 문이당, 1999.
　임철우·임동확·하응백 편, 『한승원의 삶과 문학』, 문이당, 2000.
2) 정연희, 「1970년대 한승원의 소설에 나타난 "바다"의 생태론적 의미」, 『현대소설연구』

228

이르기까지 다양하게 전개되고 있다. 이 연구들이 포착하는 한승원 소설의 특징은 폭력적인 근대의 현실과 이에 대응하는 원초적인 공간 사이에서 진동하는 인물들에 대한 관심이다. 상처입은 민초들의 삶을 그려내고 있는 토속적인 한의 세계3)로 집약되는 한승원 소설의 특징은 본고에서 연구할 텍스트에도 연결되는 정신 중 하나일 것이다.

작가의 원체험이었던 6·25가 한승원 소설에서 반복적으로 재현될 때 우리가 주목해야 하는 것은 원체험 자체의 실제성이 아니라 그것이 재현되는 방식일 것이다. 유년시절의 정신적 외상(trauma)은 어느 정도 현재의 상황이나 관심에 의해 촉발되고 재해석·재구성된 상상의 산물로 나타난다.4) 1970년대 후반 작품인 연작 『안개바다』의 「석유등잔불」(1976), 「안개바다」(1978), 「꽃과 어둠」(1979)은 여순반란 사건부터 6·25에 이르기까지의 역사적 배경을 바탕으로 한다. 작가의 사후성의 논리로 설명되는 이 소설들은 한국전쟁 발발 후 거의 30년에 가까운 시간적 거리감이 반영되어 있다. 때문에 『안개바다』는 원체험에 밀착된 1950년대 전후 소설들과 변별되며 텍스트 내의 '소년'이라는 인물 설정은 전쟁의 한복판에서 '간접 체험적' 요소를 두드러지게 한다. 이 소설들에서 한승원은 전쟁의 폐해를 직접 드러내기보다는 폭력적인 전후 현실이 인물에게 미치는 영향을 간접적으로 묘사하면서, 그 안에서 삶을 이어가는 주체의 모습을 통해 불안의 문제에 천착해간다.

불안은 태어나서 죽을 때까지 해소되지 않는 문제이며 인간이라면

33, 한국현대소설학회, 2007.
3) 황도경, 앞의 글, 387쪽.
4) 프로이트는 '늑대인간'의 사례분석에서 신경증 환자의 병인으로 작용하는 유년시절의 원초적 장면이 사후에 상상적으로 재구성된 허구의 산물일 수 있다는 점을 조심스럽게 지적하고 있다. 이는 개인의 기억 속에 남아 있는 과거 사건의 내용과 의미가 현재 시점에서 작용하는 논리의 사후적 '효과'라는, 심리적 시간성과 인과성에 대한 정신분석학적인 해석이 담겨있다.
지그문트 프로이트, 김명희 역, 「늑대인간」, 『늑대인간』(전집 11권), 열린책들, 1996, 178-179쪽, 194-106쪽 참조.

누구나 직면하는 인간존재의 근본적인 조건이다. 불안은 인간에게 가장 친숙한 정서이자 동시에 인간을 견딜 수 없는 고통과 번민으로 몰아넣는 기제가 된다.5)

프로이트는 그의 논문 「억제, 증상, 그리고 불안」에서 자신의 초기 견해인 성적 리비도설을 수정하여 불안을 위험에 대한 신호로 정의했다. 그에 따르면, "불안은 억압을 통해 새로 생겨나는 것이 아니라 이미 존재하는 기억 이미지에 따르는 정서의 상태로 재생산"6) 되는 것이다. 환원하자면, 주체가 경험한 적이 있었던 위험 상황이 의식적·무의식적으로 상기되면 자아는 이러한 위험상황에 대비하도록 주체에게 위험신호를 보내는데 바로 이러한 위험신호가 불안이다. 프로이트 이론의 전체 맥락을 고려해 본다면, 불안의 대상은 '위험상황'이자 '외상적 상황'이 된다. 불안을 일으키는 가장 위험스런 상황을 거세 위협으로 보는 프로이트는 이때의 불안이 단지 '생물학적 기관의 상실에 대한 불안'이 아니라 '사랑의 상실'에 대한 불안이라는 좀 더 실존적인 의미를 부여한다. 라깡은 프로이트의 '사랑의 상실'에 대한 불안을 '타자의 욕망(désir) 혹은 향유(jouissance)에 대한 불안'으로 재해석한다. 가늠할 수 없는 타자의 욕망에 직면한 주체가 갖는 의문과 더불어 라깡이 말하는 불안의 본질적인 대상은 궁극적으로 상징화가 불가능한 실재이다.7)

이렇듯 텍스트 내에서 불안의 심리는 주체와 타자가 관계를 맺는 과정에서 발생하며 그 안에서 욕망과 향락의 발현과정을 추측해 보는 것은 기존의 논의에서 더 나아가 한승원 텍스트를 새롭게 볼 수 있는 계기를 마련해 줄 것이다. 『안개바다』의 연작에서는 전쟁으로 인한 심리

5) 홍준기, 「라깡과 프로이트·키에르케고르」,『라깡의 재탄생』, 창작과비평사, 2002, 191-192쪽.

6) 지그문트 프로이트, 황보석 역,『정신병리학의 문제들』, 프로이트 전집 10(재판본), 열린책들, 1997, 215쪽.

7) 홍준기, 앞의 글, 194-211쪽 참조.

적인 불안을 극복하고 주체의 성숙에 이르는 성장소설의 면모를 보여준다. 우리 문학에서 성장소설은 개인 주체가 집을 떠나 사회에서 방황하는 개인의 성장기록보다 세계를 주체적으로 이해할 수 없는 아이가 한 가정의 구성원으로서 성장해 가는 작품이 주를 이룬다.[8] 『안개바다』는 연작 소설이라는 특성 안에서 주체가 성숙되는 과정을 좀 더 세밀하게 묘사하고 있으며 불안의 요소가 사회적인 연관성과 더불어 주체 자체에 집중되어 있기에 주체의 성장에 입각한 불안의 논의로 적절한 텍스트라고 본다.

이에 본고에서는 연작 『안개바다』의 전경화된 역사적 사건이 주체에게 어떤 불안요인을 작동시키는 지를 살펴보고, 그 안에서 붕괴되는 가족사의 일면에 주목해 보기로 한다. 이를 통해 주체에게 강압적으로 '어른-되기'를 강요하는 현실을 극복해 나아가는 주체의 심리 변화를 추적해가면서 '불'로 시작된 연작 소설의 출발이 '꽃'과 '어둠'의 상징으로 수렴되는 의미화 과정을 파악할 수 있을 것이다. 아울러 이는 한승원 소설이 존재하는 이유를 밝히는 작업이기도 하다.

II. 경계적 주체의 불안과 강요된 '어른-되기'

1. '반동자'로서의 경계와 타자의 욕망

연작소설 『안개바다』의 「석유등잔불」과 「안개바다」는 소년 '식'을 주인공으로 하는 3인칭 관찰자 시점으로 전개되지만 서술자 시점과 인물 시점의 잦은 혼효로 인해 마치 1인칭 시점과 같이 인식된다. 이 과정에서 강조되는 것은 동심의 세계에서 벗어나 어른들의 세계를 닮아

---

8) 서은경, 「한국문학과 가족이데올로기」, 『돈암어문학』 19, 돈암어문학회, 2006. 12, 84쪽.

가고 있는 아이들의 비정상적인 세계이다. 전쟁은 낯선 세계가 친숙한 동질의 세계를 훼손시킨 야만의 체험이다. 이 낯설고 이질적인 것은 공포와 구토 즉 세계에 대한 두려움과 혐오감을 불러일으킨다.[9] 따라서 이들 존재에 대해 심리적 거리감을 두게 된다. 전쟁을 정면에서 다루지 않는 연작소설 『안개바다』에서는 이런 거리감이 간접적으로 나타나며 이는 내부 공동체에 의해 이단자 취급을 받는 식의 경계적인 위치에 의해 설명된다. 아이들의 세계에서 따돌림 받는 식은 같은 학년임에도 불구하고 서너 살 어릴 뿐만 아니라 경제적으로도 부유하다는 이유로 미움을 받는다. 농사를 많이 짓는 식이네는 육지성에 대한 특유의 거부감을 갖는 바닷가 마을 주민들에게 시기를 받으며 게다가 구장이나 총대를 지낸 식이 아버지의 전력으로 인해 친일파 낙인이 찍히기에 이른다. 개인적인 생활의 차원에서, 근원적인 자아 정체성 형성에는 타인들의 인정이 필요하며,[10] 그런 인정이 좌절될 때 인물의 정체성 형성은 타격을 받게 된다. 소년 식의 정체성 혼란은 집단에서 배제됨에 따른 공포로부터 비롯된다.

한승원은 「석유등잔불」에서 경계적 위치로 인해 고립되는 식의 상황을 '세 갈림길'의 상징성을 통해 보여준다. 어른들의 선택에 따라 이북파와 이남파의 우김질을 하던 아이들은 세 갈림길 앞에서 갑자기 식

---

9) 이질성은 일상의 어떤 동질적 규칙이나 질서에 동화될 수 없는 타자를 의미한다. 이 요소는 신성, 비생산적 소비에서 결과하는 것, 성적 교섭의 찌꺼기, 매혹이나 혐오 등 강력한 감정을 유발시키는 자, 폭력, 과도함, 망상이나 광기, 일상적 삶과 어울리지 않는 생활 등을 뜻한다.
   G. Bataille, *Visions of Excess* (Univ. of Minnesota Press, 1985), pp. 140-143.
10) 찰스 테일러는 이를 인정에 대한 이해로 파악하면서 자기 진실성의 문화 속에서 다른 사람과 함께 살아가는 두 가지 모습을 제시한다. ① 사회적인 차원에서 결정적인 원리는 공정성의 원리다. 각자의 정체성과 관련하여 서로 간의 차이를 모두 다 인정하면서 각자가 자기의 정체성을 계발시킬 수 있는 균등한 기회를 요구하는 것이 공정성의 원리이다. ② 사적인 영역에서는 정체성을 구현해 내는 사랑의 관계가 결정적인 중요성을 갖는다.—찰스 테일러, 송영배 역, 『불안한 현대사회』, 이학사, 2001, 69-70쪽 참조.

을 반동자로 제외한다. 우김질로 나뉘었던 아이들은 「반동자 새끼하고 말도하지 마라」며 달려가고 "갈림길에는 식만 동그마니 남"게 된다. "세상에서 제일로 무서운 악질"은 "반동자"이며 "'반'이란 글자도 반쪽을 나타"내기에 "제일로 먼저 죽어사 쓸 사람이 반동자"(225쪽)라는 말을 들으며 식은 아버지가 "왜 태도를 분명히 하고 있지" 못하는 것일까에 대해 고민한다. 어린 식이 알고 있는 반동자란, 인민군과 군인의 세계 양쪽에서 부정되기에 제일 먼저 죽어야할 인물들이다. 누구보다 그 사실을 잘 알고 그들을 죽여야 한다고 맞장구쳤던 자신이 반동자의 입장이 되었다는 것이 억울한 식에게 이데올로기적인 선택의 여부는 부차적인 문제가 된다. 그러나 아버지와 어머니의 대화를 듣고 아버지를 "반동자"로 판단한 식은 아이들이 말한 "반동자"의 "새끼"로서 자신에 대해 불안을 느끼게 된다.

> 식은, 아버지가 분명 반동자인 모양이다 싶으니 눈앞이 아찔해졌다. 멀미를 하는 것처럼 가슴이 울렁거렸다. 귀가 표용 하고 울었다. 방안의 어둠이 찰흑처럼 진해졌다. 깊은 물 속으로 한없이 가라앉아가고 있는 것만 같았다. 가슴이 답답했다.(227-228쪽)

소년 식은 전형적인 신호불안의 증후를 가지고 있다. 프로이트가 언급한 불안의 생리적 현상인 호흡기관 및 심장계의 변화는 식의 불안 시마다 반복된다. 아이들의 세계에서 배재된 식은 반동자로서의 정체성이 확인될 때마다 동일한 증상을 보인다. 라플랑슈와 퐁탈리스는 이런 불안을 자동적 혹은 원초적 불안이라 명명한다. 프로이트에 의하면 신호불안은 "자아가 방어적 경계를 취할 수 있게 함으로써 원초적·자동적 불안은 결코 경험되지 않는다는 것을 확신시켜 주는 기능"을 한다고 보았다. 예전의 불쾌하고 안 좋은 외상적 경험들을 다시 겪지 않기 위해, 불안은 신체적 혹은 심리적 위험으로부터 유기체를 보호하는 기능을 한다.[11]

반란군이 다녀간 다음날, 식은 군인들에 의해 위협을 당하는 반란군 가족을 보고 겁에 질린다. 공포空砲의 파란 연기에 의해 공포恐怖를 느낀 식은 '푸른 연기 빛'에 불안의 증후를 더한다. 식의 불안의 기저는 "구렛나루 시커먼 군인"에게 학교에 숨겨진 굴에 대한 대질 심문을 받던 중 "자기가 한 대답에 대한 두려움이 가슴속에 울음을 쌓고 있는 것"에서 발견할 수 있다. 주체가 가늠할 수 없는 타자의 욕망 앞에서 주체의 불안은 극에 달하며 이러한 외상적 체험12)은 이후 식의 일상에 반복적으로 나타난다. 클라인에 의해 무의식적 환상이라고 칭해진 식의 상태는 모든 신체의 본능과 정서적 경험들이 환상의 형태로 심적 표상을 갖는 것을 의미한다. 아이는 자신의 경험의 의미를 이해하여 세상에 대한 모델을 형성하려고 애쓰면서 세상에 대한 모델을 계속적으로 수정하고 삶을 통해 검증해가는 내적 표상을 설정한다. 이러한 내적 표상은 타자들과 관련된 자아의 표상들, 서로 간의 관계를 맺고 있는 내적 대상 혹은 자아의 일부분으로 채워진다.13)

공포스러운 현실 앞에 어린 식은 제대로 대답을 못하고 결국 울음으로 상황을 도피하려한다. 식의 불안은 변명하지도 못한 자신의 거짓말로 인해 자신은 퇴학당할 것이고 그로 인해 아버지에게 죽도록 매맞을 것을 걱정하는 것이다. 그러나 이렇게 아이다운 걱정은 「안개바다」에 이르면 좀 더 현실적인 문제로 변하게 된다.

---

11) 지그문트 프로이트, 앞의 책, 19쪽.

12) 어린이들은 다량의 자극이 밀려와도 자아가 이를 대처할 능력이 없기 때문에 공포에 질려 꼼짝 못하게 되거나 고함을 지르게 된다. 불안 때문에 꼼짝 못하는 상태가 되는 것을 외상적이라고 부른다. 왜냐하면 이런 상태를 맞을 경우 어린이는 어찌 할 줄 모르는 상태에 놓이기 때문이다. 모든 외상적 경험의 원형은 역시 출생 외상이라고 해야 할 것이다. 새로 태어나는 유아는, 어머니 뱃속에서는 잘 지내면서 아무런 준비도 없다가 갑자기 세상에 나와 새로운 환경에 접하면서 말할 수 없이 큰 충격을 받는 것이다.
   캘빈 S. 홀, 백상창 역, 『프로이트 심리학』, 문예출판사, 1984, 116쪽.

13) 리키 이매뉴얼, 김복태 역, 『불안』, 이제이북스, 2003, 30-31쪽.

2. 강요된 '어른-되기'와 소외의식

「안개바다」와 「꽃과 어둠」에서 식이 느끼는 불안은 거세위협으로 인한 '죽음'이 근저를 이룬다. 전쟁 시 공동체로부터의 배제는 죽음에 대한 공포를 동반하는데, 6·25 전쟁과 같은 이데올로기 전의 경우 권력 집권자와의 동조 여부에 따라 거세의 위협이 강해질 수밖에 없다. 프로이트에 따르면, 초자아의 두려움이 겪는 마지막 변화는 죽음에 대한 두려움인데, 이것은 운명의 힘이 투사된 초자아의 두려움이다.[14]

연작 『안개바다』에서 시대의 요구는 인민군이냐 순경이냐에 따라 가변적이다. 이에 어디에도 속하지 못하는 식이 아버지의 위치는 대타자에 의해 거세된 상태를 의미한다. "반동자의 새끼"인 식이 역시 불안상태에서 거세될 것이라는 위험에 직면하면서 불안은 배가된다. 선택을 '못하게' 하는 현실을 이해하지 못한 식은 '선택을 하지 않는 결정권자'인 아버지에 대해 큰 실망을 느끼게 된다. 한승원은 소년의 시점에서 오는 아이러니를 아비의 권위에 대한 부정으로 연결시킨다.

골방으로 도피한 아버지의 무능력함은 식으로 하여금 아버지의 권위를 부정하게 만든다. 자아가 사회성과 역사성을 획득해 가는 가장 기초적인 단위가 가정이라고 할 때, 아비의 역할과 지위의 훼손은 자아가 원만하게 사회를 받아들이고 성장할 수 있는 토대의 상실을 의미한다. 『안개바다』 연작 소설 3편에서 모두 아비는 분명 존재한다. 그러나 실질적인 아비의 부재가 아닌 상징적인 아비부재를 체험해야 하는 화자는 상대적인 박탈감과 혼란을 더 극심하게 겪게 된다.

무능력한 식의 아버지가 도피한 공간은 굴방이다. "출입문이 없기에" 부엌방 구석의 "바닥에서 그 방을 향해 뚫린 굴을 통해야" 하며 "토란씨나 감자씨를 담아두"는 굴방은 "음침하고 습"[15]하다. 여성의 질과 자

---

14) 지그문트 프로이트, 앞의 책, 269쪽.
15) 한승원, 『안개바다』, 문학과지성사, 1979, 14쪽. 「안개바다」와 「꽃과 어둠」은 초판본인

궁 이미지를 그대로 형상화하는 이 공간은 할아버지로부터 식이까지 생
명을 탄생시킨 공간이자 갑오년의 동학란부터 일제 징용을 거쳐 6·25
에 이르기까지 어느 편도 선택하지 못한 식이네 부계들의 피신처였다.
식에게 이곳에 숨어있는 아버지는 "남의 아기 잡아먹고 숨어 사는 문둥
이 같은 아버지"(20쪽)이고 "독 오른 도둑고양이의 살기 어린" "악질 반
동"(21쪽)의 눈을 가지고 있으며 "세상 돌아가는 물정을 전혀 모르고 있
는"(90쪽) 바보스러운 아버지이다. 이는 식이네 부계에 대한 무능력으로
확대되는데, 식의 형은 아버지와 어머니의 명령으로 인해 '신장인지 심
장인지'의 병을 핑계로 누워있고 식의 작은 아버지는 아이를 돌봐주던
순이 누나를 겁탈하는 치졸함을 보이며 유일하게 인민군 편인 매형은
상황이 불리할 때마다 처가에서 구제해 주는 인물이다. 식의 부계 인물
들은 모두 불안정한 현실 상황에서 골방으로 피신하고 현실에 직접 노
출되는 인물은 오직 식이 뿐이다. 그러므로 식의 강요된 '어른-되기'의
현실은 단순히 누구도 나가지 못하는 울력의 노동력 대체가 아니라 집
안의 누구도 나가지 못했던 공동체에서 "총각"(33쪽)으로 불려야 하는
남자로서의 역할을 강요받는 것이다. "감재나 찌고 있는" 무능력한 아
비를 대신하여 식은 대상 상실의 동일시로서 자신이 아비의 역할을 하
게 된다.

　식은 울력으로 인해 어머니에게 집안의 기둥으로서 떠받들여지고 여
성동맹 당원이 된 순이 누나를 만날 수 있다는 점이 즐겁지만 울력에서
조차 배제될 것 같은 공포로 늘 불안에 떨게 된다. 좌익 치하에서는 군
관에게, 우익 치하에서는 지서의 주임에게 선택할 수 없는 대답을 강요
받는다. "눈앞에 검푸른 바다 빛깔 같은 어둠"(262쪽)이 스쳐가며 가슴
이 뛰고 허공을 딛는 것만 같은 불안의 증후를 겪으면서 그들의 질문은
공통적으로 식을 옥죈다. 물어서는 안 될 식의 나이와 아버지, 형의 존

이 책을 참고로 한다.

재를 묻는 그 질문들 뒤에 "반동자"의 규정이 담겨있기 때문이다. 이처럼 어떤 선택을 요구하지만 그 주어진 상황 자체가 이미 아무런 선택의 여지를 주고 있지 않은 상황, 그 때문에 어떤 자율적인 선택도 불가능한 상태에서 이럴 수도 저럴 수도 없는 상황, 이는 하나의 이중구속(double bind)16) 상황을 표현하고 있다.17) 진실을 발언할 수 있는 기회조차 박탈하는 현실에서 식은 자신의 정체성을 은폐하는 방법을 택할 수밖에 없다. 말을 할 수 없는 현실에 맞서는 식의 대응 방식은 '혀 깨물기'이다. 극단의 공포로 인한 아이다운 울음을 참으면서 혀를 깨무는 식은 그 통증을 내면화하고 견디면서 상황에 대응하는 어른스러운 자기의 방어 기제로 선택한다. 혀를 깨물면서 식의 감정은 다시 아버지로 향한다. "왜 아버지는 인민군 편도 순경 편도 아닌 반동자의 신세를 면하지 못하는 있을까"(88쪽)를 고민하면서 "정말 알 수 없는 아버지"(97쪽)의 욕망에 대해 혼란스러워 하며 식은 아버지의 권위를 부정한다.

이렇듯 내·외부적인 현실로 인해 식의 자아의식은 자기 정체성의 혼란과 분열에 이르게 된다. 자신의 의지와는 무관하게 흘러가는 현실 앞에서 식이 겪는 무력감은 소외의식으로 표출된다. 외상적 상황의 반복 속에서 타자의 욕망을 알 수 없는 불안감, 자신의 의지와는 상관없이 아버지의 선택으로 인해 공동체에서 배제되는 무력감과 울력이라는 어른들의 세계에 직접 노출되어 묵도하게 되는 전쟁 체험의 참상은 그를 아이다운 현실에서 분리시킨다. 이로 인해 식이 겪는 세계는 자신의 상호 관계 속에서 자아를 실현할 수 있는 공간이 아닌 자아를 밀어내고 소외시키는 공간으로 인식된다.

---

16) 이중구속은 정신분열증을 유발하는 일련의 경험으로서 논리적 계형이 서로 다른 두 가지의 모순된 명령이나 메시지가 동시에 주어지고 그와 더불어 그 현장을 회피할 수 없게 만드는 또 다른 제3의 명령이 주어지는 상황이다.─그레고리 베이트슨, 서성봉 역, 『마음의 생태학』, 민음사, 1989, 203-280쪽 참조
17) 김영찬, 『근대의 불안과 모더니즘』, 소명출판사, 2006, 101쪽.

III. 여성적인 성적 세계와 주체의 불안 떠안기

1. 성적 체험으로 인한 주체의 불안의식

연작 『안개 바다』에서 식이 겪는 역사적 현실의 서사 축을 지연시키는 것은 성적인 체험이다. 식에게 순이 누나로 대표되는 성의 세계에 대한 눈뜸은 성에 대한 욕망과 죄책감을 동시에 갖게 하는 계기이다.

식이 처음 성을 접한 곳이 골방이라는 것은 이 소설에서 큰 의미를 갖는다. 골방은 앞서 살펴보았듯, 자궁의 이미지이며 이때까지는 도피의 공간적 특성이 강조되었다. 그러나 골방에서 식과 순이가 교합을 시도함으로써 골방은 도피의 공간에서 성의 공간으로 탈바꿈한다.

순이가 전해준 찔레순에서는 "순이의 비릿한 냄새"가 촉각을 자극하고 그로인해 "눈앞이 어질어질"(16쪽)해져 껍질을 벗기지 못하는 식을 대신해 껍질을 벗기는 순이누나의 에로틱한 적극성은 식과의 관계에서 성의 주도권을 쥐고 있음을 상징적으로 보여준다.

> 순이는 정말로 배가 아픈 듯 앓고 있었다. 손을 넣어 그의 고추를 만졌다. 자꾸만 주물럭거렸다. 그를 와락 끌어안고 이쪽으로 뒹굴었다가 저쪽으로 뒹굴었다가 했다. 그는 사마귀의 톱니발에 붙잡힌 아기방아깨비처럼 순이의 살 깊은 가랑이 사이에 꼭 끼인 채 숨을 쉬지 못했다. 이러다가 면소에 간 아버지가 돌아와서 문을 활짝 열어젖히고 소리를 지르면 어쩌나 하는 생각에 가슴이 푸들푸들 뛰었다. 막힌 숨을 하아 하고 쉬는데, 두 가랑이를 열어젖히고 식을 풀어주면서, 오줌을 싸라고 했다. …… 오줌이 그 어디엔가로 흘러 들어가면 아픈 배가 낫게 되는 모양이다. …… 싸달라는 대로 오줌을 싸주고 옷을 입고 밖으로 나가리라 하는데 오줌이 나와주지를 않았다.(17-18쪽)

자궁 공간 속에서 식과 순이누나의 교합은 마치 최초의 어머니에게 주체가 재흡수되는 환상을 일으킨다. 바다를 무서워하는 식에게서 보듯 자궁공간은 후각과 촉각의 원초적 공간이자 불안상태에서 무기력하게 삼켜질지 모른다는 환상소[18]를 지니게 한다. 이때의 자궁은 더 이상 편안함과 안락함을 제공하는 공간이 아니라 "사마귀의 톱니발에 붙잡"히듯 "숨을 쉬지 못하"게 하는 낯선 공간이 된다. 라깡이 언급한 타자의 향유란 주체에게 빈공간·결여·자유를 허용하지 않는 요구를 의미한다. 숨 쉴 공간을 조금도 허용하지 않는 이러한 타자의 향유로부터 벗어나고자 한다면 주체는 이 타자의 향유·요구·자의를 "구속"해야 한다.[19] 식이 떠올리는 아버지의 존재는 초자아로 하여금 죄의식을 상기시키기 위한 시도이다. 식이 순이누나에게 느끼는 죄의식은 타자의 욕망을 채워주지 못한 데서 오는 것이 아니라 배설의 욕망을 억제시킴으로서 '결여의 가능성'을 확보하고자 하는 시도이다. 식의 억압은 이드와 초자아라는, 두 가지 "주인"의 요구 사이에 놓여 있는 자아가 성적 본능의 자극과 관련된 생각을 억압하여 무의식에 자리잡게 한 것으로 볼 수 있다.[20]

성체험에 대한 식의 공포는 순이누나와의 '엿 사건'에서도 확인된다. 연작 『안개바다』에서 성적 체험공간이자 여성적 공간은 대숲, 차조숲, 안개바다, 바다로 변용된다. 대숲에서 식과 순이누나가 입으로 엿을 교환하던 행위는 이전 대숲에서 있었던 소의 교미 장면과 동일한 이미지로 겹쳐진다. 순이누나와 숨바꼭질 놀이를 하다 우연히 자기네 암소와 재욱이네 황소의 교미장면을 보았던 대숲에서 어린 식이와 순이 누나는 입술을 빨며 입에서 입으로 엿을 교환한다. 다분히 성적인 연상작용

---

18) 대타자의 필요 안에서 주체의 무기력한 위협에 의한 삼켜짐의 환상에 대해서는 Robert Harari, *Lacan's Seminar on "Anxiety"*: introduction (New York: Other Press, 2001), pp. 252-253 참조.

19) 홍준기, 앞의 글, 203쪽.

20) 리키 이매뉴얼, 앞의 책, 15-16쪽 참조.

을 불러일으키는 이 장면에서 식은 구미호 설화를 떠올린다. "여우에게 혼을 빼앗기지 않기 위해 여의주를 삼킨"(44쪽) 총각처럼 식은 엿을 삼켜버린다.[21] 이는 신화적이고 성적인 공간에 매몰되지 않고 주체 스스로 욕망 앞에서 불안을 받아들이고자 하는 시도이다.

어린 주체에게 성적인 욕망은 호기심과 불안을 동시에 안겨주지만 그것이 타자에 의해 부여되었을 때 자연스럽게 성을 통제할 기회를 박탈당하고 타자의 욕망 안에서 흡수될 위험이 있다. 주체는 이를 막고 불안을 떠안기 위한 시도로 내재된 초자아를 소환하거나 스스로 상황의 진행을 차단하기 위해 애쓰게 된다.

2. 주체와 여성인물들의 관계

성에 대한 아이다운 식의 호기심은 성교의 변주로도 드러난다. 작은 아버지의 겁탈로 인해 순이누나가 떠난 집에서 굴방 벽(자궁이미지)을 향해 오줌(배설행위)을 싸는 식의 시도는 성적 행위의 일종으로 해석된다. "순이에게 당했던"(18쪽) 일을 떠올리며 "오줌줄기가 키만큼 높이 올라"(19쪽)가서 신나던 식의 성적시도는 어머니에 의해 제지당한다. 무능력한 아버지의 권위로 인해 실제로 식에게 초자아로서 내재화되는 것은 어머니의 목소리이다. 앞서 본 순이누나와의 교합에서 아버지는 환상으로서만 존재하지만, "근엄한 목소리"(19쪽)로 식을 꾸짖고 골방을 제사 지내는 신성한 공간으로 인식시키며 회초리로 식을 단죄하는 인물은 어머니이다. 「안개바다」와 「꽃과 어둠」에서 식의 초자아적 인물이자 가족공동체와 관련하여 판단을 내리는 인물은 아버지가 아닌 어머니이다.

---

21) 이 텍스트들에서 식은 배설 후 "혀를 깨물"고, 고추를 강아지에게 "빨게" 하거나 입술을 빠는 행위, 엿을 "삼켰"던 것처럼 순이 누나가 준 먹포도알을 껍질째 씹어 삼키며 엿덩이 같이 보드랍던 혓바닥을 상기하는 행위 등 구강기적 원형에 집착한다.

우리의 현대사에서 한국전쟁은 삶의 터전을 파괴하였고 전쟁으로 인한 이데올로기의 대립은 안온한 가족 공동체를 파괴하기에 이른다. 식의 가족 역시 한 집안에 서로 다른 이데올로기적 영향 관계에 있는 사람들이 모여 지내는 시대적 아이러니를 집약하여 보여준다. 보안서 부서장이었던 매형으로 인해 암암리에 큰누나는 인공편이 되었고 인공치하에서 죽임을 당한 작은 아버지로 인해 상처받은 작은 어머니, 작은 아버지를 향한 순이 오빠 순돌의 복수로 인해 인민군에게 성폭행 당한 작은 누나는 순경편이 되어버렸다. 한 집안에서 남북으로 대치된 상황은 고스란히 당대의 시대상을 반영한다. 이들의 심리적 대립을 중재하는 역할은 어머니가 맡게 된다.

아버지나 형조차 무력한 상황에서 가족 내에서조차 식의 위치는 경계적이다. 인공치하에 울력을 나가면서 즐거워했던 장본인이자 아버지 몰래 어머니의 심부름으로 보안서에 쌀 한말을 공납했으며 매형의 출세로 군산에서 학교 다니길 고대했던 자신의 입장에서 큰누나를 비판할 수 없었다. 순이누나에 대한 연정에도 불구하고 작은 누나의 겁탈장면을 지켜본 유일한 증거자이자 인공편 아이들에게 주로 핍박받던 식은 작은 어머니와 작은 누나의 마음이 헤아려진다. 결국 이들의 대립은 남성적인 세계로 인한 것이었다.

식의 가족은 전쟁으로 인한 이데올로기적인 대립뿐만 아니라 가족 내부에서 각기 다른 역할로 식에게 인식된다. 아버지의 권위가 부정된 상황에서 어머니는 아버지의 대리자 역할을 하고 어머니의 자리는 큰누나로 채워진다. 영락없이 자신을 탁한 아기를 낳은 큰누님의 모성적 본능은 밖으로 울력을 나가기 위해 어른이 되어야만 했던 식에게 그리움으로 남는 감정이다.

작은 누님의 캐릭터는 순이 누나와 양가적인 성격을 지니기에 문제적이다. 순이 누나는 식의 성적 호기심을 자극하며 성적 교합을 시도하는 존재이다. 현실적인 성적 존재로서 순이 누나는 여성 동맹단원이 되어 현실과의 연관성을 갖기도 한다. 이에 반해 작은 누님은 식의 근친으로서 성적 금기의 대상이자 식이 소년단원에서 반동자로 내쫓겼듯이 작은 누님 역시 공동체에서 배제된다. 또한 현실과 성에 있어서 능동적인 순이 누나에 비해 작은 누님은 유격대원들에 의해 겁탈을 당하고 자살을 시도하는 수동적인 존재이다. 작은 누님의 겁탈을 목격한 식에게 남성적인 성의 세계는 폭력적이고 강압적인 전쟁의 현실과 동궤를 이룬다. 식에게 성적 대상인 순이 누나와 현실의 희생양인 작은 누님은 양가적인 존재로서 자아를 압도하는 거울 단계의 타자이다. 자살 결행 직전 작은 누님이 식에게 "나 죽으면은, 순이보고 작은누님이라고 함서 살어라"(184쪽)라는 발언은 순이누나를 감싸는 가족들에 대한 원망의 표현임에도 불구하고 두 사람의 관련성을 제시하는 작가의 의도적인 배치로 해석된다.

사람은 존재하기 위하여 타자에 의해 인식되어야만 한다. 그러나 이것은 우리 자신과 동일한 우리의 이미지가 타자의 응시에 의해 매개되었음을 뜻한다. 우리는 우리 자신의 존재의 보증인으로서 타자에게 의존하는 동시에 그 동일한 타자와 격렬하게 경쟁한다.22)

울력을 하면서 전쟁기 어른들의 세계에 노출되어 있는 식의 서사를 지연시키는 것은 성적 체험에 관한 회상과 간접 경험이다. 거울단계에 해당하는 식의 성적 체험들은 남성적인 전쟁의 시간, 역사적 시간에 균열을 가하면서 존재하며 어린 주체가 상징계에 진입하기 위해 애도해야할 대상이 된다.

---

22) 숀 호머, 김서영 역, 『라캉 읽기』, 은행나무, 2006, 55-56쪽.

IV. 애도를 통한 주체의 성숙과 아버지의 권위 복원

1. 성적 세계에 대한 애도와 죽음의 긍정

불안은 분열되지 않은 "신비적인 향유의 주체"를 욕망의 주체로 이행을 가능하게 하는 원동력이며 단절과 분리의 역할을 한다. 불안을 통해 주체는 완벽한 향유를 포기하고 결여를 받아들이며 분열된 주체($)로 이행한다.[23) 연작 『안개바다』에서 주체가 결여를 받아들이고 상징계에 진입하는 과정은 특히 연작의 마지막 소설인 「꽃과 어둠」에서 잘 드러난다. 「꽃과 어둠」은 「석유등잔불」과 「안개바다」가 3인칭 시점이었던데 반해 1인칭 시점으로 진행된다.[24) 1인칭 시점은 3인칭 시점에 비해 대상과 주체의 거리가 더욱 밀착되기에 대상이나 세계를 향한 인물의 심리 변화를 좀 더 직접적으로 드러낼 수 있으며 작가의 판단보다는 인물의 판단으로 세계를 묘사하기에 인물 성장의 과정을 더욱 효과적으로 파악할 수 있다.

좌익과 우익 치하의 울력을 감당하며 어른들 틈에서 전쟁의 현실을 체험하던 식은 과거와의 결별을 통해 주체의 성숙을 이룬다. 프로이트는 「애도와 멜랑콜리」(1917)에서 애도와 멜랑콜리는 모두 애정어린 타자를 상실함으로써 야기되는 몹시 고통스럽고 불쾌한 감정이라고 설명한다. 프로이트는 애도의 경우 자신이 상실한 대상을 명확히 인식하면서 리비도의 회수를 통해 삶을 긍정적인 추동력으로 해석한다. 상실에 대한 공허한 감정 상태에서 애도는 궁극적으로 대상의 상실을 이내 인정하고 자신감을 잃지 않으면서 새로운 대상을 찾아 나서는데, 프로이트는 이를 "현실성 검사"로 대상 상실을 극복하려는 심리적 대처 행위

23) 홍준기, 앞의 책, 205쪽.
24) 1999년에 발간된 한승원 전집 『아리랑별곡』에 실린 작품은 3인칭 시점으로 수록되어 있으나 1979년 초본에는 1인칭 시점으로 서술된 것을 확인할 수 있다.

라는 의미에서 "애도의 작동"이라고 부른다.[25]

유격대원의 아이를 임신한 순이누나는 마을을 떠나기로 결심한다. 순이누나가 떠나는 마지막을 지켜보는 식의 태도는 어린 자신이 수동적일 수밖에 없었던 성적인 세계에 대한 애도로 풀이된다. '하눌재'는 애도의 상황을 더욱 의미화하는 장소가 된다.

> 옷보따리를 지고 재를 오르는 식은 발이 땅바닥에 닫는지 어쩌는지를 알 수 없었다. 순이누나하고 숨바꼭질을 하다가, 재욱이네 황소가 우리 암소의 허리를 엿가락처럼 휘어뜨리면서 올라타는 것을 숨어 보던 대나무숲을 뒤에 두고, 콩알만한 먹딸기를 따주던 상엿집과 이엉더미 주변의 계단을 옆에 끼고 냇둑길을 올랐다. 면당에 갔다가 오면서 그의 손에 새콤한 먹포도알 한 줌을 쥐어주던 비탈길을 지나고, 아버지랑 함께 넘어오다가 순이누나가 갑자기 쪼그려 앉으며 구역질을 하던 하눌재 꼭대기에 이르렀다.(172-173쪽)

순이누나와의 추억이 있던 모든 장소를 거쳐 절정의 끝에 위치한 하눌재는 마을의 외부에서 내부로, 내부에서 외부로 온갖 사건들이 넘나드는 장소이다. 이곳에서 순이누나와 이별한 식은 안개에 휩싸이게 된다. 제목과 같이 안개는 바다의 환유로서 대상의 상실로 가슴 아픈 식의 가슴을 향해 밀려오고, 억울하고 고통스러웠던 순간의 소리들, "풀지 못한 원한을 가슴에 차돌멩이같이 품은 채 죽은 사람의 소리에 한하는"(175쪽) 억압되었던 소리들을 회귀시킴으로써 불투명한 대기 속에 과거를 풀어놓는다. 순이의 겁탈 소식을 듣고 다투는 작은 아버지와 순돌이의 씨근거리는 숨소리, 분한 순돌이의 울음소리, 작은 어머니와 순이 문제로 다투는 작은 아버지의 목소리까지 모든 소리들의 바다에서 담겨졌다가 현실로 되돌아온 식은 흡사 입사식을 치룬 것과 같이 고통

---

25) 최문규, 「근대성과 "심미적 현상"으로서의 멜랑콜리」, 『뷔히너와 현대문학』 24, 한국 뷔히너학회, 2005, 207-208쪽.

스러운 현실과 결별할 것이다.

식의 고통스러운 애도 과정은 작은 누님의 죽음을 암시하는 결말에서 긍정적인 전환을 이룬다. 안개바다를 향한 식의 공포는 자살기도 후 사라진 "작은 누님의 몸을 한입에 넣고 우물거리거나 우적우적 씹어대고 있는 것"(188쪽)만 같은 생각 속에서 불안의 극치를 이룬다. 불안을 "감정의 전조"라고 언급한 비온에 의하면, 감정은 인간 삶의 중심에 놓여 있으며 불안은 그것이 어떤 식으로 다뤄지든지 핵심적인 문제가 된다. 감정 상태를 규제할 수 있는 능력은 사회적, 정서적, 인지적 및 신경생물학적 발달에서 중요하다. 이 능력은 자신에게 조율되어 있는 애착 대상과 친밀한 관계를 맺는 경험에서만 나올 수 있다.[26]

그러나 현실의 불안의식을 극복한 식은 그간 그를 괴롭히던 공포스럽던 꿈과 대치되는 다른 꿈을 꾼다. 따뜻한 봄날 저녁의 마을은 전쟁이 일어나기 전의 평화스러움을 간직하고 그곳에서 선녀와 같이 차려입은 작은 누님이 피어나는 모습은 죽음 후의 부활을 예고하는 것이기도 하다. 작은 누님의 죽음을 통한 애도는 폭력적인 남성 질서, 전쟁으로 인한 왜곡된 성체험과의 결별이다.[27] "그것은 꿈이었다"(189쪽)라는 결말처럼 깨어난 현실이 과거로 돌아갈 수는 없다. 그러나 식의 불안 심리에 기저가 되었던 죽음이 긍정됨으로써 주체는 불안 너머를 지향할 수 있게 될 것이다.

---

[26] 리키 이매뉴얼, 앞의 책, 83-34쪽.

[27] 애도의 경우 구체적으로 사랑하는 사람이 있고 그 대상이 추상적인 경우라도 조국, 자유, 이상 등 분명한 상실의 대상이 상정된다. 애도는 대상애와 관련되며 나를 버리고 떠난 특정한 대상을 포함한 구체적 외부세계에 대한 슬픔을 보인다.
   여성문화이론연구소 정신분석세미나팀, 조현순, 「애도와 우울증」, 『페미니즘과 정신분석』, 여이연, 2003, 57-59쪽 참조.

2. '죽음'의 애도와 부권의 회복

「꽃과 어둠」에 이르러 식의 울력은 더 이상 예전과 같은 즐거움 없이 육체적 고통과 정신적인 시련만 극에 달한다. 우익 치하에서도 학교에 가지 못하고 울력에 차출된 식이 괴로운 시간을 견뎌내는 방법은 '생각하기'이다. 어른들과 보조를 맞추기 위한 짐의 무게이자 삶의 무게를 짊어진 식에게 힘이 되는 것은 회상 속의 가족공동체 모습이다. 흰 달빛이 쏟아지는 가을밤이나 하얀 햇볕이 내리쬐는 한 낮, 자신의 실수를 피해 산에 오르는 식을 어머니나 큰누님이 데리러 오고 마당 한 가운데 모인 가족들이 어린 막내의 귀여움으로 함박웃음을 짓던 시절. 과거의 기억들은 현재의 각박한 현실 한 가운데 박제된 시간으로 남는다. 울력을 나간다는 행위에 의미부여를 하던 처음과 달리 과거에 대한 기억으로 현재를 버티는 식의 이성적인 태도는 현실을 받아들이고 성숙해가는 주체의 태도이다.

이제 식은 처음처럼 바다가 두려워 나룻배 앞에서 머뭇거리지 않는다. 현실에 영악스럽게 적응해가는 자신처럼 사람들도 변하고 있음을 식은 간파한다. 아직도 나룻터 바위에는 이데올로기적 폭력의 흔적이자 피의 얼룩이 현실의 파편처럼 남아 있으나 "사람들은 자기들이 디디고 있는 그 바위에서 한 달 전에 사람 셋이 대창과 칼에 찔려 죽었다는 사실을"(121쪽) 쉽게 잊는다. 학교를 다니지 못하는 식은 아이들의 세계가 아닌 어른들의 세계에서 현실을 익힌다. 어린 식의 죽음에 대한 불안 역시 어른들이 쉽게 잊고 살아가듯 이겨내야 하는 것이다.

죽음에 대한 공포를 극복하기까지 식은 꿈을 통해 잦은 간접 체험을 겪는다. 키르케고르[28]는 나와 타자, 주체와 객체 사이에 존재하는 차이

---

28) 인간은 영과 육의 종합이고, 이 종합을 정신이 걸머지고 있다. 이러한 정신으로서의 인간은 이미 아담 이전에서부터 불안하다. 이때 아직 정신은 꿈을 꾸고 있다. 키르케고르는 인간이 순결에서 허물 있는 존재로 옮겨가기 위한 중간 규정으로서 불안을 설정

를 없애고자 하는 정신을 "꿈꾸는 정신"[29]이라 언급했다. 불안은 꿈꾸는 정신이 갖는 심적 상태로 꿈속에서 주체와 타자, 주체와 객체의 차이를 없애려 할 때 현실성을 상실하며 이러한 불가능한 시도 속에서 불안이 발생한다.

① 식의 잠자리에는 밤새 문어나 낙지들이 바글바글 들끓어댔었다. 무수히 덤벼드는 문어와 낙지들의 발에 휘감기는 꿈을 꾸고 또 꾸곤 했던 것이다. 그것들은 식의 목도 감고, 가슴팍도 감고, 불알이나 항문이 있는 사타구니도 감았었다. 그것들은 발에 붙은 빨판으로 그의 살갗을 문짓문짓 빨아댔었다. 눈뚜껑을 젖혀 열고 눈알도 뽑아가고, 입술과 이를 젖히고 들어가 혓바닥도 뽑아가고, 배꼽과 불알도 떼어 갔었다. 마침내는 눈과 귓구멍 속으로 파고들어가서 머리빡 안에 도사리고 앉아 있기도 하고, 가슴속의 숨통 안에 들어가서 허파 꽈리와 목줄을 빨아대기도 하던 것이었다. 간에도 붙어 문짓문짓 빨아댔고, 염통 속에도 들어가서 휘젓고 다녔었다.(130쪽)

② 순간, 삶은 닭발같이 싯누런 손이 쑥 나와서 손목을 홈켜잡았다. 붙잡히지 않은 손으로 돌덩이의 모서리를 잡고 버티었다. 그러나 잡아당기는 힘이 너무 세었다. 윗몸이 물속으로 빨려 들어갔다. 검누른 구정물 속으로 머리가 처박혔다. 숨이 막혔다. 악 하고 소리치려는데 물이 코와 입으로 쏟아져 들어왔다. 그것을 꿀꺽 삼켰다. 컴컴한 땅속 깊은 곳으로 끌려 들어갔다. 두 손을 허우적거리면서 어푸어푸 하고 입 안의 물을 뱉어냈다. 뱉어지지가 않았다. 기어이 뱉어내려고 입을 힘껏 벌리는데, 싯누렇게 푸르뎅뎅한 손이 솜 한 뭉텅이를 내 입에다가 쑤셔 넣었다. 으악, 소리를 지르며 눈

한다. '불안은 자기 자신에 의하여 구속된 자유'이며 '불안은 자유의 가능성'이다. 키르케고르가 말하는 자유는, 자기가 진정한 자기에 도달하는 것을 의미한다.
쇠얀 키르케고르, 임춘갑 역, 『불안의 개념』, 다산글방, 2007, 327-332쪽 참조.
29) 꿈꾸고 있던 정신은 죄에 빠짐으로 말미암아 비로소 깨어난 정신이 된다. 또 타락은 죄성을 이 세상에 가져옴과 동시에 성性적인 것을 정립한다. 이리하여 인류의 역사는 시작된다. 주관적인 불안은 개체의 순결 속에 있는 불안을 말하는 것이고, 객관적인 불안은 전체 세계에 있어서의 세대의 죄성의 반영이다.
쇠얀 키르케고르, 위의 책, 332쪽.

을 떴다.(154쪽)

①의 꿈은 보안서의 세포위원들에 의해 수장당한 사람들의 시신 발
굴 작업에 대한 이야기를 들은 후 식이 꾼 꿈이다. 빨고, 씹는 구강기적
고착을 보이던 식의 성관념과 매우 흡사한 이 꿈에서 식은 죽은 이들과
자신을 동일시한다. 왜 귀석이 당숙이 무고한 사람들의 죽음에 앞장 선
것인가의 이유를 알 수 없는 식은 다만, 죽음에 대한 불안을 자신에게
주입시키면서 간접 체험하는 것이다. 그러나 ②의 꿈은 식의 직접 체험
이 반영된 꿈이기에 같은 죽음체험이라도 그 의미가 달라진다. 지서 주
임과의 면담으로 다른 어른들보다 일감이 밀린 식은 좀 더 먼 곳으로
토치카에 쌓을 돌을 찾아간다. 알맞은 크기의 돌을 발견한 순간 식은
"비에 맞아 버드러진 대갈큇발처럼 앙상하게 뻗어나온" "남자의 큰 손"
(149쪽)과 마주치게 된다. 식이 마주한 것은 그동안 그를 극도의 불안으
로 몰아넣었던 죽음의 실체이며 보이지 않게 가로막혔던 환상이 파열
되면서 "눈앞에 번갯불 같은 빛살이 뻗"(149쪽)히는 순간의 틈을 비집
고 들어온 실재[30]와의 마주침이다. 한승원은 놀란 식이 현장을 피해 달
아나는 과정에 대한 묘사를 ①의 꿈과 연결시킨다. "바닷물 속에서 바
위 밑의 해초 사이를 헤치고 오다가, 갑자기 나타나 덮쳐 싸버린 문어

---

30) 박찬부는 실재계와 상징계의 상관관계를 설명하면서 실재1(R 1) → 상징화(S) → 실재2
(R 2)의 도식을 설정한다. 본문의 실재는 R 1으로써 '글자 이전의 실재', 즉 전상징적 실
재(presymbolic real)인 실재를 의미한다. 우리는 거의 '자연적으로' 상징질서 이전의 '순
수한' 상태를 가설적으로 떠올릴 수 있다. 여기서 상징화로의 이행은 '사물에 대한 타
살'로 설명된다. 이것은 '존재 차원'에서 '의미 차원'으로, 또는 자연에서 문화로의 이행
과정을 겪는 주체가 필연적으로 지불해야 되는 대가로서 이 과정을 통과한 주체는 결
핍과 상실의 분열된 주체 $로 탄생한다. 그리고 상징 이전의 원초적 실재에 탈에덴적
'타살'을 가하는 상징화 작업은 상징질서가 정면에 부각되고 실재에는 사선이 간 R의
다이어그램으로 가시화 된다. 이것이 상징 이전의 실재와 상징질서를 도식화 한 R 1 →
S가 전달하는 메시지이다.
　박찬부, 「비재현적 재현: 라캉의 상징적 리얼-이즘」, 『기호학 연구』19, 한국기호학회,
2006, 226-227쪽.

의 발들 속에서 벗어나려고 발버둥치는 문저리의 꼴이 되어버"(149쪽)
린 식의 의식 속에서 깨닫게 되는 것은 인공 치하에 자신이 판 교통호
가 생매장을 위해 쓰인 것은 아닐까라는 의심이다. 명령에 의해 행한
자신의 노동이 결국 사람들을 죽음으로 몰아갔다는 것을 풍문이 아닌
눈으로 확인한 순간의 앎이 식을 변화시킨 것이다. 그러므로 ②에서 식
이 꾸는 꿈은 단순히 죽음과 자신을 동일시하는 ①의 꿈이 아닌 죽음과
의 애도의 과정이 되는 것이다. 이는 이 꿈의 전반부에서 식의 새로운
불안 요소이던 빨갱이 매형을 숨겨놓은 것이 아이들에게 발각되어 놀
림을 당하고 순경의 세상에서도 학교에 가지 않는 자신을 향한 비난에
"그들의 놀림 따위에 울어서는 안된다며" 이를 무는 화자의 태도에서
극복의 가능성을 발견할 수 있다. 또한 꿈속에서 "꾸정물은 나가고 맑
은 물은 들어오고"(154쪽)를 읊조리며 물속에 빠졌다가 깨어나는 식의
몽중 과정은 성장을 향한 하나의 입사식으로 해석될 수 있다.

키르케고르의 꿈꾸는 상태란 모든 인간이 성장하고 '자유'를 획득하
기 위해 필연적으로 거쳐야 할 '시련과 고난'의 상태로 해석할 수 있다.
무력한 유아의 상태에서 '거울단계'에 있던 인간 주체는 타자 및 세계
와 자신의 관계에서 무의식적 결단을 통해 병리적 주체 혹은 욕망하는
주체로 태어난다.[31] 이제 식은 꿈꾸는 상태에서 타자 속에 자신을 찾으
려 했던, 타자와의 무화에서 벗어나 진정한 실존으로 자신을 던져가는
과정에 놓이게 된다.

이데올로기의 선택에 따른 책임을 몰랐던 식은 귀석 당숙이 끌려가
는 것을 방관하는 아버지의 선택을 보면서 차츰 그 의미를 체득해 간
다. 식을 불안하게 했던 매형의 체포로 인해 아버지와 식은 어둠 속에
서 전짓불의 위협을 받는다. 이청준 소설의 전짓불 모티프와 흡사한 이
장면은 전쟁체험 세대가 공유하는 동질의 불안 의식이다. 불빛 앞에서

---

31) 홍준기, 앞의 책, 222쪽.

자신의 정체성을 당당히 밝힌 아버지를 향해 "당신 앞으로 조심해야 겠어"(159쪽)라는 위협은 식에게 오히려 아버지의 권위를 회복시키는 계기가 된다. 아버지의 허리를 끌어안고 "아버지의 앙가슴에다 얼굴을 처박으며 온몸을 부들부들"(160쪽) 떠는 식의 심리는 아버지에 대한 이해로 이어진다.

자살 기도 후 사라진 작은 누님을 찾는 식구들에게 내버려두라며 퉁명스럽게 말하지만 식은 슬며시 딸을 찾아나서는 아버지의 마음을 짐작한다. 순이 오빠 순돌의 보복으로 작은 누님이 윤간을 당했을지라도 반동자 처형의 위험에서 식의 가족들을 피신시킨 순이누나의 진정성을 용서하는 아버지, 매형과 자신의 상반되는 이력으로 인해 쉽게 이데올로기의 선택이 불가능했던 아버지를 이해하게 되는 것이다. 식의 이러한 깨달음은 허물 있는 존재, 상징계적인 질서에 진입하는 성장을 의미한다.

V. 나가며

라깡의 불안은 '불안의 너머'를 지향하는 '순수한' 정서로 체험될 때 긍정적인 측면이 있다고 해석 가능하다. 불안 속에서만 인간주체는 '불안 너머'를 지향할 수 있으며 불안 너머에 존재하는 순수한 타자가 명명될 때만 불안은 자유와 욕망을 지향하는 숭고한 정서로 다가올 수 있다는 것이다. 인간은 정신으로 구성되어 있기에 불안하며, 불안하기 때문에 불안의 너머, 자유와 결여를 욕망한다.[32] 이렇듯 모순적 정서인 불안은 기본적으로 상징계에 진입하기 위한 분리 불안을 받아들이는 과정에서 주체의 성장과 접점을 찾을 수 있다. 상징계에 진입하기 이전에

---

[32] 홍준기, 앞의 책, 223-224쪽.

불안은 내재되어 있으며 상징계의 진입이라는 행위 자체가 갖는 의미 역시 또 다른 불안을 배태하는 것이다.[33] 이때 불안을 일으키는 세계와 주체의 관계, 불안을 받아들이는 주체의 태도가 관건이 된다.

한승원의 연작 『안개바다』를 불안의 주제로 분석했을 때, 기존 연구와 변별되는 지점은 무엇보다 바다나 자궁의 공간이 치유의 공간이자 역사적 현실에서 위안이 되는 도피의 공간으로 작용하지 않는다는 점이다. 어린 주체에게 폭력적으로 노출되어 있는 역사적 공간은 현실을 도피하는 아버지, 상징적인 부권의 부재로 인해 '어른-되기'를 강요하는 현실로 탈바꿈한다.

연작 소설의 제목인 「석유등잔불」, 「안개바다」, 「꽃과 어둠」은 역사적 현실과 성의 세계와의 관계를 잘 드러내 준다. 불에서 시작해서 어둠으로 끝나는 제목의 의미는 불과 어둠이라는 역사적인 현실 세계와 안개, 바다, 꽃의 성적인 세계의 관계성을 나타낸다. 반동자의 가족에게 어둠은 언제 죽을지 모르는 생존의 불안을 낳는다. 어둠은 남성적 질서의 역사적 공간이자 불에 의해 그 실체가 드러나는 기제이기도 하다. "아버지는 왜 반동자로 남는 것일까?"에 대한 식의 궁금증은 석유등잔불 밑에서 보이는 아버지가 "구렛나루의 군인"처럼 보이기도 하듯 지식과 지혜의 불로서 남성적인 질서에 대한 호기심을 드러낸다.

식의 불안 증후 안에서 푸른빛을 띠던 역사적인 시간과 대비되는 자줏빛의 붉은 빛은 성적인 세계를 상징한다. "꽃 자줏빛 같기도 한 그늘"(37쪽)의 대나무 숲에서 벌인 식과 순이누나의 행위, 차조숲 밑바닥을 꽃 자줏빛으로 적시던 작은누님의 피와 눈물, 아이를 안고 하눌재를 넘던 분홍빛 치마의 꽃과 같던 큰누님, 식의 꿈속에서 불타는 노을 속에 부활하던 작은 누님 등 식에게 붉은 빛은 주체를 압도하는 타자의 존재이자 폭력적인 남성질서의 간접체험을 의미한다. 결국 식은 현실 세

---

33) 알랭 드 보통은 인생은 하나의 불안을 다른 불안으로 대체하고, 하나의 욕망을 다른 욕망으로 대체하는 과정이라고 지적한다. ─알랭 드 보통, 『불안』, 이레, 2005, 268쪽.

계와 성적 세계에 대한 동시적인 애도를 통해 꿈꾸는 상태에서 자신의 실존을 찾음으로서 결여된 현실을 인식하고 스스로 욕망하는 주체로 태어난다. 불안 너머의 자유와 욕망을 지향했던 식은 불안의 기저에 존재한 아버지의 권위를 회복하면서 자신 역시 상징적 질서로 진입한다.

또한 한승원에게 있어서 '불'의 모티프는 가로등이 어둠을 감지한 결과물이며, 소설가는 "어둠 감지 기능이 살아 있는 한" 소설을 쓰지 않을 수 없다는 것이 그의 글쓰기의 의미이다.

> 어둠 속에서 불을 밝히는 것은 머릿속에 있는 어둠 감지 기능이 작동하기 때문이다. 불은 빛을 필요로 하는 자, 잠들어 있지 않고 깨어 있는 자, 어둠을 인식하는 자가 밝히는 것이다.(5쪽)

어둠으로서의 역사를 감지하고 그것을 자신의 사후 형식으로 재구성하는 힘. 한승원 소설의 반복되는 전쟁 모티프가 현재 독자에게 울림을 주는 것은 그런 작가의 정신이 살아있기 때문일 것이다.

■ 참고문헌

1. 기본 텍스트
한승원, 『아리랑 별곡』, 『한승원 중단편선집』 2, 문이당, 1999 - 「석유등잔불」.
한승원, 『안개바다』, 문학과지성사, 1979 - 「안개바다」, 「꽃과 어둠」.

2. 국내 단행본 및 논문
김영찬, 『근대의 불안과 모더니즘』, 소명출판사, 2006.
박찬부, 「비재현적 재현: 라캉의 상징적 리얼 - 이즘」, 『기호학 연구』 19, 한국기호
　　학회, 2006.
서은경, 「한국문학과 가족이데올로기」, 『돈암어문학』 19, 돈암어문학회, 2006.
우찬제, 「불안의 상상력과 정치적 무의식 - 1970년대 소설의 경우」, 『한국문학이론
　　과 비평』 27, 한국문학이론과 비평학회, 2005. 6.
임철우·임동확·하응백 편, 『한승원의 삶과 문학』, 문이당, 2000.
정연희, 「1970년대 한승원의 소설에 나타난 "바다"의 생태론적 의미」, 『현대소설연
　　구』 33, 한국현대소설학회, 2007.
정재석, 「유년시점의 서사적 의도」, 『현대소설 시점의 시학』, 새문사, 1996.
조현순, 「애도와 우울증」, 『페미니즘과 정신분석』, 여성문화이론연구소 정신분석세
　　미나팀, 여이연, 2003.
천명은, 「한승원 연작 소설 『안개바다』에 대한 고찰」, 『호남문화연구』 34, 호남문
　　화연구소, 2004. 6.
최문규, 「근대성과 "심미적 현상"으로서의 멜랑콜리」, 『뷔히너와 현대문학』 24, 한
　　국뷔히너학회, 2005.
홍준기, 「라캉과 프로이트·키에르케고르」, 『라캉의 재탄생』, 창작과비평사, 2002.

3. 국외 단행본 및 논문
그레고리 베이트슨, 서성봉 역, 『마음의 생태학』, 민음사, 1989.
리몬케넌, 최상규 역, 『소설의 시학』, 문학과지성사, 1985.
리키 이매뉴얼, 김복태 역, 『불안』, 이제이북스, 2003.
쇠얀 키르케고르, 임춘갑 역, 『불안의 개념』, 다산글방, 2007.
숀호머, 김서영 역, 『라캉 읽기』, 은행나무, 2006.

알랭 드 보통, 『불안』, 이레, 2005.
지그문트 프로이트, 김명희 역, 「늑대인간」, 『늑대인간』(전집 11권), 열린책들, 1996.
지그문트 프로이트, 황보석 역, 『정신병리학의 문제들』, 프로이트 전집 10(재판본),
　　　열린책들, 1997.
찰스 테일러, 송영배 역, 『불안한 현대사회』, 이학사, 2001.
캘빈 S. 홀, 백상창 역, 『프로이트 심리학』, 문예출판사, 1984.
G. Bataille, *Visions of Excess*, Univ. of Minnesota Press, 1985.
Robert Harari, *Lacan's Seminar on "Anxiety"*: introduction, New York: Other Press, 2001.

254

■ 국문초록

작가의 원체험이었던 6·25가 한승원 소설에서 반복적으로 재현될 때, 우리가 주목할 것은 원체험 자체의 실제성이 아니라 그것이 재현되는 방식이다. 본고는 작가체험의 사후성의 논리로 설명되는 1970년대 후반 작품인 연작 『안개바다』의 「석유등잔불」(1976), 「안개바다」(1978), 「꽃과 어둠」(1979)를 중심으로 주체의 불안과 성장 연구에 대해 살펴보았다. 이 소설들에서 한승원은 전쟁의 폐해를 직접 드러내기보다는 폭력적인 전후 현실이 인물에게 미치는 영향을 간접적으로 묘파하면서, 그 안에서 삶을 이어가는 주체의 모습을 통해 불안의 문제에 천착해간다. 텍스트 내에서 불안의 심리는 주체와 타자가 관계를 맺는 과정에서 발생하며 그 안에서 욕망과 향락의 발현과정을 추측해 보는 것은 기존의 논의에서 더 나아가 한승원 텍스트를 새롭게 볼 수 있는 계기를 마련해 줄 것이다. 『안개소설』의 연작에서는 전쟁으로 인한 심리적인 불안을 극복하고 주체의 성숙에 이르는 성장소설의 면모를 보여준다.

연작소설 『안개바다』의 「석유등잔불」과 「안개바다」에서 주인공 식의 가족은 '반동자'로 낙인찍혀 공동체에서 배제된다. 반동자의 정체성을 확인 받을 때마다 식은 전형적인 신호불안의 증후를 보인다. 식의 불안은 이데올로기를 선택하지 못하는 아버지로 인해 거세위협에 직면한 '죽음'이 근저를 이룬다. 상징적인 아비부재로 말미암아 식은 인공치하나 경찰치하에서 울력에 동원되면서 '어른-되기'를 강요받는다. '어른-되기'로 인해 전쟁의 현실에 직접 노출되는 식에게 세계는 자아를 밀어내고 소외시키는 공간으로 인식된다.

연작 『안개 바다』에서 식이 겪는 역사적 현실의 서사 축을 지연시키는 것은 성적인 체험이다. 어린 주체에게 성적인 욕망은 호기심과 함께 타자에 의해 타율적으로 접하기에 자연스럽게 욕망을 통제할 기회를 박탈당하고 타자의 욕망에 흡수될 위험을 느끼게 한다. 이때 주체를 불안을 떠안기 위한 시도로 내재된 초자아를 소환하거나 스스로 상황의 진행을 차단하기 위해 애쓰게 된다.

주체는 불안을 받아들임으로써 완벽한 향유를 포기하고 결여를 받아들이며 분열된 주체($)로 이행하게 된다. 식이 죽음에 대한 공포를 극복하는 과정은 꿈을 통한 간접 체험으로 드러난다. 현실에서 죽음을 목격한 식은 꿈속에서 죽음과 재회한다. 입사식과 같이 물속에서 죽음을 체험하고 깨어난 식의 상태는 키르케고르의 자유를 획득하기 위한 시련과 고난의 상태인 '꿈꾸는 상태'와 동궤를 이룬다. 성과 현실 세계의 애도를 거치면서 성숙을 향해 나아가는 식은 차츰 이데올로기의 선택에 따른 책임을 깨달아간다. 아울러 그를 불안하게 했던 아버지를 이해하면서 부정했던 부권의 권위를 회복해 나간다. 오이디푸스적 질서를 회복해가는 식의 깨달음은 상징계적인 질서로의 진입을 의미하며 인물의 성장을 보여준다.

주제어: 불안, 주체, 성장

■ Abstract

The study of subject's anxiety and maturity

Woo, Hyun Ju

When 6 · 25, in which author's original experience, keeps reappearing in Han seung won's novel, the thing we have to pay attention to is not the reality of the original experience of 6 · 25 but the way of reappearing 6 · 25 in his works.

The manuscript is looking into the anxiety and the maturity of the subject from the work of the late 70's series of novels 「a sea of fog」, 「a lamplight of petroleum」(1976), 「a sea of fog」(1978), 「flowers and darkness」(1979), in which can be explained by the author's post traumatic experience.

In these novels, Han seung won is describing indirectly how the violent postwar days can affect the character rather than displaying directly as to the bad effect of the war. Han seung won is also attempt to approach the anxiety of the character's within.

The psychological anxiety in han seung won's novels, is generated by the relationship between the character and the others. When desire and pleasure revealed within his work, those can provide us an opportunity to study Han seung won's work from a different point of view.

The series of novels of 「a sea of fog」shows the aspect of Bildungs-roman which depicts the overcome of anxiety toward war and how to come to maturity of the protagonist.

From the series of novels 「a sea of fog」, 「a lamplight of petroleum」, 「a sea of fog」, the main character Sik and his family were branded as reactionist and removed from the community.

Whenever he realize his true identity as a reactionist , he shows the symptoms of signal anxiety. Sik's fear lies in 'death' facing castration because his father could not choose ideology.

The back room which appears through out the series of novels, was used as a shelter for all fathers from the peasant's revolt in 1886, compulsory draft under the rule of Japanese imperialism in Korea to 6·25 Korean civil war.

Dun to the absence of a symbolic father figure, Sik was forced to be treated as 'to become' which is the term used by Gilles Deleuze(French Philosopher) by forced labor under the rule of communism and police.

Little Sik was placed in the fear of death because of his father's social standing (a village headman while under the rule of japanese imperialism in Korea) and his brother in law who was a member of the people's party.

In a situation of being questioned often about his father and brother in law and a series of repeated traumatic injuries, Sik becomes so insecure of unknown uneasiness toward other's desire and helplessness of being excluded from the community that he takes cognizance of the world as a place of pushing out and alienating his ego.

In the series of novels, 『a sea of fog』, having sexual experience with sister Soon-Yi makes sik becomes aware of sex. It is a moment that sik feels sexual desire and guilt at the same time.

To have a sexual desire along with curiosity for sex could make an immature subject to feel rather difficult to control his passions and possibly in danger to be assimilated into other's desire.

In order to embrace the subject's anxiety, the protagonist tries to summon superego or to stop the progress of a situation. The subject disrupted by accepting the anxiety and the perfect enjoyment. Consequently, the subject can go into the symbolic system. This particular process is well depicted in the last part of the series in 「flowers and darkness」

The separation between sister Soon-Yi and sik can be symbolized as the fog of sea in hanul-jae. As metonymy of sea , the fog contains the sound of agonizing pain of life and war.

After the separation from the painful reality, Sik as though gone through the initiation rite, starts to consider death in positive perspective through his sister's resurrection in his dream. The mourning work through his sister means farewell to the violent masculine order and the distorted sexual experience from war.

The core of Sik's psychological anxiety(Death) becomes brightly over-turned, the subject can finally move forward beyond death.

The process of overcoming sik's fear of death appears to be indirect experience such as dreams. After observing death in real world, sik ren-counter death in his dream. This makes sik experience trials and hardship for obtaining freedom.

By going through the grieving process of sex and the real world makes sik aware of the responsibility for his chosen ideology. As a result of that, sik begins to understand his father who was the basis of his anxiety, and tries to regain paternal authority at the same time.

From Sik's illumination of recovering Oedipous complex system be-comes the meaning of entering an symbolic system and also shows that the subject has come to maturity.

Key-worlds: Subject, anxiety, grown-up

−이 논문은 2008년 6월 15일에 접수되어, 소정의 심사를 거쳐 2008년 7월 15일에 최종적으로 게재가 확정되었음.

이광수 초기 '민족' 관념의 형성과 문학적 실천

이 재 용*

Ⅰ. 여는 글

이광수(李光洙: 1892~1950)의 문학 활동 초기는 1905년 제1차 일본 유학기에서 시작하여 1919년 2·8독립선언서를 기초한 시기까지이다. 이 시기에 이광수는 두 번의 일본 유학을 했고, 정주의 오산학교에서 교사 생활을 했으며, 상해·블라디보스톡 등 해외에 나가 활동하기도 하였다. 지금까지 알려진 바에 의하면, 이 시기 이광수가 쓴 글은 80여 편에 달한다. 이러한 이광수 초기 문학은 백철(白鐵: 1908~1985)이 한국 "現代 文學史上 最初의 長篇小說"[1]이라 지칭했던 『無情』(1917)[2]에

---

* 인하대학교

1) 이병기·백철, 『國文學全史』, 신구문화사, 1957, 272쪽.
2) 이광수 저작은 『李光洙全集』(삼중당, 1971)에서 인용하였다. 다만, 『無情』의 경우, 김 철 교주본(『바로잡은 『무정』』, 문학동네, 2003)을 기본으로 하였다. 모든 작품명은 「 」

260

대한 관심과 더불어 지속적인 연구 대상이 되어 왔다. 주로『無情』을 중심으로 1917년에 발표한 중·단편 소설에 집중되었던 이광수 초기 문학 연구는 연구 자료의 지속적인 발굴과 영향론적인 측면에서의 접근 성과가 축적되면서,3) 매우 복합적인 양상을 띠게 되었다.4)

이광수 초기 문학에 대해 최초로 규정한 문학사는 임화(林和: 1908~1953)에 의해 쓰여졌다. 임화는「朝鮮新文學史論序說」에서 이광수의 문학은 "한 個 統一的 目標로서 要求하던 자유로부터 倫理上 道德上의 個人의 自由를 分離하야 맛치 그것이 全部와 가티 誇張한 그『思想的 誇張』"을 모체로 한 "浪漫的인 理想主義"5)로서, "政治上의 欲求를 制

로 표시하였는데,『無情』의 경우에는 단편「無情」과 장편『無情』이 있으므로, 구분하기 위해 단편은「 」, 장편은『 』으로 표시하였다.『李光洙全集』은 이하『全集』으로만 표기한다.

3) 초기 문학에만 한정해서 말한다면, 이러한 자료와 비교문학적 자료의 축적에 크게 기여한 대표적인 논의에는, 김윤식,『이광수와 그의 시대』1, 2, 솔, 1999; 波田野節子,『『무정』을 읽는다』, 소명출판, 2008.이 있다. 전자(前者)는 1981년에서 1985년까지『文學思想』에 연재했던 글의 개정증보판이고, 후자(後者)는 1990년에서 1998년까지의 논문을 번역해서 수록한 책이다. 이 방대한 연구서 외에도 노양환·곽학송 등이 참여한『李光洙全集』(전 10권), 삼중당, 1971.도 현재의 관점에서 보면 다소 미흡한 부분이 있지만, 이광수 연구의 출발점이 되었다고 할 수 있다. 또한 이광수 문학의 정전 확립에 기여하는 편저로는 三枝壽勝 엮음,『이광수 작품선』, 이룸, 2003과 김철 校註, 위의 책.이 있다. 최근 발표한 김영민의 논문 두 편(「이광수의 새 자료〈크리스마슷밤〉연구」, 한국현대소설학회,『현대소설연구』, 2007;「이광수 초기 문학의 변모과정」, 한국문학연구학회,『현대문학의 연구』, 2008)은 布袋敏博의『學之光』8호에 관한 연구(「『學之光』小考: 新發見の第8号と, 第11号お中心に」,『朝鮮文學論叢』, 白帝社, 2002)에 기반하여 이광수의 작품으로 추정할 수 있는 여섯 작품을「크리스마슷밤」을 중심으로 논하고 있다. 또한『每日申報』에 발표한 한시(漢詩)「贈三笑居士」(1916. 9. 8)가 있음도 지적하였다. 그 외, 이광수라는 본명으로 발표한「今日我韓用文에 對호야」(『皇城新聞』, 1910. 7. 4~7)이 있다. 이 글의 발견시기는 분명하지 않으나 하동호 엮음,『국문론 집성』, 역대 한국 문법 대계 3부 3책, 탑출판사, 1985에 수록되어 있다.「新年을 迎하면서」(『每日申報』, 1917. 1. 1) 역시『全集』에 수록되지 않았다.

4) 한승옥에 의하면 이광수 문학 연구 목록은 1913년 최남선의「'검둥이의 설움' 서문」에서부터 2001년까지 750여 편에 달한다. 한승옥 엮음,『이광수 문학사전』, 고려대 출판부, 2002.

限하고 오즉 觀念上의 自由=文化의 獲得이란 방향"6)을 취했다고 보았다. 백철은 이광수 문학을 "理想主義" 즉 "民族主義"라고 규정하고, 「彷徨」7)・「尹光浩」8)(1918)・「어린벗에게」9)(1917)를 예외적인 작품으로 보며 『無情』을 문학사상 커다란 성과로 보았다.10) 조연현(趙演鉉: 1920~1981)은 이광수 문학을 검토하면서 부정적인 면으로 주제의 비독창적인 상식성, 구성의 공식성(公式性)과 유사성, 표현의 추상성과 개념성, 설교의 과잉과 이상(理想)의 비현실성을 거론하고, 그의 선구자적 중요성은 이러한 비판으로 폄하될 수 없다며 긍정적인 면으로 휴머니즘적 성격을 제시하였다.11) 임화의 단호한 어조에 비해, 백철・조연현이 절충적인 판단을 내리고 있는 이유는 이광수의 선구자적 업적과 친일을 함께 고려했기 때문이다. 이에 김현・김윤식은 이광수 문학에는 역사의식이 결여되어 있다고 비판하여 친체제적 경향의 근원을 적시하였다.12)

이러한 문학사 서술 속에는 이광수 문학을 평가할 때 의식하게 되는 근본적인 양가성이 있다. 이광수는 통칭 "新文學"이라 지칭하는 근대문학의 선구적 위치에 있으며, 문학적 가치, 대중적 인지도, 그리고 문단의 위상이라는 측면에서 무시할 수 없는 인물이었다. 다른 한편, 이광수는 친일문학가였다. 『無情』은 "政治問題에 대해서는 한마디 言及도 없고 政治的 現實에 대한 諷刺의 片鱗조차 비치지 않고 展開된 新道德과 新文明을 위한 辯論",13) "주인공 이형식은 열렬한 근대정신의 주

---

5) 임화, 「朝鮮新文學史論序說」, 『朝鮮中央日報』, 1935. 10. 18.
6) 위의 글, 『朝鮮中央日報』, 1935. 10. 22.
7) 「彷徨」, 『全集』 8.
8) 「尹光浩」, 『全集』 8.
9) 「어린벗에게」, 『全集』 8.
10) 백철, 『朝鮮新文學思潮史』(近代篇), 수선사, 1948, 105-110쪽 참조.
11) 조연현, 『韓國現代文學史』, 성문각, 1985(7판), 185-195쪽 참조.
12) 김현・김윤식, 『한국문학사』, 민음사, 1973, 197-204쪽 참조.
13) 정명환, 동국대학교부설 한국문학연구소 엮음, 「李光洙의 啓蒙思想」, 『李光洙研究』
    (下), 태학사, 1984, 276쪽.

장자이기는 하지만, 구체적인 작품의 조건 안에서 근대적 인간상으로 살고 있지는 못한 것"[14]이라는 평가가 나오는 이유는, 이광수를 이전의 문학적 업적을 계승-발전시키는 측면의 평가보다는 이광수 문학에 결여된 측면을 거론하여 친체제문학으로 나아간 이유를 암시하려는 평가였다고 볼 수 있다.

1990년대 이후의 연구는 포폄을 우선으로 하는 논의에서 벗어나 '어떻게'라는 측면에 유의했다는 점에서 주목을 요한다. 이 연구가 1910년대와 관련하여 근대문학이라는 문학장을 형성하면서 일어나는 문학이라는 관념과 제도의 변화를 다루면서,[15] 이광수와 관련한 서술도 바뀌기 시작했다. 이들의 특징을 밝히자면, ① 전체적이고 총괄적인 연구에서 좀더 세부에서 일어나는 변화와 그 영향을 제시하는 연구로, ② 근대를 서구적인 시각에서 규정하여 문학의 근대성과 비근대성을 재단하는 방식에서 벗어나, 서양-일본-한국을 지나면서 굴절하는 '통(通)언어적 실천(transligual practice)'의 차원으로, ③ 작가 중심 연구에서 문학이라는 전체 장 속에서 일어나는 구조적 지형론의 변동에 관한 연구로 바뀌었다. 그 와중에서 서양-일본을 통해 이광수에게 전해진 근대적 사상, 또는 이론과 이광수 텍스트에 대한 실증적 연구가 축적되었고, 세심한 텍스트 읽기를 통해 이광수 초기 문학의 전체적인 면모가 좀더 자세하게 드러나기 시작했다.

이 글은 1990년대 이전의 연구들이 지니고 있던 '민족'이라는 문제의식을 1990년대 이후의 연구들이 보여준 성과를 함께 참고하면서 재

---

14) 천이두, 동국대학교부설 한국문학연구소 엮음, 「近代와 前近代의 이율배반」, 『李光洙 研究』(上), 태학사, 1984, 369쪽.

15) 이 중 이광수 초기 문학의 재해석과 관련한 것으로는 김우창, 이문열·권영민·이남호 엮음, 「감각·이성·정신」, 『한국문학이란 무엇인가』, 민음사, 1995; 황종연, 「문학이라는 譯語」, 『한국문학과 계몽담론』, 문학사와 비평연구회, 새미, 1999; 권보드래, 『한국 근대소설의 기원』, 소명출판, 2000이 있다. 전술(前述)한 波田野節子의 연구도 이에 속한다.

고하려 한다. 이러한 문제의식은 이광수의 문화적 실천을 다룬 김현주의 논문16)에서도 나타난 바 있다. 김현주는 이광수의 문화적 실천을, 국권을 상실한 상태에서 개인적-정신적 문화의 차원에서 문명 세계에서 민족의 위상을 높이려고 계획했다고 보고, 그것을 "개인-민족"이라는 개념으로 제시하였다. 이러한 개념의 제시는 적절하지만, 그 주목적이 1910년대의 문화 이념을 규명하는 데 있었으므로, 이광수 초기에 나타난 민족의 내포 관념 및 문학적 실천을 살피는 데까지 논의를 진행하지 않았다. 이 글은 이광수 문학 초기에 나타난 '민족' 관념 형성의 기원인 고아-되기와 '민족' 관념 형성의 근본적인 요소들을 점검하려 한다.

II. '민족' 관념 형성의 기원: 고아-됨과 고아-되기의 상호 전도

이광수의 생애에 대한 논의를 살펴보면, 이광수 문학의 근원에는 고아-됨에서 기인하는 결핍감을 대리 보충하려는 수직적 경향과 수평적 경향이 있다. 수직적 경향은 주로 오이디푸스 콤플렉스에서 기인하는, 상실된 부권적 기능을 회복하려는 것을 말한다. 김윤식의 "고아의식과 그 초극"17)은 이에 대한 지적으로, 삼종제 이학수(李鶴洙: 1892~1980), 안창호(安昌浩: 1878~1938), 아베 요시이에[阿部充家], 도쿠토미 소호[德富蘇峯: 1863~1957] 등이 이광수에게 결핍된 부권적 기능의 축을 담당했다고 쓰여 있다. 수평적 경향 역시 김윤식이 제기한 "사랑에 대한 「기갈증 모티브」"18)로, 사에구사 도시카쓰[三枝壽勝]는 이를 『無情』

---

16) 김현주, 「식민지 시대와 '문명' · '문화'의 이념—1910년대 이광수의 '정신적 문명'론을 중심으로」, 『민족문학사연구』, 민족문학사학회, 2002, 102-104쪽 참조.

17) 김윤식, 앞의 책 참조.

18) 김윤식, 「李光洙의 處女作品」, 『韓國近代文學의 理解』, 일지사, 1973, 317쪽.

의 인물들에 적용하여 "공허감을 메우려는 사랑에 대한 갈구"[19]로 표현하였다. 이광수의 삶에 내재하는 고아-됨이 작품 외적으로는 자신을 이끌어 줄 부권의 축을 대리 보충할 사람을 구하는 경향으로, 작품 내적으로는 결핍된 애정과 피보호 욕구를 대리 보충할 사람을 구하는 경향으로 나타난다는 것이다. 고아가 느끼는 결핍감은 당연한 사실이며 그러한 결핍감에서 기인하는 무의식적 충동을 긍정한다는 것이 이러한 논의의 기본 전제이다.

그런데, 이를 염두에 두고 이광수의 삶과 작품을 함께 고려했을 때 몇 가지 의문점이 생긴다. 첫째, 부권적 기능을 대리 보충 받으려는 욕망이 작품 속에서 전도된다는 점이다. 사상적, 경제적, 정치적 측면에서 주인공을 이끌어 줄 상징적 아버지의 자리를 찾아보기 힘들다. 작품의 주인공은 상징적인 아버지의 영향을 받으면서 성장하는 인물이 아니다. 그들은 처음부터 지도자의 자리이거나 혹은 그와 유사한 입장에 선다. 물론 그들은 성장하기도 하지만, 그 성장의 성격은 피지도적이라기보다는 괴로울 정도로 자기 성찰적이다. 그들은 상징적 아버지의 자리를 차지할 사람을 필요로 하지 않는다. 둘째, 수평적 차원에서 결핍된 애정을 충족시키기 위해 그 애정의 대상에게 다가갈 때, 주저하거나 질문을 던지는 입장을 취한다는 것이다. 또한 애정이 성립된 이후, 그것이 행복한 결말을 갖는 경우가 거의 없다. 「어린 벗에게」(1917)와 「有情」(1933)의 경우에는 유부남의 불륜이라는 것 때문이기도 하지만, 두 사람이 고립된 지역으로 회피한다. 그리고 이는 죽음을 암시하거나 죽음으로 끝난다. 셋째, 이와 유사한 특징인데, 1차 일본 유학기(1905~1910)에 쓴 모든 작품의 결말이 죽음으로 끝난다는 것이다.[20] 주위 분위기의 냉정함,

19) 三枝壽勝, 심원섭 옮김, 「〈무정〉의 유형적 요소에 대하여」, 『사에구사 교수의 한국문학 연구』, 베틀·북, 2000, 99쪽 참조.
20) 구인환은 이 글에서 논의하는 작품 외에 다른 작품에서 나타난 죽음의 결말구조를 분석하고 있다. 여기서 죽음의 결말구조를 가졌다고 논의된 작품은 「開拓者」, 「有情」, 「再生」, 「革命家의 아내」, 「사랑의 多角形」, 「愛慾의 彼岸」이 있다. 구인환, 『李光洙小說

핍박으로 인해 수치심을 느끼는 경우 이 작품의 주인공들은 과감하게 육체적 삶을 포기한다. 다른 해결책을 추구하지 않는 작중인물들의 행동양식은, 매우 개체적이고 고립적이다. 사회적 연대의 노력이 보이지 않는다.

이러한 문제의식에 공감한다면, 그 원체험이라 할 수 있는 고아—됨을 이광수가 어떻게 기술했는지 살펴볼 필요가 있다. 고아가 된 상황을 자세히 서술한 기록으로는 「그의 自敍傳」(1936. 12. 22~1937. 5. 1)과 「나」(1947)이 있다. 우리가 주목해 보아야 할 것은 병에 걸려 누워 있다가 죽게 된 아버지의 죽음이 아니라 어머니의 자발적인 죽음이다. 이는 매우 충격적인 모습으로 그려져 있다.

　① 그러나 이날에 젖먹이를 업고 아버지의 뒤를 따른다고 그 시체를 타고 넘는 모양을 보고는 나는 어머니가 무서운 사람 같았고 또 끔찍이 소중한 존재도 되었다. …(중략)…
　나는,
　『어머니, 죽지 말어, 잉.』
　하고 어머니를 위협하듯이 울었다.
　『아니다, 나허구 애란이허구가 죽어야 너희들이 잘 산다. 수경이(인용자: 이광수의 작중 이름)가 귀하게도 되고.』
　…(중략)…
　나는 차마 아버지의 시체를 밀짚 거적에 싸서 밭귀에 묻던 말과, 어머니가 아버지 돌아간 뒤에 영 식음을 전폐하고 아흐렛 만에 돌아간 것이나, 또 내가 가장 사랑하던 동생 애란이가 남의 집에 가서 굶어 죽다시피한 것이나, 또 내 일가 친척들이 어떻게나 무정하게 우리 세 고아를 대한 것이나, 그것은 차마 말할 수도 없고, 또 남들에게는 말할 필요도 없다.[21]

　硏究』, 삼영사, 1987(2판). 제3장 李光洙小說의 美學, 제1절 죽음의 結末構造 참조.
21) 「그의 自敍傳」, 『全集』 6, 318-319쪽.

②『우리 농사해 먹고 살아. 내가 낭구도 하고 소도 먹이고 다 할게. 조고마한 지게를 하나 걸어 달래서 나도 지게를 지거든. 어머니야 농사 잘하지 않소?』

이렇게 말하면서 나는 머리 속에 내가 지게에 볏단을 지고 소를 끌고 어머니 있는 집으로 저녁때에 돌아오는 광경을 생각하였다. 그러면 마음이 든든하였다.

「안돼!」

하고 어머니는 고개를 설레설레 흔들었다.

「왜?」

하고 나는 눈을 크게 떠서 어머니의 눈을 보았다. 어머니의 눈에도 전에 못 보던 빛이 있었다. 그것은 이모의 재치 있는 빛보다도 더 깊고 큰 빛이었다.

「내가 안 죽으면 네가 지게를 지고 소를 몰아야 되는고나. 나마저 죽어야 네가 공부를 하여서 후제 귀히 되지.」[22]

아버지가 죽은 후, 어머니의 결심은 이광수와 두 딸을 데리고 함께 살아야 겠다는 것이 아니다. 그런 어머니에게 이광수는 ①의 경우에는 "위협하듯"한 울음으로 요청하고, ②의 경우에는 가족이 함께 살아가는 멋진 환상을 제시하는데, 이 둘은 모두 거절당한다. 죽음을 각오한 어머니는 "무서운 사람"이면서도 "끔찍이 소중한 존재"이다. 이광수의 미래를 위해 희생할 각오를 한 어머니의 눈빛은 "재치 있는 빛보다도 더 깊고 큰 빛"을 띤다. 위협도 환상적인 제안도 통하지 않는 절대적 거부는 이광수에게 귀하게 될 것을 요구한다. 이를 위해 이광수는 고아가 되어야 한다. 가족으로 인해 겪게 되는 경제적 생활의 압박에서 벗어나야 한다.

어머니의 요구의 진실성 여부를 가늠하는 것은 큰 의미가 없어 보인다. 이광수의 어머니는 죽으려고 하지 않았을 수도 있고, 이광수에게 귀

---

22) 「나」, 『全集』 6, 468쪽.(三枝壽勝, 『이광수 작품선』을 참조하여 수정)

하게 되라는 이야기조차 하지 않았을 수도 있다.23) 여기서 중요한 것은 이광수의 무의식적 사고방식이다. 그는 "귀하게 되"기 위해서 "큰 사람이 되"기 위해서 고아가 된 것이 숙명이라고 생각했다. 그리고 적극적으로 고아가 되려 한다. 1916년 『매일신보』에 글을 실으면서 쓰게 된 춘원(春園)이라는 호를 사용하기 전까지는, 자신의 외로움을 강조하는 고주(孤舟, 외배)라는 호를 사용했다. 「人生의 香氣」에서 이러한 외로움과 관련된 서술을 추출해 보면 다음과 같다.24) 헤어질 때 두 살이었던 갓난 누이동생이 자신을 알아보지 못하자 처음의 결심을 바꾸고 데려오지 않는다. 그리고 "왜 그 누이를 안 데리고 왔는지는 생각이 안 난다."(241) 오산 학교에서 갑자기 떠나면서 "잊어 버릴 양으로, 오직 모든 것을 잊어 버릴 양으로" "얼음의 나라, 허무의 나라를 찾아"(246)서 "오직 신경 쇠약에 걸린 텡텡 빈 몸뚱이"(244)로 중국을 헤맨다. 그러한 외국을 찾아 가기 위해 "나는 오늘부터 벙어리가 된다", "날마다 새 땅을 찾고 날마다 새 사람을 만나서 영원히 아는 사람이 없도록 하자"(245)라고 결심한다. 또한 「朝鮮靑年獨立團 宣言書」(1919)25)를 기초하고 상하이[上海]에 망명생활을 할 때에 도산 안창호로 추정되는 "T선생"을 만나서 평생 동안 모실 스승으로 인정한 후에도 몇 년 지나지 않아 만류하는 그를 떠난다.(232-233) 그의 반성에 의하면, 그는 여러 후원자들의 도움을 받으면서도 교육자도, 대학 졸업자도, 문학가도, 독립운동가도 될 수 없었다.(228)

---

23) 「人生의 香氣」, 『全集』 8에는 부모님이 죽은 지 얼마 지나지 않아 마당에 묻었던 주검을 이장하고 민며느리로 다른 집에 팔려간 갓난 동생을 찾기 위해 다시 집을 찾은 이야기가 서술되어 있다. 이광수는 그 무덤을 "작년에 한꺼번에 돌아가신 불쌍한 아버지와 어머니의 무덤"(237쪽)이라고 지칭하면서, "아무리 해서라도 큰 사람이 되겠다"(238쪽)라고 결심한다. 「人生의 香氣」는 1922년부터 지면을 옮겨가며 1936년까지 연재되었다.
24) 이하 「人生의 香氣」에서 뽑은 문장은 ( ) 안에 지면 숫자를 넣어 표기함.
25) 「朝鮮靑年獨立團 宣言書」, 『全集』 10.

처음 제시한 이광수 작품에 나타난 의문점, 고아—됨의 원체험, 그리고 우리가 관심 갖는 시기를 중심으로 한 그의 삶에 대한 진술을 살펴보면, 우리는 그가 고아이기 때문에 그런 행동을 했다는 것만으로는 설명하기 힘든 부분이 있다는 것을 알게 된다. 거꾸로, 그는 숙명처럼 고아—되기를 실천한다. 그리하여 그는 있는 그대로의 세계를 인정하지 못하는 타자의 역할을 수행한다. "무정한" 세계와 부딪히게 된 그의 고아—됨은 그의 진술 속에서 고아—되기를 향해 고집스럽게 집착하는 모습을 보이는 것이다. 고아—됨이 고아—되기로 바뀌는 이러한 전도는 그의 제1차 일본유학기에 쓴 습작기의 작품에서 독특한 모습으로 나타난다.

대부분 죽음으로 끝나는 결말구조를 가지고 있는 「血淚」(1908),26) 「愛が」(1909),27) 「獄中豪傑」,28) 「어린犧牲」,29) 「無情」30), 「곰[熊]」31)(1910)에서 갈등은 주로 열정적인 주체와 냉정한 세계의 충돌로 인해 일어난다.32) 작품 속 세계에서는 어떠한 구원이나 연대의 가능성이 보이지 않는다. 또한 이 열정을 표현하는 자아의 대부분이 외국인, 동물 등 타자의 형상을 취하고 있음도 예사롭지 않다.33) 「血淚」, 「어린犧牲」의 인물

---

26) 이광수, 「血淚(希臘人스팔타쿠스의 演說」, 『太極學報』, 1908. 11.(『全集』 미수록 자료) 번역이거나 또는 책 이외의 매체를 통해 보거나 상상한 것을 창작했을 수도 있음. 이 글에서 문제 삼는 것은 작법의 문제라기보다는 서술의 선별에 있어 드러나는 무의식적인 측면이므로 다루었음. 波田野節子에 의해 영화의 번안으로 밝혀진 「어린犧牲」을 다룬 이유 또한 동일함.

27) 사에쿠사 도시카쓰, 「사랑인가」, 『이광수 작품선』에 원문과 번역이 함께 수록되어 있음.

28) 『全集』 1. 원문의 "브엄"을 "부엉"으로 표기하고 있음. 범으로 보아야 이야기를 이해할 수 있음. 산문시.

29) 『全集』 1. (上)·(中)·(下)가 있는데 (中)이 누락되었음. (中)은 1910년 3월에 발간한 『少年』에 수록되어 있음.

30) 『全集』 1.

31) 『全集』 9, 산문시.

32) 「血淚」와 「獄中豪傑」에서 육체적인 죽음은 나오지 않는다. 「血淚」에서는 죽음을 향한 투쟁을 암시하고, 「獄中豪傑」에서는 내적인 자아의 무기력해짐을 보여준다.

이 문명 세계로부터 온 타자라면, 「獄中豪傑」, 「곰」의 인물은 한국 전통 신화의 세계로부터 온 타자이다. 전자(前者)는 연설 형식을 취하거나 대화가 많은 형식을 취하고 있고, 후자(後者)는 산문시의 형식을 취하고 있다. 과거와 미래에서 도래한 이 타자들의 형상은 냉정한 세계를 변화시키기 위한 계획이나 변화의 당위성을 제시하지 않는다. 작품 속의 세계와 충돌하는 이들의 자아는 자아를 표현해야 한다는 맹목적인 당위성을 잘 드러낼 수 있는 형식 속에서 작품 밖의 독자를 선동한다. 그들의 타자성은 이미 주어져 있는 조건이지만, 작품 밖의 독자에게 그들의 호소는 독자를 그 타자성에 적극적으로 동참시키려는 것으로 들린다. 작품에 나타난 페르소나들을 고려한다면, 이 세계를 낯설게 보아야 한다는 인식론적인 요청보다는 세계를 낯설게 보는 일에 동참하려면 타자성을 지녀야 한다는 존재론적인 요청에 가깝다. 그리고 그 요청은 같은 공감대를 형성할 수 있는 모호한 범위의 대중들을 향하고 있다. 이광수는 다른 글에서 그 대중들을 "我韓靑年", "朝鮮ㅅ사람인 靑年들"이라고 불렀다. 타자-되기에 호응할 가능성과 필요성을 가진 이들을 "청년(靑年)"의 이름으로 부르고 있는 것이다. 그리고 그 앞에는 '민족'을 표상하는 한정사가 부여되고 있다.

다음에서 우리는 새로운 문명을 습득할 타자가 되어야 할 청년 앞에 붙은 '민족'이라는 관념이 세대 분리에 관한 이광수의 논의 속에서 어떻게 재고되는지를 파악하고자 한다. 문자, 자연의 인간, 역사는 이에 중요한 참조점이 된다.

33) 「無情」은 당시 조선의 양반집 부인을 주인공으로 하고 있으므로 이 진술에선 예외이다. 「愛か」는 독특한데, 그 주인공인 문길(文吉)은 조선인 일본유학생으로, 말하자면 외국인이 된 한국인이다.

III. 세대 분리와 민족 관념의 내포 형성 과정: 문자 · 자연의 인간 · 역사의 정신적 공동체

이광수가 스스로에게, 그리고 작품 속의 주동 인물에게 요구하는 고 아―되기와 독자들에게 호소하는 타자―되기는 그의 작품을 이해할 수 있는 사람의 범위를 만드는 것을 전제로 한다. 이러한 가독력에서 기본 적인 문제로 등장하는 것은 사용하는 문자이다. 이 점에서 이광수의 첫 글이 「國文과 漢文의 過渡時代」(1908)[34]인 점은 시사하는 바가 크다.

「國文과 漢文의 過渡時代」의 주장은 당대 국문 담론과 큰 차이를 보이지 않는다. 당대의 한글전용론자들처럼 이광수 역시 한글 전용의 이유로 배우기 쉬움, 중국에 대한 사대사상으로부터 독립하기 위함이라 고 주장[35]한다. 그러한 주요 주장 외에 국토를 지키듯 언어를 지켜야 한다는 주장에서는 민족주의를 감지할 수 있고, 국어와 국문을 개념적 으로 변별하는 논의에서는 초보적이지만 정련된 논리적 수준을 느낄 수 있다. 한문은 외국어의 하나로 배우고, 신국민(新國民)의 사상을 형 성해 가고 있는 과도기에 처하여 하루라도 빨리 한글 전용을 실행해야 한다고 이광수는 주장한다. 여기서 우리는 부분적으로 신국민 형성에 대한 이광수의 조급증과 그것이 이후 세대 교체에 대한 주장으로 이어 질 잠재태임을 알 수 있다. 한글 전용은 새로운 세대의 애국정신 함양 을 위한 것이다.

이광수의 한글 전용론은 『每日申報』에 『無情』을 싣기 전까지 다양 한 실험의 과정을 거친다. 또한 글을 싣는 매체에 따라 이광수의 요구 를 관철하기 어려울 때도 있었으리라 짐작된다. 〈독립신문〉과 〈제국신 문〉으로 대표되는 한글 전용 신문이 과거에 존재했다고 하나 이광수의

---

34) 이광수, 「國文과 漢文의 過渡時代」, 『太極學報』, 1908. 5.(『全集』 미수록)

35) 당시 한글 전용론자의 주장에 대해서는 김석봉, 문학사와 비평연구회 엮음, 「개화기 국문 관련 담론의 전개 양상 연구」, 같은 책, 141-147쪽 참조.

글을 실었던『太極學報』와『大韓興學報』등이 사용하던 인쇄기 및 기계들이 갖는 물리적 측면에서의 한계도 있었을 것이고, 글의 편집자 및 독자가 가진 선입견 속에서 제한될 수밖에 없는 한계도 있었을 것이다. 어쨌든 이광수의 노력은 계속되었다. 여전히 한문 사용량이 많기는 하지만「血淚」에서는 띄어쓰기의 대용으로 쉼표가, 그리고 마침표가 쓰였고,「獄中豪傑」에서는 쉼표만 쓰였으나 한문의 사용량이 줄었다.

논설문 또는 소논문에 해당하는 글에서 한문의 사용량을 줄인다든지 문장부호와 띄어쓰기를 사용하는 것은 상대적으로 어려웠던 것으로 보인다. 반면, 문예물의 표기법은 부분적으로 한자를 사용하는 국주한종체(國主漢從體)의 방식 하에서 문장부호 및 띄어쓰기의 용법을 여러모로 실험한다. "文章保國"의 뜻을 세운 최남선(崔南善: 1890~1957)의『少年』에 실린「어린犧牲」에서는 이미 띄어쓰기와 마침표가 등장하면서 띄어쓰기 대신 쓰인 쉼표는 사라진다. 최남선이『靑春』을 창간하던 초기에는 마침표가 사라지고 띄어쓰기만 쓰는『독립신문』식의 표기36)가 도입되기도 한다. 특히 문예물에서는 어미를 다양하게 활용하는 실험도 했다.37) 이광수 작품에서 한문이 완전히 사라진 것은 1917년의『無情』이다. 몇 달 후에 연재된「開拓者」(1917~18)에서는 다시 국한문체가 쓰인다. 이렇게 자신의 문체 실험을 제한당하는 현실을 인식해서인지, 1910년 이광수 역시 국한문 혼용을 부분적으로 긍정한 적이 있다.38)

문학 작품을 위한 노력과 분리될 수 없는 이러한 노력은 신국민을 새로운 세대로 채우려는 노력의 일환이었다. 피히테(Fichte: 1762~1814)의 언급을 빌면 "국민에 의해 국어가 형성된다기보다는 오히려 국어에

---

36) 서울대 정치학과 독립신문 강독회에서 펴낸『독립신문, 다시 읽기』(푸른역사, 2004)의 일러두기를 보면 6번에 "본래『독립신문』은 쉼표나 마침표 같은 문장부호를 사용하지 않았다."라고 쓰여 있다.

37) 이에 대해서는 구인환, 같은 책, 219쪽의 표와 유영윤,『근대 소설의 형식과 사회 현실』, 박이정, 1998, 40-41쪽의 표를 참조할 것.

38) 이광수,「今日我韓用文에對ᄒ야」,『皇城新聞』, 1910. 7. 24~27.(『全集』미수록)

의해 국민이 형성되기 때문"[39]이다. 새로운 국어는 새로운 국민을 만든다, "獨立旗를 높이 달고 自由鐘을 크게 울릴"[40] 새로운 세대의 국민이 형성된다. 이 국민의 자원은 무엇보다 "我韓靑年"이라고 불리우며 그들을 "敎導할 父老를 가지지 못"했기 때문에 "하여 놓은 것 없는 空漠한 곳에 各種을 創造함이 職分"이다.[41] 그들의 정당성은 중국에 대해 사대주의적 태도를 취하던 "父老"들과는 달리 한글을 사용한다는 것에서만 비롯하는 것은 아니다. 인간의 본성과 역사적 정통성에 대한 언급을 통해 새로운 세대를 하나의 정신적 공동체로 재탄생시킨다. 그리고 문자 또는 "時文體"[42]는 이들 세대의 지표가 되면서 이 또한 역사에 대한 논의 속에서 다시 거론된다.

인간의 본성에 대한 논의는 「今日我韓靑年과情肉」(1908)에서 처음으로 거론된다.

人은 실로 情的 動物이라 情이 發한 곳에는 權威가 無하고 義理가 無하고 智識이 無하고 道德 健康 名譽 羞恥 死生이 無하나니 嗚呼라 情의 威요 情의 力이여 人類의 最上 權力을 握하였도다.

現時 吾人狀態를 觀察하건대 上下貴賤을 勿論하고 소위 義務라 道德이라 하여 一時 社會의 制裁와 公衆 面目에 左右한 바이 되어 거의 塞責的 又는 表面的으로 苟且히 行動할 뿐이요 能히 自動自進으로 自由自在하여 自己 心理를 不欺하고 道德 範圍 內에 活動하는 者이 無하고 社會

---

39) Johann Gottlieb Fichte, 곽복록 옮김, 『독일국민에게 권함』, 민성사, 1999, 45쪽. 피히테의 언어적 민족주의에 대해서는 송명희, 『이광수의 민족주의와 페미니즘』, 국학자료원, 1997, 32쪽 참조. 「우리의 理想」, 『全集』 10, 246쪽에는 오이켄, 베르그송, 칸트, 톨스토이와 함께 피히테가 거론되어 있다. 이에 대한 독후감인 현상윤, 「李光洙君의「우리의 理想」을讀함」, 『學之光』, 1918. 3에도 역시 피히테의 「독일국민에게 권함」이 거론된다. 그러나 이광수가 언제 피히테를 알게 되었는지는 분명하지 않다. 「우리의 理想」은 『全集』에서는 「우리의 思想」으로 제목이 바뀌어 있음.

40) 이광수, 「隨病投藥」, 『太極學報』, 1908. 10.(『全集』 미수록)

41) 「今日我韓靑年의 境遇」, 『全集』 1, 528쪽.

42) 「懸賞小說考選餘言」, 『全集』 10, 569쪽.

制裁의 奴隷가 되어 神聖한 獨立的 道德으로 行動을 自律치 못하나니 그
一煩悶하고 苦痛함이 如何할까 만일 如此한 狀態로 一向 繼續하면 必竟
心神이 疲憊하고 顔色이 蒼白하여 更起할 餘力이 無하리로다.[43]

위 인용문에 의하면 감정은 인간의 본성을 이루며 최고의 권위를 가
지고 있다. 문명 상태, 그 중에서도 의무와 도덕을 강조하는 사회는 이
러한 감정의 진실을 속여야만 한다.

루소(Rousseau: 1712~1778)의 『에밀』에 나오는 인간 감성적 존재론
을 상기시키는 이 구절은 습관과 편견에 따라 비뚤어지기 이전의 심적
상태인 인간 속에 있는 자연성으로 돌아갈 것을 요구하고 있다.[44] 이광
수가 이와 비슷한 시기에 발표했던 「특별기증작문」은 이를 더 분명하
게 보여준다. "자연으로 돌아가라!"라는 선언과 함께 "이곳(인용자: 문명
세계)은 우리의 자유를 속박하는 곳", "천부의 본성을 훼손시키는곳"[45]
이라고 부연한다. 이와 유사하게 루소의 인간 본성론은 "관습적인 인간
(l'homme de l'homme)와 자연적 인간(homme de la nature)"을 구별하고
이를 통해 인간의 참된 특성들을 탐구한다. 그리하여 인간의 본성에 기
반한 사회의 건설을 제안하는 것이다.[46] 그러나 이러한 본성은 윤리 자
체의 부정으로 나아가지 않고, 도덕적 자율성의 원천이자 도덕적 자각
의 원동력이 된다. 도덕적 관습이나 사회적 제도의 부정은, 이때 전적인
부정이 아니다. 인간의 본성과 타고난 자유를 억압하는 제도의 부정이
공동의 선을 목표로 하는 도덕적 관점인 일반의지를 부정하지는 않는다.

바이런(Byron: 1788~1824)을 통해 이를 논하는 경우에도 마찬가지
이다. 이광수에게 바이런을 읽으라고 권해 주었던 홍명희(洪命憙: 1888~
1968)는 젊은 시절 바이런의 시에 나오는 카인을 본따 "可人"이라고 썼

---

43) 「今日我韓靑年과 情肉」, 『全集』 1, 526쪽.
44) Jean-Jacques Rousseau, 정봉구 옮김, 『에밀』 상, 범우사, 1995(2판), 28쪽.
45) 波田野節子, 앞의 책, 118-119쪽. 「특별기증작문」은 『全集』에 수록되어 있지 않다.
46) Ernst Cassirer, 유철 옮김, 『루소, 칸트, 괴테』, 서광사, 1996, 42-43쪽 참조.

던 호를 이후 "碧初"로 고치는데, 어느 대담에서 그 이유를 묻는 현기
당(玄幾堂)에게 "성경을 보니까 카인이란 구정 구현 놈이야 그래 재미
가 없어서 可人이라는 것을 집어치웠지"[47]라고 말한다. 또한 비슷한 시
기 유학했던 중국의 문호 루쉰[魯迅: 1881~1936]은 당시의 중국유학생
들에게 바이런이 인기 있었던 것은 "그가 그리스의 독립을 원조했다는
이유 때문"[48]이라고 말한다. 당대의 유학생들에게는 도덕적·정치적 관
점에 따른 선별과 새로운 사상의 섭취가 서로 복합적인 양상을 띄고 있
다. 새로운 사상이라고 해서 도덕적 패륜아까지 긍정하는 것은 아니었
으며 아무 이유 없이 받아들이는 것은 아니었다. 이광수는 인간 본성에
대한 찬양과 도덕적 관점의 긍정을 때로는 모순적임에도 불구하고 함
께 논의하고 있다. 그러나 사회적 맥락이 형성되지 않은 상태에서 이러
한 논의의 수용은 새로운 세대의 현현을 위하여 거론되지만, 어느 정
도 세심하게 고려되었는지에 대해서는 의문스러운 점이 있다. 이광수의
「어린벗에게」에는 이와 관련한 토론 장면이 있다.

> 『…(중략)… 말하자면 赤道 地方에 사는 사람들이 짜장 살 權利 있는
> 사람이요, 溫帶나 寒帶에 사는 사람들은 天命을 巨役하여 사는 것이외다
> 그려. 그러니까 赤道 地方에 사는 사람들은 天命대로 自然스럽게 살아가
> 지마는 溫帶나 寒帶에 사는 사람들은 所爲 「自然을 征服」한다 하여 꼭 天
> 命에 거슬리는 生活을 합니다그려. 그네의 所謂 文明이라는 것이 卽 天命
> 을 巨役하는 것이외다. 爲先 우리로 보아도 한 時間에 十里씩 걸어야 옳
> 게 만든 것을 꾀를 부려 百餘里 씩이나 걷지요. 눈이 오면 추워야 옳을 텐
> 데 우리는 只今 따뜻하게 앉았지요…… 그러니까 文明 속에 있어서는 하
> 느님을 섬길 수 없어요.』
> 『아 그러면 先生님께서는 文明을 詛呪하십니다그려. 그러나 우리 人生
> 치고 文明 없이 살아갈까요? 톨스토이가 제아무리 文明을 詛呪한다 하더

---

47) 임형택·강영주 엮음, 『碧初 洪命憙『林巨正』의 재조명』, 사계절, 1988, 261쪽.
48) 魯迅, 竹內好 편역, 한무희 옮김, 『魯迅文集』 3, 일월서각, 1987, 125쪽.

라도 그 亦是 「家屋」 속에서 「料理」한 飮食 먹고 「器械」로 된 衣服 입고
지내다가 마침내는 鐵道를 타다가 停車場에서 「醫師」의 治療를 받다가 죽
지 아니하였습니까.』
　　나는 이 말에는 대답하려 아니하고 單刀直入으로 金娘의 事情을 探知
하려 하였나이다.[49]

　　유부남인 주인공 "나"는 일본에서 사랑하던 김일연(金一蓮)과 동반
하여 소백산맥으로 가는 중이다. 사랑이 유부남으로서 지켜야 할 사회
와 법률의 제재보다 중요하다고 홀로 생각하던 주인공은 김일연이 깨
어나자 대화를 시작한다. 여기가 어디냐는 김일연의 질문에 대답하다가
그는 하나님이 주신 인간의 본성을 부정하는 문명에 대한 성토를 시작
한다. 문명을 저주했지만 문명 속에서 죽어간 톨스토이(Lev Nikolaevich
Tolstoi)에 대한 이야기가 나오자 "나"는 대답하려 하지 않는다. 이러한
톨스토이 이해에는 문제가 있다.[50] 톨스토이는 루소나 바이런과 뒤섞여
문명을 거부하고 인위적인 조치를 거부한 자연의 옹호자로 인식되고
있는 것이다. 그리하여 루소와 바이런, 톨스토이는 특별히 구분 없이 사
유되고 있다.
　　이광수의 인간 본성 옹호론은 이렇게 자의적인 해석에서 비롯한 것
이지만, 그것이 비도덕적인 행위에 대한 변명으로 기능하지 않고 인간
본성에 대한 끝없는 신뢰로 이어질 때 응당한 가치를 가진다. 문명의
기준을 서구로 생각하고, 유길준(兪吉濬: 1856~1914)이 『西遊見聞』[51]
에서 국가들에 적용한 '개화/반개화/미개화'의 도식을 이광수의 대표작

---

49) 「어린벗에게」, 『전집』 8, 89쪽.
50) 이보영, 「톨스토이와 李光洙」, 『문예연구』 1998. 가을호, 40쪽에는 이에 대한 비판이
　　있다. 이광수는 「톨스토이의 인생관―그 종교와 예술」(1935)에서도 위의 언급처럼 "〈마
　　음에 믿는대로 아무에게도 복종 말고 오직 자유로〉 생활하여야 한다"라고 주장하는데,
　　이보영은 톨스토이가 혐오한 것이 정치권력임을 밝히고 있다.
51) 유길준, 허경진 옮김, 『서유견문』, 서해문집, 2004의 해설을 참조함.

『無情』의 인물들에 적용해 본다면, 자신이 개화되었다고 믿는 반개화된 인물들(배학감, 김장로 등)보다 미개화된 인물들을 더 긍정적인 시선으로 처리하고 있음을 알게 된다. 영채, 하숙집 노파, 기생 포주 노파, 평양의 어린 기생 계향이는 기생을 성을 암시하는 것으로 끝없이 추문화시키는 사회의 습관적 시선으로부터 형식이 벗어나는 데 영향을 미친다.52)

새로운 세대가 이러한 타자-되기를 통해서 등장할 때 문제가 되는 것은 그것이 완벽한 타자가 될수록 소통의 가능성이 협소해진다는 것이다. "우리는 先朝도 없는 사람, 父母도 없는 사람(어떤 意味로는)으로 今日 今朝에 天上으로서 吾土에 降臨한 新種族으로 自處하여야 한다"53)라는 세대 단절론의 극단을 보완하는 조치가 없다면, 신종족으로 지칭한 정신적 공동체는 구종족과 겨룰 수 있는 공통된 논의의 장을 잃어버리는 것이다. 다시 말해서, 하나의 공동체(그것도 단일하다는 상상적 연대성이 견고한) 내에서 다른 방식의 삶으로 존재하고자 하는 타자-되기를 통해 구축된 예외적 존재가 제시할 수 있는 공통의 기반을 만들어야 소통의 가능성을 거론할 수 있으며, 다른 한편으로는 새로운 문자적 상징질서의 도입의 가능성을 확보할 수 있다. 그러한 논의의 영역을 이광수는 역사를 통해서 만들고자 한다. "역사의 연속성을 폭파시키고자 하는 의식"이 아무런 물질적 토대를 가지지 못했을 때, 그 의식은 역사를 이용하기도 하는 것 같다. 벤야민(Walter Benjamin: 1892~1940)이 했던 논의와 맥락은 다르지만, 이광수는 역사라는 구조물이 설 장소를 설 장소를 형성하고 있는 "동질적이고 공허한 시간이 아니라 〈현재시간Jetztzeit〉에 의해 충만된 시간"을 찾았던 프랑스 혁명54)을 모방

---

52) 졸고, 「이광수 작품에 나타난 감정의 위상 정립 연구」, 군산대 석사논문, 2000, 40-43쪽 참조.

53) 「子女中心論」, 『全集』 10, 37쪽.

54) Walter Benjamin, 반성완 옮김, 「역사철학테제」, 『발터 벤야민의 문예이론』, 민음사,

했다. 연속된 시간이 아니라 관념 속에서 구축한 시원의 시간에서 "〈현재시간〉에 의해 충만된 시간"을 찾았던 것이다.

이에 대한 논의가 처음 시작된 것은 「朝鮮ㅅ사람인 靑年들에게」(1910. 8)이다. 그는 뚜렷한 기준 없이 역사를 제1의 조선, 제2의 조선, 제3의 조선로 구분하고, 제3의 조선을 "코에는 똥내가 받치고 입에는 쉰 물이 돌"게 만드는 것으로 보고 있다. 제3의 조선이 제창한 진리는 시대의 산물로 이제 윤리를 위한 사람을 만들 것이 아니라 사람을 위한 윤리를 제창해야 한다는 것이다. 이러한 이광수의 역사상은 단군신화에 있던 호랑이와 곰을 차가운 세상과 충돌하게 만들고, 이순신을 소재[55]로 또 단군을 소재[56]로 시를 쓰게 하였다. 이러한 역사적 기획은 애국계몽기의 민족 영웅 서사들과 표면적으로 상통하는 면이 있다. 그러나 이러한 역사의식은 「文學이란 何오」(1917)에 나타난 한국문학사 기술을 참조해야만 그 맥락이 온전히 드러난다. 사용 문자에 있어서 이광수는 여전히 근본적으로는 한글 전용론자이지만, 방편으로 국한문 혼용을 하는 경우를 허용하고 있다. 여기에 단지 누구나 알고 쓸 수 있는 현대어·일용어로 써야 한다는 단서를 덧붙인다.[57] 나아가 "貴重한 精神的 文明을 전하는 데 最히 有力한 者는, 즉 其 民族의 文學"[58]이라 하여 문학의 역사적 중요성을 강조한다. 그러나 뒷부분에서 "朝鮮文學이라 하면 毋論 朝鮮人이 朝鮮文으로 作한 文學을 指稱"[59]한다 하면서 다시 속문주의의 관점을 다시 제시하면서, 이두(吏讀)를 사용한 문학, 한글을 사용한 문학만을 한국문학으로 인정하고 있다. 역사적 시야를 엄격하게

1983, 353쪽.

55) 「우리英雄」, 『全集』 9, 1910.

56) 「님 나신 날」, 『全集』 9, 1915. 이 작품에 표기되어 있는 음력 4월 3일의 작시일자가 이를 암시한다.

57) 「文學이란 何오」, 『全集』 1, 553쪽.

58) 위의 글, 551쪽.

59) 위의 글, 554쪽.

가다듬으면서 이후의 문학을 예비한 것이라 할 수 있겠다.[60]

여기서 우리가 주의해야 할 점은 이광수가 "貴中한 精神的 文明" 운운하면서 이야기하고 있는 것의 내포의 규정 자체가 불분명한 것이다. 민족의 "精神的 文明"에는 문자의 측면에서 민족 고래의 어법을 표현하려고 했느냐는 전달형식, 또는 문체라는 기준 이상의 뚜렷한 판단 기준이 없다. 예를 들어 「復活의 曙光」[61]에서는 "精神的 文明" 또는 "精神生活"의 하위범주로 철학과 종교, 문학을 거론하고 있는데, 이 중에서 철학과 종교는 보편적인 성격을 갖지 않고 독창적인 철학이나 종교를 산출한 민족이 많지 않으므로 민족적인 것으로서는 중요하지 않다고 서술하고 있다. 그에 비해 문학은 민족 나름의 "精神生活"을 가지고 있는 어느 민족에게나 존재해야 하는데, 한문으로 표현된 문학은 문자 표현 형식을 중국에서 빌려오고 있으므로 거론의 여지가 없다고 단언하고 있다. 이광수의 역사 논의에서 분명 민족적 내용보다는 민족 문자의 문제가 중심이다. 민족의 정신문명은 한글로 쓰여진 문학을 통해서만 전달할 수 있는 그 어떤 것이다, 라는 명제는 달리 말하면 한글로 쓰여진 문학이 전달하는 것이 민족의 정신문명이라는 공허한 규정일 뿐이다. 이광수 스스로 말했듯이 역사 속에서 민족 고유의 정신적 문명의 내용을 찾기가 불가능했기 때문이다. 그러나 이러한 공허함은 앞으로 쓰여질 한글 문학의 중요성을 증대시킨다. 한글 문학의 승격은 역사 기술에서의 단절과 배제, 특정 시기의 강조를 통해, 그리고 내용의 텅빔을 통해 이루어지고 있는 것이다. 그 내용이 과거와 현재보다는 미래에 있기 때문이다.

그런데, 여기서 일본문학의 속문주의와 이광수의 문학사 기술의 비

---

60) 이런 관점은 이후에도 이광수 문학의 기본적인 관점이 되었다. 송명희는 이광수가 이러한 관점으로 민요운동에 나섰고, 한시, 가사, 시조, 신체시까지 부정했다는 점을 확인하고 있다. 송명희, 앞의 책, 74-80쪽 참조.

61) 「復活의 曙光」, 『全集』 10, 1918, 26쪽 참조.

교해 보는 것은 유용하다. 한국문학의 역사적 전개에 사대주의적 정신이 팽배해 있음을 한탄할 때에 이광수가 거론한 것이 나라[奈良]기의 일본문학이다. 그는 일본문학이 한문을 받아들였음에도 불구하고 "國文學"의 세력이 없어지지 않았다는 점을 들어 한국에는 전통을 이어갈 한글 문학이 없음을 탄식한다.62) 「五道踏破旅行」(1917)에는 일본 근대극의 개척자 시마무라 호케쓰[島村包月: 1871~1918], 일본의 여배우 마쓰이 스마코[松井須磨子: 1886~1919] 일행63)을 우연히 만나 한국문학에 대해 담화하는 장면이 나온다.64) 내용은 「文學이란 何오」의 내용과 유사하다. 이광수의 기록에 의하면, 시마무라 호케쓰는 "朝鮮은 歷史가 오래니까, 自然 特別한 思想, 感情이 있을 것이다. 그러나 오랫 동안 中國文明의 壓迫을 받아서 그것이 充分히 發育하지 못하고 凋殘하여지고 말았다."라는 요지로 말했다. 또한 이광수는 「復活의 曙光」에서도 시마무라 호케쓰가 『早稻田文學』 10월호에 상재한 「朝鮮だより」을 요약하고 그 주장에 공감하면서 내용을 보충 설명하고 있다.

그렇다고 해서 이광수가 시마무라 호케쓰의 논의를 반복했을 뿐이라고 이야기하기는 힘들 듯하다. 정병호의 논의65)에 의하면, 이광수가 유학의 길을 떠났던 1900년대 이후 일본문학사 기술은 한문학사의 예외성을 인정하고 있었다. 일본문학사에 한문학에 관한 진술을 허용하는 것이 교과서적인 서술방식이었다. 이광수의 주장에 호응하는 근본주의적인 속문주의는 1890년대의 일본문학사 기술의 입장이었다. 유럽 유학

---

62) 「文學이란 何오」, 앞의 책, 554-555쪽.

63) 시마무라 호케쓰는 톨스토이의 『부활』을 각색한 〈카츄사〉로 1915년 극단을 데리고 내한공연을 하였고, 이광수가 그들을 만난 1917년에는 최남선, 진학문의 초청으로 서울 방문중이었다. 초청 자리에는 아베 요시이에도 참석했다. 당시 시마무라 호케쓰는 유럽에서 귀국하여 와세다[早稻田] 대학과 예술좌에서 서구 근대극으로 가르쳤던 것으로 알려져 있는데, 이광수와의 교분에 대해서는 잘 알려지지 않았다. 유민영, 『開化期演劇社會史』, 새문사, 1987, 참조.

64) 「五道踏破旅行」, 『全集』 9, 84쪽.

65) 정병호, 「이광수의 초기문학론과 일본문학사의 편제」, 『日本學報』, 2004. 6, 참조.

을 떠났다가 돌아온 시마무라 호케쓰66)가 1890년대의 일본문학사 기술을 긍정하는 입장을 가지고 있었고 그것을 이광수에게 전했을 가능성은 다분하지만, 이광수가 이 의견을 아무런 의식 없이 채택했다고 보기는 힘들다. 일본문학사의 계통적 발전의 근원인 근본주의적 속문주의를 반복했을 때, 이광수가 민족의 내포 관념으로 제시했던 문자의 의미는 즉자적 반응의 순환고리를 끊고 대자적 민족 관념 속에서 새롭게 등장한 서구적 의미에 있어서의 보편적 인간 본성론을 일종의 로고스로 내포할 수 있었다. 세대 단절론을 기반으로 한 이광수의 논의는 한글이 갖는 민족 정통성과 그러한 민족 전통성을 부여한 근대 의식을 연결지어 회귀적 민족 재구성이 아닌, 근대 의식을 내포하면서 동시에 공허함과 숭고함을 동시의 속성으로 가진 '민족' 관념을 통해 새로운 상징질서의 도래를 가속화할 수 있었던 것이다.

IV. 결론

이 글은 이광수의 삶을 "고아의식"에서 기인하는 결핍감을 채우기 위한 수직적, 수평적 대리 보충이라는 기존의 논의에서, 이광수는 고아-됨에서 기인하는 삶의 장이 펼쳐졌던 인물이라기보다는 고아가 된 이후에 고아-되기에 집착하는 과정으로 보는 것이 더 합당하다는 판단에서 쓰여졌다. 그리하여 이광수의 생애와 작품 양 면에서 발견되는 고아-되기의 양상들을 논하고, 이러한 양상이 작품을 매개로 그것을 보는 독자들에게 일종의 타자-되기를 요구하는 것으로 보았다.

이에 따라 이광수 소설의 애독자이던 "靑年"들은 「子女中心論」으로 대표되는 세대 단절론 속에서 크게 세 가지로 대별되는 예외적 집단으

---

66) 시마무라 호케쓰의 유럽 방문은 1902년에 이루어졌다. 그 이전의 문학사적 인식을 갖고 있었으리라 추측된다. 유민영, 같은 책 참조.

로서의 특징을 추구하게 되었다. 한글 전용론, 자연의 인간론, 역사 논의를 통해 문자를 중심으로 한 새로운 '민족'의 관념을 가질 수 있었던 것이다. 이러한 관념은 이광수에게 문학적 실천의 근대성과 민족성을 함께 지닐 수 있게 한다. 이를 통해 '민족' 관념은 전통과 관습이라는 즉자적인 성격에서 탈피하여 서구적인 의미에서 보편적인 인간 본성과 서구적 의미의 "Literature"를 구현할 수 있는, 문체라는 형식적 요건에 집중한 대자적인 '민족' 관념으로 발전했다. 이 논의는 구체적인 세부의 논의에서, 문학사적인 맥락 또는 이광수 문학의 전체적인 맥락에서 추가할 논의를 필요로 한다. 『無情』과 「開拓者」, 두 장편소설의 해석에 대해서도 추가 논의가 필요하리라 생각한다. 지속적인 연구로 보완하겠다.

■ 참고문헌

1. 자 료

『李光洙全集』1~10, 삼중당, 1971.

이보경, 「國文과漢文의過渡時代」, 『太極學報』, 1908. 5.

이보경, 「隨病投藥」, 『太極學報』, 1908. 10.

이보경, 「血淚」, 『太極學報』, 1908. 11.

고 주, 「어린犧牲」(中), 『少年』, 1910. 3.

김철 교주, 『바로잡은『무정』』, 문학동네, 2003.

三枝壽勝 엮음, 『이광수 작품선』, 이룸, 2003.

2. 논문 및 단행본

구인환, 『李光洙小說研究』, 삼영사, 1987(2판).

권보드래, 『한국 근대소설의 기원』, 소명출판, 2000.

김석봉, 문학사와 비평연구회 엮음, 「개화기 국문 관련 담론의 전개 양상 연구」, 『한
　　국문학과 계몽담론』, 새미, 1999.

김영민, 한국문학연구학회 엮음, 「이광수 초기 문학의 변모과정」, 『현대문학의 연
　　구』, 2008.

김영민, 한국현대소설학회 엮음, 「이광수의 새 자료 〈크리스마슷밤〉 연구」, 『현대
　　소설연구』, 2007.

김우창, 이문열·권영민·이남호 엮음, 「감각·이성·정신」, 『한국문학이란 무엇인
　　가』, 민음사, 1995.

김윤식, 「李光洙의 處女作品」, 『韓國近代文學의 理解』, 일지사, 1973.

김윤식, 『이광수와 그의 시대』 1·2, 솔, 1999.

김현·김윤식, 『한국문학사』, 민음사, 1973.

김현주, 민족문학사학회 엮음, 「식민지 시대와 '문명'·'문화'의 이념—1910년대 이
　　광수의 '정신적 문명'론을 중심으로」, 『민족문학사연구』, 2002.

백 철, 『朝鮮新文學思潮史』(近代篇), 수선사, 1948.

송명희, 『이광수의 민족주의와 페미니즘』, 국학자료원, 1997.

유민영, 『開化期演劇社會社』, 새문사, 1987.

유영윤, 『근대 소설의 형식과 사회 현실』, 박이정, 1998.

이병기 · 백철, 『國文學全史』, 신구문화사, 1957.

이보영, 「톨스토이와 李光洙」, 『문예연구』, 1998년 가을호.

이재용, 「이광수 작품에 나타난 감정의 위상 정립 연구」, 군산대 석사논문, 2000.

임형택 · 강영주 엮음, 『碧初 洪命憙, 『林巨正』의 재조명』, 사계절, 1988.

임 화, 「朝鮮新文學史論序說」, 『朝鮮中央日報』, 1935. 10.

정명환, 동국대학교 부설 한국문학연구소 엮음, 「李光洙의 啓蒙思想」, 『李光洙硏究』(下), 태학사, 1984.

정병호, 「이광수의 초기 문학론과 일본문학사의 편제」, 『日本學報』, 2004.

조연현, 『韓國現代文學史』, 성문각, 1985(7판).

천이두, 동국대학교 부설 한국문학연구소 엮음, 「近代와 前近代의 이율배반」, 『李光洙硏究』(上), 태학사, 1984.

한승옥 엮음, 『이광수 문학사전』, 고려대 출판부, 2002.

현상윤, 「李光洙君의 「우리의 理想을 讀함」, 『學之光』, 1918. 3.

황종연, 문학사와 비평연구회 엮음, 「문학이라는 譯語」, 『한국문학과 계몽담론』, 새미, 1999.

魯迅, 竹內好 편역, 한무희 옮김, 『魯迅文集』 3, 일월서각, 1987.

三枝壽勝, 심원섭 옮김, 「〈무정〉의 유형적 요소에 대하여」, 『사에구사 교수의 한국문학 연구』, 베틀 · 북, 2000.

波田野節子, 『『무정』을 읽는다』, 소명출판, 2008.

Ernst Cassirer, 유철 옮김, 『루소, 칸트, 괴테』, 서광사, 1996.

Jean-Jacques Rousseau, 정봉구 옮김, 『에밀』 상, 범우사, 1995(2판).

Johann Gottlieb Fichte, 곽복록 옮김, 『독일 국민에게 권함』, 민성사, 1999.

Walter Benjamin, 반성완 옮김, 「역사철학 테제」, 『발터 벤야민의 문예이론』, 민음사, 1983.

284

■ 국문초록

　이 글은 이광수의 문학 활동 초기를 대상으로 이광수의 문학적 행위의 중심에 있었던 글쓰기와 '민족' 관념의 내포 형성의 관계를 밝히는 데 목적을 두고 있다.
　이광수의 생애를 다룬 기존의 논의에서, 이광수 문학의 근원적 동기는 고아-됨에 있었다. 고아로서 갖게 되는 결핍감을 대리 보충하려는 욕망으로 이광수의 삶과 문학의 연결고리를 찾았던 것이다. 이에 반하여 이 글은 이광수가 썼던 자서전적인 글들과 초기의 소설들을 중심으로 그의 근원적 동기에는 피동적인 고아-됨에서 벗어나 적극적으로 고아-되기를 실천하려는 세대 분리의 욕구가 있다는 것을 지적하였다. 이러한 세대 분리의 욕구는 독자에게도 새로운 민족 구성을 위해 문자 구성의 측면이나 인간 본성의 측면, 역사 해석의 측면에서 새로운 관점을 제기하는 '민족' 관념 내포의 변동을 요구하는 방향을 취했다.
　그 중에서 가장 중요한 것은 문자의 측면이다. 이광수는 처음부터 한글 전용론을 주장했고 이를 여러 차원에서 실험하였다. 또한 인간 본성의 측면에서는 관습적인 인간에 대립하는 자연적 인간을 내세워 과거의 인간 사유방식에 의문을 제기하고 새로운 인간상을 제시했다. 마지막으로 역사에 대한 논의에서는 바로 이전의 조선과 단절하고 상고 시대의 정신적 주체성과 결합하려는 것이다. 상고 시대의 정신적 주체성과 결합하는 데 정신생활의 기반인 종교적·철학적 면모는 찾을 수 없다. 짐작으로 존재하는 이러한 빈 내용 속에서 오직 중요한 것으로 사유되는 것이 한글로 글을 쓰는 행위이다.
　이렇게 고아-되기에서 세대 단절론을 중심으로 한 이광수의 '민족' 관념은 근대성을 담을 수 있는 그릇인 민족 언어를 강조한다. 이광수의 논의는 한글이 갖는 민족 정통성과 근대 의식을 연결지어 회귀적 민족 재구성이 아닌, 근대 의식을 내포하면서 동시에 공허함과 숭고함을 동시적 속성으로 가진 '민족' 관념을 통해 새로운 상징질서의 도래를 가속화할 수 있었던 것이다.

주제어: 고아-되기, 세대 단절론, 문자, 자연적 인간, 대자적 민족 관념, 상징
　　　 질서

■ Abstract

The Reforming Idea of 'Nation' and the Letter of Literature in LEE KWANG-SU's Early Writing

Lee, Jae Yong

This thesis is for the purpose of making clear the connection of forming the connotation in the idea of 'nation' in LEE KWANG-SU's early literary act.

In the stereotype of discussion about LEE KWANG-SU's life, the original motive in his literature is the 'being-orphan'. Those find a desire to replace the lack of being orphan for a coupling device of his life and literature. In other side, with his writing like an autobiography and early his writings as the central figure, this point out a desire of seperating between the old and new generation to become an orphan positively, not to become an orphan passive in the original motive of his writing. The desire of seperating between the old and new generation presents a new viewpoint to the reader public from the side of constructing "ecriture" and the human nature and the history analysis, for a reforming 'nation'.

The most important is the side of "ecriture" among these sides. LEE KWANG-SU insisted an only use for Korean language and experimented it in many ways. And in the side of the human nature, he present "homme de la homme" against "l'homme de l'homme" and raised doubts of the thinking ways. At the last one, in the side of history analysis, he tried to breake the relation of Chosun and combine a subjectivity of ancient ages. But there is not a religion or philosophical aspect to be a basis of spritual force to combine with subjectivity of ancient ages. The signified is an arbitrariness and the only important thing is to write in Korean language.

The his idea of 'nation' for the seperating of generation and 'becoming-orphan' emphasize the national language as ways to express a modernity.

He connected a national legitimacy and a modern conciousness. It has the idea of 'nation' with sublime and emptiness simultaneously, and made more speedy to come the symbolic order.

Key-words: becoming-orphan, seperating of generation, ecriture, the idea of nation for itself, symbolic order.

－이 논문은 2008년 6월 15일에 접수되어, 소정의 심사를 거쳐 2008년 7월 15일에 최종적으로 게재가 확정되었음.

박태원과 구인회

2008년 8월 25일 인쇄
2008년 8월 30일 발행

저　자　　구 보 학 회
펴낸이　　박 현 숙
찍은곳　　신화인쇄공사

110-320 서울시 종로구 낙원동 58-1 종로오피스텔 606호
TEL : 02-764-3018, 764-3019　　　FAX : 02-764-3011
E-mail : kpsm80@hanmail.net

펴낸곳 도서출판 **깊 은 샘**

등록번호/제2-69. 등록년월일/1980년 2월 6일

ISBN　978-89-7416-203-0

값 13,000원